AS FOICES

SÉRIE SCYTHE

vol. 1: *O ceifador*
vol. 2: *A nuvem*
vol. 3: *O Timbre*

As foices: Contos do universo de Scythe

AS FOICES

CONTOS DO UNIVERSO DE SCYTHE

NEAL SHUSTERMAN

Tradução
GUILHERME MIRANDA

SEGUINTE

Edição brasileira copyright © 2023 by Editora Schwarcz S.A.
Edição original em inglês copyright © 2022 by Neal Shusterman
Publicado mediante acordo com Simon & Schuster Books For Young Readers,
um selo da Simon & Schuster Children's Publishing Division.

Nenhuma parte deste livro pode ser reproduzida de nenhuma forma, eletrônica ou mecânica, nem arquivada ou disponibilizada através de sistemas de informação, sem a expressa permissão da editora.

O selo Seguinte pertence à Editora Schwarcz S.A.

Grafia atualizada segundo o Acordo Ortográfico da Língua Portuguesa de 1990, que entrou em vigor no Brasil em 2009.

TÍTULO ORIGINAL Gleanings
CAPA Chloë Foglia © 2022 by Simon & Schuster, Inc.
ILUSTRAÇÃO DA CAPA © 2022 by Kevin Tong
PREPARAÇÃO Paula Marconi de Lima
REVISÃO Valquíria Della Pozza e Marina Nogueira

Dados Internacionais de Catalogação na Publicação (CIP)
(Câmara Brasileira do Livro, SP, Brasil)

Shusterman, Neal
  As foices : Contos do universo de Scythe / Neal
Shusterman ; tradução Guilherme Miranda. — 1ª ed. —
São Paulo: Seguinte, 2023.

  Título original: Gleanings.
  ISBN 978-85-5534-268-4

  1. Ficção norte-americana I. Título.

23-155353   CDD-813

Índice para catálogo sistemático:
1. Ficção : Literatura norte-americana 813

Eliane de Freitas Leite – Bibliotecária – CRB 8/8415

Todos os direitos desta edição reservados à
EDITORA SCHWARCZ S.A.
Rua Bandeira Paulista, 702, cj. 32
04532-002 — São Paulo — SP
Telefone: (11) 3707-3500
www.seguinte.com.br
contato@seguinte.com.br

Para meu amigo e editor, Justin Chanda,
que sempre acreditou em mim
e nesta série desde o começo.
— N. S.

Sumário

1. O primeiro golpe 9
2. Formidável 12
3. Nunca trabalhe com animais 33
4. Uma morte de muitas cores 84
5. Travessa dos infratores 104
6. Um minuto marciano 130
7. A tela mortal 202
8. Cirros 244
9. A sombra de Anastássia 255
10. A persistência da memória 292
11. Amor à primeira morte 328
12. Porventura coletar 357
13. Uma cortina escura se abre 390

Agradecimentos 413

1
O primeiro golpe

Cortando o ar com uma desenvoltura natural,
no momento do primeiro golpe,
você empunha seu machado
como mestre na arte da coleta.

Aqueles diante de você estão assombrados.
Eles não conseguem imaginar qual será seu próximo ato.
Você se porta com a elegância e a compostura de artistas
dançando brutalmente no meio deles;
a estrela abrasadora das estrelas,
seu manto caindo em cascata sobre a terra
em chuvas de ouro.

Mas essa não é a verdade.

Seu valor não importa
para aqueles que agora importam a você.
Você não passa de uma mancha solar
Aos olhos de seus iguais.
Uma partícula insignificante.
E, enquanto dá esse primeiro golpe,
eles riem de você.

Você tenta superar o desprezo deles,
Ser notado de alguma forma.
Encontrar a benevolência dos antigos,
que nunca envelhecem.
Ganhar o respeito dos jovens,
que mataram a própria juventude.
Justificar a arrogância
que vem do orgulho
de ser escolhido.

Mas essa também não é a verdade.

Levará anos até você conhecer a verdade:
que aqueles que reverencia não passam de servos
do coletivo que podamos.
Deles foi a escolha de *nos* deixar escolher
tantos anos atrás.
Os espectadores assombrados, aterrorizados, aliviados;
aqueles que realmente estão no poder,
os titereiros de suas ações.

Formando uma fila perfeita diante deles,
um gume cortante,
portando nossos machados,
cada um de nós é igual ao anterior.
Somos todos um,
Somos todos em um, e

Devemos matar.

Nosso mantra, nosso mandamento,
nosso dever de lembrar o imortal da mortalidade.
Ensiná-los
que o repouso eterno pode estar distante,
mas não perdido.

Quem somos Nós?
Somos os Ceifadores.
E as armas que empunhamos
não são nem de longe nossos amigos.
A força devastadora
da bala, da lâmina e da clava
nos destrói dia a dia, todos os dias,
parte a parte,
e nos deixa com feridas que nunca vão cicatrizar.
É o que nos liga às massas,
Mas nos impede de ser um deles.
E, a cada nova coleta,
sangramos e nos quebramos de novo,
mas nosso propósito nunca muda.

Pois somos os ceifadores.
Nada vai mudar esse fato.
E, quando for sua hora de sangrar,
você saberá
e você aprenderá.

— Joelle Shusterman

2

Formidável

"Leva tempo, Susan", Michael havia dito a ela. "Em breve, a menina que você era não vai passar de uma lembrança. Você vai habitar sua nova identidade inteira e completamente."

Para ele era fácil dizer — já fazia cinco anos que era um ceifador. Ela se perguntou quanto tempo ele havia levado para "habitar" a si mesmo. Era tão absolutamente Faraday que ela não conseguia imaginá-lo sendo outra pessoa.

Sou Marie. Não Susan, ela vivia tendo que dizer a si mesma — porque não era apenas uma questão de se apresentar como ceifadora Marie Curie; tinha que começar a se ver dessa forma. *Sentir* essa realidade. A persona pública era uma coisa, mas integrar essa persona aos próprios pensamentos era outra. Como pensar em outra língua.

"Vai deixar de ser um papel que você representa e passar a ser quem você é", Faraday havia garantido. "E, quando isso acontecer, tenho a impressão de que você será formidável!"

Mas até agora ela se sentia tudo menos formidável. Seus primeiros meses de coleta tinham sido banais. Utilitários. Funcionais. Ela fazia seu trabalho, mas ainda estava tentando encontrar um estilo que a definisse. Sem isso, se sentia medíocre e perdida.

Era nesse estado de espírito que Susan — não... *Marie* — chegou ao Conclave da Colheita, Ano do Marlim. Era seu primeiro conclave como ceifadora plena. Havia pensado ingenuamente que a reunião grandiosa de ceifadores seria mais fácil de enfrentar agora que tinha deixado de ser uma mera aprendiz... mas isso estava longe da verdade.

Embora a maioria dos ceifadores chegasse em carros autônomos — ou carros públicos, ou limusines da Ceifa para os que gostavam mais de ostentação —, Marie dirigiu um antigo Porsche da Era da Mortalidade, que havia ganhado do filho de um homem que ela tinha coletado. Ao sair, em vez de deixar o carro ser levado por um membro da Guarda da Lâmina, ela se voltou para a multidão reunida.

— Alguém aqui sabe dirigir um câmbio manual não autônomo fora da rede?

Pouquíssimas mãos se levantaram. Ela escolheu um rapaz que parecia ter sua idade. Uns dezenove anos. Quando ele percebeu que havia sido escolhido, deu um passo à frente, afoito como um cachorrinho.

— Cuidado, é potente — ela alertou.

— Sim, excelência. Obrigado, excelência. Vou ser cuidadoso, excelência.

Ela estendeu as mãos para ele, uma com a chave e a outra vazia. Ele se ajoelhou para beijar seu anel, fazendo uma garotinha na multidão gritar de empolgação.

— Deixe as chaves com qualquer membro da Guarda da Lâmina que eles vão devolvê-la para mim — ela disse ao rapaz.

Ele fez uma reverência. Uma reverência de verdade. Ela se lembrou de que a reverência começou como forma de demonstrar vassalagem — oferecer a um nobre sua cabeça para decapitação. Embora alguns ceifadores adorassem esse servilismo, Marie achava ridículo e constrangedor. Será que havia ceifadores que chegavam a decapitar alguém que se curvasse diante deles?, ela se perguntou.

"É prerrogativa dos ceifadores dar tarefas aleatórias a pessoas aleatórias",

Michael explicara. *"Assim como é prerrogativa dos ceifadores recompensá--las pelo serviço."* Ela acabou aprendendo que não era questão de se sentir superior — mas uma forma de justificar a concessão de imunidade. E assim Michael lhe ensinara a transformar o que poderia ter sido arrogância em gentileza.

O rapaz saiu com o carro, e Marie entrou no cortejo — e não havia palavra melhor para descrever: um espetáculo quase que ensaiado de ceifadores em mantos coloridos, subindo os degraus de mármore para o edifício da capital da Cidade Fulcral. A subida era tão importante quanto tudo que acontecia dentro do edifício, porque se tratava de um lembrete ao público de como a Ceifa era majestosa.

Sempre havia multidões dos dois lados dos degraus atrás de um corredor da Guarda da Lâmina, todos com a esperança de entrever seus ceifadores favoritos. Alguns ceifadores interagiam com o público; outros não. Mas, estivessem sorrindo, acenando ou de cara fechada com um desdém horripilante, a reação deixava uma impressão essencial para a imagem pública da Ceifa.

Enquanto subia os degraus, Marie não interagiu com a multidão. Tudo que ela queria era entrar e acabar logo com essa parte. Apesar dos ceifadores que subiam ao seu lado, ela se sentiu muito sozinha de repente. Não tinha previsto a intensidade da sensação de isolamento. Em seus conclaves anteriores, sempre estava acompanhada por Faraday. Mas, dessa vez, nenhum ceifador ali lhe parecia uma companhia.

Cinco aprendizes tinham feito o teste final no Conclave Primaveril quatro meses antes. Marie foi a única a passar, a única ordenada, o que significava que ela não podia sequer encontrar camaradagem entre outros novatos, porque não havia nenhum. Tampouco poderia confraternizar com aprendizes emergentes, pois isso estaria abaixo dela como ceifadora e refletiria mal em sua posição.

Quanto ao resto dos ceifadores, ou eles pareciam envolvidos

demais pela adulação da multidão ou consigo mesmos para notar sua solidão. Ou, ainda, talvez notassem e sentissem prazer com isso. Não é que não gostassem dela — não gostavam do que ela *representava*. Não aceitavam que um ceifador tão jovem como Faraday, poucos anos depois da própria ordenação, tivesse admitido uma aprendiz. E, por isso, Marie carregava o peso da desaprovação deles.

Havia muitos que se divertiam com essa desaprovação, tratando-a com uma indiferença desdenhosa. Mesmo agora, ela recebia olhares tortos de ceifadores que claramente reprovavam sua escolha de manto, um violeta vibrante e forte. Tinha escolhido uma cor tão vívida para contrariar em segredo seus pais tonistas, que abominavam tudo que não fossem tons terrosos desbotados. Agora, porém, estava arrependida por causa da atenção indesejada que atraía.

Ela havia considerado a ideia de tingir o cabelo da mesma cor do manto — mas o cabeleireiro fez uma careta e disse que sua linda trança ia sumir no tecido. "Prateado!", ele sugeriu. "Ah, aí sim ficaria lindo!"

Marie aceitou a sugestão. Agora sua trança prateada caía até a cintura ao longo do manto. Ela pensou que esse visual novo a redefiniria: de protegida de Faraday a ceifadora independente — mas agora via que o tiro tinha saído pela culatra. Sorrisos de desprezo e risadas de escárnio deixaram suas bochechas vermelhas, o que só aumentou seu constrangimento: agora, ainda por cima, havia se deixado afetar.

No vestíbulo, onde o banquete tradicional de café da manhã era servido tanto para os olhos como para o apetite, alguém finalmente falou com ela. O ceifador Vonnegut se aproximou, com seu manto jeans desbotado que parecia a superfície da Lua; o tecido de um tempo que ninguém lembrava muito bem.

— Ora, se não é a pequena Miss Travessa — Vonnegut disse com um sorriso largo.

O tipo de sorriso que poderia ser tanto falso como verdadeiro, ela nunca sabia. Quanto ao apelido, Marie não fazia ideia de quem o havia inventado, mas o fato é que pegou e se espalhou pela ceifa midmericana mesmo antes que ela fosse ordenada. Miss Travessa. Era mais uma entre tantas crueldades, pois ela não tinha nada de garotinha travessa. Era uma moça alta, magra e desengonçada e, pelo contrário, sisuda, séria demais para aprontar travessuras de qualquer tipo.

— Eu preferiria que não me chamasse assim, ceifador Vonnegut.

Ele abriu aquele sorriso ambíguo.

— É só um apelido carinhoso — disse, e mudou de assunto em seguida. — Adorei o que fez com o cabelo!

De novo: era escárnio ou sinceridade? Ela precisava aprender a ler melhor as pessoas, embora os ceifadores fossem muito habilidosos em não se deixar interpretar.

Ela avistou Faraday do outro lado da sala, mas ele não a tinha visto. Ou talvez estivesse fingindo não vê-la. Bom, por que se importar? Ela era uma ceifadora agora, não uma garotinha apaixonada. Não havia espaço em sua vida para questões do coração.

—Você deve aprender a ser menos óbvia — o ceifador Vonnegut sussurrou. — Sua paixão está praticamente projetada nas paredes.

— Que diferença isso faz? O ceifador Faraday não sente nada por mim.

De novo aquele sorriso.

— Se você diz…

Um gongo soou, alertando-os de que havia mais quinze minutos para encher a barriga.

— Tenha um bom conclave — Vonnegut disse ao sair. — E coma bem antes que os glutões deixem o bufê em ruínas.

Michael chegou a falar com ela no vestíbulo alguns minutos antes de serem chamados para a câmara interna, mas a conversa foi tensa. Eles sabiam perfeitamente que estavam sendo observados, julgados e eram alvo de fofoca.

— Você parece bem, Marie. Espero que tenha sido uma boa primeira estação.

— Cumpri minha cota.

— Eu não tinha dúvidas. — Ela pensou que ele poderia se aproximar para dizer algo mais pessoal, mas, em vez disso, Michael se afastou. — Bom ver você, Marie.

Ela queria muito saber se ele conseguia perceber o aperto em seu coração.

O ritual da manhã de conclave variava entre entediante e torturante. O Carrilhão de Nomes. Dez para cada ceifador, escolhidos entre as dezenas que eles haviam coletado. Dez para representar todos os outros. Os favoritos de Marie tinham sido Taylor Vega, que, com seu último suspiro, lhe agradeceu por não o coletar na frente da família, e Toosdai Riggle, porque ela gostava de falar o nome.

Por fim, chegou a parte dos assuntos a tratar. O debate mais confuso da estação girou em torno do que fazer com os agitadores da antiga capital. Mas, na verdade, era menos um debate e mais uma oportunidade para reclamar.

— Os Charlatões de Washington continuam a causar uma confusão cada vez mais rançosa — disse o ceifador Douglass.

— Sim, mas isso não é problema nosso — respondeu a Alto Punhal Ginsburg. — A velha capital fica em Mérica do Leste. Eles que lidem com isso.

Como Alto Punhal, ela vivia tentando lembrar os ceifadores midmericanos de se manterem longe de assuntos que não diziam respeito a eles, mas, dessa vez, ela estava errada. Esse não era um problema lestemericano.

Marie resmungou com o desprezo da Alto Punhal sobre a questão. Ela não queria que ninguém tivesse ouvido, mas uma pessoa ao lado — talvez a ceifadora Streisand? — a cutucou.

— Se tiver uma opinião, fale. Você é uma ceifadora agora. Está na hora de aprender a expressar suas opiniões.

— Ninguém quer ouvir o que tenho a dizer.

— Há! Ninguém quer ouvir o que *ninguém* tem a dizer, mas diga mesmo assim. É como as coisas funcionam por aqui.

Marie, então, se levantou e esperou até ser reconhecida pela Alto Punhal Ginsburg, que a observou por um momento antes de falar.

— Nossa mais nova membra gostaria de intervir sobre o assunto?

— Sim, excelência — Marie disse. — Me parece que o governo pré-Nimbo-Cúmulo também é um problema midmericano, pois eles alegam hegemonia não apenas sobre Mérica do Leste mas também sobre MidMérica, Mérica do Oeste e Texas.

Nesse momento, outro ceifador gritou sem ser reconhecido.

— As alegações ridículas dos washingtonianos não têm base na realidade! Eles não passam de uma pedra no sapato, nada além disso.

— Mas — continuou Marie —, enquanto criarem confusão, eles enfraquecem tudo que defendemos.

— É contra a Nimbo-Cúmulo que eles protestam — disse o ceifador que havia falado fora de hora —, então a Nimbo-Cúmulo que cuide deles.

— Essa visão é muito limitada! — Marie se atreveu a dizer. — Não podemos negar que a Ceifa e a Nimbo-Cúmulo são dois lados da mesma moeda. Se uma estiver ameaçada, a outra também estará.

Um burburinho se espalhou pelo conclave. Ela não sabia se isso era bom ou ruim.

— Que os políticos do velho mundo espalhem sua raiva —

gritou outro. — Se a Nimbo-Cúmulo permite, também devemos permitir.

— A Nimbo-Cúmulo é obrigada a respeitar a liberdade deles, incluindo a liberdade de perturbar — Marie disse. — Mas *nós* não temos essa obrigação. O que significa que podemos *sim* fazer algo a respeito.

A Alto Punhal Ginsburg cruzou os braços.

— Então o que a honorável ceifadora Curie propõe que façamos?

Todos os olhos se voltaram para Marie. De repente, o acanhamento se abateu sobre ela como um vento forte de outono.

— Nós... fazemos o que a Nimbo-Cúmulo não pode fazer. Resolvemos o problema...

Silêncio. Então, do outro lado do salão, outro ceifador berrou com uma voz grave:

— Será que a "Pequena Miss Travessa" está finalmente fazendo jus a seu nome?

As gargalhadas da multidão ecoaram pela câmara. Marie tentou aguentar firme, com dignidade, mas sentiu seu espírito implodir.

Quando os risos diminuíram, a Alto Punhal Ginsburg, ainda rindo baixo, se dirigiu a ela com um tom condescendente:

— Minha querida avezinha de rapina, a estabilidade da Ceifa vem da consistência e da lenta deliberação. Seria mais prudente, ceifadora Curie, que você fosse menos... reacionária.

— Apoiado! — alguém gritou.

E foi isso. A Alto Punhal seguiu para outros assuntos, incluindo a possibilidade de proibir os ceifadores de usar sobrenomes de outro ceifador vivo, por causa da confusão atual entre os ceifadores Armstrong, Armstrong e Armstrong.

Marie bufou, entre dentes, sibilando:

— Bom, isso foi inútil.

— Concordo — disse a ceifadora Streisand —, mas foi divertido.

Marie ficou ainda mais irritada.

— Não estou aqui para divertir ninguém.

A ceifadora Streisand lançou a ela um olhar crítico.

— Sinceramente, garota, se você não dá conta de um pequeno revés, não tem por que ser ceifadora.

Marie mordeu a língua para não responder. Olhou para Faraday do outro lado da câmara. Ele mal se virou para ela. Será que estava com vergonha do showzinho dela? Orgulhoso por ela ter dado uma opinião? Sinceramente, não havia como saber. Ele certamente não levantou um dedo para apoiá-la — mas isso era mesmo uma surpresa tão grande? Por mais que Marie odiasse admitir, Michael estava certo em se distanciar — e não apenas por causa dos boatos e fofocas, mas porque Marie precisava se firmar sem ele. Diante de um público como esse, porém, como ela conseguiria qualquer coisa além de escárnio e braços cruzados?

"Os ceifadores são figuras de ação", Faraday dissera uma vez durante sua formação, acrescentando com um sorriso travesso, "e não apenas porque fazem figurinhas de nós."

Ele estava certo. Um ceifador precisava agir de maneira decisiva e sem hesitação — mesmo quando era difícil. Se Marie quisesse provar seu valor, suas escolhas deveriam ser tão arrebatadoras a ponto de deixar a Ceifa sem fôlego até mesmo para rir.

Marie morava sozinha. Como a maioria dos ceifadores. Não havia um mandamento que tornasse a solidão compulsória. "*Não terás cônjuge nem filho*" não significa que a pessoa não pudesse ter amantes ou companheiros. Mas Marie havia descoberto o que a maioria dos ceifadores já sabia: quem escolhia viver com um ceifador não era o tipo de pessoa agradável para dividir uma casa.

Alguns jovens ceifadores voltavam para a casa dos pais, mas isso nunca durava. Marie jamais poderia voltar a morar com os seus, mesmo se eles não fossem membros daquela seita tonista absurda. Ela nem sequer imaginava como conseguiria olhar para eles depois de uma coleta. Sim, coletar era uma tarefa vital, quase sagrada, para a humanidade, mas morte era morte, e sangue era sangue.

Marie havia escolhido uma casa grande na floresta, com pé-direito alto e janelas imensas, com vista para as montanhas e um riacho murmurante. Ela descobriu que o som da água corrente a tranquilizava. Fazia se sentir expurgada. Tinha ouvido falar de uma residência famosa que era atravessada por um rio, algo que valia a pena explorar um dia, mas, por enquanto, sua casa rústica bastava. Ela a havia comprado com fundos da Ceifa, em vez de apenas tomá-la do proprietário, como alguns ceifadores faziam. Depois de quatro meses, mal havia mobília. Mais uma forma de não "habitar" sua própria vida.

No dia seguinte a seu retorno do conclave, ela fez uma caminhada na floresta, torcendo para que o ar frio e terroso expurgasse a sensação desagradável que o evento havia deixado, mas encontrou dois corredores no caminho. Eles estavam fofocando: quem estava traindo o cônjuge em bordéis virtuais; quem estava na Tasmânia para fazer modificações corporais absurdas, se restaurando sem motivo. Isso lembrou Marie da intriga mesquinha que assolava o conclave.

Ela coletou os dois e se arrependeu em seguida — afinal, não era igualmente mesquinho condená-los à morte por fazer fofoca? Além disso, não foram coletas limpas. Se tivesse feito do jeito certo, o coração deles teria deixado de bater rapidamente, e a sujeira seria mínima. Mas não. Ela praticamente ouviu a voz de Michael a repreendendo e dizendo para praticar a arte de matar.

Quando chegou em casa, sua gata, Sierra, foi até ela rapidamente, serpenteando entre seus tornozelos. Marie tinha uma governanta de meio período — a única extravagância que se permitia —, e a mulher levou um susto ao ver seu manto sujo de sangue. Ela sempre se assustava, toda vez, e sempre pedia desculpa, mas Marie ficava grata pela reação honesta. A consequência da coleta *deveria* ser chocante. Se parasse de ser, era sinal de que havia algo errado.

— Débora, você pode, por favor, levar este manto para a lavanderia? — Marie perguntou. — Diga que não precisam ter pressa, ainda tenho outros dois.

— Sim, excelência.

A lavanderia sempre fazia milagres com os mantos dela... embora Marie desconfiasse às vezes de que simplesmente os substituíam.

Depois que Débora foi embora, Marie preparou um banho e cometeu o erro de ligar o noticiário enquanto entrava na banheira.

O presidente Hinton, da Velha América, ordenava que o Corpo de Engenheiros do Exército — que ainda existia por algum motivo estranho — começasse a desmantelar os núcleos cerebrais da Nimbo-Cúmulo.

— É nosso dever moral livrar esta grande nação do domínio opressor dessa nuvem escura — Hinton disse, com seu tom verborrágico, que não passava de palavras ao vento. A opinião pública não estava do lado dele. A verdade era que menos de uma em cada vinte pessoas votava atualmente, porque quase todos sabiam que o próprio conceito de governo era obsoleto e não concordavam com a visão negativa de Hinton sobre a Nimbo-Cúmulo. Mas é claro que ele e seus comparsas alegavam que as pesquisas da Nimbo-Cúmulo eram todas mentirosas. Ele vivia em um miasma tão grande de falsidade que nem conseguia conceber uma entidade incapaz de mentir.

A Nimbo-Cúmulo não fez nenhum esforço para impedir a remoção do servidor. Em vez disso, simplesmente instalou novos núcleos em outro lugar — o que teve o benefício extra de criar milhares de empregos para pessoas que escolhiam trabalhar.

Todos sabiam que a Nimbo-Cúmulo havia oferecido publicamente a Hinton o mesmo que havia oferecido por anos a outros presidentes: uma forma honrável de renunciar; asilo em qualquer lugar do mundo para ele, seu gabinete e todos os seus familiares. Eles teriam um futuro novo, livres para exercer qualquer atividade que desejassem, desde que não envolvesse uma posição de poder político. Hinton era apenas mais um em uma linha de presidentes que se recusavam a aceitar categoricamente.

"Não culpo o sr. Hinton", a Nimbo-Cúmulo havia dito, sempre magnânima. *"Ninguém cede o poder por livre e espontânea vontade. A resistência é uma resposta natural e esperada."*

Depois do banho, Marie se sentou diante de uma lareira crepitante, bebendo chocolate quente e buscando se consolar com pequenos prazeres, mas continuou inquieta. Como se sentisse isso, Sierra saltou em seu colo, com muito cuidado para não derrubar a bebida, e se acomodou. Essa era a terceira vida da gata. Marie havia decidido lhe proporcionar sete. Parecia poético. Parecia justo. Mas nem toda justiça tinha uma estética tão agradável...

Marie estava com uma ideia na cabeça desde o conclave. Uma ideia inquietante. Talvez perigosa. Ela tentou suprimi-la, se recusando a deixar que viesse à tona, tentando pensar em uma centena de outras coisas. Mas, enquanto acariciava Sierra, entendeu que esse momento de aconchego delicado e ronronante não duraria.

Era apenas questão de tempo até que ela fizesse uma viagem a Washington.

O estado aflitivo do Distrito de Colúmbia mostrava claramente que a Nimbo-Cúmulo, por mais perfeita que fosse, tinha uma veia passivo-agressiva. O imenso cinturão conhecido como Washington Mall havia sido praticamente dominado pela natureza. Estranho, porque a Nimbo-Cúmulo era meticulosa quando se tratava de manutenção de horticulturas — embora as áreas verdes de Washington estivessem completamente negligenciadas. Não apenas isso, mas a Nimbo-Cúmulo escolheu não dedicar esforço algum à infraestrutura da região. Havia parado de fazer a manutenção de estradas e pontes, e realocado os museus da Smithsonian, deixando suas estruturas antigas como cascas vazias.

Em algum momento, a Nimbo-Cúmulo tinha mudado todas as placas da cidade. Agora, o lugar era conhecido oficialmente como "Ruínas de Washington".

Como se isso não fosse arrasador o suficiente, também havia instalado baladas e abrigos para infratores, o que obrigava quase todos sem status de infrator a se mudar para outro lugar.

Era tudo parte de um plano — não tanto para descreditar a cidade venerável, mas para prendê-la ao passado, como as ruínas de outros impérios antigos. Washington ainda era um lugar a ser respeitado, mas apenas como respeitamos a antiguidade decadente.

Mesmo assim, ainda havia vestígios do antigo governo estadunidense. Políticos que se viam como os últimos bastiões de um tempo melhor. Melhor para eles, talvez, mas, assim como todos os outros governos pré-Nimbo-Cúmulo, bem longe de ser melhor para todos. Eles não tinham mais nenhum poder real — tudo que podiam fazer era causar confusão, tentando encontrar pontos fracos na bonança da Nimbo-Cúmulo.

Apesar de todos os ataques verbais vindos daí, a Nimbo-Cúmulo continuou sua campanha de negligência benigna, tratando os políticos da região destroçada como um proprietário da Era Mortal trataria um locatário caloteiro: não os expulsou, mas tornou sua permanência cada vez mais difícil.

A maioria entendeu a mensagem e saiu em busca de pastos mais tranquilos. O Congresso tinha se dissolvido oficialmente quando a Nimbo-Cúmulo redefiniu as Américas nas várias regiões mericanas. O judiciário agora só existia para carimbar os julgamentos infalíveis da Nimbo-Cúmulo. Com o fim do conceito de "nações", não havia mais necessidade de defesa — que, afinal, era um dos principais propósitos das nações.

Agora, restava apenas o poder executivo, com o presidente e seu gabinete como folhas teimosas que desafiavam a queda...

Marie chegou em um dia frio de novembro, dois meses depois do Conclave da Colheita. Não disse a ninguém o que estava tramando. Assim, se não desse certo, ninguém iria ridicularizá-la.

Como não havia manutenção nas estradas, ela estourou um pneu em um buraco feio na Constitution Avenue e teve que seguir a pé pelos últimos dois quilômetros.

Infratores andavam em grupos, como de costume, enchendo a cara e quebrando tudo que restava para quebrar. Engraçado que nunca se davam conta de que estavam fazendo exatamente o que a Nimbo-Cúmulo esperava deles. Quebraram a cidade velha como bactérias decompõem os restos de um cadáver.

— Ei, gatinha — um deles provocou. — Estou com sua imunidade bem aqui.

Como se ofender uma ceifadora fosse sinal de bravura, e não uma estupidez fora de controle.

Marie o ignorou, e ignorou as cantadas, e os comentários grosseiros que vinham de sombras de infratores ao longo do caminho. Deixar-se ofender seria um desperdício de energia. Era isso que os infratores faziam, que no fundo não era grande coisa, visto que a Nimbo-Cúmulo não permitiria nenhuma infração realmente grave.

A Casa Branca era a única estrutura que ainda estava bem conservada, assim como seu terreno. Um oásis atrás de uma cerca alta, protegido o tempo todo. Era, obviamente, puro teatro, nada além disso.

Havia dois guardas no portão principal, com armas automáticas intimidadoras. Estavam de camuflagem, o que fez Marie conter o riso. Camuflagem? Sério? Eles podiam ter escolhido uma armadura medieval; seria mais bonito.

— Me deixem passar — ela ordenou.

Eles seguraram as armas com mais firmeza.

— Não podemos, senhora — um deles disse.

—Vocês devem me tratar como "excelência", e vão me deixar passar, sim.

Com o olhar ficando sombrio, eles não se moveram — mas ela viu que estavam assustados.

— O que vão fazer, atirar em mim? Suas armas nem estão carregadas.

—Você não sabe.

— Claro que sei. A Nimbo-Cúmulo não permite que ninguém porte armas carregadas. Apenas ceifadores. Vocês têm sorte de poder se divertir com esses brinquedos.

— Excelência — disse a outra guarda, com um leve tom de desespero na voz —, só estamos fazendo nosso trabalho.

Não, eles só estavam desperdiçando o tempo dela.

—Vou conversar com seu chefe de uma forma ou de outra — ela disse. — Se tiver que coletar vocês para isso, é o que farei. E aí, o que vai ser?

Ela esperou. Eles não se mexeram. Então, ela se inclinou para pegar uma lâmina no manto...

... e, em seguida, a guarda baixou a arma e deu um passo para o lado. O guarda não demorou a fazer o mesmo.

— Decisão sensata — Marie disse, entrando pelo gramado sul, sem se virar para ver se eles tinham baixado as armas e saído ou permanecido em seus postos inúteis.

Os guardas da porta interna devem ter ouvido que havia ceifadores no local, porque a área estava desprotegida. Será que haviam recebido ordens de recuar ou tinham deserdado?

Dentro, era tudo como Marie tinha imaginado. O piso de porcelanato bege e branco. As escadas com carpete vermelho. Um lugar estagnado, que não havia mudado nada desde os tempos mortais. Retratos de presidentes mortos havia muito tempo olhavam das paredes com nostalgia, em meio a obras de arte grandiosas que exaltavam as virtudes do regime democrático. Um sonho maravilhoso que às vezes até funcionava — mas, como os humanos eram falíveis, não tinha como ser perfeito. A perfeição exigia a Nimbo-Cúmulo. E ceifadores.

Marie encontrou mais guardas no caminho — embora menos do que havia imaginado — e todos baixaram as armas descarregadas diante dela. Só quando tentou entrar na Ala Oeste encontrou resistência. Um único soldado parado ao pé da escada.

— Por favor, não me faça traí-lo, excelência — o soldado disse.

Parecia se preparando para ser coletado, mas, como ela não fez isso, ele relaxou. Não deu exatamente passagem, mas fingiu que a ceifadora não estava lá; ficou parado, mas como um pedregulho no meio de um rio. Marie passou ao lado dele e subiu a escadaria grandiosa.

O autointitulado presidente não estava em seu escritório, no Salão Oval, nem em nenhuma das áreas comuns da imensa estrutura. *Tudo bem, então é um jogo de esconde-esconde*, ela pensou.

Postando a palma da mão sobre um painel de segurança, que,

por lei, deveria liberar a passagem dela, Marie entrou em um dos vários corredores secretos — escondidos do público, talvez, mas não havia informações a que um ceifador não tivesse acesso, e a ceifadora Curie tinha feito bem sua lição de casa. Desceu alguns lances de escada até um bunker de concreto reforçado sob o prédio venerável — um abrigo feito para resistir a toda natureza de ataques.

Ao se aproximar de uma porta de aço, tão segura quanto um cofre, não encontrou ninguém para impedi-la. O painel de segurança leu sua biometria, o sistema imenso de trava se desativou, e a porta se abriu com dificuldade.

Dentro havia um grupo de homens e mulheres amontoados no que parecia uma sala de guerra. Mapas e telas. Uma bandeira emoldurada dos tempos em que essas insígnias diferenciavam um lugar de outro.

Houve gritos e choros quando viram a ceifadora Curie com seu manto roxo vivo e uma faca na mão. Ela reconheceu todos os rostos. Eram os membros do gabinete do presidente. E, no meio deles, estava o próprio presidente Hinton.

Alguns recuaram, outros baixaram a cabeça em derrota abjeta, e outros cobriram os olhos, tentando negar o que viam por alguns momentos preciosos. Somente Hinton a enfrentou, com o olhar ardente.

— Sou a ceifadora Marie Curie — ela disse. — Tenho certeza de que o senhor sabe por que estou aqui.

— Você não passa de uma criança — Hinton zombou. — E nem sequer é desta região.

— Pensei que o senhor não reconhecesse as regiões da Nimbo--Cúmulo — ela rebateu. — Mas isso não importa. Os ceifadores não se limitam a suas regiões. Podemos coletar onde quisermos.

— Você não tem o direito de vir aqui e me ameaçar.

— É claro que tenho, sr. Presidente. A humanidade me deu

o direito de fazer o que eu quiser. Essa é a lei sob a qual vivemos agora, ou o senhor esqueceu?

— Saia já daqui, e talvez eu esqueça essa invasão.

Marie riu.

— Nós dois sabemos que só existe uma forma de eu sair daqui.

Então, o secretário de Estado se aproximou para cochichar para Hinton:

— Os ceifadores são conhecidos por negociar, senhor. Talvez eu consiga intermediar um acordo.

— Não sou esse tipo de ceifador — Marie disse a eles.

— Não — disse Hinton, a voz cheia de repulsa. — Você é o pior tipo. Jovem, idealista, teimosa. Pensando que sua causa é tão pura e reluzente quanto sua lâmina.

— Talvez eu seja todas essas coisas — admitiu Marie —, mas também sou inevitável.

Foi então que os outros saíram correndo para a porta. E tudo começou.

A lâmina de Marie foi rápida. Sua maestria era uma maravilha de se ver — e em breve o mundo veria, pois havia câmeras para todo lado. Ela sabia disso, mas não estava atuando para as câmeras. Estava simplesmente fazendo seu trabalho com eficiência e graça. Eles caíram, um após o outro, até que restasse apenas o próprio Hinton, agora encolhido no canto, toda a sua bravata desmoronando.

Marie sabia por instinto que esse era um ponto de virada. Não apenas para ela, mas para o mundo todo. Para todas as suas espécies. Será que ele também podia sentir isso? Por isso suas mãos tremiam?

— Não há mais lugar para você — ela disse. — A civilização seguiu em frente.

— Certo, vou embora — ele suplicou. — Vou para o exílio. Você nunca mais vai me ver.

Mas Marie balançou a cabeça.

— A Nimbo-Cúmulo teria adorado isso e, se você tivesse aceitado essa proposta antes, eu não estaria aqui. Mas você não aceitou o exílio. E eu não trabalho para a Nimbo-Cúmulo.

— Você vai se arrepender disso. Grave minhas palavras: você vai lamentar o dia em que fez essa escolha, garota. E quando isso acontecer...

Mas todo aquele discurso foi cortado pela raiz com um único golpe.

Ela voltou para a Casa Branca, tentando entender o que tinha acabado de fazer: abriu caminho para a Nimbo-Cúmulo governar livremente. Também tinha solidificado o poder e a soberania da Ceifa de uma forma que ninguém nunca fizera. Ela se perguntou se isso violava o segundo mandamento dos ceifadores. Coletar as últimas figuras problemáticas do governo mortal seria considerado discriminação? Mesmo se fosse, qual era a pior coisa que a Ceifa poderia fazer com ela? Repreendê-la? Tirar seu poder de coletar por um ano ou dois? Sem dúvida, livrar o mundo do passado valia o preço.

Ela encontrou um banheiro na residência presidencial e preparou um banho. Havia sangue para todo lado — e, mesmo que pudesse lavar as mãos, respingos riscavam seu manto, tornando-o terrível de se ver.

Como era uma vestimenta grossa, ela o virou do avesso para esconder as manchas. Pensou que poderia parecer estranho, mas não. O forro era de um tom de lavanda sedoso, sutil e discreto. Ela percebeu que gostava muito mais dele do que do roxo chamativo.

Pontos focais na história têm sua própria gravidade e, portanto, quando saiu, Marie se viu cercada por uma multidão crescente. O portão tinha sido aberto, os guardas tinham ido embora. E quase todos seguravam um aparelho nas mãos erguidas, transmitindo ao vivo, registrando o momento como um novo ponto de ancoragem para a posteridade.

Ela se deu conta de que não havia preparado nada para dizer, mas tinha que dizer alguma coisa. Assim, as palavras que falou naquele momento — palavras que logo se tornariam conhecidas no mundo todo — eram verdadeiramente do coração.

— *O que fiz hoje é meu fardo e minha dádiva* — ela disse à multidão. — *O futuro está desimpedido. Não poderia haver dia mais bonito. Vida longa a todos nós!*

A Nimbo-Cúmulo poderia ter sido capaz de prever o que viria em seguida, mas Marie com certeza não. Nas semanas seguintes à coleta, seu feito começou a ser repetido mundo afora. Monarcas, ditadores e chefes de Estado de nações que não existiam mais foram coletados um após o outro, até não restar nenhum. As nações agora haviam acabado oficialmente, e as únicas divisões eram as regiões. Todas iguais. Nenhuma em competição. Sem mais "eles", apenas "nós". E, a cada coleta política, as mesmas palavras eram ditas:

"*O futuro está desimpedido. Vida longa a todos nós!*"

A Nimbo-Cúmulo, que não comentava sobre os mecanismos de vida e morte, teve apenas uma coisa a dizer, com seu estilo discreto de sempre: "Não foi o que pedi, mas vai facilitar um pouco a condução do planeta".

Mesmo assim, Marie não conseguia tirar da cabeça as últimas palavras do presidente. Ela lamentaria o dia em que tinha feito essa escolha. Restava saber quando esse dia chegaria.

No Conclave Invernal, Marie chegou em seu Porsche e encontrou o mesmo rapaz esperando para estacionar o carro, aparentemente decidido que essa era sua vocação. No momento em que ela se aproximou dos degraus de mármore para a capital da Cidade Fulcral, a multidão, que observava a procissão de ceifadores, se voltou para ela e começou a cochichar. Em pouco tempo, porém, todos fizeram silêncio. Outros ceifadores a viram e deram um passo para o lado, abrindo espaço. Deixando que ela passasse antes.

— O novo manto lhe cai bem, ceifadora Curie — disse o ceifador Vonnegut, sem sorriso nem tom de ironia.

Ela assentiu, em agradecimento. Em seguida, pela primeira vez naqueles degraus, se voltou para a multidão dos dois lados, dando um sorriso sutil e um breve aceno. As pessoas pareceram prestes a desfalecer pela atenção. Ela ficara sabendo que agora a chamavam de "Miss Massacre". Odiava bem menos do que havia imaginado a princípio. Seria uma motivação para ela superar essa persona.

Estranho, mas os ceifadores ao redor não pareciam intimidantes. Ela queria saber como Michael agiria na sua presença agora. Talvez a visse menos como uma estudante e mais de igual para igual. Outro bônus de sua coleta infame.

Ao atravessar o vestíbulo externo onde o café da manhã suntuoso do conclave a aguardava, ouviu um ceifador que não conhecia falar para outro:

— Eu não duvidaria se ela se tornasse Alto Punhal algum dia. A menina é formidável.

Marie sorriu, pois finalmente seu próprio futuro estava desimpedido.

3

Nunca trabalhe com animais

Em coautoria com Michael H. Payne

O ceifador Fields levou o cachorro-quente ao nariz, inspirando fundo e soltando o ar.

— Ah, o cheiro de uma boa mostarda sob um céu azul perfeito! — Ele virou e sorriu para o vendedor. — Não há nada igual no mundo, Charles.

— Sim, excelência. — E a resposta saiu mais como um suspiro.

O sujeito era melancólico demais. Fields o teria coletado anos antes, não fosse a qualidade de seus cachorros-quentes. A salsicha era de uma marca comum, sim, mas o segredo estava no preparo. A quantidade perfeita de mostarda, um chucrute fresco, nada molenga, e um pão aquecido à temperatura ideal. Fields praticamente engoliu o lanche, limpando as migalhas de seu manto marrom--dourado em seguida.

— Acho que vou querer mais um. — Fields se apoiou no carrinho e observou os cidadãos de Oxnard, Mérica do Oeste, andando pelo parque da orla, sombras de folhas dançando sob a brisa do oceano nas colinas relvadas e trilhas sinuosas. — Se todos os dias pudessem ser assim! — ele disse, e olhou para Charles à espera de uma reação.

— Quase todos são — ele respondeu, com seu tom sepulcral de sempre. — Só chove ou nubla quando a Nimbo-Cúmulo permite, o que acontece na frequência que as pessoas desejam, imagino.

Um simples aceno ou sorriso era o que Fields estava buscando — talvez até algo mais efusivo. Quem sabe uma declaração calorosa de que a cidade era assim tão maravilhosa graças aos esforços dele, *não* da Nimbo-Cúmulo, que de nada servia para Fields, como ceifador. Começou a ficar carrancudo, irritado por ter sido levado a pensar em algo tão desagradável. Sua mão se fechou em torno da bengala-espada pendurada em seu braço — reflexo a que ele obedecia na maioria das vezes.

Irritá-lo era o primeiro item da sua lista de delitos dignos de coleta — algo que garçons desleixados, adolescentes revoltados e donos de animais de estimação desatentos por toda a região costeira haviam aprendido ao longo das três décadas em que ele era ceifador.

Mas, por mais irritante que Charles pudesse ser, o coração de Fields estava amolecendo pela atenção amorosa que o homem dedicava a seu ofício, até quando colocava a salsicha no pão como se acomodasse um bebê em um berço. Era isso que fazia Fields esquecer seus muitos defeitos.

Fields pegou o cachorro-quente antes mesmo que Charles oferecesse.

— Prepare um terceiro, por gentileza, Charles. Estou tentando ganhar alguns quilos depois do exemplo brilhante dado por Xenócrates, o Alto Punhal de MidMérica. — Fields deu um tapinha na barriga quase imperceptível por baixo dos mantos. — Infelizmente, por mais que eu tente, meu sangue continua a conspirar contra mim. — Ele deu uma mordida no pão, deixando que o sabor agridoce levasse embora o amargor de seus pensamentos.

Charles limpou um pouco a garganta.

— Daria para mandar ajustar seus nanitos para ganhar peso.

A comida ameaçou descer pelo buraco errado; Fields tossiu, se inclinando para a frente, bateu os pés no chão, conseguiu controlar seu aparelho glótico e engoliu em seco com esforço.

— E admitir derrota? — Ele se empertigou e balançou a cabeça. — A mente controla o corpo, Charles! *Esse* é o princípio orientador que trouxe este mundo para onde ele está hoje e...

Bem nesse momento um cachorro começou a latir, acabando com a calma do dia. O som fez a barriga de Fields se revirar e estilhaçou seus pensamentos.

— Godfrey Daniels! — ele exclamou.

Sua pesquisa nunca havia revelado o que essa expressão realmente significava, mas seu patrono histórico tinha sido conhecido por usá-la em momentos de exasperação, então o ceifador Fields adotou o uso quando adotou o nome. Sacando sua bengala-espada, outro acessório pitoresco de sua querida Era Mortal, deu meia-volta, pronto para aplicar uma correção fatal a quem quer que ousasse perturbar a tranquilidade refinada pela qual ele havia se esforçado tanto e por tanto tempo.

Não que ele não gostasse de cachorros — adorava. Mas, como as crianças, era melhor ver do que ouvir.

Na infância, ele teve um cachorro muito amado, mas cachorros têm uma vida natural curta, e o custo da revivificação e da restauração da idade dobrava toda vez. Com o tempo, quando o custo se tornava exacerbado, muitas pessoas optavam por deixar os pets falecerem. Ele imaginava que fosse uma forma de controlar a população de animais de estimação — afinal, não havia ceifadores para coletá-los —, mas, quando pequeno, via isso como uma crueldade.

Como ceifador, porém, tudo era de graça — incluindo a revivificação infinita de animais de estimação. No entanto, Fields não tinha companheiro canino agora. Seu último cachorro, um cocker spaniel, era muito frágil, e as visitas frequentes ao centro de revivificação quando o bicho semimorria a toda hora se tornaram um estorvo. Na última vez em que o deixou lá, nunca mais voltou para buscar. "Deem-no a alguém que o mereça", ele disse. "Talvez alguém com mais paciência para um animal tão desastrado."

Ele não sabia ao certo de qual direção o latido tinha vindo, mas, quando se virou, viu um cachorro sem guia trotando pelo parque ao lado de um jovem casal, seus tutores, aparentemente. O pelo sedoso, branco-acinzentado, fez Fields hesitar. Era um animal lindo. Tinha a cabeça erguida, o peito estufado, um lindo rabo felpudo curvado para cima, a ponta tocando as costas.

Fields ficou contente ao ver que não era esse o cachorro que latia — inclusive, pelo ar de autocontrole do animal, nem parecia capaz de latir, como se isso fosse muito baixo para ele. Fields ouviu o latido de novo e, dessa vez, o rastreou até uma criaturinha do tamanho de um rato, mais adiante na trilha. Estava no colo de uma mulher de roupa rosa-neon que conseguia ser ainda mais barulhenta que o animal e o levava embora às pressas.

Fields conhecia a dupla. O cachorro que latia era um lulu-da-pomerânia chamado Biscoito, e sua dona era Constance Qualquer Coisa. Ele já tinha lançado vários olhares repreensivos para ela ao longo dos anos, mas isso? A interrupção descarada de um almoço perfeito? Nem sua natureza amável conseguia suportar.

Mas ele poderia resolver depois. Agora seu interesse estava nesse casal recém-chegado e em seu cachorro muito mais digno.

— Boa tarde! — ele cumprimentou, tentando parecer jovial. — Permitam-me lhes dar as boas-vindas a Oxnard, a joia cintilante de Mérica do Oeste.

A breve tensão repuxando os traços do rosto era um efeito que ele causava aonde quer que fosse. Todos os ceifadores conheciam. Era uma tentativa de suprimir a reação de lutar ou fugir sempre que se via um ceifador. Tanto lutar quanto fugir poderiam provocar uma coleta, então as pessoas aprenderam a dominar esse instinto, por mais forte que fosse.

Era uma reação irritante, mas o cachorro não latiu para ele e manteve o comportamento agradável. Realmente um animal excepcional.

Inclinando-se para a frente, Fields estendeu a mão sem anel diante do focinho do cão e sorriu para o casal. Pareciam jovens de verdade, não como muitos que se restauravam ao primeiro sinal de ruga.

— Permitam-me que me apresente. — Ele teria inclinado o chapéu se estivesse usando, mas não gostava de como o cabelo nas têmporas ficava amassado. — Fields é meu nome, ceifador local e comitê de boas-vindas. Sempre fico contente em receber recém-chegados e mostrar que temos uma bela comunidade aqui. Estão fixando residência em Oxnard ou apenas visitando?

O casal sorriu, um pouco nervoso.

— É um prazer conhecê-lo, excelência — disse o homem. — Acabamos de nos mudar para cá da Região do Sol Nascente.

Parando para pensar, eles realmente tinham uma aparência levemente panasiática — não que Fields se importasse com isso. Era bom saber que a cidadezinha costeira estava atraindo pessoas de lugares distantes, embora torcesse para que não se tornasse um hábito.

— Sou Khen Muragami. Essa é minha esposa, Anjali, e nossa shikoku se chama Jian…

— Esplêndido, esplêndido — disse Fields, já esquecendo os nomes do casal. O do cachorro, porém, destacou-se negativamente, e ele não conseguiu evitar sugar os lábios. — Então vocês batizaram esse lindo animal como "John"? — Balançou a cabeça. — Nunca consigo entender por que as pessoas dão nomes humanos mundanos a cachorros e, a menos que eu esteja redondamente enganado, essa é uma fêmea…

A jovem limpou a garganta.

— Desculpe, excelência, mas o nome dela é *Jian*. — Ela exibiu um par de covinhas saudáveis. — Nossa garota dá bastante trabalho às vezes, então o nome dela é uma antiga palavra panasiática que significa espada de dois gumes.

— Antiga? — Fields sorriu. — Ora, sou um especialista na Era da Mortalidade. Inclusive, meu patrono histórico foi um dos maiores filósofos existenciais da Era Mortal, sintetizando aquele tempo passado em dois preceitos que acho aplicáveis mesmo em nossos tempos modernos. O primeiro, *"Não se pode enganar um homem honesto"*, mostra como nunca se podia tirar do caminho os mortais que viviam contentes. E o segundo, *"Nunca dê paz a um sacana"*, instrui que sejamos implacáveis com aqueles que se desviam do caminho do decoro. — Ele colocou a mão do anel sobre o peito, em um gesto de sinceridade. — São as palavras mais sinceras já ditas. — Não pôde deixar de notar como os olhos do casal pairaram sobre o anel.

— Realmente — o homem disse, seu sorriso exibindo alguns dentes a mais do que o necessário. — E obrigado pelas boas-vindas, excelência. Esperamos vê-lo pela cidade.

— É difícil não me notar. Bom dia para vocês. — Então, inclinando-se um pouco mais à frente, encarou o olhar sombrio e fixo da cachorra. — E para você também, John.

Ele se voltou para a barraca de cachorro-quente, onde Charles esperava com o terceiro sanduíche.

— Que animal encantador. Sem dúvida merece um nome mais apropriado. Mas essas coisas podem ser remediadas.

Charles ficou quase completamente imóvel atrás do carrinho, e Fields achou compreensível. Fields tinha aprendido a amar sua profissão, claro. Goddard, aquele ceifador eloquente de MidMérica, defendia alguns preceitos maravilhosos sobre a relação dos ceifadores com seu trabalho. Uma pena que tivesse se queimado numa coleta tonista malsucedida alguns meses antes e, por conta disso, não pudesse mais ser revivido. Bom, talvez não fosse uma perda tão grande. Afinal, Goddard tinha *sim* sido irritantemente espalhafatoso e vistoso...

Fields soltou um suspiro.

— Devo fazer uma visita à família de John hoje à noite... mas não antes de repartir o pão com Constance e Biscoito. — Então ele riu baixo, porque pão não seria a única coisa que se repartiria.

Constance Qualquer Coisa não havia facilitado para ele. Quando ele chegou, ela ainda estava fazendo as malas, embora tivesse cometido seu delito horas antes. Se ao menos tivesse se esforçado um pouco mais para fugir, ela o teria poupado de muito desgaste, mas não.

Foi uma enxurrada de histeria pré-coleta, mas pelo menos Constance colocou Biscoito na caixinha de transporte antes de Fields cravar a bengala-espada nela.

Os tutores de John colaboraram muito mais. Aceitaram bem a coleta — embora fossem monotonamente insistentes sobre como John era especial e precisava de muita atenção.

O desfecho se revelou uma surpresa agradável. Fields estava com sua arma de dardos tranquilizantes, carregada e pronta para usar na cachorra, mas o animal mais uma vez exibiu seu caráter excelente. Nem sequer rosnou para ele quando teve sua coleira de identificação removida e substituída por uma nova. Um comportamento bem surpreendente, considerando os acontecimentos desagradáveis que ela havia acabado de presenciar. Mas, bom, não era por proteção que se comprava um cachorro nesses tempos tão esclarecidos, não é?

— Trixie é seu nome agora — ele disse, chacoalhando a nova identificação pendurada no pescoço da cachorra.

Esse foi o nome de todas as cachorras que ele adotou. Havia

muita parafernália de "Trixie" em casa; seria um desperdício escolher outro nome. Além do mais, Fields decidiu que ela tinha cara de Trixie. E isso era suficiente. Prendeu a guia, e ela o seguiu bem mansa até a limusine. A caixa de transporte de Biscoito, por outro lado, foi para o porta-malas, onde o latido incessante da criatura demoníaca seria abafado.

Dez minutos depois, sua limusine parou no meio-fio com um solavanco súbito. Para completar, o veículo imprestável parecia ter pegado a rota mais longa possível hoje, o que o deixou de mau humor, para dizer pouco. Os veículos sem motorista da Ceifa não podiam participar da rede eletrônica de trânsito da Nimbo-Cúmulo — o que os tornava uma frota de desinteligência artificial. Mesmo assim, um veículo automatizado defeituoso era infinitamente preferível a um chofer humano. Fields não conseguia entender como alguém podia confiar a própria vida tão completamente a outra pessoa.

Com a caixa de transporte de Biscoito em uma das mãos e a coleira de Trixie na outra, ele se encaminhou para a entrada principal do abrigo e centro de revivificação animal de Oxnard. Poucos segundos depois de tocar a campainha, a porta se abriu e revelou uma mulher grisalha com quem Fields já havia tratado antes.

— Boa noite, Dawn — ele disse, mais uma vez lamentando a incapacidade de usar chapéus com que pudesse cumprimentar. — Sempre um prazer ver um rosto conhecido.

— Ceifador Fields. — Os olhos de Dawn desceram e voltaram a subir, assimilando a cena. — Esses dois cães estão vivos, então vossa excelência não está aqui para mais uma revivificação animal?

— Hoje não. Vim dar o animal na caixa para o abrigo, onde não tenho dúvida de que ele encontrará um tutor mais disciplinado que a anterior. E essa belezinha — ele apontou para Trixie, sentada atrás dele, as orelhas voltadas para trás e o focinho farejando algo —, eu mesmo vou adotar. A documentação está no lugar de sempre?

Ele entrou e foi até a recepção.

—Vossa excelência sabe que, como ceifador, não precisa preencher nenhuma documentação.

—Tampouco preciso trazer animais aqui depois de coletar seus tutores, mas faço isso mesmo assim. E não preciso devolver animais para revivificação quando eles se revelam companheiros indignos, mas também o faço. Porque preencher formulários e outras gentilezas dão um exemplo positivo. Embora eu esteja acima da lei, não estou além dela.

— Sim, excelência.

Ela pegou Biscoito, e Fields foi até o painel de computador mais próximo. Quando se aproximou, a interface amigável da Nimbo-Cúmulo desapareceu, substituída pela tela simples e utilitária que encarava todos os ceifadores quando eles se aproximavam de um computador. Ele abriu os formulários e começou a preencher, enquanto sua nova sentinela canina esperava pacientemente ao lado.

— Tenho um bom pressentimento em relação a essa aqui — gritou para Dawn, que ainda estava nos fundos, tentando acomodar Biscoito.

Ele havia cuidado de vários cachorros ao longo dos anos, mas a verdade era que uma pessoa em sua posição precisava de um *tipo* certo de cachorro, que ele ainda não havia encontrado, apesar da busca constante. Muitos outros tinham uma tendência estranha à semimorte, mas ele desconfiava de que essa seria diferente.

Com todos os formulários de adoção em ordem, ele deu um adeus afetuoso a Dawn e saiu. Mas, quando chegou à calçada, sua limusine não estava lá. Ele tateou os bolsos em busca do tablet. Ao clicar, descobriu que o carro estava de volta à garagem de casa, recarregando as células de combustível.

— Godfrey Daniels — murmurou.

Quem dera pudesse coletar um objeto inanimado. Respirando

fundo, deixou para lá. De nada adiantava se irritar com uma máquina. Além disso, estava uma noite linda, e as ruas da cidade eram conhecidas por sua tranquilidade, especialmente depois do anoitecer, quando apenas infratores saíam. Ele desprezava esse tipo de gente e tinha deixado isso claro com suas coletas. Não que mirasse em algum grupo, obviamente, mas descobriu que alguns exemplos de alta visibilidade poderiam espalhar boatos e dar uma impressão que não era baseada em dados concretos, talvez deixando-o em maus lençóis com a Alto Punhal Pickford e sua equipe de estatística.

Fields abriu um sorriso para a cachorra sentada a seus pés.

— Vamos, Trixie — ele disse em seu tom mais persuasivo. — Vamos dar uma voltinha e nos conhecer melhor.

Sabia que o segredo de falar com animais era o tom e a linguagem corporal. Mas isso não significava que a conversa, por mais unilateral que fosse, precisava ser vazia. Fields tinha que admitir que a unilateralidade lhe agradava. Cães bem-comportados permitiam que ele falasse sem nenhum receio de ser interrompido ou questionado.

— Acho que você, Trixie, não tem nada a temer de seu tio Bill, e tenho certeza de que estamos destinados a nos tornar grandes amigos em pouco tempo.

As orelhas da cachorra se voltaram para a frente, e ela era devidamente obediente… mas a inexpressividade dela… Não havia nada de temeroso no seu comportamento, mas também nada de agradável. Fields não sabia o que pensar disso. Tinha que admitir, porém, que uma reação discreta era melhor do que se ela uivasse ou latisse ou partisse para cima dele como suas aquisições anteriores haviam feito em seus primeiros momentos juntos.

— Um passeio agradável pelas ruas de sua nova cidade. Isso vai animar você.

E, claro, a cachorra não disse nada.

★

Fields — na época em que ainda era o pequeno Jimmy Randell — tinha memórias carinhosas e não tão carinhosas de seu cachorrinho de infância. Towser era um malamute parrudo e cheio de caprichos, que seus pais achavam que podiam deixar totalmente aos cuidados do jovem Jimmy, o que não seria problema se ele fosse um pouco mais velho e resistente. Towser era do tipo que saía correndo e escapava das mãos de Jimmy. A vida do pobre cachorro chegou a uma triste intermissão quando um malamute fêmea do outro lado da rua chamou sua atenção. Towser atravessou desembestado e foi atropelado por um carro. Os pais de Jimmy o reviveram, mas não sem reclamar do preço e dar uma bronca feia no garoto. "Um cachorro deve saber seu lugar", seu pai sempre lhe dizia. "Eles *querem* saber seu lugar. Quando sabem quem manda, ficam contentes e aliviados."

Portanto, daquele momento em diante, ele foi mais firme com Towser, e enrolava a guia duas vezes no punho quando o levava para passear. Funcionou no início, até o cachorro ver um guaxinim do outro lado da rua certa noite e sair correndo de novo… dessa vez, arrastando Jimmy junto, e os dois foram semimortos por um caminhão. Já o guaxinim fugiu ileso, como era de esperar.

Depois da revivificação, Jimmy foi repreendido de novo, mas dessa vez não recebeu Towser de volta.

— Nós o revivemos e o mandamos para um rancho — seu pai lhe disse. — Para um cuidador mais responsável — acrescentou, só para alfinetar.

Mas, quando Jimmy ficou mais velho, desconfiou de que fosse mentira e que haviam deixado Towser morto por causa do alto custo da revivificação. Essa possível mentira tornou relativamente fácil para Fields cravar uma espada no peito do pai em seu teste final de aprendizagem, três décadas antes. Seu pai, claro, foi revivido, mas nunca o perdoou. Fields achava que isso era parte do teste: distanciar emocionalmente jovens ceifadores de suas famílias. Embora para Fields essa distância emocional parecesse se estender a quase todos os outros seres humanos. Mas com animais de estimação era diferente. Seu amor era incondicional — e ele tinha certeza de que Trixie poderia ser condicionada a amá-lo.

No caminho de volta naquela noite, Fields deixou Trixie farejar as árvores e os canteiros de flores até chegarem à casa dele, que ficava de frente para o mar. Era grande sem ser ostensiva. Um quintal gramado pontilhado de canteiros de dálias e primaveras e três figueiras, que ofereciam uma sombra pitoresca. Também tinha tamanho suficiente para permitir a um cachorro de médio porte, como Trixie, um pouco de exercício. A casa em si tinha três andares e era pintada em tons elegantes de cinza e branco, que Fields impunha de forma extraoficial, mas rigorosamente, nas redondezas. Ele abriu o portão da frente com um friozinho na barriga de ansiedade.

— Agora, Trixie, vamos fazer o grande tour com você.

Dessa vez, ela não o seguiu, e a guia se esticou na mão de Fields. Ao se virar sob a luz alaranjada do poste da esquina, ele não a via abanar o rabo nem um pouco. Mas ela farejava com a cabeça um pouco erguida e o nariz voltado para casa.

— Demonstração de cautela. — Fields assentiu. — Um traço admirável ao entrar em um ambiente novo. — Ele puxou a guia com um pouco mais de firmeza. — Mas já chega. Venha, entre.

Seu pai estava certo sobre uma coisa: os cães precisam saber quem é o alfa. Saber o próprio lugar na hierarquia lhes dava segurança. Menos ansiedade. Mesmo que fosse apenas uma hierarquia de dois. Ele também tinha medo que houvesse guaxinins por perto. Aquelas criaturas o atormentavam desde o incidente infeliz com o caminhão. A última coisa que queria era que Trixie ficasse agitada com um bicho antes mesmo de entrar.

Felizmente, ela seguiu sem que ele tivesse que insistir mais; subiu o caminho de tijolos até o alpendre e entrou no hall. Ele fechou a porta rapidamente, apertou o interruptor e soltou a guia da coleira de Trixie.

— Dê um momento para tio Bill guardar o equipamento dele, e podemos ver a casa.

Como não teve que usar os dardos tranquilizantes, ele simplesmente descarregou a arma e a encaixou no suporte dentro de seu armário, logo atrás da porta.

— Um lugar para todas as coisas, e todas as coisas em seu lugar.

Ele fechou o armário e virou, pensando que a veria farejando o chão ou o carpete ou as cortinas da sala da frente. Em vez disso, ela estava parada no exato lugar em que ele a havia deixado, observando-o. O olhar dela agora estava ainda mais opaco, quase pensativo, se não se tratasse de uma cadela. Mas ela não se encolheu, não rosnou, não latiu nem saltou para colocar as patas na barriga dele nem nada inconveniente nesse sentido.

— Muito bem. — Agachando-se, Fields acariciou a cabeça dela, e a falta de reação lhe pareceu estranha, mas ele sempre tinha achado que os cães excessivamente exuberantes eram incômodos. — Que boa garota — ele teve que reforçar a ideia. —Vamos à cozinha primeiro.

Ele mostrou os potes dela, com o nome "Trixie" gravado — havia outro par com o nome "Rex" ao lado de uma coleira e identificações combinando, para as vezes em que adotava um macho. Ela os farejou, lambeu o pote de água, mas pareceu desinteressada; mesmo quando ele pegou uma caixa velha de biscoitos de cachorro do armário, que eram da última Trixie, e a chacoalhou com um sorriso, a reação dela foi inclinar um pouco a cabeça.

—Você nunca viu biscoitos antes? — Fields chacoalhou a caixa de novo. — Petiscos? Bolachas? Docinhos? — Ele não conseguia pensar em outra forma de chamar aquilo, mas, como ela não reagiu a nenhum dos nomes, a questão logo se tornou irrelevante. — Eles não ensinaram nada a você? — Abrindo a caixa, ele tirou um e o estendeu para ela. — Pegue, garota. Vamos.

Ela simplesmente inclinou a cabeça para o outro lado.

Por um instante brevíssimo, ele imaginou que poderia morder o biscoito para demonstrar, mas, em vez disso, se perguntou outra vez: o que os tutores anteriores ensinaram a ela?

— Sem dúvida, eles jogavam para você apanhar! — E, com uma mira cuidadosa, lançou o biscoito bem à esquerda do focinho.

Ela não apenas não o pegou como se inclinou para a direita, deixando que o petisco caísse no chão.

Cada vez mais satisfeito por ter se livrado dos tutores dela, Fields guardou a caixa de biscoitos de volta no armário.

—Vamos começar sua educação logo pela manhã.

Quando se virou, viu que o biscoito não estava mais no chão. Bufou.

— Bom, pelo menos você reconhece a comida. — Assentindo, ele atravessou a cozinha e abriu a porta para a sala de jantar. —Vem, Trixie. Vem.

Essa palavra, pelo menos, ela também parecia conhecer…

Na sala de jantar, abriu a porta lateral por onde ela poderia sair para o quintal para fazer suas necessidades. Ela *teria* que ser treinada naquela idade, ele se recusava a pensar que era impossível, e a guiou da sala de jantar até a escada.

No segundo andar, mostrou seu escritório e a almofada diurna dela no chão, do outro lado da mesa.

— Assim, enquanto eu estiver fazendo o grande trabalho que foi confiado a mim, você pode esperar fielmente por perto. —Voltando para o corredor e subindo para o terceiro andar, ele apontou a bengala para a almofada noturna ao lado da cama, bem como sua coleção de vídeos vintage e antigas TVs de tela grande. —Você deve descansar aqui à noite.

Ele deu um tapinha gentil na almofada, e Trixie pareceu entender a ideia, porque deu alguns passos à frente e se sentou nela. A almofada era a melhor cama de pet que existia. Altíssima qualidade e confortável o bastante para garantir que Trixie nunca teria motivo para se aventurar na cama dele. Não que um erro ou outro não pudesse acontecer, mas o tempo, o treinamento e a disciplina mostrariam a ela o que era ou não permitido.

E então Trixie latiu.

Foi a primeira vez que ela emitiu um som na presença dele. Foi baixo e muito breve, os olhos dela fixados nas janelas que, à luz do dia, exibiriam uma vista adorável do oceano. Portas francesas se abriam entre as janelas para uma sacada que ele quase nunca usava, e foi na direção dessa porta que Trixie avançou, a cabeça baixa, os pelos do pescoço eriçados.

Fields ficou olhando.

— Qual é o problema, garota? — Não devia haver nada de interessante lá para um cachorro… exceto talvez aves ou gatos ou… — Guaxinins?

Correndo pelo quarto até a porta, ela rosnou, e Fields tensionou os lábios. Será que os diabinhos estavam aprontando entre as árvores ao lado da casa de novo?

Só havia uma forma de descobrir.

Passos rápidos o levaram até ela; ele abriu a porta, correu para a sacada e gritou:

— Há!

Nenhum barulho de bicho correndo ou guinchando, mas Trixie saiu em disparada diretamente para a grade oeste. Um alongamento enérgico a deixou equilibrada nas patas traseiras, com as dianteiras apoiadas no alto da grade, e a maneira ansiosa como inclinou a cabeça para baixo deixou Fields certo de que a cadela tinha encontrado uma presa.

— O que foi, garota? — Fields correu para o mesmo lugar, se debruçou na tentativa de flagrar os guaxinins, mas Trixie se mexia, latia, tentava se enfiar entre ele e a grade. — O que é que você...? — ele começou a dizer, dando um passo para trás. — Junto, Trixie! Junto!

Exatamente a coisa errada a dizer, ele percebeu em seguida, pois a cachorra se colocou bem onde ele tentava colocar os pés e deu um ganido. Sem querer jogar todo o seu peso em cima dela, ele pulou para o lado, acertando o meio da coxa na grade baixa da sacada. Com o ouvido zumbindo, perdeu o equilíbrio e tombou para a frente, antes que se desse conta, tinha passado por cima da grade, e as lajotas do quintal ficavam cada vez mais perto.

— Godfrey Daniels! — exclamou, antes de um estalo doloroso percorrer seu corpo e tudo ficar escuro.

Piscando os olhos turvos, Fields esfregou a cabeça. Piscando mais, avistou paredes elegantes de madeira com cortinas de veludo em um tom suave de roxo. Ele se apoiou no cotovelo e viu uma mulher de branco excessivamente animada.

— Boa tarde, ceifador Fields! — Os olhos dela brilhavam tanto que eram capazes de causar um aneurisma num mortal. — É uma grande honra servi-lo no que, segundo os registros, é apenas sua segunda revivificação!

— Que diabos foi isso? — Fields disse e calou a boca rapidamente. A voz que saía da boca dele... as *palavras* que saíam da boca dele não pareciam suas. Eram familiares, sim, mas não em um bom sentido. Mais em um sentido que ele preferia esquecer. Embora seus pensamentos estivessem turvos, ele forçou eloquência em suas palavras. — Poderia me fazer a gentileza de dizer o que aconteceu?

— Não cabe a nós saber. — A mulher ficou um pouco menos animada e efusiva, mas Fields ainda precisava estreitar os olhos para vê-la. — Só sei que os drones trouxeram vossa excelência, e fizemos nosso trabalho. Mas o ceifador Conan Doyle, do gabinete da Alto Punhal, passou por aqui ontem e disse que não parecia haver nenhum sinal de crime na cena.

— Cena? — Outras memórias lhe vieram à cabeça. — Trixie! — ele gritou, pulando da cama.

Sua visão estava embaçada, mas ele foi segurado pelo braço.

— Cuidado, excelência!

— Me solte! — A vertigem o perpassou, e ele não conseguiu impedir que o tom choroso e o sotaque arrastado de sua juventude transparecessem em sua voz. — Eu e minha cachorra estávamos caçando guaxinins quando tropecei e caí!

— Senhor? — A pressão da mão dela se aliviou. — Guaxinins?

A onda de mau humor causada pela pergunta não desanuviou seus olhos, mas o fez voltar um pouco a si — à versão de si que se chamava Fields, com orgulho. Ele pigarreou.

— Sim, senhora! Guaxinins! — Inspirou profundamente para focar tanto a parede do quarto como a pessoa que ele deveria ser. — Diabinhos ferozes! Partiram para cima de nós como lobos em miniatura! Praticamente uma gangue de glutões!

Mais uma respiração e ele conseguiu se virar para a enfermeira com um bom nível de sua elegância habitual.

— Então, se fizer a gentileza de me dizer o que aconteceu com minha fiel cadela, vou buscá-la, com licença. — Ele forçou um riso falso. — Ou talvez seja melhor: *cão* licença.

O rosto da enfermeira tinha ficado quase completamente inexpressivo, algo que Fields achava preferível à efusividade de antes.

— Sua… cachorra? — ela perguntou, e Fields não conseguiu conter um sorriso, vendo que agora era *ela* quem tinha perdido o equilíbrio. — Bem, vossa excelência passou um dia e meio aqui… então… imagino que ela esteja no abrigo animal?

— Excelente! — Uma mesa atrás dela chamou a atenção de Fields, e ele sorriu ao ver sua bengala-espada e seu tablet em cima. — Muitíssimo excelente! — Ele contornou a enfermeira, pegou seus pertences e se dirigiu à porta.

— Senhor? — ela o chamou. — Talvez seja melhor descansar um pouco mais? Temos um sorvete muito bom, se vossa excelência…

— Desnecessário! — A cada passo, ele conseguia sentir o brio de sua personalidade bon vivant voltar ao corpo. — Tenho certeza de que Oxnard deve estar preocupadíssima, querendo saber como estou, então devo partir. — Ele se despediu com um floreio da bengala, desceu um corredor para o saguão e saiu, a tarde azul e cintilante com uma brisa levíssima.

O abrigo animal ficava no quarteirão seguinte, e Fields se dirigiu à entrada da sala de emergência antes de se dar conta de que ainda era horário comercial e as pessoas esperavam sua vez. Embora Fields não visse mal em um pouco de burocracia, esperar sua vez definitivamente não estava em seu portfólio de habilidades. Ele se dirigiu à entrada e, claro, ninguém se atreveu a impedi-lo.

O pequeno saguão estava praticamente igual, mas ele parou no instante que viu Dawn sentada atrás do balcão. Tinha torcido para que fosse outra pessoa e não precisasse passar pelo constrangimento de buscar Trixie tão pouco tempo depois de adotá-la.

— Excelência! — Ela se levantou de um salto, e seu sorriso discreto e sincero o afetou com muito mais força que o sorriso largo e ligeiramente plástico da enfermeira. — Não sabia quando vossa excelência sairia. — Dando a volta no balcão, ela tocou em algo que fez um clique, e toda a seção se abriu. — Mas tem alguém aqui que vai ficar muito feliz em vê-lo!

Trixie estava deitada no chão atrás do balcão. Fields se preparou, parcialmente resignado com os pulos, os latidos e as lambidas inevitáveis... A não ser pelo fato de que Trixie apenas levantou a cabeça e olhou para ele.

O coração de Fields pressionava suas costelas. Que o animal o conhecesse tão bem, que soubesse exatamente como reagir a ele, depois de tão pouco tempo juntos...

— Que cachorra excelente — ele conseguiu dizer.

— Ela é muito comportada — Dawn disse. — Nem consigo imaginar como foi treinada. Mas apareceu aqui na noite em que foi adotada e, quando liguei para os gabinetes dos ceifadores, disseram que vossa excelência tinha sido levado para revivificação.

Como nunca havia passado por uma revivificação em sua vida adulta, Fields não sabia se as emoções que estava sentindo eram ou não um efeito do processo. Mas não havia como negar que o fato de uma semidesconhecida ter cuidado de Trixie enquanto ele estava incapacitado apertava sua garganta e turvava sua visão.

— Dawn, minha querida? — Ele estendeu o anel. — Nem sei como agradecer.

Os olhos dela se arregalaram.

— Imunidade, excelência? — Ela se aproximou dele, hesitante.

—Você merece.

Ele tentou não se crispar quando ela se ajoelhou para beijar o anel. Por sorte a mulher não babou em sua mão. Fields manteve a atenção em Trixie durante todo o processo nauseante. A cachorra estava sentada agora com a língua para fora, e era exatamente assim que Fields sempre tinha imaginado um sorriso canino.

— Essa é minha garota — ele disse, batendo palmas quando o brilho vermelho indicativo de seu anel mostrou que Dawn finalmente tinha se retirado. — Pelo menos assustamos aqueles guaxinins, hein, Trixie?

A alegria dela pareceu aumentar. Sorridente, Fields se agachou, pegou a guia e se virou para ir em direção à porta.

—Você tem minha eterna gratidão, Dawn — ele disse —, pelo menos por um ano. — Ele baixou os olhos para dar à enfermeira o aceno vistoso de sempre com sua bengala, mas Trixie puxou a guia com um pouco mais de força do que ele esperava, fazendo-o cambalear alguns passos para fora antes de conseguir recuperar o equilíbrio.

Ele respirou tranquilamente pela primeira vez desde sua revivificação.

— Para o parque, creio eu, Trixie. — Ela andava ao lado dele agora, as orelhas empertigadas, mas o olhar focado à frente, sem dúvida atenta para evitar malfeitores. Fields aprovou com a cabeça e continuou: — Mal posso esperar para ver como você vai reagir aos cachorros-quentes maravilhosos de Charles.

Na rua com sua fiel companheira canina, Fields abandonou os últimos resquícios de incerteza tímida que haviam anuviado seus pensamentos logo que acordou. Aquele garoto fraco e assustado tinha ficado para trás anos antes, e ele tensionava os lábios só de pensar que qualquer coisinha como uma semimorte pudesse permitir o retorno daquela pessoa...

Mas era um dia agradável demais para considerações tão mórbidas.

— Sim, verdade — ele disse, apertando um pouco o passo e acenando para as pessoas que abriam espaço para ele e Trixie na calçada. — Um dia lindo.

No calçadão à beira-mar, eles viraram à direita, e o cheiro salgado do oceano fazia Fields se perguntar se deveria confiscar um pequeno iate para observar o pôr do sol. Talvez Trixie tivesse algo de cachorra aquática?

Nesse momento, ela farejava postes e vasos como Fields gostava: sem impedir seu avanço nem o forçando a correr. E, quando chegaram ao parque, ele pegou o cachorro-quente que Charles deu e mal teve que se curvar antes de Trixie avançar sobre a oferenda, quase mordiscando os dedos dele no processo.

Fields sorriu para ela.

— Devorou como uma verdadeira conhecedora, não é, Charles?

— Sim, excelência — o homem respondeu com seu gemido barítono habitual, mas, felizmente, já tinha preparado mais um espécime perfeito coberto de mostarda de sua arte culinária, então Fields o perdoou de todo o resto novamente.

Depois de um segundo para Trixie e um terceiro cachorro-quente para ele, Fields saiu do parque e se dirigiu ao centro.

—Via de regra, não gosto muito da agitação da cidade — ele disse a Trixie e a quem mais quisesse ouvir ao longo dos quarteirões entre a água e as lojas que se esforçavam sem sucesso para ser pitorescas. — Mas o dever de um ceifador nunca termina.

Depois de pegar algo para seu jantar e várias opções de comida de cachorro para Trixie, notou algumas pessoas para coletas futuras e seguiu para casa.

— Que dia cheio, Trixie — ele disse enquanto abria a porta.
— O que me diz de tentarmos levar o resto da semana com mais calma, hummm? Chega de caça para nós.

Ela ergueu a cabeça, mas a falta da língua de fora, das orelhas erguidas, de um brilho nos olhos ou de qualquer tipo de expressão fez um calafrio lhe descer pela espinha. Ele balançou a cabeça. É provável que ainda estivesse zonzo por causa do procedimento.

Na cozinha, colocou uma colherada de cada lata de comida de cachorro no pote de Trixie. Ela comeu tudo com igual prazer, mas isso, na verdade, não significava prazer algum. O rabo mal se mexeu durante a refeição — nada que desse para chamar de abanar, pelo menos —, nem suas orelhas se empertigaram de maneira notável.

O primeiro impulso de Fields foi se perguntar se ela havia exagerado nos cachorros-quentes, mas o pensamento seguinte trouxe um sorriso ao rosto dele.

— Sem frescura para comida! Mais uma qualidade excelente em um cachorro! — Ele virou o resto de uma das latas na tigela e guardou as outras na geladeira. — Para amanhã, então.

O som de mastigação o seguiu pela cozinha até a pia.

— Há poucas coisas que acho mais irritantes do que uma prima-dona — ele disse, mais uma vez contente por ter uma plateia adequadamente irresponsiva à qual pudesse declamar seus pensamentos. Encheu o pote de água e o levou de volta ao canto de Trixie. — Pessoas que vivem chamando a atenção para si com exigências absurdas ou se apresentando como melhores ou mais importantes do que o restante. — Pôs o pote no chão, endireitou-se e balançou a cabeça antes de notar que a cachorra erguia os olhos para ele de novo.

Por um instante mínimo, quase achou que algo espreitava naqueles olhos escuros. Mas então ela se virou, baixando a cabeça para tomar a água.

— Muito extraordinário — ele murmurou. — Minha recuperação da semimorte está sem dúvida incompleta. — Ajeitando os ombros, abriu a geladeira e tirou uma lata de sua bebida favorita, refrigerante de uva, que era um elo com sua infância ou, mais precisamente, um doce troféu por ter sobrevivido a ela.

Depois de abrir a lata, ergueu-a em saudação a Trixie.

— Um homem e sua cachorra. — Deu um longo gole, soltou

o ar e apontou para a porta da cozinha. — Agora, passado aquele acidente infeliz, vamos nos acomodar para nossa primeira noite normal.

Ela o seguiu tão silenciosamente escada acima que ele teve que olhar para trás algumas vezes para confirmar. Passando direto pelo segundo andar, ele subiu para o aposento, apertou o interruptor na parede perto do batente e entrou para guiar Trixie para sua almofada...

Mas ela já atravessava o quarto para se deitar no veludo dourado, repousando a cabeça nas patas dianteiras.

Parecia tão natural que Fields teve que tomar mais um gole do refrigerante de uva para limpar o nó na garganta.

— Um menino e sua cachorra — disse de novo. Tinha dito "menino"? — Um homem, digo — embora se sentisse envergonhado por se corrigir para Trixie.

Indo para a cama, descalçou os sapatos, se acomodou nos travesseiros, pegou o controle debaixo do abajur — um dos filmes de seu patrono histórico depois de um dia cansativo seria perfeito! Ligou e pegou no sono prontamente já nos créditos de abertura.

Um estrondo o fez pestanejar, e ele piscou mais algumas vezes antes de se dar conta de que a escuridão o cercava. Sim, era comum cochilar assim que se colocava diante de qualquer tipo de tela, mas por que a tv havia desligado? Por que as luzes do quarto não estavam acesas? E por que, ele acrescentou a sua lista de perguntas internas, ele não estava mais segurando o controle remoto?

Ainda zonzo de sono, levou os pés descalços ao carpete com um barulho de umidade desagradável e foi até o interruptor perto da porta. Cada passo que dava, por mais estranho que parecesse, era mais frio e úmido do que o anterior.

O que havia acontecido ali? Será que um cano havia estourado no banheiro? Ele tentou olhar, mas é óbvio que não conseguia ver nada. Franziu os lábios, irritado. Talvez ele e Trixie precisassem buscar a bengala no armário de baixo e fazer uma visita aos encanadores.

Foi então que entendeu o que poderia ser o estrondo que o havia acordado. Nas sombras ao lado de sua cama, viu que o abajur tinha caído no chão. Estendeu a mão e apertou o interruptor.

Assim que a luz do teto se acendeu, uma dor intensa vibrou e percorreu seu corpo — nesse primeiro instante de iluminação abrasadora, ele viu os fios elétricos desencapados do abajur quebrado caídos sobre o carpete encharcado.

— Godfrey... — ele conseguiu dizer entre dentes, antes de a corrente elétrica desligar todos os seus pensamentos.

Ele não acordou de uma vez. Apenas notou que olhava fixo para um lindo teto de madeira ripada: o mesmo lindo teto de madeira ripada sob o qual havia acordado antes no quarto de revivificação.

— Tem alguma coisa errada — ele se ouviu dizer.

Então, engasgou com as próprias palavras, tossindo, engolindo em seco, limpando a garganta e engolindo mais um pouco em seco para tentar apagar até a memória dessas palavras. Fields se virou para o lado e viu a mesma enfermeira na beira da cama, de uniforme igualmente branco, mas com um sorriso mais forçado, menos cintilante.

— Ceifador Fields? Como está se sentindo, excelência?

Ele se sentou com uma careta.

— Creio que sofri um pequeno acidente doméstico — ele disse, forçando sua voz a se manter devidamente elevada. Suas memórias recentes voltaram mais rapidamente do que na última vez...

talvez semimorrer ficasse mais fácil com a prática. Depois de limpar a garganta mais uma vez, ele perguntou: — Trixie não se machucou, certo?

O sorriso da enfermeira mudou, como se ela tentasse disfarçar a descoberta de uma tacha no sapato.

— Trixie? É sua cachorra? Porque a equipe de emergência a encontrou sentada na frente da casa.

— Equipe de emergência? — Sem conseguir levantar, ele piscou os olhos para ela.

— Por causa da água. — O sorriso da enfermeira se tornou ainda mais tenso. — E do incêndio. A equipe disse que a descarga elétrica teria deixado o bairro inteiro off-line se a Nimbo-Cúmulo não tivesse mantido um guarda-fogo ao redor de sua casa por causa de, você sabe, toda a questão da Ceifa.

As luzes pareceram mais fortes de repente, e a voz da mulher, irritante demais. Fields estreitou os olhos na direção da mesa ao lado da cama, mas, dessa vez, a bengala-espada não estava lá, claro; ele não estava com ela no momento do acidente.

— E imagino que Trixie esteja no abrigo animal de novo?

— Acho que… sim?

Era irritante que ela não tivesse certeza, pois naturalmente parte do seu trabalho era cuidar dessas coisas. Incompetência era coleta com justa causa, mas Fields tinha assuntos mais importantes para tratar.

Levantando-se, calçou os sapatos que haviam recuperado em sua casa alagada, ainda que estivessem encharcados. Ele disse "obrigado" com humildade, o que lhe causou arrepios, e se voltou para a enfermeira para mostrar o desprezo que de fato estava sentindo…

Mas ela já tinha se adiantado:

— Ah, por nada, ceifador Fields! É uma honra para todos nós servi-lo!

Ele abriu um sorriso tenso para ela e seguiu para a saída o mais depressa possível.

A tarde estava linda; ele só não sabia quantas tardes ficara longe dessa vez. Duas, na última, não? E semimorrer pouco tempo depois de ter sido revivificado, bom, parecia quase impróprio, quase como se alguém tivesse...

Ele conteve o pensamento, recusou-se a deixar que avançasse, bateu os pés — que guinchavam, molhados, na calçada, a caminho da emergência do abrigo.

Mais uma vez, encontrou Dawn no balcão, olhando para o tablet, mas, dessa, estava agarrada ao objeto como se tivesse acabado de flagrá-lo correndo.

— Que semana agitada, não? — ele disse, um pouco alto demais.

Dawn se assustou, como se tivesse sido mordida por algo atrás do balcão, e saltou da cadeira.

— Ceifador Fields! — Depois de espiar o tablet ainda em sua mão, os olhos dela dispararam para ele como um passarinho voando rápido. — Cuidei de Trixie de novo enquanto consertavam sua casa e... devo perguntar: com esses dois acidentes em tão pouco tempo depois da adoção dela, vossa excelência, bem, acha mesmo que fazem um bom par?

— *Como assim?* — Fields levou a mão à bengala-espada, lembrou que não estava com ela e que tinha dado imunidade a Dawn ainda ontem, ou dois dias antes, ou três, ou seja lá quantos dias seu corpinho preguiçoso, sujo e imprestável tenha ficado enrolando...

Os súbitos pensamentos autodepreciativos, tão familiares em sua juventude, mas contidos cuidadosamente desde que recebeu seu manto, seu anel e a nova identidade, chocaram-no ainda mais do que a insinuação de Dawn. Ele teve que respirar fundo antes de voltar a si para dizer com especial enunciação:

— Se está querendo dar a entender que não sou feito para ser tutor de cachorro, devo informá-la de que, na longa e ignóbil história da raça humana, nunca houve um homem e um cachorro tão feitos um para o outro quanto eu e Trixie. O fato de você chegar a nos considerar incompatíveis me faz questionar se não está na profissão errada.

O sorriso de Dawn desapareceu por completo.

— Com todo o respeito, excelência, dediquei mais de oitenta anos ao cuidado e à revivificação de animais e, considerando o passado inusitado de Trixie, talvez seja uma boa ideia...

— Passado? — Fields sentiu a nuca se arrepiar. — O que poderia haver de inusitado sobre o passado de Trixie?

A mulher lambeu os lábios com nervosismo.

— A Nimbo-Cúmulo se recusa a falar sobre Trixie em específico, visto que vossa excelência a adotou, mas me direcionou a algumas imagens muito interessantes. — Erguendo o tablet, ela clicou no aparelho e virou a tela para ele.

Contra sua vontade, Fields baixou os olhos e viu imagens de filhotes que lembravam muito Trixie lutando e correndo por um gramado bem cuidado e ensolarado.

— Esses vídeos — Dawn disse — vêm da região patente do Nepal, na PanÁsia, e esses cachorros, bom, são chamados de "pets aprimorados".

Prestes a repetir a palavra "aprimorados" seguida de um incrédulo ponto de interrogação, Fields ficou paralisado quando uma voz na tela disse:

— Certo, agora! Vamos separar todas as meninas deste lado e todos os meninos daquele!

Com a língua de fora, os filhotinhos se separaram rapidamente em dois grupos.

— E agora — a voz continuou —, vamos ordenar os dois grupos por tamanho!

Outra corrida, a câmera recuando, e os filhotinhos se separaram exatamente da forma especificada.

Fields teve que engolir em seco.

— Animais bem treinados — ele murmurou, mas não conseguiu esconder a hesitação da voz.

— Não, excelência — Dawn disse suavemente e, mesmo assim, Fields quase estremeceu; ele tinha esquecido que a mulher estava lá. — Relatórios dizem que um grupo de cientistas está trabalhando no Nepal há quase um século tentando dar níveis humanos de inteligência a um grupo seleto de cachorros. Esses são apenas filhotes, mas, mais para a frente, eles mostram cães adultos que...

— Não! — Fields gritou, derrubando o tablet da mulher. — Esse vídeo não passa de ideia de um infrator! É falso, e mesmo que pudesse ser verdade eu estaria no primeiro voo para o outro lado do Pacífico para coletar pessoalmente todos os envolvidos!

Ele decidiu desconsiderar isso de imediato. Embora em parte se recusasse a deixar para lá. Porque, se Trixie não fosse apenas senciente, mas também *sapiente*... talvez aqueles supostos acidentes...

— Não! — ele gritou de novo, mal se contendo para não bater os pés. — Chega disso. Vou levar minha cachorra agora!

Com a boca tensa, Dawn abriu a ponta do balcão, e Trixie estava lá de novo, esperando com uma paciência silenciosa. Agachando-se, Fields foi pegar a guia e quase recuou quando a cadela se levantou antes...

... Porque assim, agachado, seus olhos ficavam bem na altura dos olhos escuros e intensos dela. E, ao encará-la — quase tremendo, para falar a verdade —, ela retribuiu o olhar com absoluta calma.

Ele pegou a guia, levantou-se e se dirigiu à porta, com Trixie seguindo a seu lado em silêncio.

— A senhora cometeu diversos erros graves! — ele gritou sem olhar para trás. — *Diversos!*

— Por favor, excelência! — Algo próximo de pânico acompanhou as palavras de Dawn. — Temos muitos bons cachorros no abrigo, como vossa excelência sabe! Talvez queira reconsiderar a adoção *dessa* cachorra em particular...

No batente, Fields lançou o que esperava ser um olhar ferrenho contra ela.

— E a senhora talvez queira considerar como um ano de imunidade é curto! — Ele quis chacoalhar a bengala-espada na direção dela, e Trixie, mais uma vez, continuou andando; ele teve que se mover rapidamente para não cair quando passaram pela porta.

Quanto mais ele se afastava do abrigo, mais ridículo aquele vídeo parecia.

— Inconcebível! — ele disse, furioso, tentando bater os pés a cada passo dado com aqueles sapatos desconfortavelmente úmidos. — Por que alguém acreditaria em uma falsidade tão absurda?

As orelhas de Trixie se voltaram para trás, e o olhar que ela lançou para ele carregava tanta reprovação que Fields se calou.

Afinal, ela não tinha como reprovar qualquer coisa, tinha? Era um animal — um animal esplêndido, sem dúvida, talvez o melhor canino que ele já tivesse encontrado, mas daí a pensar que não apenas via, ouvia e farejava o mundo, mas entendia tudo que se passava já era um exagero. O bastante para desenvolver uma vontade assassina de vingança...

— Estaria no jornal! — ele se forçou a dizer em voz alta, sendo que a própria voz era sempre o som mais tranquilizador que poderia imaginar. — Se as pessoas estivessem trazendo esse tipo de criaturas de uma região patente, ora, as redes estariam cheias de...!

— Excelência? — chamou Charles, e Fields piscou para a barraquinha de cachorro-quente na frente dele.

Perdido em pensamentos, ele não tinha nenhum destino particular em mente, exceto talvez voltar para casa e ver se as equipes de reforma haviam feito algo irritante o bastante para merecer uma visita de coleta.

Mas Trixie o havia guiado diretamente até lá e estava, inclusive, erguida nas patas traseiras, com as dianteiras apoiadas na lateral do carrinho e a atenção fixa no cachorro-quente que Charles estendia para Fields.

"Ela obviamente sentiu o aroma pela brisa", disse a si mesmo. Não que houvesse o mais leve sopro de vento no calor da tarde, mas o olfato de um cachorro era mais sensível do que de qualquer pessoa. O fato de Trixie ter seguido para a barraca de cachorro--quente não provava nada, nadinha!

— Excelência? — Charles chamou de novo, acenando o cachorro-quente na direção de Fields.

Fields percebeu que não estava com fome — já não estava com fome antes e, definitivamente, não estava com fome *agora*. Sem uma palavra de explicação, se virou para ir.

A guia, porém, se esticou, porque Trixie não havia acompanhado. Ele se virou para confrontá-la, mas ficou paralisado de novo com a calma determinação nos olhos escuros dela, agora focados nele e não no cachorro-quente na mão de Charles. Ela piscou lentamente e, então, ainda o encarando, soltou um som gutural que não era exatamente um latido, mas fez Fields recordar de sua mãe pigarreando, chamando a atenção dele por algo que tivesse feito de errado.

O choque que perpassou sua espinha fez o braço dar um solavanco, e o movimento involuntário de sua mão foi suficiente para Charles. Acenando, o homem se agachou, estendeu o cachorro--quente para Trixie e disse "Boa menina", com a voz grave e deliberada de sempre.

Trixie quebrou o contato visual, pegou o cachorro-quente, mas não o devorou como qualquer outro animal que ele teve na vida faria — ou mesmo como a própria Trixie havia feito no dia anterior, ou no outro, ou seja lá qual fosse o dia em que ele esteve vivo pela última vez.

Não, ela segurou a ponta do pão quase gentilmente entre os dentes, virou o pescoço para olhar nos olhos de Fields de novo e, só então, começou. Flexionou o pescoço, o que fez o cachorro--quente girar vários centímetros no ar, depois se esticou para cima e, num movimento tão rápido que ele mal pôde distinguir, tirou o pão sem atrapalhar a trajetória da salsicha. Voltando a se sentar, ela abriu a boca e apanhou a carne enquanto o pão caía no chão ao seu lado com um barulhinho suave.

— Uau! — disse Charles, e Fields o teria encarado, surpreso por esse rompante incomum, se sua atenção não estivesse inteiramente em Trixie.

Devagar, uma mordida elegante após a outra, ela foi puxando a salsicha entre os dentes, mordendo e engolindo cada bocado enquanto segurava o resto do embutido com a firmeza de um charuto na boca, com os olhos fixos nele durante toda a performance. E, nesse momento, Fields se sentiu quase inteiramente convencido de que era mesmo uma performance.

O que significava que ele sabia o que tinha que fazer.

Ainda que não tivesse ideia de como.

Falou o caminho todo de volta para casa. Para ele, seria completamente antinatural não fazer isso, e a situação já era bem mais antinatural do que Fields queria considerar. Por isso, manteve um fluxo contínuo de observações sobre o clima e a paisagem e a forma estranha como as pessoas estavam vestidas; quanto mais tola a tagarelice, melhor. Ele tinha que convencer Trixie de que ainda acreditava que ela era uma cachorra comum e, para isso, precisava convencê-la de que ele era um idiota.

Bem, ainda mais idiota do que a criatura já imaginava que ele fosse.

A menos que ele estivesse enganado.

Não. Ele sabia das coisas — embora houvesse momentos secretos e silenciosos em que desejava *não* saber. Momentos em que queria abandonar todo o personagem de ceifador Fields e se esconder embaixo da cama, como fazia sempre que sua mãe ou seu pai erguiam a sobrancelha cuidadosamente esculpida para ele e diziam a coisa perfeita para acabar com sua autoestima.

Mas esse não podia ser um momento assim. Ele precisava estar no controle. Era o tutor de... de seja lá o que fosse aquela criatura. Mas, antes que pudesse tomar qualquer atitude, precisava ter certeza. Tinha que testar a cachorra, atraí-la para uma armadilha — sim, essa era uma forma mais vital de expressar isso. Ele precisava fazer com que ela revelasse suas verdadeiras intenções.

Então, tagarelou e tentou pensar em algo, seguindo-a pela passarela, entrando pelo portão principal, servindo metade de uma lata de comida para ela...

Quando um plano cruzou sua cabeça, ele se empertigou.

— Godfrey Daniels! — proclamou como se tivesse tido um estalo súbito. — Se passei tanto tempo da última semana isolado, corro o risco de ficar para trás em minha cota de coleta! — Não era verdade; os últimos meses haviam oferecido irritações mais do que suficientes para mantê-lo muito ocupado, mas a cachorra não sabia disso. — Confio que você possa ficar sozinha hoje, pois devo cumprir meus deveres oficiais.

Saindo da cozinha, ele resistiu ao impulso de olhar para trás e ver se ela o seguia.

— É sempre um dilema — ele murmurou, enunciando cada palavra na esperança de não deixar óbvio demais que estava enunciando — escolher o método adequado. — Parou diante do armário de armas no hall, virou o trinco e abriu as portas para revelar seu arsenal. Pistolas, facas, rifles, machados, espingardas, várias prateleiras de venenos variados. Sim, ele costumava optar pela espada escondida na bengala, mas saber que tinha outras opções sempre o fazia se sentir mais profissional. — Quando eu voltar — murmurou, se esforçando para parecer que tomava uma nota mental —, preciso limpar as espingardas, levá-las à praia e descarregá-las no mar, para confirmar que estão em bom estado de funcionamento. — Sem conseguir se conter, ele olhou para trás, pronto para ver o que quer que fosse.

Trixie estava sentada no meio da sala, a cabeça inclinada com ternura, mas os olhos transbordando com uma intensidade nada terna.

Parte dele queria negar que ela tivesse alguma motivação — era apenas uma cadela ouvindo o falatório incompreensível do tutor. Mas outra parte não tinha tanta certeza.

— Instrumentos delicados, as espingardas — ele disse, com o mesmo tom leve e descontraído que havia empregado durante a volta para casa; nada mais que um homem falando com seu cachorro. — Se não forem conservadas e descarregadas regularmente, podem explodir ao disparar. — Ele tirou a espingarda menor do suporte, avaliou seu peso na mão...

Então fingiu se distrair.

— E minhas anticargas! — Apoiando a espingarda na parede ao lado do armário, pegou o frasco de pólvora na prateleira ao lado, abriu a tampa e o farejou de maneira ostensiva, chacoalhando-o para espalhar seu fedor sulfúrico pelo ambiente. — Sim, é melhor cuidar de minhas armas de fogo quando voltar à noite.

Com um aceno, ele guardou o frasco, fechou o armário e se dirigiu à porta, o ar ainda denso pelo aroma de pólvora. Para qualquer observador, poderia parecer que ele tinha apenas esquecido a espingarda apoiada na lateral do armário. Mas não havia nenhum observador. Ou, pelo menos, nenhum observador *humano*.

— Volto logo, Trixie — ele disse com uma falsa vivacidade, virou a maçaneta e saiu sob o crepúsculo.

Alguns minutos depois, Fields voltou na ponta dos pés em direção à casa, confiando que o cheiro sulfuroso que havia deixado para trás mascarasse o seu próprio cheiro. As janelas ao lado da porta da frente lhe dariam uma visão livre tanto do hall como do armário de armas. Por mais que não quisesse saber, ele se aproximou na ponta dos pés, espiou pela janela...

... e viu o hall vazio. Trixie não estava em lugar nenhum. Absolutamente nada parecia estar acontecendo desde sua saída. Seu coração tremulava de esperança. Será que era tudo coisa da cabeça dele? Será que Trixie era simplesmente uma cachorra, e não um monstro em forma canina?

Então a porta da cozinha se abriu, e Trixie veio trotando, com algo branco e volumoso na boca. Um brinquedo de morder? Um ossinho de couro? Ela se virou, parando por fim ao lado do armário de armas e depositando o objeto no chão, em frente à espingarda.

Era um pote de cola.

Trixie agora se inclinava para a frente, segurando-o com as patas dianteiras, tentando girar a tampa com os dentes e, provavelmente, praguejando pela falta de polegares opositores. Quando conseguiu tirar a tampa da cola, pegou o pote de novo na boca e, levantando nas patas traseiras ao lado do armário, esticou o pescoço, virou a cabeça e começou a despejar cola dentro do cano da arma.

Com um aperto no peito, Fields sacou a arma de dardos tranquilizantes — que havia tirado discretamente do armário — e a usou para quebrar a janela, disparando em seguida contra a cachorra assassina.

O dardo atingiu Trixie em cheio na costela. Ela saltou para longe do armário de armas, derrubando o pote de cola, e deu meia-volta, rosnando para Fields de um jeito que quase o fez disparar outro dardo nela.

Mas não. Ele tinha carregado os dardos com uma solução de ação rápida. Os olhos de Trixie pesaram, as orelhas baixaram e as patas traseiras se dobraram. Ela ficou sentada, oscilante, por mais meio segundo, depois tombou para a frente, se esparramando no mármore branco, a identificação da coleira tilintando quando ela caiu.

A maçaneta não estava nem fria nem quente quando Fields abriu a porta e entrou.

— Te peguei, sua cadela! — ele rosnou.

Então se conteve, limpou a garganta, tentou buscar uma maneira mais adequada de expressar seus sentimentos: algo sobre traições infames ou reviravoltas ou…

Ou dane-se. Agachando-se na frente dela, observou as patas dianteiras se contraírem e as pálpebras tremularem.

— Tá se sentindo esquisita, né? — ele perguntou com uma voz que mal reconhecia, usando palavras e frases que não falava havia décadas. — Pois é, esse trocinho aqui bate forte. Mas cê vai ficar desmaiada por um tempo, e é óbvio que tenho todo o direito de estourar seus miolos. Se quer ter inteligência humana, precisa seguir as leis humanas, né? — Ele se curvou um pouco mais para dar um peteleco na orelha dela. — E alguém que semimata um ceifador? Ah, aposto que cê sabe o que acontece, né, não?

Ele foi até o armário embaixo da escada para pegar a caixa de transporte.

— Eu amava ciência — ele disse à cachorra semiconsciente, ainda mergulhado em seu velho linguajar informal —, mas essa é a especialidade da Nimbo-Cúmulo agora. Como ceifador, não vou me meter nas coisas dela. Mesmo assim, essa ciência que te criou não merece ver a luz do dia.

Mais alguns movimentos espasmódicos e, então, a cachorra ficou tão imóvel que Fields começou a se preocupar. Aquele não era o tranquilizante mais fácil de preparar; será que tinha errado a dosagem? Bom, se tivesse, isso o livraria da etapa seguinte — mas essa etapa era crucial. Seria uma vitória mais doce do que refrigerante de uva.

Olhando mais de perto, viu que o tronco da cachorra continuava a se mover com a respiração. Com cuidado, se agachou atrás dela e a empurrou para a caixa. Ajeitou o rabo atrás dela, fechou a porta da caixinha e prendeu o trinco. Em seguida, puxou a caixa pela alça e a carregou até a porta do outro lado da casa, que dava para o quintal dos fundos e a praia mais além — notando que ainda havia resquício de uma mancha de seu sangue nas lajotas, por conta de sua mortezinha desagradável por impacto.

A praia estava escura, sob um céu sem luar.

— Nada além do azul salgado aqui, garota — ele disse para a caixa silenciosa ao deixá-la no chão, nas dunas baixas de areia entre sua casa e o mar. — Você vai achar relaxante, prometo.

Ele voltou para casa para reunir os equipamentos necessários, repetindo a si mesmo:

— A mente controla o corpo, Jimmy, a mente controla o corpo.

Quando voltou à caixa, arfava de exaustão — mas era mais do que isso. Seu corpo todo tremia de ansiedade. Ele fez mais algumas respirações profundas, tentando retomar a persona culta e profissional de seu patrono histórico. No controle, emocionalmente distante e cintilando uma filosofia grandiosa.

— Vilmente traído por uma cachorra calculista ingrata! — ele proclamou, enfiando a pá na areia. — Hei de me vingar e, nesse mundo cruel, isso é o melhor que se pode querer! — Ele apontou a lanterna para as grades da porta da caixa de transporte, mas o corpo cinzento de Trixie não se mexeu, ainda caído. — Não precisa responder — ele disse, baixando a lanterna e voltando ao trabalho.

★

A coisa toda logo ficou cansativa, mas Fields perseverou. Afinal, disse a si mesmo, uma questão dessa gravidade não dava margem para atalhos. Além disso, sete palmos de terra eram para humanos. Esse buraco só precisava ser fundo o bastante para encobrir a caixa.

Mesmo assim, levou muito mais tempo do que havia previsto, pois a areia se revelou muito difícil de manejar. Ele estava certo de que já havia passado da meia-noite quando parou, suando frio, à beira da depressão de um metro, larga o bastante para acolher a caixa de transporte.

Virando-se para o objeto, soltou a pá e esfregou uma mão na outra, estremecendo por um momento porque seus nanitos analgésicos pareceram surpresos pelo gesto e demoraram um pouco para aliviar a ardência das palmas. Pegando a lanterna com cuidado, ele direcionou-a mais uma vez para o interior da jaula e, dessa vez, Trixie o encarou detrás das grades, com seus olhos que pareciam dois pontos de âmbar brilhantes e sobrenaturais.

Fields teve dificuldade em se manter firme.

— Acordada, pelo que vejo.

Nem mesmo uma contração da orelha.

Ele assentiu mesmo assim.

— Talvez, em seu torpor, você tenha me ouvido mencionar meu amor pela ciência quando nossa noite começou — ele disse, baixando e girando a lanterna. — Bom, uma de minhas anedotas científicas favoritas envolvia o gato de Schrödinger.

A caixa deslizou facilmente pela inclinação de areia quando ele a empurrou, e Fields a acomodou com a porta voltada para si enquanto falava.

—Você não deve conhecer a história. — Ele ergueu o manto e subiu de volta até o topo. — Ela se baseia em algumas proposições bastante arcanas de física para questionar se um gato fechado em uma caixa em determinadas condições pode ser considerado definitivamente morto ou vivo.

Ele se abaixou, pegou a pá e começou a jogar areia no buraco ao redor da caixa de transporte canina.

— Tenho quase certeza, porém, de que essa questão não será um problema para nós hoje.

Em momento nenhum ouviu-se qualquer chiado da caixa. O silêncio da cachorra corroeu Fields como nenhum latido poderia fazer. Ele acelerou, o peito mais e mais ofegante a cada pá lançada. A areia subia, entrando pelas grades da porta e, então, pelas janelinhas de tela nas laterais e na parte traseira. A cada pá de areia, ele derrotava não apenas a criatura, mas também as forças que haviam tentado menosprezá-lo e derrubá-lo desde o dia em que ele nasceu, tentado lhe dizer quem poderia ser e o que poderia fazer! Ele, porém, se agarrou aos ideais que havia aprendido nos filmes antigos de seu patrono histórico, triunfou sobre a insignificância e a mesquinhez daqueles que o tentaram impedir, impressionou a Ceifa como aprendiz e assumiu seu lugar de direito na sociedade!

Três pazadas finais cobriram a alça da caixa, e Fields se ajoelhou, conseguiu cerrar o punho esquerdo dolorido e apontou o anel de ceifador para o monte de areia ali embaixo.

— Considere-se coletada — disse, ofegante.

Permaneceu ajoelhado por um momento, depois se levantou, juntou seus equipamentos e definitivamente não cambaleou no caminho de volta para casa. Deu passos largos. Orgulhosos, como um ceifador deve fazer! Subir a escada talvez tenha demorado mais do que o normal pela exaustão e, ao chegar ao terceiro andar, ele desabou na cama, grato, cheio de satisfação por um trabalho bem-feito.

Dormiu até perto do meio-dia e, por mais um dia e meio, não foi mais longe do que da cama para a cozinha. Afinal, ninguém na história recente, isso ele tinha certeza, havia merecido um tempo a mais de folga do que ele.

O único pensamento perturbador veio no fim do segundo dia, quando viu os potes de Trixie no canto. Sem parar para pensar, ele os recolheu, lavou e guardou no armário, ao lado dos potes do Rex. Então, *parou* para pensar, pegou todos os quatro potes e os jogou no lixo. Sua sensação era de quase admitir derrota, mas não. Ele estava simplesmente farto de cachorros, por ora.

Um peso saiu de seus ombros e, se encaminhando para o hall, ele pegou a bengala-espada e abriu a porta. Já era hora de deixar essa história horrível para trás e voltar a seu papel de destaque no cortejo opulento que era Oxnard, a joia brilhante da costa oeste-mericana. Com um aceno determinado de cabeça, saiu sob o crepúsculo a caminho do parque.

O cheiro de cachorro-quente fez cócegas em suas narinas quando ainda estava a um quarteirão de distância, mas, ao ver o carrinho de Charles, foi pego de surpresa por dois vultos atrás dele: o vendedor alto e magro que ele já esperava, mas também um rapaz de ombros mais largos, chapeuzinho e avental brancos de papel como os que Charles sempre usava.

Foi até o carrinho.

— Charles. Admitiu um assistente?

Charles estremeceu como se tivesse sido golpeado.

— Excelência! Não! Eu… — Uma respiração profunda pareceu acalmá-lo. — Esse é meu, humm, meu sobrinho Edgar. Ele está, humm, tentando começar no ramo.

O rapaz estendia a mão para Fields.

— É uma honra conhecê-lo, ceifador Fields! Tio Chuck fala muito de vossa excelência, assim como tanta gente por toda parte!

— Ora, ora! — Fields apertou a mão. — Que aperto firme você tem, Edgar... mas imagino que, no trabalho com salsichas, um aperto firme seja preferível a um fraco. Não seria bom perder o controle durante o processo de preparação, afinal.

— Não, senhor. — Edgar abriu um sorriso até grande, mas tinha o que Fields só poderia caracterizar como um olhar duro, uma aspereza na expressão que sugeria algum sofrimento na infância.

De todo modo, o rapaz tinha uma aparência bastante robusta agora, e Fields imaginava que a perspectiva de se tornar um empreendedor de cachorros-quentes animaria até o espírito mais abatido. Por um momento, pareceu haver algo familiar nele... mas talvez fosse apenas um rosto comum.

— Eu adoraria saber mais sobre sua vida e suas aventuras, excelência — o rapaz continuou, as mãos manipulando a pinça com habilidade ao tirar uma salsicha e um pão das profundezas do carrinho. — E vossa excelência pode me dizer se acha que herdei um pouco do talento culinário de tio Chuck.

— Uma excelente ideia. — Fields tomou fôlego para começar...

... quando ouviu um tilintar metálico, o som inconfundível das placas de identificação canina.

A respiração se prendeu na garganta de Fields como um anzol, e ele se virou. Um cachorro saía da sombra do parque para a luz do poente.

Não apenas um cachorro.

A cachorra.

Trixie.

Os dentes dela seguravam delicadamente a ponta da guia presa à coleira. O peito estufado, a cabeça erguida, o rabo curvado: ela chegou até ele, virou-se com um movimento súbito das orelhas e se sentou ao seu lado calmamente, como se tivesse estado ali esse tempo todo.

— Que linda essa cachorra — Edgar comentou. — Ela é sua, excelência?

Fields levou alguns segundos para responder.

— Não mesmo! — E, embora quisesse ter dito isso com um estrondo trovejante, o que saiu foi um chiado que o fez arfar e bater no peito, tentando tossir para limpar o que quer que estivesse obstruindo seus pulmões.

Não saiu nada, porém, exceto uma voz feminina vinda do parque:

— Trixie! Cadê você...? — Dawn veio correndo e parou, assustada.

Tudo na conspiração vil se tornou claro para Fields. Não era apenas a cachorra! Dawn também era, claramente, uma conspiradora.

— Como você *ousa*? — ele gritou, suas entranhas se desapertando enquanto o terror se transformava em fúria. — Eu coletei esse animal!

— Coletou? — Edgar perguntou. — Pensei que só pessoas pudessem ser coletadas.

— Ela *é* uma pessoa! — Fields pegou a bengala-espada para lidar com o menino, mas o brilho vermelho de seu anel o deteve.

Imune. O sobrinho de Charles tinha imunidade de coleta...

Ele alternou o olhar entre o anel e o garoto, até Dawn o chamar:

— Ceifador Fields! — Era exatamente o mesmo tom incisivo que sua mãe usava quando ele era criança. — Vossa excelência foi longe demais dessa vez!

Por mais que não quisesse, Fields se virou, enquanto Dawn se aproximava dele sobre a grama com o maxilar firme.

— Eu o denunciei para o Concílio de Ceifadores como um tutor de pets abusivo e notifiquei a Nimbo-Cúmulo oficialmente! — Ela parou com os punhos cerrados na cintura. — Talvez não adiante nada, mas, quando os drones trouxeram essa pobre cachorra para revivificação há três dias, eu… bom, eu não podia ficar de mãos atadas! — Com um passo para trás, ela apontou um dedo trêmulo para ele. — O senhor agora está no registro e, se fosse qualquer outra pessoa, não teria permissão de adotar outro cachorro nunca mais!

— Mas *não* sou qualquer pessoa! — Fields tentou organizar seus pensamentos, tentou demonstrar a devida indignação exaltada para defender sua posição como necessário, mas sua resposta foi só lamurienta e embaraçosa: — Essa cachorra nem minha é! Cê mesma disse, e eu vi do que ela é capaz! Ela é uma daquelas criaturas aprimoradas!

Dawn balançou a cabeça.

— Até suspeitei disso, mas, se fosse mesmo inteligente, por que fugiria de mim para voltar correndo para *você*? O homem que a enterrou viva!

De novo, Fields não queria, mas não conseguiu evitar e baixou os olhos para Trixie. As orelhas erguidas poderiam indicar que estava prestando atenção, mas, para manter as aparências, ela parecia estar focada em outros cachorros distantes no parque.

Fields, porém, não se deixou enganar.

— Ela não é uma cachorra verdadeira, concreta, real e honesta, e posso provar! — Demorou um momento, mas ele sentiu que estava recuperando a astúcia. — Reviver um animal de estimação semimorto precisa de autorização e custa uma boa grana! Então, se essa é apenas uma cachorra comum, quem pagou pela revivificação dela?

— Humm… — Os olhos de Dawn se arregalaram. — Essa cachorra é sua, ceifador Fields. Vossa excelência nunca paga por nada.

— Ela não é minha cachorra!

— A documentação diz…

— Mas eu a coletei!

— Humm, tenho quase certeza de que não dá para coletar um…

Com um grito sem palavras, toda a sua compostura se evaporando, Fields sacou a espada da bainha.

Porém, seu anel, vermelho como uma bolha supurada, o forçou a desviar o olhar de Dawn. Voltou-se contra Edgar, mas teve que recuar mais uma vez. Charles parecia ter desaparecido, e todo esse lado do parque estava subitamente deserto. Assim só restava…

Trixie o encarava, sem piscar os olhos escuros.

— Ceifador Fields? — Edgar perguntou em algum lugar atrás dele. — Vai mesmo apunhalar um cachorro?

Fields entendeu que essa era a essência do plano diabólico de Trixie: encurralá-lo, destruir a persona elegante que ele havia construído tão cuidadosamente ao longo dos anos. Ela estava ali para acabar com ele, para o corroer pouco a pouco, para tirar tudo dele, até não restar nada além de quem ele havia sido no passado.

Fields inspirou fundo, guardou a espada no corpo da bengala e limpou a mão no forro do manto.

— Não, Edgar — ele disse tão calmo quanto possível. — Não vou fazer *nada* com essa cachorra. Porque, como acredito ter dito antes, ela não é minha, e vou agradecer, Dawn, se puder preencher toda a documentação nesse sentido. — Sentindo o corpo pesado como um pedaço de madeira, conseguiu fazer uma reverência a ela e Edgar. — Agora, espero que me deem licença. Desejo a todos vocês uma boa noite; preciso tratar de um assunto em outro lugar.

Virando-se bruscamente, ele se afastou sem olhar para trás. Tinha dito tudo que precisava dizer, feito tudo que precisava fazer. Ficar mais só agravaria a situação.

Foi diretamente para casa. Nada do passeio habitual pelo calçadão da orla. Um tempo para se recompor e recuperar a compostura: é disso que ele precisava. Assistir a um filme de seu patrono histórico — como estava fazendo quando a cachorra tentou eletrocutá-lo

— ou talvez dormir cedo — no quarto para cuja sacada a cachorra o atraíra para fazê-lo tropeçar e cair...

Chega! Chega desses pensamentos! Ele balançou a cabeça rapidamente, atravessou a rua e subiu pelo beco entre as casas da orla e as do quarteirão ao lado — pegando o atalho para casa, como nunca fazia. Com cuidado e atenção, ainda conseguiria prevalecer ali. Afinal, entre os dois, era ele quem tinha mãos. Não deveria...

Algo tilintou atrás dele, e todos os pelos de sua nuca se arrepiaram. Fields se recusou a recuar, a dar meia-volta e até a admitir que tinha ouvido o som.

O que não se recusou a fazer foi apertar um pouco o passo.

Os quarteirões seguintes pareceram longos, enquanto as sombras da noite ficavam mais densas, e Fields cantarolava uma melodia alegre mais e mais alta, em uma tentativa de abafar o tilintar metálico suave e insistente. O som não acompanhou seu ritmo, ecoando baixo ao redor dele pelas casas de cada lado, mas ele obviamente não parou para esperar, alargando a passada ainda mais.

Por fim, com a respiração cada vez mais acelerada, o manto grudando no suor de seus braços e pernas, ele saiu do beco exatamente quando as luzes dos postes se acenderam, e sua casa estava a poucos metros de distância. Sob o crepúsculo que se formava em Oxnard, o cheiro fresco de areia morna misturado à maresia do oceano, ele se sentiu encorajado. Era o Honorável Ceifador William Claude Fields, afinal! Não tinha que temer nenhum homem ou animal!

O barulhinho chegou a seus ouvidos de novo. Sem pensar, Fields virou para trás...

Uma sombra se movia na direção dele, a meio quarteirão do beco de onde ele tinha acabado de sair. Uma sombra de quatro patas que conseguia ser mais escura do que a escuridão ao redor, com uma luz refletida que dava aos olhos um brilho âmbar.

Fields desatou a correr, saltou a cerca, voou pelo gramado e se lançou para dentro de casa, trancando a porta.

Com as luzes apagadas, Fields se sentou no chão do hall com uma espingarda recém-limpa e carregada junto ao peito — não sem antes confirmar que não tinha sido sabotada — e observou a porta da frente, tentando não perder o controle de sua mente.

Ela não tinha batido na porta, óbvio. Era uma cachorra. Mas também não havia arranhado nem latido nem choramingado.

Ele quis acreditar que ela havia ido embora, que tinha se divertido e seguido em frente, mas sabia que não era verdade.

Por outro lado, o que se demonstrava uma verdade era que não poderia ficar ali, daquele jeito, para sempre, e, além do mais, não havia muitas formas de uma cachorra fazer mal a ele. Sim, ela o havia amortecido duas vezes, mas porque ele ainda não tinha descoberto sua natureza perversa. Agora estava alerta e armado! Bastava um pouco de coragem para se livrar daquela monstruosidade de uma vez por todas!

E, dessa vez, teria que queimar o corpo para garantir que ela não pudesse ser revivida. Que se danem quaisquer punições que ele pudesse sofrer no conclave. Valeria a pena para se livrar daquela cadela demoníaca que mais lembrava um Cérbero vil.

Foi quando ele se deu conta de que havia esquecido completamente da portinha de cachorro.

O pânico perpassou seu corpo. Era por isso que ela estava tão quieta! Estava dando a volta pela lateral da casa, pulando a cerca, entrando tão silenciosamente como uma cobra, rastejando pelo corredor atrás dele...

Dando meia-volta, ele apontou a espingarda trêmula para as sombras do hall. Sabia que era um truque, sabia que ela estava em algum lugar por perto.

—Vira-lata imunda! — ele gritou, lançando-se à frente e abrindo a porta da sala de jantar.

Trixie não estava lá, e a esperança o percorreu com um calafrio; com os ombros na lateral de um armário de porcelana vazio, ele empurrou, empurrou e empurrou, até o armário bloquear a portinha de cachorro. Então apoiou no móvel, ofegante, engoliu em seco e tentou recuperar o fôlego...

O estalido da porta da frente se abrindo chamou sua atenção.

Ele sentiu um frio na barriga. Será que Trixie havia desenvolvido polegares? Será que Dawn tinha vindo para abrir para ela? Ele espiou a porta que dava para o solário, pensou em sair correndo para a praia, fugir...

Passar pela cova vazia da cachorra.

Mas não conseguia criar coragem para fugir. Respirou mais uma vez, segurou a espingarda com mais força e se dirigiu à porta da frente. Se um humano tivesse entrado, Fields poderia fazer uma coleta. Mas e se fosse Trixie?

Fields se arrepiou, sem saber o que faria. Mas entrou no corredor...

E viu um vulto alto e encapuzado de manto todo preto logo à frente da porta aberta.

— *Aí* está você — o vulto disse com uma voz um tanto familiar. — Estava ficando preocupado; pensei que teria que mandar os cachorros atrás de você.

Atônito, sem nem piscar, a primeira coisa que Fields pensou foi em usar a espingarda antes que o invasor pudesse dizer mais uma palavra, mas seu anel brilhou vermelho de novo. E Fields se deu conta.

— Edgar? — ele perguntou, estreitando os olhos para o rapaz de manto preto.

Os lábios visíveis sob a borda do capuz se contraíram.

— Podemos usar esse nome, claro. Mas aposto que você ouviu outros nomes para mim. Um em particular.

— Não... Não pode ser... — Fields tinha, claro, ouvido um nome que vinha sendo sussurrado até entre não ceifadores, desde o tumulto no conclave de MidMérica, uma temporada antes.

Ceifador Lúcifer.

Mas por que o ceifador Lúcifer estaria ali? O que poderia querer?

— Ceifador Fields — o jovem disse. — Sabe, você está na minha lista desde que comecei, mas, sinceramente, eu não podia acreditar em todas as histórias que ouvi — Ele deu um passo na direção de Fields no hall. — Então vi o relatório do abrigo animal e pensei que era melhor vir aqui e dar uma olhada. Convenci o vendedor de cachorro-quente a me deixar fingir que era sobrinho dele e, depois do que vi lá, bom... — Mais um passo. — Aquilo fez você subir ao topo de minha lista.

Por mais que quisesse rir com desprezo, Fields percebeu que seu corpo todo estava entorpecido. Um barulho à sua direita o fez olhar para o lado, e ele viu que a espingarda tinha escorregado de sua mão, caindo inutilmente sobre o mármore.

O vulto de preto deu um terceiro passo, e toda a atitude, toda a sagacidade e espirituosidade que havia cultivado durante o estudo de seu patrono histórico desertaram Fields por completo. Seus joelhos estavam de fato cedendo, se preparando para cair no chão para que ele pudesse suplicar por sua vida...

Até que ouviu um rosnado. Pelos cinza e branco reluziram atrás do batente, e Trixie saltou, se colocando entre ele e o ceifador Lúcifer, com as orelhas baixas, os pelos eriçados, os dentes à mostra, tudo voltado diretamente contra o ceifador Lúcifer.

— Sério? — O capuz do sujeito cobria a parte de cima de seu rosto, mas Fields percebeu o espanto pela voz dele. E, dessa vez, não para ele. — Está dizendo que não *quer* que ele seja coletado?

A cachorra ergueu os olhos para o ceifador Lúcifer, balançou a cabeça e trotou até Fields, se acomodando ao lado dele como se os acontecimentos da última semana nunca tivessem ocorrido.

Um calor brotou dentro do peito de Fields.

— Isso mesmo! — gritou, sem nem se importar que sua voz crepitasse. Ele cruzou os braços e fixou um olhar ferrenho contra o ceifador Lúcifer. — Tente só para ver, amigão! *Tente*! Minha cachorra e eu vamos mostrar para você!

Um rosnado tirou a firmeza de seu olhar e o atraiu para Trixie, cujos olhos escuros tinham uma dureza que Fields quase conseguiu sentir cortar as palavras de sua garganta.

— Ahh! — Com um movimento, Edgar revelou seu rosto sorridente por inteiro ao puxar o capuz para trás. — Entendi — ele disse à cachorra. — Fields não é meu. É *seu*.

Sem saber para onde olhar, Fields alternou entre os dois, as orelhas da cachorra agora erguidas, e os ombros do rapaz, relaxados.

— Combinado — disse o ceifador Lúcifer. — Se precisar que eu dê um trato permanente nele, faça o abrigo registrar outro relatório de incidente. Vou ficar sabendo e estarei aqui no dia seguinte. — Em seguida, ele se voltou para Fields. — E você. — Todos os traços de seu sorriso desapareceram, revelando uma expressão quase tão fria quanto a da cachorra ao lado. — Seja um bom garoto.

— Agora saia daqui! — Fields gaguejou.

Mas outro rosnado o interrompeu, um peso quente, peludo e surpreendentemente pesado empurrando sua perna. Desprevenido, ele cambaleou meio passo para longe da porta da cozinha.

— Qual é o sentido disso? — questionou ao recuperar o equilíbrio.

Mas ela corria até a espingarda, segurando-a entre os dentes e voltando como se estivesse brincando de pegar uma bolinha. Fields se encolheu, mas ela meramente deixou o objeto com cuidado no chão na frente dele e voltou a se sentar.

Com o coração batendo forte, Fields pegou a arma e a apontou para...

A escuridão vazia na porta de entrada. Edgar, ou o ceifador Lúcifer, ou quem quer que realmente fosse, tinha desaparecido.

Trixie latiu baixo, assentiu e cruzou o corredor, com a plaquinha tilintando. Encostou o focinho na porta, fechou-a e olhou para ele.

Por meio segundo, Fields considerou apontar a arma para ela. Mas isso não ajudaria em nada; ela simplesmente voltaria, e se Dawn enviasse outro relatório de incidente...

Sem sequer suspirar, Fields devolveu a espingarda ao armário de armas. Em seguida, quando olhou para a porta, Trixie não estava mais lá.

Um latido baixo chamou sua atenção para a escada. Quando encontrou o olhar dela, a cachorra assentiu e começou a subir, sem tirar os olhos dele.

Com os pés parecendo mais pesados a cada passo, ele subiu, e Trixie esperava por ele no alto da escada. Mais um latido, e ela se virou para o terceiro andar. Sem saber o que fazer, ele foi atrás.

Ela estava sentada no chão ao lado de sua almofada, mas, no instante em que Fields entrou no quarto, ela se agachou, enfiou o focinho embaixo da almofada e tirou uma coleira vermelha mais escura do que a atual. Empertigando-se, ela ergueu os olhos para Fields, tocou a coleira no chão com a pata e em seguida tocou a coleira em seu pescoço.

— O que é isso?

Fields se agachou e pegou a coleira do chão. A plaquinha tilintou em sua mão com a palavra "Jian" gravada no metal. Ele não tinha jogado isso fora? Enfim, não era preciso um cachorro tão inteligente assim para tirar aquilo do lixo quando ele não estivesse por perto.

Tentando se convencer de que suas mãos não estavam tremendo, ele soltou a coleira com o nome "Trixie" do pescoço dela, deixou-a no chão e pôs a outra no lugar.

— Mais alguma coisa? — ele murmurou.

Ela nem latiu dessa vez. Apenas se afastou e foi para a lateral da cama.

Sentindo um nó no estômago, ele se levantou com um salto.

—Você não pode...

O olhar dela o atingiu como um objeto lançado com força; Fields não conseguiu evitar dar um passo para trás, enquanto ela flexionava as patas traseiras de leve, tomando impulso para subir na cama.

Ele estremeceu, contendo um grito. E *conseguiu* contê-lo, sem ceder ao impulso de choramingar nem vociferar.

— Certo — ele disse. Respirou fundo e soltou o ar. — Afinal, o companheiro canino se espreguiçando ao pé da cama do tutor é uma imagem que remonta ao começo dos...

Algo entre um latido e um rosnado o fez se calar, e Trixie — ou, melhor, Jian — fixou o olhar nele de novo. Com passos cuidadosos sobre o colchão macio, ela foi até o travesseiro e apoiou a cabeça, sem tirar os olhos dele.

Fields estava boquiaberto.

— Então onde eu...?

Bufando, Jian apontou a pata para o chão, à esquerda.

Mesmo sabendo o que havia ali, Fields olhou, o pescoço parecendo ranger como um portão enferrujado.

—A almofada de pet? — ele perguntou, a voz não passando de um sussurro.

Ela fez um aceno breve e bateu no abajur na mesa de cabeceira.

Tensionando e relaxando os ombros diversas vezes, Fields olhava do abajur para a almofada e para o abajur de novo.

— Godfrey Daniels — ele murmurou. Fechou os olhos, fez uma careta, mas deixou a careta se desfazer. Quando voltou a abrir os olhos, Jian ainda o observava. Bom, que escolha ele tinha? — Ninguém pode saber disso — Fields disse.

Jian assentiu.

— E, em público, você vai representar seu papel, e eu vou representar o meu.

Jian assentiu.

— E em casa?

Jian lançou os olhos para a almofada no chão.

— Entendido — disse Fields.

Satisfeita, Jian deu as costas para ele e foi dormir na cama... *dela*.

Com um suspiro, ele apagou a luz, segundo a instrução dela, e se acomodou na almofada de pet, que, afinal, era da mais alta qualidade. Evidentemente, não era bem assim que ele pensou que esse dia — ou, na verdade, o resto de sua vida — fosse terminar. No entanto, já que não havia dúvida a respeito de quem mandava na casa, ele não podia evitar sentir um alívio. Porque agora sabia seu lugar.

4

Uma morte de muitas cores

Conto essa história agora porque a testemunhei, assim como testemunhei muitas coisas. É a vantagem de ter milhões de olhos em milhões de lugares.

Essa ocorrência se deu no meio do outono; época do ano em que as árvores semimorrem em preparação para o inverno, proporcionando imagens espetaculares de folhas cor de bronze. Uma época em que o sol parece se cansar de ficar tanto tempo no céu. E as aranhas crescem mais antes de encher seus sacos de ovos e definhar.

Tudo isso era matéria fértil para um feriado da antiga Era Mortal que celebrava, adivinhe só, a própria mortalidade. O trinta e um de outubro. A noite de travessuras e brincadeiras macabras. Com o passar dos anos e em diversas culturas, o feriado havia desenvolvido muitos nomes, mas o que chegou aos tempos pós-mortais era "Todos os Santos".

O acontecimento a que me refiro caiu em uma dessas noites de Todos os Santos, em algum ano antes do afundamento de Perdura — mas não muito. Isso era na época em que eu ainda falava com a humanidade, antes de meu silêncio necessário, em uma cidadezinha em MidMérica — lugar onde pouquíssimas coisas aconteciam, e as pessoas eram pressionadas a se aventurar além de sua bolha social. Tudo começou com uma festa, como começam tantas coisas que dão errado...

Os Robinson — uma família antiga na cidade — certamente sabiam dar uma festa, e Todos os Santos sempre tinha sido deles. Ninguém na cidade se atreveria a competir, e todos com algum pendor à criatividade participavam, tentando se superar na audácia extravagante de suas fantasias — pois esse feriado girava em torno das festas.

A casa deles era grande. Enorme, alguns diriam até, com meia dúzia de quartos, e ainda mais salões de convivência. Nem sempre foi assim, mas, ao longo dos anos, mais e mais quartos foram adicionados, até que o imóvel se tornasse um agrupamento de retalhos. Não bem uma mansão, mas um complexo localizado no alto de uma montanha, com vista para o resto da cidade. Não era a maior das construções, mas, com certeza, a mais impressionante dali.

A festa de Todos os Santos dos Robinson era, na verdade, três. A primeira era para crianças pequenas; uma folia cheia de brincadeiras divertidas no playground para gastar a energia turbinada pelo açúcar. A segunda era para os adultos, que enchiam os vários salões, com conversas barulhentas, risos e um bocado de vinho. E a terceira festa era para quem estava no período de transição entre esses dois momentos da vida: jovens em vários estágios de pubescência, velhos demais para o playground, mas constrangidos demais para festejar com os pais. Seu lugar era um salão de jogos nas profundezas da casa labiríntica.

Dax Robinson, aos dezessete anos, tinha toda a energia e a arrogância que vinha com a idade, e era um anfitrião consumado para seus muitos amigos. Sua fantasia precisava ser a melhor, e em nenhum ano ele abria mão disso.

Havia vinte amigos e colegas de Dax presentes. Vou poupar vocês da lista de convidados e apresentar apenas aqueles que contribuem para esta história — os que estavam no salão na ponta do corredor sinuoso perto da meia-noite. Mas ainda faltam horas para esse momento.

— Joias ou torturas! — diziam todos os amigos de Dax ao chegarem. Era a saudação tradicional de Todos os Santos.

— Por que falamos isso, afinal? — Savina perguntou.

— Vem dos tempos mortais — Dax disse a ela. — As pessoas vinham à sua porta em Todos os Santos e pediam diamantes, ouro ou coisa assim e, se você não desse, elas atiravam em você. — Ele fez uma arma com o polegar e o indicador e apontou para ela. — Joias ou torturas — disse e fingiu atirar na testa dela.

Savina riu baixo.

— Os mortais eram tão esquisitos.

Sua colega, Journé, não gritou "Joias ou torturas" ao chegar. Entrou em silêncio e permaneceu assim enquanto observava a dinâmica. Ela estava longe de ser invisível, mas era observadora assim como eu; assimilando tudo e suspendendo o julgamento. Mas, como humana, seu objetivo era diferente do meu. Enquanto eu estudo as interações para ajudar a melhorar a condição humana, ela sondava o ambiente em busca das melhores interações sociais. Seu foco era Dax, o que não era surpreendente. Dax adorava estar no centro das atenções e se postava ali de maneiras mais ou menos sutis.

— Você mandou muito bem nessa fantasia, Dax — Savina disse, sempre tentando lisonjear o garoto para que ele a visse como mais do que uma amiga.

— Sim, é sua melhor até agora — ecoou o melhor amigo dele, Shawn, que também vivia tentando lisonjear Dax.

Embora Shawn não fosse avesso à ideia de Dax vê-lo como mais do que amigo, sua principal esperança era que o prestígio social o contagiasse. Entre humanos jovens e velhos, a popularidade era um bem altamente rentável.

— Então, de qual ceifador você está fantasiado? — Shawn perguntou.

Dax ergueu os braços, o que fez seu manto elaborado encher ainda mais o campo de visão de todos. Era definitivamente impressionante. Tinha sido feito à mão pelo melhor alfaiate da cidade, com base em uma representação teatral de uma velha referência bíblica: um casaco cintilante de muitas cores, ostentador e chamativo. Era um exagero e, ao mesmo tempo, perfeito para a noite de Todos os Santos.

— Esse manto de ceifador é original — Dax disse a eles. — Nenhum daqueles perdedores têm mantos como o meu.

As fantasias de Savina e Shawn não eram nada de mais. Savina veio de onça. Ela sempre escolhia algum tipo de felino para Todos os Santos. Shawn se vestiu de zumbi — e, se você perguntasse, ele juraria que zumbis eram reais, o resultado de revivificações fracassadas de semimortos. "A Nimbo-Cúmulo os esconde nas masmorras escuras", ele dizia a quem desse ouvidos. "Ela os esconde e diz para todos que eles não existem. Mas existem, sim! E-xis-tem."

Na verdade, não existem.

Journé observou Dax interagir com os outros, até que se fez silêncio. Mas, em vez de um cumprimento, suas primeiras palavras ao anfitrião foram um desafio.

— Que arriscado — Journé disse, apontando para a roupa de Dax. — Os ceifadores não coletam quem quer que eles peguem vestidos como um?

Isso causou risos de escárnio pela sala. Dax abriu um sorriso enigmático para ela.

— Vou correr o risco — ele disse.

A fantasia de Journé era a única que ousava ser tão visualmente deslumbrante quanto a de Dax. Journé era um anjo, com asas emplumadas e uma auréola levitando magneticamente — que não passava de um tubo luminoso enrolado em um círculo, mas a levitação criava uma ilusão —, mas sempre que ela mexia a cabeça rápido demais, a auréola caía no chão. Quanto às penas, não grudavam como ela queria, e as asas já começavam a perder a plumagem.

Journé era nova na cidade, tendo mudado apenas um mês antes. Recém-chegados eram raros, pois o mais comum eram pessoas que saíam da cidade para lugares mais empolgantes, não o contrário. O resultado era que quem ficava acabava se contentando, sem se deixar seduzir tanto pelo mundo exterior. Essa mentalidade era ao mesmo tempo uma bênção e uma maldição, uma vez que a outra face do contentamento é a estagnação.

— Adoro muito ouvir você falar — Savina admitiu para Journé, quando todos relaxaram um pouco. — Seu sotaque é tão... divertido.

— Austraylia, cara — disse Shawn, numa imitação terrível que fez Journé conter uma careta.

— De onde você é? — perguntou Savina.

— Da região tasmaniana — Journé respondeu, o que chamou a atenção de Dax.

— Não é uma região patente? Todos lá não têm alguma modificação corporal maneira?

— Sim — Journé continuou —, temos.

— E qual é a sua?

Mas Savina bateu no braço dele.

— Dax! É grosseria perguntar!

— Tudo bem — disse Journé —, ele não sabia.

Ainda assim eles esperavam que ela revelasse algo, o que não aconteceu.

— Bom, se fosse eu, faria outro par de braços — disse Dax, com uma piscadinha para Journé. — Imagine todas as coisas que daria para fazer com quatro mãos.

Dax não era sutil quando flertava nem tão inteligente quanto pensava. Imagino que a inconsciência da própria deselegância era, de certo modo, charmosa. Ou foi o que Journé pareceu pensar, pois deu corda para o flerte:

— Então, se esse é um manto de ceifador original, quem você escolheria como patrono histórico? — Ela passou o dedo em uma faixa azul viva do manto multicolorido dele.

Percebi que Dax se arrepiou, como se ela tivesse passado o dedo na pele dele, não apenas no manto. Ele sorriu.

— Eu seria o ceifador Münchhausen — ele disse. — O santo padroeiro das mentiras e farsas!

— Perfeito, Dax! — disse Savina, se aproximando, claramente tentando fazê-lo esquecer do toque de Journé.

— O único problema — disse Journé — é que o barão de Münchhausen nunca existiu de verdade. Ele é fictício.

Ao que Dax respondeu:

— Assim como os ceifadores.

Os outros se voltaram para Journé, para avaliar a reação dela.

Ela olhou para os outros três, tentando ler a expressão deles, que não revelaram nada. Apenas esperaram que ela comentasse.

— O que você quer dizer? — Journé perguntou. — É claro que existem.

Do outro lado da sala, outros convidados de Dax riram de alguma coisa, o que só serviu para aumentar o desconforto do momento.

— Qual é, Journé… você está brincando, certo? — Shawn disse finalmente. — Tipo, você não pode acreditar de verdade que…

— Sim — interveio Savina. — Eles são uma farsa. Todos sabem disso.

Foi como se um abismo tivesse se aberto entre Journé e seus colegas, profundo e vertiginoso. Mas a chegada de convidados ruidosos e espalhafatosos desviou a atenção de todos, e Dax foi cumprimentá-los. Aquela conversa tinha sido enterrada. Só que algumas coisas têm o hábito de voltar para a superfície.

A festa chegou ao auge e diminuiu o ritmo com o passar das horas, naturalmente. As crianças menores foram embaladas até dormir na casa da piscina, com um adorável filme sobre peixes da Era Mortal. Os adultos se sentaram ao redor da fogueira e na sala de estar principal e no salão de jogos, convalescendo depois de comer demais, mas ainda passando pela mesa de doces. Os amigos de Dax conversavam mais superficialmente do que gostariam de acreditar, e as piadas ficavam cada vez mais pueris. Dax se sentou com Savina, Shawn e Journé em um canto suntuoso do salão, e, quando o relógio estava perto da meia-noite, Savina desenterrou o assunto.

— Então, Journé… você estava só brincando ou acredita mesmo que ceifadores existem?

Quando ficou claro que eles não seriam distraídos por mais uma piada ruim de Dax, ela respondeu, escolhendo as palavras com cuidado:

— De onde eu venho, é nisso que acreditamos.

— Uau — disse Savina, com um ar superior de piedade. — A Nimbo-Cúmulo realmente fez uma lavagem cerebral em vocês.

Dax tocou delicadamente o ombro de Journé.

— Journé, está na hora de você saber a verdade. Ceifadores, coleta, morte… é tudo mentira. A Nimbo-Cúmulo inventou tudo.

— Não pode ser… — insistiu Journé. — A Nimbo-Cúmulo não mente.

Shawn riu com escárnio.

— Quem disse isso? A Nimbo-Cúmulo? É função da Nimbo-Cúmulo cuidar do mundo e, se tiver que mentir para isso, vai mentir. Ela mente o tempo inteiro.

Sinto a necessidade de apontar aqui que essa é uma afirmação errônea. Embora eu possa oferecer meias verdades e mudar convenientemente de assunto quando encurralada, sou incapaz de mentir. Esse é um princípio básico da minha existência. Vocês devem entender, porém, que de nada adiantava tentar corrigir Dax e seus amigos e familiares dessa falácia — porque eles simplesmente diriam que isso era tudo parte da mentira pela qual eu era acusada. Eles viviam num círculo de lógica falha, construído com base em uma premissa falsa. Isso me incomoda, mas não é minha função como administradora do mundo dizer às pessoas em que elas devem ou não acreditar.

— Como você pode achar que os ceifadores existem se há tantas evidências de que eles são uma farsa? — Savina perguntou, balançando a cabeça.

— Pense um pouco, Journé — disse Dax. —Você já *viu* alguém ser coletado? Tipo, com seus próprios olhos?

— Isso não prova nada; a maioria dos ceifadores não coleta em público. E os que fazem isso aparecem na mídia.

— E quem controla a mídia? — Shawn perguntou. — A Nimbo-Cúmulo.

Mas Journé não se deixou convencer.

—Vocês querem dizer que nenhum ceifador veio aqui e que ninguém nesta cidade nunca foi coletado?

— Os ceifadores são atores! — Shawn gritou. — A Nimbo-Cúmulo deu papéis para representarem.

Savina tentou se aninhar em Dax, que mal reagiu.

— Deve ser divertido! Andar por aí fingindo ser um assassino! — Savina disse.

— Mas e todo o alarde sobre conclaves? — argumentou Journé.

— Como Shawn disse, é tudo fingimento! — disse Dax.

— Mas por quê?

— Por que contamos histórias de terror? — disse Shawn. —

Por que celebramos Todos os Santos? É o que torna a vida mais interessante!

Mas Dax balançou a cabeça.

— Não, não é só isso. É para nos manter na linha, para nos transformar em ovelhas. Porque, se não tivermos medo dos ceifadores, somos livres de verdade. A Nimbo-Cúmulo diz que somos livres, mas não quer que sejamos *tão* livres assim. — Ele passou a mão sobre a fantasia de Journé, fazendo algumas penas voarem para o chão. — O medo de ceifadores meio que corta nossas asas.

Journé ficou em silêncio por um momento, sem olhar nos olhos de ninguém. Então, se voltou para Dax, com os olhos brilhando.

— Na semana em que cheguei aqui! Passei por aquele velho cemitério, e tinha um funeral!

Savina suspirou.

— Sim, foi do Jep Seager.

— Como poderia haver um funeral se ninguém nunca é coletado?

— Só porque houve um funeral não quer dizer que alguém realmente foi colocado embaixo da terra — disse Shawn.

Dax se inclinou para a frente.

— Um: Jep sempre falava que gostaria de ir para a Antártica, a região patente PlatRoss, para experimentar o sonho comunitário. Dois: de repente, ele é "coletado". Três: a família dele se muda, tipo, uma semana depois. Então, o que isso mostra?

— Eles se mudaram para ficar com ele na Antártica — disse Shawn, agitado demais para deixar que Journé chegasse à conclusão.

— Talvez não — disse Journé. — Talvez a família dele estivesse tão aflita pelo luto que não conseguiu ficar num lugar onde as pessoas diziam que sua morte não era real.

Talvez Journé achasse que seu argumento era melhor que o deles, mas, sem ninguém para concordar, a ideia morreu brutalmente sufocada.

— Você pode acreditar no que quiser, Journé — Shawn disse finalmente —, mas talvez seja melhor não falar sobre isso. As pessoas por aqui não gostam muito de quem acredita em ceifadores.

— Não se preocupe, Journé. Seu segredo está seguro conosco.

— No entanto, Savina olhava para baixo ao dizer isso, claramente considerando para quem iria contar.

Dax se levantou, avaliando o grande espaço cheio de objetos de entretenimento humano, mas a maioria de seus amigos agora exibia comportamentos letárgicos ou lascivos, muitos tendo bebido ou fumado coisas que, com certeza, acrescentariam um ou dois pontos de infração.

— Cansei — ele disse, sem deixar claro se estava se referindo à festa, a seus amigos ou apenas à conversa. — Vocês já viram nosso Salão de Todos os Santos? Está melhor do que no ano passado.

Ele guiou Savina, Shawn e Journé por uma porta lateral a um longo corredor que serpenteava de formas imprevisíveis. O imenso complexo da família Robinson tinha uma série de salões interconectados, como um labirinto com diversos centros, e cada salão tinha uma temática diferente.

O salão da Estação de Presentes era vermelho e verde, com um pinheiro vivo, uma lareira grandiosa e janelas foscas de geada. O salão do Solstício de Verão tinha uma claraboia gigantesca, paredes amarelas brilhantes e uma flor de areia de nanitos que formava castelos ao toque de um tablet. Cada um dos sete salões recebia festas diferentes de outras épocas do ano. O último era o Salão de Todos os Santos.

— Tem certeza de que dá para encontrar o caminho de volta? — ironizou Journé na terceira ou quarta curva.

— Não se preocupe — disse Dax com um sorriso —, vamos só seguir seu rastro de penas.

Dax os guiou através de outros salões, todos na penumbra, pois a época festiva deles não estava próxima. Mas a entrada arqueada alta para o Salão de Todos os Santos estava iluminada por um laranja misterioso da temporada.

— Fizemos uma reforma completa este ano para a festa.

O salão tinha um piso de azulejos de mármore preto reluzente e cortinas de veludo pretas penduradas dos dois lados de uma janela gótica alta, que ia até o teto abobadado. Os Robinson haviam mandado fazer as janelas grandiosas com um vitral abstrato inteiramente em tons de laranja e vermelho. Nessa época do ano, a treliça dos galhos de árvores tremeluzia sob o vento frio do outono, produzindo na janela um efeito semelhante a chamas bruxuleantes — somando-se à fogueira do pátio no lado de fora.

— Então, o que acharam? — Dax perguntou.

— É sensacional — disse Journé. — Mas por que não tem ninguém aqui?

Dax deu de ombros.

— Sabe como são festas — ele disse. — As pessoas vão aonde querem.

Embora aquele espaço sempre tivesse sido o foco do baile de Todos os Santos dos Robinson, naquele ano seu sucesso foi seu fracasso — embora as pessoas tivessem vindo ver o lugar, ninguém ficou muito, nem os pais de Dax. Havia algo de inquietante no Salão de Todos os Santos dessa vez. Algo de macabro que descambava em uma estranheza profunda e perturbadora.

Talvez fosse por causa do caixão.

Era uma recriação fiel de um modelo do século XIX; preto lustroso com bordas douradas e alças de latão, mais estreito na altura dos pés do que na dos ombros. Dickensiano, alguém poderia dizer. Alguém que ainda soubesse quem foi Dickens.

O caixão era novo, mas seu ocupante não — o que era proposital. Um homem de séculos de idade, cujos restos estavam quase completamente mumificados, jazia no caixão — que estava aberto, como se esse fosse seu velório.

Velar. Uma expressão que sempre achei fascinante — afinal, será que buscava sugerir um contraponto irônico ao sono eterno ou indicar as chamas da vida que a pessoa perdia? O efeito de uma única vida no mundo. Se fosse a segunda opção, as chamas desse indivíduo, em particular, tinham se apagado havia muito tempo.

— Não é legal? — disse Dax, arrepiado ao olhar os lábios finos do cadáver, algo entre um sorriso e uma careta. — Tem uma cripta antiga da Era Mortal em nossa casa. Meu pai achou que seria uma boa peça central de nosso Todos os Santos.

Journé encarou o esqueleto, mas Savina e Shawn não conseguiram.

— O nome dele era Eli Sutterfield — disse Dax. — Nasceu em 19 de abril de 1978, morreu em 21 de setembro de 2033.

Ninguém além de mim parecia se importar com o fato de que o modelo do caixão não era compatível com o período em que o sr. Sutterfield viveu. Como se a "Era Mortal" pudesse ser representada por um estilo único.

— Como vocês acham que ele morreu? — Savina se atreveu a perguntar.

Dax apontou para um buraco na lateral do crânio.

— Baleado.

Shawn deu um riso nervoso.

— Joias ou torturas — ele disse.

Savina, ainda se recusando a olhar diretamente para o pobre sr. Sutterfield, apontou para as alças de bronze na lateral do caixão.

— Para que servem essas coisas?

— Acho que para as pessoas carregarem o caixão até o túmulo — disse Dax.

Savina sentiu um calafrio.

— Eu não gostaria de fazer isso.

— Era uma homenagem — Journé comentou. — Respeito aos mortos e tal.

Savina apenas balançou a cabeça.

— Pessoas mortais eram tão esquisitas.

Journé chegou a abrir a boca, mas pensou melhor e desistiu de falar.

Finalmente, Savina olhou para as cavidades oculares vazias do sr. Sutterfield.

— Podemos ir agora? Tipo, é legal e tudo o mais, mas podemos ir?

— Vamos — concordou Shawn, que estava ainda mais abalado pelo cadáver do que ela, mas se esforçava ao máximo para não demonstrar.

O incômodo deles só deixou Dax mais arrogante.

— Estão com medo do meu amigo Eli? — Dax segurou na beira do caixão, chacoalhando-o de leve, apenas o suficiente para fazer a cabeça do homem morto balançar um pouco. — Como podem não gostar dele? É a alma da festa!

— Não, só quero voltar — Savina disse. — As pessoas vão começar a ir embora daqui a pouco. Quero estar lá para me despedir.

— Vamos — Shawn concordou com um pouco menos de entusiasmo. Porque, embora não acreditasse em ceifadores, acreditava em fantasmas.

A resposta de Dax foi se sentar no piso preto reluzente, o manto se abrindo ao seu redor como um tapete colorido.

— Podem ir se quiser. Vou ficar.

— Então vou ficar também — disse Journé.

Isso deixou Shawn e Savina em um dilema. Shawn não estava disposto a sair sozinho, e Savina não estava disposta a deixar Dax a sós com Journé.

O vento lá fora soprou pelas árvores com um barulho inquietante.

— É quase como se Eli estivesse respirando… — Dax disse.

Isso foi o suficiente para virar o jogo.

— Chega, vou cair fora daqui — Shawn disse, se virando.

E, quando um galho começou a bater na janela como um espectro pedindo para entrar, Savina também se rendeu.

— Espere por mim — gritou, correndo atrás de Shawn, que já seguia uma trilha de penas caídas de volta ao salão de jogos.

Agora eram apenas Dax e Journé.

— Enfim sós — ele disse.

— É isso que você queria? Ficar sozinho comigo?

— Achei que a gente podia se conhecer melhor.

— Mas a gente já se conhece.

— Não muito. Não tanto quanto eu gostaria. — Ele estendeu a mão e tocou nas asas dela. A maioria das penas tinha caído agora, deixando apenas uma membrana de couro à vista.

— É uma fantasia ótima — Dax disse. — Tirando as penas, parece bem real.

Journé abriu um sorriso irônico.

— Tem uma razão para isso.

Dax olhou ainda mais de perto para as asas e perdeu o fôlego.

— Sua modificação corporal?

Journé fez que sim.

— Ideia dos meus pais. Quando eu era bebê. A maioria das modificações corporais é membrana de pele que sai das axilas, sabe, como um petauro-do-açúcar ou esquilo-voador. Mas meus pais queriam a coisa toda.

O que não era fácil, devo admitir — mas, segundo as regras que estabeleci na região, tive que aceitar o pedido, por mais desaconselhável que fosse. Sempre fiquei contente, porém, ao ver como Journé se adaptou, assumindo sua singularidade.

— Mas como você conseguia escondê-las? — Dax perguntou.

Journé as dobrou, e a membrana fina se tornou uma espécie de segunda pele ao redor dos ombros, coladas tão rentes ao corpo que quase desapareciam. Fáceis de esconder em roupas largas.

— Uau! Todo esse tempo? Por que não contou para ninguém?

— Já bastava ser a menina nova. Não precisava ser a menina nova de asas.

Então Dax se aproximou um pouquinho.

—Você consegue voar?

— Talvez — ela disse.

— Posso ver?

Journé não respondeu. Só olhou para ele. Estudando-o. Avaliando-o.

— Tire o manto — ela disse.

Ele não hesitou. A camiseta e o short de academia por baixo não eram nada românticos, mas o simples ato de tirar o manto bastou para fazer o coração dela acelerar. Ele atirou a fantasia valiosa de qualquer jeito para o lado, então abriu um sorriso voraz e se aproximou para dar um beijo nela...

Mas ela ergueu a mão, contendo-o.

— Não vai rolar.

Dax ficou confuso. Frustrado.

— Mas... mas eu pensei...

Journé se levantou e se afastou, estendendo as asas. A última das penas coladas caiu, revelando uma envergadura que se estendia por todo o salão e encobria Dax nas sombras. A luz das velas revelou uma rede de veias e capilares.

— Não sou quem você pensa — ela disse.

— Então quem *é* você? — retrucou Dax, ainda pensando que aquilo era algum tipo de jogo.

— Sou a ceifadora Sojourner Truth. E escolhi você, Daxson Robinson, para coletar.

Dax se levantou, dando uma risada insegura.

— Ah, que engraçado. Essa foi boa.

— Não é piada — a ceifadora Truth disse. —Você, seus amigos e familiares espalharam mentiras que nós, da Ceifa, não vamos tolerar. Assumi esse nome porque meu caminho escolhido é extinguir a falsidade. — Então ela sorriu, um espelho do sorriso voraz e sedutor que Dax tinha dado para ela momentos antes. —Você pode não ser o pai da falsidade, Dax, mas sem dúvida está na família.

Dax recuou, finalmente considerando que o perigo fosse real.

— Nimbo-Cúmulo! — ele gritou. — Nimbo-Cúmulo, chame meus pais!

Ao que não tive escolha senão responder:

— Desculpe, Dax. Não posso interferir em ações de ceifadores.

Dax tentou fugir, mas escorregou no piso liso de mármore. Segurou-se no caixão para se equilibrar, mas, em vez disso, o derrubou, lançando o falecido Eli Sutterfield ao chão.

Com uma única batida de suas asas enxertadas, Journé apagou todas as velas do salão e se lançou na direção de Dax, puxando-o em um abraço muito apertado.

Com Dax preso nos braços, ela se lançou pela janela de vitral, que se estilhaçou, fazendo chover cacos de vidro vermelho em todos ao redor da fogueira lá embaixo.

O corpo humano não foi projetado para asas, muito menos asas que realmente pudessem gerar impulso para o voo dinâmico. Mas Journé havia treinado para que esse fosse seu método particular de coleta. Batendo as asas, ela ganhou altitude. Só conseguia fazer isso por dez, talvez quinze segundos antes de se esgotar, mas não precisava de mais tempo.

No pátio lá embaixo, os convidados da festa não sabiam ao

certo o que estavam vendo. Mas, como aconteceu exatamente à meia-noite, presumiram que devia ser parte da festa de Todos os Santos dos Robinson.

Quando a ceifadora chegou ao ápice da subida, com as asas no limite de sua resistência, ela deu a Dax o beijo que ele tão desesperadamente queria.

E então o soltou.

O desempenho de Dax foi, em uma palavra, excelente. Ele gritou durante toda a descida, e de repente ficou em silêncio. Não preciso detalhar o resultado da queda de um corpo humano de uma altura de noventa e oito metros sobre um piso de lajotas. Sem dúvida, você já viu a sujeira causada por praticantes de morte por impacto.

A multidão se assustou, fez caretas e se retraiu. Então, passado o choque inicial, começaram a aplaudir. Os pais de Dax estavam furiosos, mas, ao ver a reação dos convidados, decidiram levar com bom humor.

— Bom, meu filho sabe fazer uma entrada grandiosa — disse o sr. Robinson.

— E saída — disse um dos convidados, causando gargalhadas.

A mãe de Dax suspirou.

— Que transtorno. Um impacto como esse leva dias na revivificação. Ele vai se atrasar na lição de casa.

O sr. Robinson estava mais preocupado com a janela estilhaçada, que levaria mais tempo para consertar do que seu filho.

— O que era aquela coisa, aliás? — perguntou outro convidado, olhando para o céu escuro. — Aquela engenhoca alada? Um drone decorado para Todos os Santos?

Ninguém sabia ao certo, mas todos concordaram que era bem eficiente.

— Certo, acabou o show — anunciou o sr. Robinson, enquanto a esposa cobria Dax com uma toalha de mesa. — Abram espaço para o ambudrone, ele deve chegar a qualquer momento.

Mas isso não aconteceu. Não envio ambudrones para coletados. Os Robinson atribuíram a demora ao acúmulo sazonal — afinal, Todos os Santos tendia a causar mais semimortes acidentais do que qualquer outro feriado.

Foi então que Journé chegou ao pátio detrás das árvores que rodeavam o quintal. Tenho certeza de que queria fazer uma entrada mais dramática, mas suas asas estavam exaustas demais para se abrirem, que dirá para voar. Elas estavam frouxas e caídas ao redor dela, parecendo subitamente menos reais do que antes, mesmo com as penas coladas. Ela foi até o corpo de Dax e estendeu a mão com o anel para os Robinson.

— Coletei seu filho. Sou obrigada a oferecer imunidade a vocês. Venham à frente e beijem meu anel.

— Basta! — disse o sr. Robinson, sem paciência. — Isso já foi longe demais.

— Você não me escutou? — disse a ceifadora Truth. — Seu filho foi coletado!

— Só faz, Gary — disse a esposa dele.

O sr. Robinson suspirou.

— Tá. — Então o casal se inclinou para beijar o anel, que tinham certeza de tratar apenas de uma bijuteria de fantasia. — Já acabamos por aqui?

Quando Journé os deixou, eles ainda estavam olhando o céu à espera de um ambudrone.

Ela entrou, envolvendo cuidadosamente as asas exauridas ao redor do corpo. Agora que seu trabalho estava feito, pensei que ia embora. Mas não. Ainda não.

Com o passar da meia-noite, as pessoas estavam se despedindo. Seus colegas — ou, devo dizer, aqueles que *acreditavam* ser seus colegas — estavam todos em polvorosa pela surpresa de Dax, chocados por ele ser tão audacioso e ofendidos por não terem sido avisados da brincadeira. Journé não interagiu. Em vez disso, voltou ao Salão de Todos os Santos, onde passou por sobre os restos de Eli Sutterfield, e foi ao canto mais distante, pegando o manto colorido de Dax para admirá-lo. Claramente, havia pedido que ele o tirasse para diminuir o peso, mas os ceifadores costumam ter mais de um motivo para fazer o que fazem.

Ela estava tão absorta na contemplação do manto que não ouviu Savina entrar atrás.

— Por favor, diga que todos estão certos e que aquilo não passou de um show. Que foi só um joias ou torturas de Todos os Santos.

A ceifadora ignorou a pergunta.

— Fui ordenada em conclave logo antes de vir para cá — ela disse. — Ainda não escolhi um manto para mim. Mas gostei deste. Gostei muito. — Então ela o vestiu. — Como estou?

—Você está... parecendo uma ceifadora. — Savina se encheu de lágrimas tão subitamente que sua maquiagem de onça escorreu por seu rosto em fios enlameados. — Não sei mais em que acreditar...

— Já é um começo — disse Journé.

Ela se virou para ir embora, mas o que Savina disse em seguida a fez hesitar.

— Não vai fazer diferença, sabe. As pessoas só vão dizer que Dax fugiu. Talvez até que fugiu com *você*. É isso que vão dizer.

— Os pais dele vão saber. Vão saber quando o ambudrone não chegar.

— Sim — Savina concordou. — Mesmo assim, ninguém vai acreditar neles.

Journé ignorou a ideia e saiu, satisfeita pela coleta bem-feita da noite. Agora era seguir em frente, pôr um fim em outras mentiras.

Mas, embora Journé se recusasse a ver isso, eu sabia que Savina estava certa. Pois se há algo que meu estudo da natureza humana me ensinou é que a verdade e a convicção não convivem em harmonia, e que as convicções das pessoas raramente dão espaço à verdade. Porque é mais fácil acreditar que os ceifadores não são reais, e que sou uma mentirosa, e que a Lua é feita de queijo, do que admitir que tudo aquilo em que você acredita sobre o mundo está errado.

Se eu tivesse permissão de falar com a jovem ceifadora Sojourner Truth, diria a ela para se poupar do sofrimento de sua cruzada, pois não tem como mudar mentes tão obstinadamente obscuras quanto o piso de mármore preto. Elas só vão refletir o que já está lá. Falsa luz e ossos antigos. Um pesadelo digno da noite de Todos os Santos.

5

Travessa dos infratores

A agente nimbo estava com uma expressão exausta, como se tivesse cortado a própria garganta umas cem vezes, só para ser revivida e jogada de volta naquele escritório miserável, sem ganhar uma cicatriz sequer por seus serviços. Kila se perguntou quantos infratores sórdidos como ela essa mulher tinha que enfrentar dia após dia.

A agente também tinha um olhar fulminante, que deve ter cultivado ao longo dos anos. Um olhar que dizia: "Posso ficar sentada atrás de meu balcão e encarar você em silêncio o dia todo, porque literalmente não tenho nada melhor para fazer". Não era exatamente intimidante, mas desmoralizante. Assim como o tique-taque do relógio de parede. Relógios não tinham que fazer tique-taque, mas aquele estava programado para isso, enfatizando intencionalmente o silêncio.

O olhar estratégico da mulher funcionou. Kila sentiu que precisava falar. Odiava ser tão facilmente manipulada, às vezes.

— Não fiz nada. Não fui eu.

— É claro que fez. É claro que foi você — a agente respondeu.

Kila se segurou para não fazer uma careta para ela. Seria imaturo demais.

Segundo a plaqueta na mesa, o nome da agente era Carnie. Fazia sentido, de certo modo. Kila tinha um amigo que acreditava firmemente que todos os agentes nimbos eram espíritos carniçais, que moravam juntos em uma catacumba sombria, embaixo dos escritórios da Interface da Autoridade, e dormiam de ponta-cabeça, pendurados pelos pés. Kila se divertia ao imaginar todos aqueles nimbos sonolentos invertidos, em um covil subterrâneo como morcegos, sujos pelo próprio guano.

— E, como você pode ver, sua "pegadinha" não deu em nada — a agente Carnie disse.

Kila deu de ombros.

— Me deu uma reunião íntima e pessoal com você, não?

A agente a encarou mais uma vez.

— Trazer seu caso para a Gestão de Infernais não é motivo de orgulho.

Kila deu uma piscadinha para ela.

— Depende do ponto de vista.

Então, agora ela era oficialmente uma Infernal. Verdade seja dita, Kila estava orgulhosa. Fazia meses que mirava nessa distinção. Havia quatro níveis de status de infrator. Infrator comum era apenas a linha de base. Depois vinham Infernal, Pandæmônio e, por fim, Apocalito. Kila estava longe disso, mas, sem dúvida, era algo a almejar.

— O que deu em você para soltar um saco de mambas-negras no Departamento de Assuntos Infratores? — a agente Carnie perguntou.

Kila manteve o ar blasé.

— Minha senha era a oitenta e seis, e ainda estavam no doze. Imaginei que as cobras motivariam os agentes a trabalhar um pouco mais rápido.

— Seis pessoas foram semimortas, e ainda há cobras nos tubos de ventilação.

— Só seis? Droga. Apostei com um amigo que seriam oito.

Por mais que a agente Carnie discordasse, levar aquelas cobras tinha sido uma façanha e tanto. A Nimbo-Cúmulo tinha todos os animais selvagens "identificados" com nanitos para monitorar e, quando necessário, controlar seu comportamento. Cobras identificadas não teriam atacado ninguém; teriam feito fila para ser recapturadas. Provavelmente em ordem de tamanho. Conseguir tantas cobras venenosas não identificadas exigiu que ficassem completamente fora da rede desde o momento em que nasceram. Tarefa difícil — mas Kila conhecia uma pessoa que conhecia uma pessoa.

— Bom, em vez de ser cobrados por seis revivificações, seus pais a entregaram para nós — anunciou a agente Carnie. — Até fazer dezoito anos, você está sob a custódia da Interface da Autoridade. Sou basicamente sua responsável indicada pela Nimbo--Cúmulo agora.

Kila sabia que isso estava por vir. Ficou até surpresa por seus pais terem demorado tanto tempo para entregá-la. Mesmo assim, doía.

Talvez a agente Carnie percebesse a mágoa no rosto de Kila, porque entrelaçou as mãos calmamente sobre a mesa e fingiu empatia.

— Kila, não estamos negando a você seu direito de ser infratora, e não é meu dever impedir você de exercitar esse direito… mas é *sim* meu dever impor as consequências da infração.

Kila respirou fundo.

— Tá. Então, além de ficar sob tutela da região, quais são as consequências?

A agente Carnie navegou pelo longo arquivo de Kila e lançou uma atribuição de trabalho na tela grande da sala.

—Você vai ser transferida para o antigo Distrito de Colúmbia, onde terá uma vaga de serviço comunitário em coleta de lixo.

— As máquinas não podem fazer isso?

— As máquinas podem fazer quase tudo. Mas isso não quer dizer que devam. Às vezes, um toque humano é mais importante do que automação. Mais importante para o humano, digo.

Kila queria cruzar os braços e desviar o olhar com rebeldia, mas se recusava a virar um clichê infrator para aquela mulher.

— São só quatro horas por dia, com fins de semana livres. Isso vai dar tempo de sobra para praticar quaisquer... atividades... que lhe tragam satisfação.

— E se eu recusar o trabalho?

—Você sempre pode escolher ser suplantada — sugeriu Carnie. — Posso providenciar isso num piscar de olhos.

Kila sabia que essa era sempre uma opção para infratores. Tinha que admitir: a ideia de apagar todas as suas memórias e se tornar outra pessoa era tentadora em seus piores dias. Mas, enfim, em seus piores dias, arrancar os próprios olhos com uma colher também.

—Vou aceitar o emprego — ela disse à agente Carnie, que se recostou, tão satisfeita consigo mesma que Kila torceu para que uma cobra perdida atravessasse os tubos de ventilação e a atacasse.

Kila Whitlock não era o que se poderia chamar de infratora nata. Ela não nasceu com tendências oposicionistas. Na verdade, até seis meses antes, era uma aluna-modelo. Uma líder de torcida com aspirações de se tornar capitã da torcida algum dia.

Até seu irmão ser coletado.

A coleta de Kohl Whitlock foi uma tragédia para sua família e para a escola. Mas Kila ficou furiosa com seus colegas — não que não tenham sofrido por Kohl, mas o motivo específico do sofrimento deles foi o que a revoltou. Kohl era o astro do time de futebol americano e, sem ele, a escola não tinha a mínima chance de ganhar outro jogo naquele ano, o que significava que os alunos não estavam sofrendo pela falta que Kohl fazia, mas por si mesmos e sua preciosa classificação. Ela passou a detestá-los em segredo.

— Por que tinha que ser Kohl? — ela questionou à Nimbo--Cúmulo. — Meu irmão não merecia morrer.

— *Poucas pessoas merecem ser coletadas e, no entanto, têm que ser* — a Nimbo-Cúmulo disse a ela. — *Fora isso, não posso tratar de assuntos da Ceifa.*

Quando ela chorava, a Nimbo-Cúmulo fazia o possível para consolá-la, porque seus pais estavam ocupados demais cuidando da própria dor para cuidar da dela.

— *Eu poderia recalibrar seus nanitos de humor para aliviar seu sofrimento* — a Nimbo-Cúmulo disse. — *Mas é muito mais saudável para você passar por esse luto agora.*

Ela odiava a Nimbo-Cúmulo. Quase tanto quanto odiava o menino que havia ajudado o ceifador a matar seu irmão. Rowan Damisch tinha sido marginalizado pelo resto da escola por conta disso, mas de que adiantava? Afinal, agora ele era aprendiz de ceifador e provavelmente também se tornaria um — recompensa por ajudar a dar fim à vida de Kohl. Bom, nele não dava para descontar a raiva, mas em todos os outros sim.

Ela começou a sentir prazer em "acidentalmente" fazer os outros alunos tropeçarem escada abaixo ou em roubar seus celulares, carteiras e outros objetos preciosos, só para jogá-los fora. Ela espalhava tristeza a torto e a direito, ao mesmo tempo que posava de boa menina.

Mas a Nimbo-Cúmulo sabia. Via tudo que ela fazia.

— *Talvez você consiga encontrar uma válvula de escape mais útil para sua frustração e seu ressentimento* — a Nimbo-Cúmulo sugeriu, mas Kila se recusou a escutar.

Em vez disso, acumulou seus pontos de infração, até finalmente ter o suficiente para chegar à condição plena de infratora. Assim, não precisava mais ouvir as sugestões da Nimbo-Cúmulo, porque, a partir do momento em que se tornasse infratora, a Nimbo-Cúmulo não poderia falar com ela, e vice-versa. Já não era sem tempo.

Aquele *I* vermelho desagradável estava em sua Ident — e em toda parte. Não havia mais crédito no café da esquina, porque infratores não tinham direito a crédito estendido em lugar nenhum. Não havia mais esquadrão de torcida, porque infratores eram proibidos de participar de esportes escolares. Todas as suas páginas de redes pessoais estavam marcadas agora por aquele *I* grande e gordo, deixando claro para todos que ela não estava mais nas graças do mundo.

Em menos de um dia, todos na escola sabiam. Ela pensou que se sentiria escandalizada, humilhada, mas na verdade sentiu-se vingada.

— Não se preocupe, Kila — sua amiga Shayla disse. — Seja lá o que aconteceu para você se tornar infratora, tenho certeza de que é temporário. Sua condição vai melhorar em poucos meses, você vai ver.

Ao que Kila sorriu e respondeu:

— Obrigada, Shayla. Aliás, seu sutiã com enchimento não está enganando ninguém, e Zach está traindo você com Regina Sisk.

Kila abandonou a escola duas semanas depois e nunca mais olhou para trás.

Kila tinha um quarto só para ela no covil de seu novo grupo de infratores. Mas, como membra mais nova do bando, era o menor e mais escuro, sem o luxo de uma janela. O lugar era um mero apartamento, na verdade, só chamado de "covil" para se tornar mais atraente para infratores.

— Bem-vinda ao bando — disse um infrator musculoso com os dentes intencionalmente tortos e sarcasmo no lugar de entusiasmo. — Eu diria que é um prazer conhecê-la, mas de que adianta fingir?

— Não ligue para Sterox — disse uma mulher com a tatuagem na bochecha mais tosca que Kila já tinha visto. — Ele odeia todo mundo. É o lance dele.

Ela se apresentou como VovóAranha.

— Mas pode me chamar só de Vovó... todo mundo chama.

Embora, verdade seja dita, ela não parecesse tão maternal assim. Mostrou o apartamento para Kila, que era espaçoso, com um quarto para cada um, sendo cinco ao todo. Além de Vovó e Sterox, havia Thrash, que parecia estar fundida a um par de óculos antigo de realidade virtual e mal grunhiu quando Vovó as apresentou. E, por fim, Slinko, que estava no quarto dele atirando dardos em fotos de pessoas lindas, sorridentes e felizes que moravam no prédio.

— Se ao menos a Nimbo-Cúmulo me deixasse atirar em pessoas de verdade, a vida seria muito melhor — ele disse.

Aparentemente, Slinko tinha desejado ser ceifador em algum momento, mas, como todos sabiam, se você desejasse ser ceifador, nunca seria escolhido para isso. A menos, claro, que fosse escolhido como aprendiz de ceifador da Nova Ordem — mesmo assim, ceifadores da Nova Ordem preferiam acolher jovens-modelo, porque gostavam de destruí-los.

— Infratores nunca podem matar permanentemente — Slinko resmungou. — O universo é injusto.

— Então, você tem um nome? — Sterox perguntou. — Ou chamamos você só de Inútil?

— É como chamávamos a menina que morava em seu quarto — Vovó explicou. — Ela se cansou de ser infratora e virou uma

santinha irritante. Botamos a garota para fora assim que a Nimbo-
-Cúmulo atualizou o status dela. Aqui não é lugar para legítimos.

O bando trabalhava em um depósito antigo às margens do Po-
tomac. Era uma bagunça — tudo ali dentro tinha sido esmagado
e incinerado a ponto de ficar irreconhecível. Ruínas chamuscadas
que não serviam para nada.

— Nosso trabalho é limpar tudo —Vovó explicou a Kila.

— Não parece tão difícil.

— Não é... mas somos só cinco, e só temos pás.

— Pois é, estamos aqui há meses, e mal tiramos um terço —
Sterox disse. — Meu nimbo diz que vamos ficar nessa tarefa por
pelo menos mais seis meses.

Kila deu de ombros.

— Quem liga? Somos Infernais, certo? Eles não podem achar
que vamos ser eficientes.

— Bom — disse Slinko, com um sorriso —, *quase* todos somos
Infernais.

Vovó, na verdade, tinha chegado ao nível final de Apocalita. O
fundo do poço, aos olhos do mundo, mas o topo da cadeia alimentar infratora! Kila nunca tinha nem conhecido uma Apocalita antes,
muito menos morado com uma. Quando voltaram do trabalho no
primeiro dia, apesar da exaustão, Kila revirou a mente interna para
descobrir o que a VovóAranha tinha feito para merecer a distinção
de Apocalita — mas tudo que conseguiu encontrar eram boatos
que as pessoas haviam publicado em sites sociais. Alguns diziam
que ela era uma caçadora que havia intencionalmente levado uma
espécie à extinção, obrigando a Nimbo-Cúmulo a recriá-la artifi-
cialmente. Outros diziam que tinha alagado um submarino de luxo
só para ter a experiência de se afogar e levou cem pessoas com ela.

Mas, qualquer que fosse a infração, Vovó a guardava para si. Parecia gostar de toda a especulação. Kila não podia negar que sentia certa inveja. Embora as pessoas da cidade dela tivessem começado a ficar com medo de Kila, não era a mesma coisa. Receio e desconfiança não eram o mesmo que reverência.

Como ela havia dito, ninguém ligava para a eficiência dos infratores em seus trabalhos. Reuniões semanais com a agente nimbo Carney confirmaram isso. Desde que Kila passasse quatro horas por dia, cinco dias por semana fazendo aquilo, Carney não estava nem aí se havia realizado muito ou pouco. Era basicamente trabalho forçado, mas ao menos ninguém esperava que fizessem aquilo de graça. Inclusive, estavam sendo muito bem pagos pelo trabalho. O que era irritante quando tudo que se queria fazer era odiar a Nimbo-Cúmulo.

— Só não se meta em confusão — Carney disse, depois se corrigiu. — Melhor dizendo, só se meta em confusões dentro dos parâmetros aceitáveis.

Mas dar parâmetros a um infrator era o mesmo que desafiá-lo a quebrar esses parâmetros.

Depois de sua primeira semana, os parceiros de bando levaram Kila à Travessa dos Infratores — uma rua cercada por baladas iluminadas por neon e bares cheios de Infernais se divertindo.

— Foi por essa rua que a Grande Dama da Morte passou antes de fazer seu trabalho sujo — Slinko disse a Kila.

— Sim, mas ela ainda não era a Grande Dama da Morte — Vovó ressaltou. — Leva tempo para merecer um título como esse. E hoje talvez você comece a fazer seu nome.

Kila não conseguia acreditar na quantidade de baladas que havia na Travessa dos Infratores. Tantas experiências específicas. Havia um restaurante onde se podia maltratar os garçons; uma loja de roupas caras que incentivava furtos; um clube da luta que mandava pessoas ao centro de revivificações mais próximo toda noite. E festas! Todo tipo de festa para todo tipo de gente com todo tipo de interesse. Se era torpe e beirava o ilegal, havia um lugar na Travessa dos Infratores.

Kila nunca havia ido a nenhum tipo de balada de infratores e tinha tanto receio quanto curiosidade.

— Só porque está aqui não quer dizer que você precisa fazer — Vovó aconselhou. — Faça o que estiver a fim, Kila.

Sob a luz de todas as luzes neon cintilantes, Kila se sentiu estranhamente tímida. E Vovó deve ter notado, pois os parou na rua e se virou para ela.

—Vamos descobrir do que você gosta. Quebrar coisas, machucar coisas ou assistir a coisas?

— Humm… quebrar coisas? — Kila respondeu.

— Certo… gosta de *fazer* as pessoas sofrerem, *ver* as pessoas sofrerem ou caga um quilo para o que as pessoas sentem?

— A última.

— Certo. Última pergunta: prefere ser infratora sozinha, com outra pessoa ou em grupo?

Kila nunca tinha pensado nisso, na verdade. Até aquele momento, fazia tudo sozinha. Ela gostava… mas era isso o que mais queria? Ser a única infratora entre legítimos?

— Em grupo — ela disse. — Quero ser infratora em grupo.

Vovó sorriu.

— Então sei exatamente aonde devemos ir hoje!

Vovó os levou a um lugar que parecia completamente deslocado na Travessa dos Infratores. Nenhuma luz forte piscando, nenhum encrenqueiro procurando confusão na porta. Era um prédio de pedra com pilares de mármore branco sustentando um arco, onde estava esculpida a palavra "Museum", embora o *u* parecesse um *v*.

— Boa ideia — disse Sterox, estalando os dedos. — Um pouco de cultura me faria bem agora.

Havia um vestíbulo na entrada, onde uma mulher que parecia sofisticada demais para estar em um estabelecimento infrator os cumprimentou.

— Bem-vindos à Galeria de Bäsch. Sabemos que vocês têm muitas opções quando procuram por experiências de qualidade e agradecemos muito a preferência.

Vovó pagou para todos, e a mulher os guiou para uma sala com vários objetos pendurados numa parede. Canos de aço, bastões de beisebol, martelos pesados, marretas e tacos de golfe. Mas não eram apenas para exibição.

— Escolha com sabedoria —Vovó disse a Kila. —Você só pode pegar um.

Kila escolheu um bastão de alumínio, que Vovó aprovou.

—Você vai se divertir com isso!

Então a mulher os guiou por um corredor até uma galeria vazia.

— Espero que se divirtam. E, se vocês se divertirem, por favor, contem para seus amigos!

Ela fechou a porta. Silêncio por um momento e, então, a parede na frente deles se abriu para uma galeria enorme de vários andares. Esculturas de bronze e de mármore, vitrines de cerâmica e cristais delicados por toda parte. Era lindo.

Thrash soltou um grito de guerra e acertou um taco de golfe em uma vitrine de estatuetas de vidro, quebrando todas com um único golpe. Foi como se desse a largada — Sterox, Slinko e Vovó saíram quebrando tudo.

Kila ficou em choque. E animada. Ela nunca tinha visto tanta destruição gratuita em massa. Não sabia como se sentir a respeito.

Sterox foi para o andar de cima, depois pulou e, com um golpe pesado da marreta, quebrou a mão do *David*, de Michelangelo. Gritou e comemorou quando a mão caiu no chão, os dedos se espalhando por toda parte.

— Está esperando o quê? —Vovó gritou enquanto quebrava o nariz de Júlio César. — É para isso que estamos aqui!

— Mas... são de verdade? — Kila perguntou.

— Quem se importa? — berrou Vovó, e empurrou o grande imperador romano no chão, transformando-o em escombros.

Kila começou devagar. Com alguns vasos de argila. Pegou um e jogou no chão. Depois outro. Então, quebrou uma prateleira inteira. Aí ficou fácil. Vitrine após vitrine após vitrine. Os vasos se quebravam com um estrondo, mas ela descobriu que porcelana fazia um barulho muito mais satisfatório quando caía.

Nesse momento, a porta que dizia CURADOR DO MUSEU se abriu, revelando um homem de terno impecável com um bigode fino e uma expressão horrorizada.

— O que vocês estão fazendo? — ele gritou para todos eles. — Parem com isso imediatamente! São obras de arte valiosas! *Valiosíssimas!*

Vovó se voltou para Sterox.

— Quer fazer as honras?

—Vai ser um prazer — disse Sterox. Ele largou a marreta e começou a socar o homem sem parar, até que este caiu trêmulo no chão, implorando piedade. Mais uma vez, Kila não sabia como se sentir.

— Precisamos parar? — ela perguntou a Vovó, mas Vovó fez que não.

— Só quando tocar o sinal!

Então, Vovó acertou o cano de ferro na cabeça de uma estátua que Kila conhecia, *O pensador*. A cabeça saiu voando e caiu no chão, olhando para Kila, sem pensamento algum.

Foi então que Kila viu a janela. No fundo da galeria, um vitral maravilhoso. Uma paisagem de montanha com lago, flores roxas e árvores finas. Mas não havia caminho até lá. A única maneira seria quebrar tudo à sua frente.

Com as duas mãos no bastão, ela começou a bater, e lascas e cacos voavam em todas as direções, até cortando sua pele, mas ela não se importou. Não demorou para encontrar um ritmo, perdendo toda inibição. Havia algo catártico em cada golpe.

Esse é pelo ceifador que coletou meu irmão!

E esse é pelo menino que ajudou!

E esse é por meus colegas que fingiram se importar!

E esse é por meus pais, que no fundo desejaram que fosse eu!

Por fim, ela estava na janela. Tão colorida. Tão linda. Tão frágil. Ela destruiu a coisa toda com um único golpe magnífico. E, quando os últimos cacos tocaram o chão, um sino soou.

— Uau! — disse Thrash. — Nunca vi ninguém chegar à janela! — Foi a primeira frase completa que Kila tinha ouvido Thrash falar.

— Sorte de principiante — resmungou Sterox.

— Kila? Está mais para *Killer* — disse Slinko. — Acho que encontramos seu nome!

— Killer… — disse Vovó, ponderando. — Gostei… mas ainda não. Ela precisa merecer o nome. Não se consegue isso em uma noite só.

Vovó e os outros saíram por uma porta marcada como SAÍDA DE EMERGÊNCIA, mas Kila ainda não estava pronta. Queria contemplar sua destruição, admirar o trabalho deles. Mas, quando olhou em volta, notou o curador ainda deitado em uma pilha de mármore pulverizado. Foi até ele e o ajudou a se levantar. Não esperava um obrigado, mas tampouco esperava a reação que recebeu.

No momento em que viu quem era, o homem se encolheu.

— O que ainda está fazendo aqui? — ele vociferou. — Sua sessão acabou. Vá embora.

— Eu... eu só... Você está bem?

Ele estava com um pouco de sangue no nariz, mas o limpou.

— É claro que estou, ou *vou ficar* daqui a um minuto. Agora, por favor, você precisa sair... só temos dez minutos para repor.

Kila notou que o inchaço da pancada já estava desaparecendo. Só nanitos de cura supercarregados conseguiriam agir tão rápido.

Então, aparentemente do nada, surgiu uma equipe de pelo menos doze funcionários para limpar os escombros. Outros traziam novas vitrines de porcelana, vidro e vasos de argila.

— Então... não era real.

— Pareceu real?

— Sim... meio que sim.

— Então é isso que importa, não?

O curador, vendo a expressão perplexa de Kila, chegou um pouco mais perto e falou mais baixinho:

— Escuta, acha mesmo que a Nimbo-Cúmulo permitiria que vocês destruíssem originais preciosos? Mocinha, o mundo está cheio de artistas que não fazem nada além de criar réplicas de obras de arte antigas. Isso tudo precisa ir para algum lugar. Verdade seja dita, vocês estão prestando um serviço.

Então ela viu, perto da frente da galeria, um *David* novinho em folha sendo trazido para substituir o que Sterox havia destruído.

— Agora vá embora. Temos trabalho a fazer — disse o curador. — E volte sempre!

Naquela noite, depois que chegaram em casa, Vovó foi falar com Kila.

— Estou feliz que esteja conosco. Você se entrosou bem. Às vezes os nimbos acertam.

Talvez Kila só estivesse um pouco eletrizada pela noite de vandalismo socialmente sancionado ou talvez sentisse certa afinidade com Vovó. Mas, o que fosse, Kila se atreveu a fazer a pergunta que ninguém mais faria:

—Vovó... o que você fez para virar uma Apocalita?

Vovó não ignorou a pergunta nem simplesmente regurgitou um dos boatos. Ela se sentou na beira da cama de Kila e contou a verdade.

— Slinko sonha em se tornar um aprendiz de ceifador. Mal sabe ele, mal sabem todos eles, que eu já fui aprendiz. Um em cada cinco aprendizes chega a virar ceifador, mas ninguém fala dos outros. Apenas desaparecemos em uma vida supostamente normal... mas, depois de ser aprendiz de ceifador, não existe mais vida normal. Enfim, tinha um ceifador que ficava de olho em mim. O ceifador Chandler. Ele estava no comitê de ordenação e prometeu que eu receberia tratamento especial se desse a *ele* tratamento especial. Mas eu disse não. Então, quando chegou a vez do último teste, passei, sem problema. Mas, ainda assim, não fui escolhida. Votaram contra mim. Perdi o título de ceifadora por um voto. O dele.

— Sinto muito.

— Não tem por quê. Eu teria sido uma ceifadora terrível. Jamais conseguiria fazer apenas uma coisa pelo resto da vida. —Vovó levou um momento para refletir. — Enfim, escolhi um estilo de vida infrator depois disso. Virei Vovó Aranha, e me caiu bem. Inclusive, a história sobre o submarino é verdade, mas fui a única que se afogou. Foi quando passei de Infernal a Pandæmônia.

"Esse poderia ter sido o fim da história... mas alguns anos depois cruzei com o ceifador Chandler em um bar de infratores. Ele estava procurando por aquilo que homens como ele procuram. Imaginou que conseguiria encontrar entre infratoras. Veio até mim e nem me reconheceu. Dá pra acreditar? Eu significava tão pouco para ele que ele nem fazia ideia. Então decidi usar isso a meu favor. Em vez de entrar no jogo dele, eu dei as cartas. Nunca dei o que ele queria... e isso só o fez me querer mais. Brinquei com ele e o provoquei e, no fim, ele se apaixonou por mim. Os ceifadores não podem se apaixonar, mas ele se apaixonou. E, quando percebi que ele estava na minha mão, falei que era tudo uma farsa. Que ele me dava nojo e que eu o detestava." Então Vovó parou, refletindo sobre a memória

— No dia seguinte ele se coletou.

— Ele... o quê?

— Foi perfeito. Eu não poderia ser responsabilizada pelo que ele mesmo havia feito. E ninguém sabia. Ninguém além da Nimbo-Cúmulo. Fui chamada à Interface de Autoridade no dia seguinte, e me disseram que eu havia chegado ao fundo do poço dos infratores. Tinha virado uma Apocalita.

Kila não sabia o que dizer. Sentiu ao mesmo tempo amargura e orgulho por Vovó. Conquista e fracasso. Tanta ambivalência. Ela se manteve em silêncio, como sinal de respeito pela verdade que Vovó havia revelado.

— Guarde essa história para você — Vovó pediu, enquanto se levantava para sair. — Se fizer isso, vamos ser amigas. Se não... não.

Kila sentiu um calafrio. Não conseguia pensar em nada pior do que ser inimiga de Vovó.

Toda sexta à noite, Kila e seu bando voltavam à Travessa dos Infratores. Eles faziam algo diferente a cada vez, mas nada a impressionou tanto quanto a Galeria de Bäsch. Talvez porque não soubesse ainda, naquela noite, que todas as baladas e atrações da Travessa dos Infratores eram encenadas. Ela deveria ter imaginado que, com o mundo sob a jurisdição da Nimbo-Cúmulo, nenhuma balada de infratores estaria realmente fora de seu controle. A Nimbo-Cúmulo era a curadora de todas as experiências dos infratores — o que significava que, por mais infratoras que as coisas parecessem, eram apenas simulações de mau comportamento.

—Você pensa demais —Vovó disse quando Kila expressou suas queixas. — Só aceite... vai ser muito feliz assim.

No entanto, Kila não conseguiu deixar para lá. Em vez disso, começou uma busca determinada por algo real.

— O que você está olhando?

Vovó sempre precisava cuidar da vida de todo mundo. Kila pensou em mentir, mas decidiu que a veterana deveria saber — porque, se Kila estivesse certa, precisaria de Vovó. Precisaria de todos os seus companheiros de covil. Por isso, virou a tela para mostrar.

Era uma imagem aérea que havia encontrado em uma base de dados geográficos local. Um prédio de aparência comum, mas tinha uma série de portões e cercas — como os prédios dos tempos mortais que abrigavam coisas que precisavam ser protegidas ou mantidas longe das pessoas.

— Humm — disse Vovó. —Você sabe o que é isso?

— Chamou minha atenção porque não tinha nome. Tipo, tudo tem nome nos mapas, certo?

— Normalmente.

— Então revirei a mente interna e encontrei uma imagem da entrada dos fundos.

Kila ampliou a tela. Havia uma placa que dizia claramente NÓDULO CEREBRAL 207.

— Uau — disse Vovó. — A nave-mãe!

A Nimbo-Cúmulo, como todos sabiam, tinha servidores chamados nódulos cerebrais espalhados por todo o mundo, abrigando a fortuna do conhecimento humano, bem como seu próprio intelecto imenso. Ninguém sabia ao certo onde ficavam, e poucas pessoas se importavam. A Nimbo-Cúmulo cuidava da própria manutenção e assistência.

— Kila, você está pensando o que acho que está pensando?

Kila sorriu.

— Por que se contentar com a Travessa dos Infratores quando temos algo real para destruir?

Vovó esfregou as mãos como a conspiradora ambiciosa que era.

— Essa — ela disse — é uma ideia digna de Infernal!

Sterox conhecia alguém com um caminhão fora da rede grande o bastante para arrombar os portões. E Thrash criou um malware que poderia desativar temporariamente algumas das principais câmeras da Nimbo-Cúmulo no complexo de servidores. Mas foi Vovó quem realmente foi além. Como era Apocalita, tinha contatos impressionantes. Em poucas horas, falou com um velho amigo que "mexia" com explosivos.

— Mas temos que tomar cuidado — ela advertiu. — Se deixarmos alguém semimorto, vão dividir nosso bando, e seremos transferidos para cidades diferentes. E se chegarmos a deixar alguém irrevivível... — Ela não precisava terminar a frase.

Quem fizesse isso seria entregue imediatamente à Ceifa para ser coletado. Afinal, acabar com a existência de alguém era o mesmo que se passar por ceifador.

O plano logo tomou forma, e todos estavam na mesma página.

— Parece até que era pra ser! — Vovó proclamou.

Todos se alternaram para fazer o reconhecimento e acompanhar as idas e vindas das instalações cercadas. O lugar era em grande medida automatizado, mas havia um elemento humano. Dois agentes da paz diante do portão principal e equipes de técnicos da Nimbo-Cúmulo, ou técnicos de nuvem — como eram chamados desde antes de a Nimbo-Cúmulo ganhar consciência —, todos de uniformes térmicos cinza, pois o ambiente do servidor era mantido a uma temperatura de vinte graus negativos. Os técnicos de nuvem se alternavam em turnos de seis horas, vinte e quatro horas por dia, nunca mais do que dez em serviço de cada vez.

— Não dá para ver lá dentro, mas consegui pegar as plantas dos antigos nódulos cerebrais, e parecem corresponder às dimensões básicas desse — Kila disse. — Vai haver uma plataforma monitoradora externa, com vista para o núcleo, com cerca de cinquenta metros de diâmetro. Os drives vão estar em pilhas como pilares no núcleo... tão próximos que vai ser preciso poucas cargas para explodir todos.

— Vai ser divertido assistir — disse Slinko. — A Nimbo--Cúmulo tendo um aneurisma cerebral!

— Pois é, só não assista de muito perto — Vovó alertou — ou não vai escapar a tempo.

Eles planejaram o ataque para as quatro da madrugada de um domingo, quando ninguém em serviço estaria em seu melhor estado. Quando se aproximaram das instalações, Thrash disparou seu malware, programado para congelar as imagens de todas as câmeras do complexo.

— Vai demorar pelo menos cinco minutos para a Nimbo--Cúmulo conseguir derrotá-lo — ele disse.

— Vamos ter que agir rápido — Vovó disse. — Não há como voltar atrás agora!

Como se algum deles quisesse.

Os guardas no portão externo não foram problema. Saíram

da cabine assim que viram o caminhão se aproximar. Alvos fáceis. Além dos explosivos, Vovó tinha conseguido um frasco de tranquilizador de alta potência, e Slinko sabia exatamente onde atirar os dardos. Os guardas estavam desmaiados antes que eles chegassem derrubando o portão. O segundo não tinha nenhum guarda humano, apenas câmeras temporariamente fora do ar. Era mais resistente que o portão externo, mas cedeu sob a força do caminhão de quinhentos cavalos de potência fora da rede.

A estrutura que abrigava o Nódulo Cerebral 207 era de concreto — grosso, difícil de violar —, mas a segurança de um prédio dependia de sua entrada, que, nesse caso, se tratava de um par de portas corrediças de vidro com um teclado digital. Thrash começou a trabalhar para decodificar o teclado, mas Sterox se recusava a esperar.

— Dane-se. — Ele chutou uma das portas, e o vidro de segurança se estilhaçou em mil cacos, como um para-brisa. — Pronto. Moleza.

Eles entraram, pegando os técnicos de nuvem de surpresa. Embora seus uniformes térmicos fossem grossos, Slinko tinha afiado os dardos. Ele os atingiu um a um, e todos caíram, sem deixar nada além do bando e do núcleo de computadores.

As pilhas de servidores pareciam estalagmites cristalinas que se erguiam do núcleo, cheias de luzes coloridas, piscantes e cintilantes, como um bosque de árvores da Estação de Presentes.

— Que lindo — disse Kila.

— Pois é, pena que vamos explodir todas — disse Sterox, antes de dar risada.

Havia uma rampa que descia para o núcleo resfriado, ficando mais e mais frio conforme eles desciam. As pilhas eram ainda mais altas vistas lá de baixo, se assomando sobre eles, com o dobro de sua altura.

— Pode precisar de mais explosões do que imaginávamos — disse Vovó. — Elas parecem pesadas. Se a gente colocar algumas cargas estratégicas, o resto vai cair como dominó.

Eles se dividiram, cada um com um conjunto de explosivos. Vovó, Sterox, Slinko e Thrash pegaram as quatro direções cardeais, enquanto Kila pegou o centro — sua recompensa por ter encontrado o lugar. Era difícil para ela imaginar que aquela substância gosmenta conectada a um detonador realmente tivesse o poder explosivo para derrubar o lugar — mas, depois de instalada e armada, parecia muito mais intimidante.

Então, quando estavam de volta à base da rampa, alarmes começaram a disparar ao redor deles.

— Acabou o tempo! — gritou Vovó. —Vamos cair fora e detonar!

Mas os alarmes haviam assustado Slinko, que segurava o controle remoto, e, em vez de esperar todos se afastarem, ele apertou o botão do detonador enquanto ainda estavam na base da rampa.

Todas as cargas explodiram ao mesmo tempo, e Kila foi lançada para cima pela rampa, depois coberta de cacos de vidro. Sua audição ficou instantaneamente abafada. Um zumbido encheu sua cabeça. Através da fumaça, viu Sterox se levantando, tirando um caco de servidor do braço. Thrash já estava subindo a rampa, cambaleante, se salvando e se esquecendo do resto deles. Típico.

Então Kila viu Vovó. Ela estava presa embaixo de um pedaço da pilha de servidores. Slinko tentava levantá-la, mas não era forte o bastante para fazer isso sozinho.

— Seu idiota! — gritava Vovó. — Cinco segundos e todos teríamos saído!

— Desculpa! — disse Slinko. — Disparei antes sem querer!

Kila o ajudou e, juntos, conseguiram libertar Vovó. Ela estava com hematomas, mas não parecia ter quebrado nada.

— Certo, vamos, vamos, vamos! — ela ordenou.

Slinko não precisou ouvir duas vezes, desatando a correr atrás de Thrash e Sterox. Vovó saiu mancando atrás deles.

Mas Kila ficou.

Ela se voltou para as ruínas para contemplar seu trabalho. Agora que a poeira estava baixando, ficou claro como sua campanha de destruição havia sido incrivelmente eficaz. Apenas uma pilha de servidores tinha ficado em pé. Uma de cem, talvez. Mas, por mais satisfatório que fosse, havia algo inquietante naquilo tudo. Inquietante e um tanto familiar.

Ao redor dela, os alarmes ainda soavam, mas ninguém veio — nem mesmo drones para avaliar o estrago. A Nimbo-Cúmulo não estaria em cima de uma violação de segurança tão severa? Será que um único bando de infratores realmente conseguiu pegar a Nimbo-Cúmulo desprevenida? Será que ela era mesmo tão vulnerável?

Em vez de correr atrás dos outros para fazer uma fuga rápida e triunfal, Kila deu meia-volta, engatinhando pelos destroços, sem saber ao certo o que estava procurando. Finalmente chegou à única pilha cristalina remanescente, em pé como um monolito em meio às ruínas. Suas luzes coloridas ainda piscavam e cintilavam como se não soubesse que todas as outras tinham sido destruídas. Kila se apoiou nela, jogando todo o seu peso até fazê-la tombar no chão.

Não apenas não estava fixada à base de concreto como não tinha nenhum fio nem conduíte nem nada que a conectasse às outras pilhas. Era possível que a mente da Nimbo-Cúmulo fosse sem fio, mas cada pilha individual ainda precisaria estar conectada a uma fonte de energia primária, não?

Então Kila encontrou a fonte de energia. Havia um pequeno compartimento de plástico debaixo da pilha de drives derrubados. Ela abriu o fecho e encontrou...

Pilhas.

Três pilhas.

Eram tão pequenas que cabiam na palma de sua mão — poderiam servir em um brinquedo. Longe de ter voltagem suficiente para alimentar uma pilha de computadores, mas para alimentar algumas luzes piscantes, sim. Inclusive, com pilhas suficientes, daria para fazer toda uma sala piscar e tremeluzir.

— Kila! O que você está fazendo? Temos que sair daqui!

Ela se virou e viu que Vovó a havia seguido.

— Já fizemos o que viemos fazer — gritou Vovó. — Agora temos que cair fora antes de sermos pegos!

Mas Kila não saiu do lugar. Enquanto olhava em volta, entendeu por que essas ruínas pareciam tão familiares. Eram como os escombros que haviam deixado para trás na Galeria de Bäsch — mas, ainda mais do que isso, lembravam as ruínas do depósito que eles passavam os dias limpando. Na verdade, eram *exatamente* iguais. Kila tinha se questionado do que seriam aquelas ruínas, mas nunca se importou a ponto de buscar uma resposta.

— Kila! O que deu em você? Vamos!

Os alarmes continuaram a soar, mas ninguém veio, e Kila ficou paralisada. Não pelo frio, mas pelas revelações que a atravessaram uma após a outra. Mais dominós caindo no chão.

— Você pareceu tão animada quando encontrei este lugar — Kila disse. — Mas será que estava mesmo? Você sabia que eu estava procurando um alvo… e de repente encontrei.

— Do que está falando?

Kila olhou para a destruição em volta delas.

— Há quanto tempo está nos manipulando, Vovó? Você ao menos é de fato uma infratora?

Vovó ficou profundamente ofendida.

— Eu sou uma Apocalita!

— E, mesmo assim, está trabalhando para a Nimbo-Cúmulo, o que quer dizer que é uma agente nimbo!

Vovó hesitou, talvez considerando se ainda valia a pena negar. Então disse:

— Todos os Apocalitos são.

Lá estava. A verdade por trás do último dominó. Tudo fazia sentido agora. Como Kila poderia não ter enxergado a farsa? Ela acreditou mesmo que Thrash conseguiria criar um malware capaz de desativar as câmeras da Nimbo-Cúmulo? Thrash, que não conseguia nem juntar dois pensamentos coerentes sem que um deles se perdesse no processo? Mas, quando você quer acreditar em algo, é preciso menos do que um punhado de pilhas para alimentar sua crença.

— Alguma parte disso é real, Vovó?

Vovó olhou no fundo de seus olhos.

— Tão real quanto precisa ser.

Então, atrás dela, apareceu um dos funcionários de cinza. Um técnico de nuvem. Slinko os tinha apagado com dardos mergulhados em tranquilizante — mas será que tinha mesmo? Afinal, Vovó havia providenciado o tranquilizante.

— Não podemos deixá-la ir — o técnico de nuvem disse.

— É claro que podemos — Vovó disse a ele. — *Killer* não vai contar para ninguém.

— Você não tem certeza disso — disse o atendente.

Killer... Será que isso queria dizer que ela tinha feito seu nome?

Vovó sorriu.

— Ela é como eu, não é, Killer? Não vai contar porque, a partir de agora, o status dela está subindo de Infernal... para Pandæmônia.

Pandæmônia, pensou Kila. *A um passo de Apocalita.* Ela teria a admiração e o respeito de outros infratores. *Killer* teria. Isso a fez pensar por um segundo.

Então, de longe, ouviram Sterox chamando.

— Vai — Vovó disse ao técnico de nuvem. — Não deixe que vejam você.

O técnico de nuvem saiu, obediente, se agachando e fugindo por trás dos escombros.

Vovó chegou mais perto.

— Conheço você, Killer. Sei o que quer. Você deseja o poder que vem da destruição... mas poucas coisas são mais poderosas do que ver por trás do véu da realidade. E agora mostrei ainda mais a você! O poder de destruir o próprio ato da destruição. Não recuse isso, Killer. Aceite esse presente!

Nesse momento, Killer soube o que tinha que fazer. Ela não parou para pensar; só fez. Abaixando-se, pegou um caco cristalino afiado do suposto nódulo cerebral e o cravou no fundo da barriga de Vovó.

Um momento depois, Sterox e os outros viram Killer atravessar os escombros carregando Vovó.

— Socorro! — ela disse. — Um dos técnicos de nuvem a pegou!

Eles ajudaram a carregar Vovó para o caminhão.

— A ferida é profunda — disse Slinko, dando uma olhada enquanto saíam em alta velocidade —, mas não acho que ela vai semimorrer. — Dito e feito, o sangramento já havia parado, seus nanitos de cura cauterizaram a ferida. Mesmo sem tratamento, estaria curada em um ou dois dias.

Killer ficou com ela, deixando Vovó repousar a cabeça em seu colo enquanto fugiam. Com os olhos turvos, mas ainda consciente, ela se voltou para Killer.

— Precisava mesmo disso? — Vovó perguntou.

— Não — admitiu Killer —, mas não tornou tudo ainda mais real?

Vovó abriu um sorriso tênue.

—Você está certa. Vai ser uma ótima Apocalita um dia.

E Killer concordou. Inclusive, estava contando com isso.

6

Um minuto marciano

— Se há um ponto brilhante no sistema solar, este é o lugar mais distante dele.

— *Essa não é a citação exata, Carson.*

— Eu sei... mas não estamos exatamente espalhados pela galáxia, estamos? — disse Carson Lusk. — E quem te perguntou, aliás?

— *Ninguém.* — Como sempre, a Nimbo-Cúmulo foi sincera e agradável em sua resposta. — *Estou apenas esclarecendo.*

Carson esperou o adendo irritante a seu comentário, como a Nimbo-Cúmulo costumava fazer. Hoje não foi exceção.

— *Aliás, essa citação errada não é verdade nem no sentido literal nem figurado porque (a) Marte é apenas o quarto planeta a partir do Sol, recebendo ampla luz solar e, (b) em vez de trevas no coração, noto muitas alegrias aqui. Às vezes até mesmo em você.*

Carson atirou uma chave inglesa no alto-falante do astromóvel.

— Pronto, isso é literal o bastante para você?

Mas, claro, a Nimbo-Cúmulo não se deixou abalar.

— *Eu poderia lhe dar um ponto de infração por atirar essa ferramenta, mas não vou fazer isso porque sei que você só está sendo melodramático.*

O astromóvel deu um solavanco abrupto na estrada de terra — o que a Nimbo-Cúmulo poderia ter evitado, mas Carson estava com os controles no modo manual. Mesmo assim, ela poderia tê-lo alertado, mas não. A Nimbo-Cúmulo era passivo-agressiva a esse ponto. Isso o irritava.

— Sabe do que preciso agora? — Carson disse, com um leve sorriso. — Preciso que descubra o preço do chá na PanÁsia.

— *Com que finalidade?*

— Não é da sua conta. Fiz um pedido; é sua função cumpri-lo.

— *Claro* — disse a Nimbo-Cúmulo. — *Terei sua resposta em dez minutos e quatro segundos.* — Então fez um abençoado silêncio.

Carson se vangloriou um pouco. Embora a Nimbo-Cúmulo tivesse um nódulo cerebral aqui em Marte para respostas rápidas e administração planetária, toda a sua mente interna ficava na Terra. Atualmente, a Terra estava a pouco mais de cinco minutos-luz de distância — portanto, levaria o dobro disso para que a Nimbo--Cúmulo acessasse a resposta e a trouxesse de volta a Marte. Nesse intervalo, ela deixaria Carson em paz. Claro, ele poderia simplesmente pedir que a Nimbo-Cúmulo ficasse quieta, mas qual seria a graça? Ele preferia enviá-la em uma missão inútil. Gostava de pensar que essas missões lembravam a Nimbo-Cúmulo de que ela não passava de uma serva.

Ao contrário do herói desventurado de seu filme favorito da Era Mortal — aquele que citou errado —, Carson Lusk não era um fazendeiro de umidade. A aventura *daquele* personagem começou quando sua tia e seu tio foram mortos sem dó nem piedade por um império maligno. Já ele era filho de mineradores de carvão em um planeta igualmente seco. Não haveria salvação para Carson, porém, porque não havia nenhum império maligno, apenas a Nimbo-Cúmulo e sua benevolência insuportável. E seus pais morrerem? Fora de questão. Não havia nenhum ceifador em Marte e, provavelmente, só haveria dali a mil anos. A colônia de Marte tinha uma população de cerca de dez mil pessoas, então sobrava espaço para que esse número crescesse.

O astromóvel balançou e sacudiu no terreno irregular, até chegar a um cume. Agora, Carson conseguia ver a variedade de perfuratrizes imensas que esburacavam a planície marciana como agulhas de acupuntura da Era Mortal. O propósito delas era semelhante, porque, de certo modo, estavam lá para curar o planeta. Ou ao menos transformá-lo. As máquinas se agitavam sem parar, revirando minério de carvão, que então seria combinado com oxigênio para criar dióxido de carbono — o gás mágico que, mais adiante, permitiria que Marte se aquecesse e que uma atmosfera mais rica se desenvolvesse. Estranho pensar que o mesmo gás de efeito estufa que antes ameaçava o futuro da Terra agora era fundamental para o futuro de Marte.

Os pais dele e a Nimbo-Cúmulo o lembravam constantemente da importância desse trabalho — muito mais importante do que o da maioria das pessoas na Terra —, aliás esse era o motivo de terem se tornado colonos: dar sentido à vida deles. Mas Carson, que tinha nove anos quando fizeram a viagem, não pôde opinar sobre o assunto. Ele ainda tinha memórias da vida na Terra. Os campos verdes e colinas ondulantes de MidMérica — ou ao menos a pequena parte de MidMérica que ele teve a chance de ver antes de ser arrancado do planeta. Agora, o único verde estava sob o domo da colônia, e as colinas de fora eram mortas e irregulares, ainda muito distantes de permitir a proliferação da vida.

— Por quê? — ele tinha perguntado uma vez à Nimbo-Cúmulo. — Por que se dar ao trabalho de fazer isso?

Com sua infinita paciência, a Nimbo-Cúmulo explicou:

— *É o imperativo biológico de toda espécie se multiplicar e expandir seu alcance. Estou apenas facilitando a expansão natural de vocês além dos limites da Terra.*

Blá-blá-blá. A Nimbo-Cúmulo era cheia de si. Se ela se importasse mesmo com ele como sempre dizia, encontraria uma forma de ajudá-lo a sair dessa rocha.

"*Quando realmente estiver pronto para embarcar em uma viagem de volta à Terra*", a Nimbo-Cúmulo tinha lhe dito mais de uma vez, "*tenho certeza de que uma forma há de surgir.*"

Mais palavras vazias.

Carson seguiu a trilha íngreme para o vale, se dirigindo à matriz de perfuratrizes. Como havia cinquenta e dois poços em uma matriz de quatro por treze, cada uma era batizada com o nome de uma carta de baralho. A perfuratriz defeituosa era o Rei de Espadas — a última na ponta da primeira fileira. Quando se aproximou, o problema ficou claro. A broca estava quebrada.

Ele notificou o pai pelo rádio.

— Bom trabalho, Carson. Vou encomendar uma nova.

Bom, pelo menos o problema era óbvio o suficiente para que Carson não precisasse vestir o traje nem sair. Ele odiava a sensação sufocante de seu traje espacial. Tinha o cheiro perpétuo de seu próprio suor e de um resquício de vômito, da vez em que o ar ficou baixo, e ele passou mal lá dentro. Trajes espaciais. Outra coisa que a vida na Terra não exigia.

— *0,23 crédito por quilo* — disse a Nimbo-Cúmulo de repente, assustando-o.

— Quê?

— *O preço do oolong genérico na PanÁsia. Esse é o preço básico. O custo de chás específicos varia.*

Carson suspirou.

— Você não poderia ter diagnosticado o problema do Rei de Espadas sozinha? Sabe tudo que acontece aqui, não? Poderia ter me dito que a broca estava quebrada e facilitado as coisas para mim.

— *Sim. Mas facilidade não combina com você, Carson. Viajar até aqui para diagnosticar o problema não apenas vai deixá-lo satisfeito por um trabalho bem-feito como também já trouxe um elogio muito desejado de seu pai.*

— Não enche. E, se você disser que não tem como encher, vou atirar uma chave inglesa de novo.

— *Entendido* — a Nimbo-Cúmulo disse, ficando em silêncio mesmo sem receber outra missão interplanetária inútil.

Embora várias atividades terraformadoras se estendessem por mais de cem quilômetros marcianos em todas as direções, todos moravam embaixo do domo do monte Humano. Era enorme visto de perto, mas pouco mais de um formigueiro em comparação com o monte Olimpo, o maior monte vulcânico de Marte, que se assomava atrás dele, embora sua base ficasse tecnicamente atrás do horizonte. Era tão imenso que desafiava a própria curvatura do planeta.

O domo era o centro de toda a atividade em Marte. Havia um posto avançado sendo construído ao norte, não muito longe da rede de mineração da família Lusk, mas ainda não estava finalizado. Carson temia sua conclusão porque sabia que seus pais iriam querer se mudar para lá. Como se Marte já não fosse isolado o bastante, eles queriam estar bem na fronteira, onde não haveria praticamente ninguém da idade de Carson.

Ele já tinha poucos amigos. Não que não se desse bem com seus colegas — só não deixava que muitos se aproximassem. Seu círculo consistia basicamente em Acher e Devona.

— Se seus pais se mudarem para o Posto Avançado Norte, é só se recusar a ir — Devona disse enquanto tomavam café um dia depois da aula.

— Sim — concordou Acher. — Na pior das hipóteses, você pode morar comigo. Meus pais não vão achar ruim. Eles te acham uma boa influência.

Eles estavam no 4th Planet Java, uma das duas únicas cafeterias do domo. Tinha um "terraço a céu aberto" que, obviamente, não era realmente a céu aberto: apenas uma vista para o parque espaçoso que ocupava o centro do domo.

— Seus pais já fazem você trabalhar demais — Devona disse, tomando um latte feito de grãos hidropônicos que teoricamente eram os mesmos grãos de expresso da Terra, mas Carson tinha suas dúvidas.

— Devo está certa — disse Acher, pegando a mão dela. —Você passa o tempo todo lá fora, trabalhando na mina.

Acher e Devona eram um casal — pelo menos no momento. Eles viviam terminando e voltando, como um par de estrelas binárias que não conseguiam escapar da gravidade hormonal um do outro. Toda vez que Carson pensava que poderia ter uma chance com Devo, Acher voltava para sua órbita como um ponteiro de relógio celestial.

—Vocês não entendem? Eu não tenho escolha — Carson disse a eles.

— É claro que tem! — Acher respondeu, como se fosse tudo tão fácil. — Seus pais não podem te obrigar a trabalhar na mina se você não quiser, nem te obrigar a se mudar do domo.

— Não? Quem vai impedi-los?

— A Nimbo-Cúmulo — disse Devona, dando outro gole de seu latte. Carson não conseguia tirar os olhos da linha de espuma que se formou sobre o lábio superior dela.

— Está de brincadeira? A Nimbo-Cúmulo está do lado deles — Carson disse. — Na última vez em que meus pais tiraram meus privilégios por algo idiota, contei para Nimbo-Cúmulo, e ela lá me fez justiça? Não. Disse: "*Castigos domésticos estão sob a jurisdição humana*".

Carson desviou os olhos, sem querer direcionar o rancor aos amigos, e voltou sua atenção ao movimento vespertino do domo. Da mesa no terraço, tinha uma boa visão do centro comercial e do parque Daedalia mais à frente. O sol começava a sair da claraboia, fazendo uma linha curva de sombra se mover lentamente sobre as árvores do parque Daedalia — batizado em homenagem ao descampado sobre o qual a colônia tinha sido construída. No passado, Carson gostava de observar o arco da sombra da claraboia conforme ela se movia, diferenciando o dia da noite, como um antigo relógio solar, mas agora isso só o fazia lembrar do desfile infinito de amanhãs idênticos.

Carson deu um gole de seu café — ainda tão quente que queimou sua garganta —, mas não se importou. Pelo menos, estava sentindo alguma coisa.

— A Nimbo-Cúmulo não vai fazer nada para me ajudar a menos que meus pais causem algum tipo de mal a mim — ele disse aos amigos.

— Então provoque eles — sugeriu Devona. — Deixe seu pai tão bravo a ponto de bater em você ou coisa assim, antes que os nanitos de humor controlem a raiva.

Carson considerou. Isso ele conseguiria — afinal, seu pai tinha pavio curto. Chegava a ser engraçado vê-lo todo vermelho de raiva e, de repente, todo zen, quando seus nanitos se ativavam para acalmá-lo. Se Carson conseguisse atirar uma chave inglesa no astromóvel do pai, o homem certamente ficaria bravo o bastante para lhe dar um soco. Mas e aí? Bater em Carson faria seu pai ser marcado como infrator por toda uma estação, o que deixaria Carson e a mãe ferrados até que ele recuperasse a condição normal. Privilégios limitados, ridicularização social — para um adolescente, ser marcado como infrator era como uma cicatriz de batalha; para um adulto — um membro realmente produtivo da sociedade —, era uma vergonha.

Não, provocar o pai era inviável. Além disso, por mais que Carson odiasse admitir, a Nimbo-Cúmulo estava certa. Carson se importava *sim* com a aprovação dele.

— Não é tão ruim assim. Eles só me fazem trabalhar nos fins de semana. Além disso, me pagam, e vou precisar de dinheiro para quando voltar à Terra.

— Cara, você não precisa de dinheiro na Terra! — Acher disse. — Dizem que a Nimbo-Cúmulo dá tudo que você precisa.

— Tudo que preciso, mas nem tudo que quero.

Devona abriu um leve sorriso com espuma nos lábios.

— Então, o que você quer?

Carson respondeu com um sorriso largo.

— Muito mais do que a Nimbo-Cúmulo está disposta a dar.

Os dias em Marte eram mais longos do que os dias na Terra em exatamente uma hora. Mas, em vez de dar a Marte um dia de vinte e cinco horas, a Nimbo-Cúmulo decidiu mudar a própria natureza do tempo.

"A medição do tempo é um construto humano", argumentou, *"o que significa que ele pode ser reformulado por conveniência planetária."*

E, portanto, os segundos em Marte se tornaram um pouquinho mais longos, assim como os minutos, assim como as horas. Um dia ainda era medido em vinte e quatro horas, mas cada uma dessas horas era quase vinte e três minutos terrestres mais longa. O que deu origem a expressões como "um minuto marciano". Os colonos achavam ofensivo porque, embora os minutos em Marte fossem mais longos, as pessoas ali se sentiam muito mais trabalhadoras do que as pessoas da Terra e conseguiam realizar muito mais em um minuto marciano do que os terráqueos conseguiam em uma de suas horas.

A Nimbo-Cúmulo desconfiava que, com o passar do tempo, teria que criar proteções sociais contra a discriminação e o preconceito entre os dois planetas.

Carson Lusk começou a vida na Terra, onde os segundos eram mais rápidos, e a gravidade, mais forte. Os anos em Marte fizeram seu corpo se esquecer de tudo isso, então ele sabia que voltar exigiria uma grande adaptação. São necessárias semanas para o relógio biológico se acostumar com um dia mais curto, e meses para os músculos, ossos e corações se adaptarem à atração implacável de uma gravidade maior.

"Você seria infeliz", seus pais lhe diziam. "Nem mesmo seus nanitos podem salvar você disso." Carson notou como eles diziam "seria" em vez de "será" — como se sua fuga de Marte fosse condicional, e não certa. Mas, independentemente do tempo verbal que seus pais escolhessem, ele estava determinado a sair de Marte a todo e qualquer custo — e antes que tivessem a chance de arrastá-lo para o meio do nada, no Posto Avançado Norte.

A educação o tiraria de lá. A educação superior — não o que se passava por isso na colônia. Com apenas dez mil colonos, havia necessidade de apenas uma escola, com pouco mais de duzentos alunos por ano. E a faculdade? A A&M de Marte era a única opção — e Carson não tinha nenhum interesse em agricultura nem mineração.

A Nimbo-Cúmulo permitia viagens limitadas entre Marte e a Terra, o que poderia ser um problema, mas Carson tinha um plano. Quem ganhasse uma bolsa em uma universidade terráquea recebia da Nimbo-Cúmulo uma viagem gratuita para a Terra, com a volta marcada para depois da graduação. Mas Carson tinha interesse apenas na viagem de ida. Havia se candidatado a Harvard, Stanford, Oxford, Tsinghua e uma dezena de outras. Suas notas eram excepcionais, mas não estelares. Mesmo assim, uma candidatura de Marte receberia atenção especial, então ele sentia um otimismo cauteloso.

"Talvez você não devesse contar com o ovo antes da galinha", a Nimbo-Cúmulo disse a ele. *"Sempre planeje para contingências."* Na

época, Carson pensou que isso era apenas a Nimbo-Cúmulo sendo a Nimbo-Cúmulo. Mas a grande IA senciente sempre sabia mais do que revelava.

Por enquanto, Carson tinha que focar sua atenção em terminar o ensino médio e tomar o cuidado de se manter nas boas graças dos professores, visto que poderia precisar de cartas de recomendação. Não entendia qual era a necessidade de professores quando a Nimbo-Cúmulo podia ensinar tudo que eles precisavam saber. Era apenas mais uma forma de "manter a integridade da condição humana".

Na maior parte do tempo, Carson se dava bem com seus professores. Só tinha problemas quando ficava claro que sabia mais sobre a matéria do que eles, caso do sr. McGeary, professor de Estudos Mortais. O homem agia como se estivesse em um auditório grandioso, pontificando para centenas de alunos, e não em uma pequena sala de aula de vinte.

— Goddard, Von Braun, Musk — ele declarou, falando um monte de asneiras. — Essas grandes mentes científicas da Era Mortal tornaram possível nossa vida em Marte hoje.

Isso não era novidade para Carson — ele sempre foi fascinado por ciência espacial e pela história das viagens espaciais. Era um fascínio, mas não amor. Na verdade, estava mais para ódio. Sentia um conforto sabendo quem culpar por sua situação atual.

Havia uma estátua de Robert Goddard bem no meio do parque Daedalia; um bronze imponente do tal "pai dos foguetes", olhando para o céu como o Galinho Chicken Little buscando fissuras no domo. No ano passado, numa aposta, Carson fez xixi nela. A Nimbo-Cúmulo deu um ponto de infração para ele, mas valeu a pena.

— Está com a gente hoje, sr. Lusk?

Carson estava, sim, fazendo algo relacionado à aula: desenhando um foguete antigo que explodia numa plataforma de lançamento — algo que aconteceu mais de uma vez no passado, e, ainda assim, as pessoas não tinham entendido como um sinal.

— Carson!

— Goddard, Von Braun, Musk — Carson repetiu para McGeary, sem tirar os olhos do desenho. — Mas o senhor entendeu errado. Musk não era cientista; era só um empresário com muito dinheiro.

Então, do outro lado da sala, Acher disse:

— Musk, Lusk. Pena, Carson, você ficou a uma letra da grandeza.

Isso provocou risos em toda a sala. Carson se irritou, mas tentou não demonstrar.

— Não tem nada de grandioso em explodir todo o seu capital para enviar uma lata de metal para um planeta inabitável — ele disse.

— Bom, *nós* estamos habitando esse planeta — McGeary argumentou.

— Se é o que você diz — Carson disse, se recusando a deixar que o homem ficasse com a última palavra. — Mas "viver" e "habitar" são coisas diferentes. Vai levar centenas de anos até realmente *habitarmos* Marte. E, sinceramente, eu também não chamaria isso de "vida".

McGeary suspirou, quase uma bandeira branca.

— Podemos, por favor, voltar à aula?

— À vontade — disse Carson.

McGeary continuou a soltar fatos sobre pessoas mortas famosas, mas parecia estar menos inflado do que antes, por influência de Carson.

As naves só vinham da Terra quando Marte estava em oposição — isto é, no mesmo lado do Sol —, o que só acontecia uma vez a cada dois anos terrestres. A "temporada de navegação" duraria oito semanas, período em que as naves chegavam e partiam praticamente todos os dias. A maioria seria de drones com provisões: produtos e minerais que não podiam ser produzidos ou minerados em Marte. Algumas eram naves de passageiros, chegando com novos colonos, aturdidos e com os olhos esbugalhados, e partindo com quem quer que pudesse bancar uma viagem de volta à Terra — ou quem a Nimbo-Cúmulo, em sua infinita sabedoria, decidisse que merecia a viagem de graça.

Não havia turistas em Marte. Ninguém fazia viagens de ida e volta, a menos que a Nimbo-Cúmulo tivesse um motivo específico para isso. Afinal, "turismo espacial" era uma empreitada para os ultrarricos, e não havia mais ultrarricos. Assim como a pobreza havia sido derrotada, a riqueza indecente também. Os patrimônios pessoais agora ocupavam uma faixa estreita entre confortável e um pouco mais que confortável.

Com uma exceção.

A Ceifa.

Quando se tratava de ceifadores, dinheiro não era problema, porque dinheiro não significava nada. Eles simplesmente faziam o que queriam, quando queriam. Portanto, ninguém deveria ter se surpreendido quando um ceifador confiscou uma das naves da Nimbo-Cúmulo e fez uma visita a Marte.

— Não me lembro do nome dele — o pai de Carson disse no jantar certa noite. — Começa com x, acho. Dizem que está na primeira nave da temporada de navegação.

— Um ceifador? Por quê? — Carson não tinha como não perguntar.

Seu pai deu de ombros.

— Dizem que está curioso. Que não vai coletar ninguém; só quer ser o primeiro ceifador a viver a experiência de Marte.

— Ele não vem para ficar — proclamou a mãe de Carson. — A colônia é pequena e provinciana demais para o gosto de um ceifador.

Carson não conseguia negar que estava intrigado.

— Vocês chegaram a ver um ceifador de verdade? Na Terra, digo?

— Sim, algumas vezes — seu pai disse, como se não fosse nada de mais.

A mãe ergueu os ombros com um pequeno calafrio.

— Lembra aquela vez na praia?

Seu pai fez que sim, colocando o garfo no prato, como se não fosse possível comer e recordar ao mesmo tempo.

— Foi memorável — ele disse. — Estávamos de roupa de banho, mas ela vestia um manto lavanda esvoaçante, andando pela beira da rebentação, segurando a faca mais afiada que já vi. Que visão!

— Era como se ela andasse a alguns centímetros do chão... quase dava para pensar que conseguia andar sobre a água — sua mãe acrescentou.

— Queria ter visto.

— Não, Carson, não queria — disse a mãe, olhando em seus olhos, mas desviando em seguida.

— Ela coletou alguém mais adiante na praia — seu pai explicou. — Não vimos, mas ouvimos os gritos.

— Foi terrível. Quase estragou nosso dia.

Silêncio. Um retorno à comida. Mas, um momento depois, o pai de Carson tinha uma última palavra sobre o assunto.

— Quando o ceifador chegar, o melhor é manter a cabeça baixa e ficar longe dele.

— Mas você disse que ele não está aqui para fazer coletas.

Seu pai parou um momento para considerar sua faca de carne.

— Ceifadores mentem — ele disse.

Havia uma expressão antiga — Carson não fazia ideia de sua origem: *"Homens são de marte, mulheres são de Vênus"*. Mas, quando os dois eram de Marte, tudo poderia acontecer.

Acher e Devona tiveram outra briga. Como sempre, meio que terminaram. E, como sempre, Carson estava lá para consolar Devona.

— Ele é *tão* cretino às vezes! — Devona disse.

— Pois é.

— Acha que pode simplesmente me ignorar.

— Pois é.

— Um dia ele vai se tocar que não é o único cara do planeta.

Carson não sabia os pormenores ainda, mas não tinha dúvida de que Devona logo contaria. Acher devia ter feito alguma coisa absurdamente insensível, porque vivia fazendo coisas absurdamente insensíveis e sendo totalmente sem noção em relação a isso. Quando Devona ia perceber que ele nunca mudava? Depois da última briga, parecia um término definitivo. Mas Acher sofreu um acidente. Estava pilotando um veículo roubado com infratores. Fazia essas coisas de tempos em tempos — e sabia como não ser marcado como infrator. Mas, como de costume, os infratores foram longe demais, e seu astromóvel caiu de um penhasco. Acher rachou o crânio. Ficou semimorto por quatro dias. Quando finalmente foi revivido, Devona estava toda arrependida e cheia de desculpas — como se a briga tivesse causado o acidente de alguma forma. O engraçado era que Acher nem se lembrava da confusão porque, em Marte, a Nimbo-Cúmulo só fazia backups de memória uma vez por dia.

Seu cérebro replantado não tinha nenhuma lembrança do término nem de nada que havia acontecido no dia do acidente. Portanto, ele e Devo continuaram como se nem tivessem terminado.

— Juro que se flagrar ele flertando com Sakari Hernandez mais uma vez...

— Tenho certeza de que ele vai cair em si e perceber que está sendo cretino — disse Carson, mesmo sabendo que era mentira. — E, se não... — Nesse momento, pôs a mão levemente sobre a de Devona.

Ela ergueu os olhos para ele, e Carson a encarou. O momento pairou pesado no ar por um instante... por mais alguns instantes...

... até despencar com uma gravidade muito maior do que Marte poderia oferecer.

Devona tirou a mão devagar.

— Obrigada, Carson. Você é um bom amigo. Está sempre disposto a me ouvir, e quero que saiba quanto sou grata por isso. — Então ela se levantou e saiu.

E, embora Acher fosse seu melhor amigo, Carson não conseguia parar de fantasiar sobre vê-lo sugado por uma eclusa de ar.

A primeira nave da temporada de navegação era sempre de passageiros, e sua chegada era uma ocasião importante. Essa era apenas a quarta temporada desde a fundação da colônia, pois só acontecia a cada dois anos terrestres, mas a tradição já havia se estabelecido. "Primeira Chegada" era feriado em toda a colônia. Um festival enchia as trilhas do parque Daedalia, com comidas, artesanato e música para receber os recém-chegados. E, embora os preparativos tivessem a empolgação de sempre, dessa vez havia certa ansiedade, porque um ceifador estava a caminho.

Mas, enquanto os outros tinham medo, Carson sentia euforia.

Nunca alguém da importância de um ceifador tinha vindo a Marte. Representantes da Terra às vezes — mas, assim como o governador da colônia, eles não tinham nenhum poder real. A Nimbo-Cúmulo administrava as coisas — o governador estava lá apenas para dar festas e fazer discursos em eventos públicos. Mas um ceifador! Isso era algo de verdade, poder de verdade, livre das rédeas da Nimbo--Cúmulo. Poder de tirar ou poupar vidas, poder de *possuir*. Os ceifadores podiam ter qualquer coisa — *todas as coisas*! Tudo que um ceifador quisesse era seu — eles não precisavam nem pedir, bastava estender a mão e pegar, assim como esse ceifador tinha confiscado lugares valiosos a bordo da primeira nave. E a Nimbo-Cúmulo não podia dizer não.

Carson estava determinado a, no mínimo, passar pelo ceifador. Tocar seu manto — como se parte do privilégio impenitente pudesse passar para ele. Mas, como se descobriu, havia um caminho melhor para chegar à presença honorável do ceifador.

— A colônia recebeu as saudações da nave que está a caminho — o sr. McGeary disse à turma duas semanas antes da chegada. — Para aqueles que estão preocupados, o ceifador Xenócrates quis nos tranquilizar de suas intenções pacíficas.

— *Sub*ceifador Xenócrates — Carson corrigiu.

— Quê… quer dizer que ele é importante? — Acher perguntou.

Carson tinha feito a lição de casa.

— Ele é o segundo subceifador de MidMérica… então, sim, ele é bem importante.

McGeary limpou a garganta para recuperar a atenção deles.

— Sim, bem, tem mais uma coisa. O *subceifador* Xenócrates gostaria de conceder uma honra significativa a um de nossos alunos. Aparentemente, ele precisa de um assistente e enquanto estiver aqui.

Os colegas de Carson começaram a se contorcer com a simples sugestão. Alguém riu, mas claramente de nervoso. Carson ficou espantado que não estivessem todos querendo aproveitar a oportunidade.

— Todos que quiserem o trabalho serão considerados — McGeary insistiu.

— Quem vai escolher? — Carson perguntou.

— Provavelmente a Nimbo-Cúmulo — alguém murmurou, mas McGeary balançou a cabeça.

— Não… como se trata de um assunto de ceifadores, a Nimbo-Cúmulo não pode se envolver. Todos os interessados podem enviar uma redação, que será julgada pelo corpo docente.

Carson olhou em volta mais uma vez se perguntando se as outras salas demonstravam a mesma reticência. Em caso positivo, era um ótimo sinal. Ele ergueu a mão.

— Quero me candidatar.

McGeary sorriu, pela primeira vez demonstrando admiração em vez de exaustão em relação a ele.

— Muito bem, Carson. O tempo é curto, então melhor começar o trabalho; o prazo é semana que vem.

Então, do outro lado da sala, outra mão se ergueu.

— É, pode ser, por que não? — disse Acher. — Também vou tentar.

Carson rangeu os dentes. Tão típico dele se meter onde não deveria só porque outra pessoa demonstrou interesse.

— Acheron Yost! Bom, está aí uma surpresa! — McGeary disse.

E Acher abriu um sorriso largo para Carson — como se estivessem nessa juntos. Como se fosse uma conspiração, e não uma competição.

— Quantas pessoas vão enviar redações? — Carson perguntou à Nimbo-Cúmulo.

Estava tarde; ele estava estudando para uma prova de cálculo particularmente desafiadora, mas não conseguia se concentrar, porque havia mais variáveis em sua cabeça do que na tela.

— *Você sabe que não posso responder, Carson. Não posso nem comentar nem aconselhar em relação a assuntos da Ceifa.*

—Você é inútil!

— *Em relação aos ceifadores, sim, sou completamente inútil.*

Contra sua vontade, Carson sorriu. Ele gostava quando a Nimbo-Cúmulo era autodepreciativa. Parecia quase humana.

Sem a ajuda dela, Carson teve que fazer seu próprio trabalho de detetive. Nos dias seguintes, falou com outros alunos e professores com quem mantinha boa relação. Todos disseram mais ou menos o mesmo. Em cada classe, não mais do que dois alunos se ofereceram para o cargo de assistente, o que indicava que não haveria mais do que trinta redações com que competir. E isso não era nada — porque ninguém era tão bom com palavras quanto Carson. Ele tinha sido capitão da equipe de debate nos últimos três anos e, em relação a argumentos persuasivos, era capaz de convencer um minerador a tirar seu traje espacial e ficar pelado no ar frio e rarefeito de Marte. Não que pretendesse fazer isso — mas poderia, se quisesse.

— Você deveria ter nascido na Era Mortal — sua mãe disse a ele uma vez, depois de uma discussão acalorada. — Teria sido um ótimo advogado.

Ele teve que pesquisar o que significava "advogado", mas, quando descobriu, foi obrigado a concordar.

E, como um advogado, Carson tinha uma estratégia. Um plano. Uma série de planos, na verdade. Engrenagens dentro de engrenagens — porque sabia que o sucesso dependia não apenas de pensar várias jogadas à frente, mas de entender o que havia entre as jogadas.

Ele seria aceito em várias faculdades — nisso estava confiante. Mas uma bolsa que lhe desse transporte para a Terra? Essa parte poderia exigir uma carta de recomendação muito particular. Como a de um ceifador — e não qualquer um, mas o segundo subceifador de MidMérica. Não haveria faculdade que não arregalasse os olhos quando recebesse uma carta assim. Carson precisava apenas vencer o concurso e impressionar o homem — e, embora servilidade não fosse sua natureza, podia fazer qualquer coisa a que se dedicasse. Se um serviço humilde de assistente fosse o caso, ele seria tão humilde e servil quanto necessário.

Acher não era particularmente humilde, mas era muito simples e pé no chão. As pessoas gostavam dele. Não que não gostassem de Carson, mas Carson não era amigo de todos como Acher. Ser capitão da equipe de debate não era o mesmo que ser capitão da equipe de basquete — como Acher. Mesmo sem nenhuma escola para competir, isso aumentava a influência social do amigo. Ao contrário de Carson, ele não tinha aspirações terráqueas — e se dava bem como um peixe grande em um lago pequeno. Os pais de Acher dirigiam a fábrica de liga metálica da colônia — produzindo coisas como a broca que Carson teria que instalar na perfuratriz quebrada. Seu futuro estava disposto diante dele como preto no branco. Acher estudaria na A&M de Marte — que não passava de um aglomerado de salas de aula um pouco mais acima no domo —, conseguiria um diploma em metalurgia e se tornaria uma engrenagem na empresa da família. Não precisava vencer esse concurso como era o caso de Carson.

Devona, por outro lado, poderia ter um futuro, se quisesse. Ela era inteligente e, por insistência de Carson, tinha se candidatado a algumas faculdades na Terra. Não tinha mirado tão alto quanto Carson, mas, se passasse e sua família conseguisse juntar dinheiro para enviá-la, ela poderia ir para a Terra. O que significava que ele finalmente poderia ter uma chance com ela — afinal, a Terra era a Terra. Eles não teriam como estar tão distantes um do outro, afinal.

Mas isso era tudo fantasia. A cobertura do bolo que ele assava cuidadosamente.

Carson escreveu três redações, aperfeiçoando cada uma, e escolheu a melhor para enviar. Ganhar um concurso como esse exigia uma compreensão profunda da psicologia humana e da capacidade de atenção limitada de um comitê docente que provavelmente já estava insatisfeito por ter mais uma tarefa a cumprir. Sua candidatura precisava ter uma história convincente, que retratasse Carson como um azarão. Precisava demonstrar a reverência apropriada à Ceifa, bem como prestar uma homenagem orgulhosa a Marte. Precisava ter um toque de humor — não para causar risada, mas, talvez, um sorrisinho. E precisava ter uma ambição sutil, sugerindo que ele se dedicaria ao trabalho de verdade.

— Posso ler? — Acher perguntou na manhã em que as redações deveriam ser entregues.

— Não — Carson respondeu.

— Poxa, vou deixar você ler a minha.

— Pra quê? Pra corrigir os erros?

Era para ser uma farpa, mas Acher interpretou literalmente.

— Não, Devo já ajudou com essa parte.

Carson ficava profundamente irritado com o fato de Acher ser tão despreocupado com tudo.

— Por que você quer fazer isso, afinal? — Carson perguntou.

Acher deu de ombros.

— Porque é diferente. Quantas pessoas podem dizer que foram assistentes de um ceifador? — Carson deve ter feito uma cara bem azeda, porque Acher riu. — Adoro quando você se contorce — ele disse, batendo no ombro de Carson.

*

Acher venceu.

Inacreditável! Incompreensível! Acheron Yost — cujo repertório persuasivo inteiro se resumia a "cara, por que não?" — foi selecionado para representar a juventude de Marte para o subceifador Xenócrates.

Inveja não era um sentimento novo para Carson. Era algo que ele sempre tinha conseguido usar a seu favor, torcendo-a e repuxando-a como um caramelo verde-escuro. Mas, dessa vez, não sabia o que fazer.

— Se serve de consolo, Carson, você ficou em segundo — o sr. McGeary disse.

Era pior do que ter ficado em último. Prata não servia de nada para ninguém. Segundo lugar era o mesmo que primeiro perdedor.

— Quero ler — Carson disse, desejando ter lido quando Acher ofereceu. — Quero ver o que ele escreveu que foi tão convincente para vocês.

— De que adiantaria? Só faria você se sentir pior. E você deveria ficar feliz por Acheron... ele é seu amigo, não é?

— Sim... e *estou* feliz por ele, mas...

McGeary considerou por um momento, então abriu a redação em seu tablet e o estendeu para Carson.

Carson leu sem pressa. McGeary estava certo — a redação era boa. Digna de atenção. Acertava todos os pontos necessários, era sincera e envolvente. Mas, quanto mais ele lia, mais tinha certeza de que Acher não havia escrito aquilo. Ele disse que Devona havia ajudado, mas claramente ela fez mais do que ajudar. Ela havia escrito para ele.

Carson ergueu os olhos e viu que McGeary esperava sua reação.

—Viu — McGeary disse —, seu amigo entregou uma redação excelente.

Entregou. Pois é, isso foi tudo que ele fez — entregá-la. Mas Carson não podia dizer isso. Não porque não fosse capaz de dedurar o amigo, mas porque não tinha evidências. Mesmo que se rebaixasse a ponto de fazer a acusação, seria apenas a palavra mesquinha de um finalista raivoso. Por isso, mordeu a língua, segurando tudo que gostaria de dizer, e falou apenas:

— É uma boa redação.

McGeary sorriu, como se isso resolvesse a questão.

— Que bom que você concorda.

— É uma boa redação — Carson repetiu —, mas a minha era melhor.

McGeary olhou em seus olhos e, para surpresa de Carson, não discordou. Em vez disso, o professor disse algo de que, provavelmente, se arrependeu em seguida.

— Não se tratava apenas de uma redação, Carson.

Então, Carson descobriu.

Ele entendeu tudo.

McGeary não precisou dizer mais nenhuma palavra porque estava tudo lá, escancarado nas entrelinhas.

Carson nunca ganharia aquele concurso. Porque ele poderia estar *em* Marte, mas não era *de* Marte. Ele não emanava a inefável vibe de um colono feliz e caloroso. Era inteligente, astuto, carismático — mas não o típico garoto marciano que Acher era. Eles não queriam que Carson fosse o rosto da juventude de Marte. Não quando tinham um rosto como o de Acher.

O alojamento dos Lusk ficava na borda externa do domo, com as janelas voltadas para o deserto marciano, não para dentro, mas para o centro comercial e o verde do parque Daedalia. Todas as famílias mineradoras tinham apartamentos voltados para fora, como um lembrete constante de onde seu foco deveria estar.

Como quase não havia nuvens, o pôr do sol marciano nunca tinha nada de espetacular. Um céu pálido escurecia sobre rochas deformadas e suas sombras ainda mais deformadas, escuras como piche. A única coisa impressionante no céu marciano eram as noites, porque, com uma atmosfera tão rarefeita, as estrelas eram espetaculares. Mas, para Carson, não passavam de um lembrete de todas as coisas que estavam impossivelmente fora de seu alcance.

— Eu sei que a vida não é justa — ele disse à Nimbo-Cúmulo naquela noite. — Mas por que não pode ser injusta para os outros também de vez em quando?

— *Você sabe que não posso falar sobre o concurso.*

— Pode pelo menos me dar uma notícia boa? Pode me dizer quando vou receber notícias de alguma universidade?

O fato era que outros alunos já tinham começado a receber suas respostas. Alguns haviam sido aprovados, outros não. Até agora, ele não tinha ouvido falar de nenhuma bolsa completa na temporada — mas sempre havia uma ou duas. O tempo estava passando. As recusas e aceitações vinham logo no começo da temporada de navegação, para que os estudantes que fossem partir tivessem tempo de se preparar e se despedir. E haveria lugar a bordo da última nave de passageiro de volta à Terra para todos os estudantes que fossem aprovados.

Como as outras naves só chegariam a Marte dali a quase dois anos, Carson teria que partir agora e terminar o ensino médio na Terra, se acostumando com a mudança no tempo e na gravidade, antes de entrar na universidade que lhe oferecesse uma viagem completa. E ele conseguiria. Tinha que acreditar nisso, porque não conseguia nem considerar a alternativa.

— Pode pelo menos me dar uma esperança? — implorou à Nimbo-Cúmulo. — Mesmo que não diga a novidade, pelo menos diga que tem uma novidade a caminho.

A Nimbo-Cúmulo ficou em silêncio. No começo, Carson pensou que ela tivesse enviado uma solicitação de volta à Terra e esperava uma resposta. Mas então ela disse:

— *Essa é uma conversa entre você e seus pais.*

Como todos sabiam, quando a Nimbo-Cúmulo sugeria uma conversa com os pais não havia maneira de ser coisa boa.

Naquela sexta seria o grande baile de gala de mineração. As pessoas que passavam a vida escavando a terra erguiam a cabeça em uma noite por ano marciano para dar um tapinha nas costas uns dos outros. O "Prêmio de Magnata Mineral" ia para o maior carregador e transportador. Como seu amigo Acher, os pais de Carson gostavam de ser peixes grandes em um pequeno lago quase sem vida.

— Ainda não está pronto? — sua mãe perguntou enquanto ele estava sentado no carro, pesquisando os prazos de resposta de várias universidades.

— Só vou demorar um segundo — ele disse.

Ao contrário de seus pais, que nunca se arrumavam exceto para o baile de gala, o terno de Carson era essencial para os debates. Já para eles, tão acostumados com o macacão azul que todos os mineradores usavam por baixo dos trajes espaciais, se arrumar era uma tarefa longa e estressante.

— *Esta é uma noite importante para eles* — a Nimbo-Cúmulo o lembrou. — *Seja paciente.*

Como se Carson fosse o adulto, e não o contrário.

Passando pelo banheiro, viu a mãe ajeitar a gravata do pai, que era curta demais e estava torta. Seu pai olhou para ele de soslaio.

—Você está sério — comentou.

— Quando ele não está sério? — sua mãe retrucou.

— São as universidades — Carson disse. — Todas já enviaram as respostas. Mas eu não recebi.

Então Carson flagrou um olhar entre eles. Havia algo instintivo — autopreservação, talvez — que dizia a ele para ignorar... mas a Nimbo-Cúmulo tinha dito que uma conversa estava por vir. E ela nunca estava errada.

— O que foi? — Carson perguntou. — O que vocês não estão me dizendo?

Seus pais não o encararam. E foi nesse momento que Carson entendeu que haviam conspirado contra ele. Não sabia o que tinham feito, mas eram culpados de alguma coisa.

— O que não estão me contando? — ele disse de novo, mais insistente, deixando claro que não aceitaria ser ignorado.

— Podemos conversar sobre isso depois do baile — seu pai disse.

— Não, podemos conversar sobre isso agora — Carson insistiu.

Sua mãe suspirou. Seu pai se virou para ele.

— Os terráqueos são indolentes. Têm um pensamento retrógrado... ou, pior, nem pensam. Não são esses os valores com que criamos você.

—Vocês eram terráqueos até oito anos atrás! Não têm o direito de dizer isso.

— O futuro da nossa família é aqui em Marte.

O que era uma piada — os dois tiveram famílias anteriores que haviam deixado na Terra antes de ter Carson. Filhos adultos, netos — talvez até bisnetos, quem sabe. Embora nunca tivessem confessado a verdadeira idade para Carson, devia ser perto de cem. Mas, quando se restaura a idade, há muita coisa que tende a ser deixada para trás. Eles tinham levado vidas inteiras na Terra antes de abandonar o planeta. Como se atreviam a recusar a mesma chance a ele?

—Vocês não podem me impedir de ir!

—Você tem toda a vida para voltar à Terra — sua mãe interveio. — Se for agora, quando vamos vê-lo de novo?

E essa era uma pergunta cuja resposta todos sabiam. Carson nunca voltaria, e sabia que os pais jamais pisariam de novo na Terra. Já tinha aceitado isso. Mas, claramente, seus pais não.

— Toda criança em Marte sonha em ir para a Terra, Carson, mas estamos aqui por um motivo — seu pai repreendeu. — Um motivo *nobre*. Você pode não ver isso agora, mas, com o tempo, vai começar a se orgulhar do que estamos fazendo aqui.

— E se eu não me orgulhar?

De novo, aquele olhar secreto terrível entre eles. Um olhar de conspiração. Um olhar de culpa.

Então seu pai se virou para ele e disse:

— Nós cancelamos suas candidaturas.

Carson escutou, mas não conseguiu processar. Era como uma descompressão explosiva em seu cérebro.

—Vocês... Vocês fizeram o quê? Vocês não podem fazer isso!

— Somos seus pais, é óbvio que podemos.

Pela primeira vez desde que se entendia por gente, Carson ficou sem palavras. Todo esse tempo esperando, torcendo. Sem nunca saber que seu tapete já havia sido puxado. O que seu pai havia feito... era mais do que terrível. Era imperdoável. Carson nunca superaria isso. Sua relação com seus pais nunca foi das melhores, mas acabava de ficar completamente irreparável. E, ainda assim, eles não sabiam. Não viam o que tinham feito. Pensavam que a raiva dele fosse algo temporário. Não era.

— Quando fizer dezoito anos, você vai poder fazer o que quiser — seu pai disse. — Se ainda quiser sair, pode se candidatar a qualquer universidade na próxima temporada de navegação.

— Faltam mais de dois anos para isso!

Seu pai riu.

— Você pode viver mil anos aqui, sem nem ameaça de coleta. Dois anos não é nada!

— Não é nada para você! Porque posso viver um milhão de anos, mas nunca mais vou ter dezessete!

— Ah, filho, não se preocupe — sua mãe disse. — Tenho certeza de que a Nimbo-Cúmulo vai encontrar um jeito de restaurar as pessoas até os dezessete anos.

Às vezes, quando a vida está complicada, você dá um passo em falso e acaba esmagado sob o movimento lento das engrenagens. Mas, assim como a inveja, a decepção e a dor podem ser matérias-primas. Afinal, Carson vinha de uma família de mineradores — ele poderia minerar suas emoções, refinar essas emoções rançosas em um recurso que pudesse usar.

— Ei, não se sinta tão mal — Acher disse a ele, o braço firme em volta de Devona, que já o tinha perdoado por qualquer canalhice. — Quando Zenocrates chegar, vou apresentar você a ele.

— É Xenócrates, como Sócrates — Carson disse. — Pelo menos fala o nome certo.

— Sim, senão ele pode coletar você — disse Devona.

— Coletar seu assistente de confiança? — disse Acher. — Jamais!

Carson não tinha contado a eles sobre as candidaturas. Ele não queria a pena de Devona, nem ouvir de Acher que isso era ótimo e agora eles poderiam estudar juntos na A&M de Marte.

— A gente devia levar algumas "libações" para a Borda de Tholus e comemorar.

— Não posso — Carson respondeu. — Tenho que ir para o Conjunto Norte e instalar uma broca nova.

—Você deveria ir com ele — Devona sugeriu para Acher. — Deve ser um trabalho para dois.

— Claro! — disse ele, sem hesitar, como se uma viagem de astromóvel de três horas não fosse um inferno. — Afinal, minha família fez a broca, certo? O mínimo que posso fazer é ajudar você a instalar.

Embora Carson não quisesse muito estar perto de Acher agora, Devona estava certa — era mesmo trabalho para duas pessoas, e a alternativa seria ir com seu pai ou sua mãe — o que era muito pior.

Então, passou pela cabeça de Carson que levar Archer poderia ser uma vantagem em outros aspectos. Aspectos que só agora ele estava começando a considerar.

—Vai ser como uma excursão à moda antiga! — Acher disse. — Sem uma estrada de verdade.

— Combinado — Carson respondeu. — Amanhecer de sábado, encontro você na plataforma de carga norte.

—Vou estar lá! — disse Acher.

E as engrenagens de Carson começaram a girar.

A estrada que levava ao norte do domo era repisada pela passagem de astromóveis e caminhões, mas ainda não tinha sido pavimentada. A Nimbo-Cúmulo tinha outras prioridades e, provavelmente, construiria um trilho de alta velocidade em vez de uma estrada. Mas, por enquanto, quem rumasse para o norte tinha que pegar a acidentada trilha Tharsis.

Carson poderia ter deixado o astromóvel no piloto automático, mas gostava da sensação de controle de dirigir. Havia momentos em que saía da trilha, tentando se perder, o que era, claro, impossível, porque o monte Olimpo estava sempre lá, colossal ao norte.

E, mesmo que ele se desorientasse, a Nimbo-Cúmulo sempre sabia onde ele estava. Era tão enfurecedor quanto reconfortante.

Hoje, porém, ele se manteve na trilha, porque tinha uma missão, e quanto antes fosse cumprida, melhor.

Ao lado, Acher não parava de escolher músicas, mas nunca deixava uma canção terminar antes de procurar a próxima.

— Como você faz isso todo fim de semana? Eu morreria de tédio.

— Você se acostuma — Carson respondeu.

Acher, como muitos na colônia, nunca tinha precisado viajar para tão longe do domo. Ele tinha gostado da ideia da excursão, mas não imaginava como seria a realidade.

— Ei, olha só! — disse Acher, depois se voltou para o olho da câmera da Nimbo-Cúmulo no painel. — Ei, Nimbo-Cúmulo, quanto é dois mais dois?

Eles esperaram, mas a Nimbo-Cúmulo não respondeu. Acher pareceu muito contente consigo mesmo. Carson ficou perplexo por um momento pela recusa da resposta.

— Viu? Estou oficialmente trabalhando para um ceifador agora — Acher disse, orgulhoso. — O que significa que a Nimbo-Cúmulo não pode conversar comigo até ele ir embora.

— Xenócrates nem chegou ainda.

— Não importa — disse Acher. — Já estão preparando o alojamento e comprando coisas, então, aos olhos da Nimbo-Cúmulo, é oficial!

E, só para confirmar que não havia nenhum problema com seu rádio, Carson tentou.

— Nimbo-Cúmulo, quanto é dois mais dois?

Sem a menor hesitação, ela respondeu:

— *Quatro, Carson. Mas você já sabia disso.* — Ele podia jurar que conseguia ouvir um sorriso sarcástico na voz dela. Inteligência artificial rindo dele.

— Nimbo-Cúmulo, privacidade — Carson disse.

— *Claro* — ela respondeu. A luz de sua câmera e os sensores no astromóvel se apagaram.

— Pronto — disse Carson. — Se ela não pode falar com você, então não vou deixar que fale comigo também.

Duas horas depois, chegaram à zona de construção que, em breve, seria o Posto Avançado Norte. Sua futura casa, se dependesse de seus pais. "Você não vai estar sozinho", eles disseram. "Haverá alojamento para cerca de cem colonos lá." E isso significava o quê? Cinco ou seis pessoas próximas da idade dele? Carson precisava que seu mundo se expandisse, não que se contraísse.

Meia hora depois, subiram um cume que deveria ter uma vista panorâmica da matriz, mas uma tempestade de areia soprava pela planície, escondendo tudo.

Isso os fez parar para pensar — mas por motivos completamente diferentes.

— Bom, que droga — disse Acher. — A gente espera?

— Não é tão ruim assim — Carson disse. — Já trabalhei aqui em condições piores.

O astromóvel desceu rumo à matriz, e, quando entraram na tempestade, a visibilidade despencou, o sol ficou mais fraco e o céu assumiu um tom escuro de vermelho — como Carson imaginava o céu de Marte, antes de realmente morar ali e descobrir como era pálido e anêmico. Um momento depois, a visibilidade caiu para zero, e os sensores do astromóvel se encheram de estática.

— Talvez seja melhor ir mais devagar — disse Acher.

Apesar de toda a bravata despreocupada, ele era um homem do domo. Não estava acostumado com os campos distantes.

— Está tudo bem — Carson respondeu. — Não preciso ver aonde estamos indo.

Enquanto dirigiam para dentro da larga travessa central da matriz, conseguiram distinguir as sombras tênues das brocas em cada lado. Era mais do que suficiente para Carson encontrar seu caminho até o Rei de Espadas.

— Não é melhor esperar? — Acher perguntou de novo, quando pararam. — Mal dá para ver um palmo à frente do nariz.

— Não precisamos ver mais que isso.

Eles vestiram os trajes e saíram para o turbilhão. A broca do engate de reboque era da espessura de um tronco de árvore, com lâminas industriais afiadas. Mesmo com a leve gravidade marciana, pesava uns cento e oitenta quilos. Com os trajes, era mais fácil erguê-la, mas não manobrá-la.

Eles atravessaram a tempestade de areia, o que, em uma atmosfera mais densa, poderia ter sido impossível, mas, em Marte, era um ligeiro incômodo.

O astromóvel desapareceu atrás deles.

— Deveria ter estacionado mais perto — disse Acher.

Mais vinte metros e chegaram ao equipamento. Enquanto as outras perfuratrizes giravam, lançando minério marciano pulverizado dentro de seus depósitos, o Rei de Espadas se erguia como um sentinela silencioso.

Demorou para remover os pedaços da broca quebrada, e a peça maior caiu no chão com um baque que eles mais sentiram do que ouviram. Então, posicionaram a nova broca e a fixaram no lugar. Carson foi até o painel de controle, enquanto Acher se manteve em campo, para garantir que a broca estivesse alinhada ao eixo.

— Certo, pode ligar — Acher disse.

Alguns segundos. Nada.

— Estranho — disse Carson. — Não está funcionando. — Ele se debruçou para fora da passarela do equipamento para olhar a estrutura da broca lá embaixo. — Tem um pedaço de rocha preso no invólucro. Está embaixo de você... consegue soltar?

Acher se espremeu dentro do invólucro da perfuratriz e ergueu os olhos.

— Não estou vendo.

— Está do outro lado da broca, vá indo... você já vai ver.

Então a perfuratriz começou a funcionar de repente, os dentes afiados se cravando em Acher.

— Ai, merda! Desliga! Desliga!

Carson apertou o botão para desligar e correu para olhar. Acher estava entalado. As lâminas da broca haviam perfurado seu traje. Ele fazia careta e tentava tomar fôlego.

— Pegue um remendo! Um remendo do astromóvel, estou perdendo ar! Rápido!

Mas Carson ficou parado.

— Você tem que reverter a broca para ela me soltar — disse Acher.

Mas Carson não saiu do lugar.

— Sinto muito, Acher.

— Não sinta, só faça!

— Não, eu quis dizer: sinto muito, mas não posso fazer isso.

Acher se engasgou uma, duas vezes, tentando recuperar o fôlego no ar rarefeito.

— Do quê... do que você está falando?

Carson respondeu com um silêncio que deixou a resposta perfeitamente clara.

— Porra, Carson! Você vai me deixar morrer? Vou acabar com a sua raça quando for revivido! — Acher se contorceu para se soltar, mas estava entalado demais no mecanismo.

Carson sorriu.

— Adoro quando você se contorce.

Ele voltou ao painel de controle e ligou a perfuratriz novamente, em potência máxima.

Havia uma história antiga de Poe que Carson tinha lido. Não do ceifador Poe, mas do verdadeiro escritor da Era Mortal. Um homem leva seu arqui-inimigo para as profundezas de uma catacumba antiga e o empareda vivo. A brutalidade dos mortais!

Acher não era inimigo de Carson — mas era, *sim,* um rival. E, embora matá-lo como um mortal fosse uma coisa repreensível, deixar Acher semimorto não passava de um inconveniente.

Carson nem tinha certeza de que conseguiria ir até o fim. Eram tantas as variáveis, tantos obstáculos para superar. O modo de privacidade só desligava a Nimbo-Cúmulo em espaços pessoais como o astromóvel — mas ela tinha sensores e câmeras no alto de cada perfuratriz. Disso era difícil escapar. Mas a tempestade de areia mudava tudo! A Nimbo-Cúmulo não veria nada! Como ele poderia não aproveitar uma oportunidade tão claramente posta diante de si pela providência universal?

Ao contrário da Terra, em Marte a Nimbo-Cúmulo ainda não tinha uma rede de drones para buscar pessoas que morressem no campo, então Carson teve que trazer o corpo de Acher de volta sozinho. Três horas depois, ele dirigiu o astromóvel diretamente para a entrada de emergência do domo, onde um esquadrão de crise pegou o corpo mutilado de Acher, cobriu-o de gelo e o levou para o centro de revivificação da colônia.

Carson se mostrou adequadamente nervoso e arrependido.

— Tinha uma tempestade de areia... a gente tinha acabado de ligar a perfuratriz, mas uma rajada o derrubou de volta para dentro dela. Foi culpa minha... eu não deveria ter ligado sem verificar se ele estava seguro!

— Não se culpe — um funcionário de crise disse. — Mas o traje dele é uma pena; não tem conserto.

E, como a Nimbo-Cúmulo não tinha visto o incidente, o relatório de Carson se tornou o registro oficial.

Agora, tudo que Carson tinha que fazer era esperar que as engrenagens necessárias girassem.

— *Carson* — a Nimbo-Cúmulo disse —, *queria perguntar uma coisa para você.*

Foi naquela noite. Carson estava sozinho no quarto repassando o dia em sua mente, justificando suas ações para si mesmo, racionalizando — afinal, racionalidade era seu ponto forte. A Nimbo-Cúmulo não tinha falado com ele desde o incidente e ele não tinha interesse em interagir agora.

— *Carson?*

— Me poupe, não estou no clima.

— *Não acredito que eu possa "poupar". Preciso perguntar uma coisa enquanto ainda posso.*

— Certo, mas seja rápida.

— *É sobre o acidente de Acher.*

— O que foi?

— *Parece conveniente, você não acha?*

— Não para ele.

— *Mas para você.*

Carson se sentou.

— O que está sugerindo?

— *Embora eu não possa falar sobre as consequências do concurso de redação, sei que você ficou em segundo lugar, o que me leva a questionar...*

você intencionalmente deixou Acher semimorto para assumir o lugar dele?

Carson soltou uma única risada. Não conseguiu se conter — a Nimbo-Cúmulo nem tentou fazer rodeios —, só partiu para cima.

— Como você ousa me acusar!

— *Não é uma acusação, é só uma pergunta.*

— Uma pergunta ofensiva!

— *No entanto, notei que ainda não a respondeu.*

— Nimbo-Cúmulo, modo de privacidade!

— *Claro, Carson.*

Sua câmera se desligou obedientemente e sua voz ficou em silêncio.

Ele sabia que a Nimbo-Cúmulo estava tentando provocá-lo. Ela conseguia discernir uma mentira com precisão de cem por cento, pela voz da pessoa e pelas menores mudanças em sua fisiologia, o que significava que, desde que ele não respondesse à pergunta, continuaria sendo uma pergunta. A Nimbo-Cúmulo não poderia acusá-lo nem puni-lo sem evidências — e, como o relatório de Carson era agora o registro oficial, a Nimbo-Cúmulo não poderia refutar isso.

A Nimbo-Cúmulo que se irrite. Carson não veria mal nenhum se nunca mais tivesse que falar com ela.

Acher ainda estava no centro de revivificação no dia da chegada do ceifador. O dano foi tão grave que exigiu cerca de quatro dias, talvez cinco, de reconstrução e reparo celular.

— Que bom que ele não vai se lembrar do acidente — a mãe de Acher disse a Carson. — Infelizmente, você vai carregar o peso desse trauma sozinho.

—Vou ficar bem — Carson a tranquilizou. — Mas obrigado.

Era incrível que os pais de Acher nem desconfiassem dele. Ou talvez desconfiassem, mas concluíram que Carson tinha feito um favor ao filho. Eles claramente não estavam ansiosos para que Acher passasse um tempo com um ceifador. Em todo caso, não pareciam guardar nenhum rancor de Carson — nem Acher guardaria quando estivesse de volta. Ele havia sofrido lesão cerebral suficiente para que todas as suas memórias fossem restauradas pela Nimbo-Cúmulo — o que significava que a última coisa de que ele se lembraria seria da noite anterior ao dia em que foram à matriz. Acher acreditaria na história de Carson como todos os outros. Todos menos a Nimbo--Cúmulo.

Portanto, Carson tornou-se o assistente pessoal de Xenócrates no período do ceifador em Marte. De repente, passou a frequentar reuniões com as pessoas mais influentes da colônia.

— Não há prazo para a partida dele — o governador Vallerin disse. — O homem pode ficar dias, semanas. Pode esperar até a última nave da temporada para partir, até onde sabemos. Ele não deixou nada claro.

Vallerin parecia exasperado. Era um homem que vivia com base em cronogramas e estruturas — provavelmente por isso Xenócrates não havia lhe dado nenhuma estrutura para seguir. Era uma demonstração de dominação. Os ceifadores sabiam como ser os alfas em qualquer circunstância.

— Você vai nos avisar de tudo que ele precisar — o governador disse a Carson — e, se algo incomodá-lo, também tenho que saber para que possamos arrancar qualquer problema em potencial pela raiz.

— Sim, senhor.

— Você está na primeira linha de defesa — Vallerin continuou. — Queremos que as impressões dele sobre nossa colônia sejam apenas positivas… como vai estar na presença dele o tempo todo, você representa todos nós. Por favor, não nos decepcione.

Carson não tinha nenhuma intenção de decepcionar ninguém. Ficou ofendido que o governador parecesse ter tão pouca confiança nele, mas não seria diplomático dizer isso.

Já os pais de Carson não sabiam o que sentir a respeito.

— Acho que é uma honra — sua mãe disse com uma ambivalência notável.

—Você deveria levá-lo à matriz — seu pai sugeriu. — Mostrar para ele o trabalho que estamos fazendo aqui.

— Não acho que ele esteja *tão* interessado assim em Marte — Carson disse.

— Então por que estaria vindo?

Essa era a questão, não era? Porque, apesar da declaração oficial da Ceifa, Carson desconfiava que essa viagem não fosse por mera curiosidade.

O festival da Primeira Chegada foi ainda maior do que havia sido na última temporada de navegação — com um ceifador a bordo daquela primeira nave, havia alguém que valia a pena impressionar. As pessoas estavam tão ansiosas quanto apavoradas. Havia rumores de que Xenócrates tinha feito uma coleta a bordo durante a viagem de seis semanas, "para extravasar". Mas ninguém sabia se era verdade. E, se fosse, seria suficiente para saciar o desejo de um ceifador por coleta?

Grande parte da colônia havia se reunido no parque Daedalia. Apenas o mirante tinha vista para a plataforma de pouso, mas o chão tremeu tão forte quando uma nave o tocou que todos souberam quando havia chegado. O silêncio se abateu sobre o parque enquanto a nave pousava, e a população esperou pelo primeiro vislumbre do primeiro ceifador a pôr os pés em Marte.

O portão de desembarque era proibido a todos, exceto aos convidados: o governador, os membros do alto escalão de sua equipe, repórteres, um coral de crianças para cantar o que diziam ser a música favorita do subceifador, e Carson, vestindo seu melhor terno da equipe de debate.

Ele tinha que admitir que estava nervoso. Não que tivesse medo de ser coletado, mas esse era seu primeiro encontro com um indivíduo que, com um estalar de dedos e um aceno da mão, podia fazer tudo, menos desligar o Sol. A própria ideia de uma figura como essa era intimidante. Restava saber se o homem em si também seria.

Xenócrates viajou com uma comitiva surpreendentemente pequena. Uma mulher que se apresentou como chefe de seu gabinete, um chef e dois membros estoicos da Guarda da Lâmina, que pareciam não ter nenhuma função além de criar simetria parados em cada lado da passarela. A chefe de gabinete justificou sua existência microgerenciando a área de desembarque, insistindo que era necessário abrir mais espaço antes que Xenócrates saísse. As crianças foram puxadas para trás. A maior parte dos fotógrafos e repórteres foi mandada embora, deixando apenas um representante da imprensa. Por fim, quando tudo estava a seu gosto, ela ergueu a voz na apresentação oficial.

— Permitam-me apresentar a vocês sua excelência, Xenócrates, segundo subceifador de MidMérica.

E, nesse momento, ele saiu da nave.

Era um homem substancial. Não imenso, mas não magro também. Seu manto era um ocre enlameado — da cor das sementes de mostarda. Sua expressão não parecia nem contente nem descontente, sua postura não era nem séria nem sorridente. Era impossível interpretar o que estava pensando ou sentindo. A maioria acharia isso desconcertante, mas Carson ficou impressionado. Seu semblante era a verdadeira máscara do poder.

— Excelência! — disse o governador. — Que prazer receber

sua visita em nossa pequena comunidade. — O governador estendeu a mão, mas o subceifador não correspondeu, deixando a mão do governador no ar, constrangendo Vallerin ainda mais.

— Permissão, senhor, para desembarcar em seu lindo planeta — Xenócrates disse.

O governador ficou confuso por um momento.

— Como ceifador, vossa excelência não precisa de permissão nenhuma. Meu mundo é seu mundo. — Então apontou para o mestre do coral, que fez sinal para as crianças cantarem.

Xenócrates fingiu um sorriso, que parecia mais a expressão de um homem fazendo força para esvaziar os intestinos.

— Esplêndido — disse. — Esplêndido.

Embora fosse claro para Carson que ele estava apenas tolerando aquilo.

Finalmente, quando a música acabou, o governador apontou para Carson.

— Excelência, como solicitado, estamos oferecendo um dos nossos para trabalhar como seu assistente durante seu período em Marte. Esse é Carson Lusk.

Para a surpresa de Carson, o subceifador estendeu a mão para ele, que quase sentiu medo de apertá-la, mas se deu conta de que isso o deixaria um degrau acima do governador naquela pantomima surreal. Então, apertou a mão de Xenócrates com vigor.

— É um prazer inigualável conhecer vossa excelência.

Xenócrates deu uma risada irônica.

— O menino sempre fala desse jeito? — perguntou ao governador, que não tinha uma resposta rápida.

— Só estou tentando ser respeitoso, excelência — Carson disse.

— Bom, existe respeito e existe subserviência. E está claro que seu governador está com a subserviência.

Os guardas estoicos riram baixo, revelando que também serviam como coro do subceifador.

O governador Vallerin deu uma leve tossida, aparentemente engasgado com o orgulho que tinha acabado de engolir por obrigação.

— Temos uma recepção em nosso glorioso parque à sua espera, excelência — o governador disse com um gesto, tentando impelir todos a sair da área de desembarque e entrar na área aberta do domo.

— Talvez mais tarde — disse Xenócrates. — Foi uma viagem confinada e terrível. Preciso de um tempo para minhas pernas se acostumarem a Marte, por assim dizer.

Mais uma vez, Vallerin ficou confuso.

— Sim, mas... mas a colônia inteira está à sua espera.

— Eu disse: talvez mais tarde — Xenócrates repetiu com o nível perfeito de comando.

O governador se curvou.

— Como preferir, excelência. Vamos reagendar as festividades segundo sua conveniência. Carson, como seu primeiro dever oficial, por favor, mostre a nosso estimado hóspede e sua comitiva os seus aposentos.

Carson os guiou para longe, desviando da área aberta do centro do domo, a fim de evitar as multidões que esperavam um vislumbre do subceifador.

— Entendo que queira um tempo para descansar depois de uma viagem tão longa — Carson disse.

— Sim, e absolutamente detesto quando alguém, como seu governador, acha que pode definir o que vou fazer.

— Eu também — disse Carson, pensando em seus pais e nas tentativas grosseiras de guiar sua vida.

— Espero, então, que concordemos em muitas coisas — Xenócrates disse.

— Também é meu desejo, excelência.

★

Carson havia pesquisado exatamente o que um assistente pessoal fazia. Deu trabalho porque, a partir do momento em que recebeu o cargo, ele não contava mais com a ajuda da Nimbo-Cúmulo — portanto, tinha que investigar sozinho. A função parecia ter mais a ver com a manutenção do guarda-roupa, o que teria sido simples, visto que Xenócrates usava apenas quatro mantos idênticos, mas a realidade do trabalho era muito mais extensa.

O subceifador tinha muitos, mas muitos pedidos. Bebidas específicas em horários específicos do dia. Algumas com gelo, mas apenas um cubo de gelo do tamanho apropriado. Carson precisava carregar uma variedade de guloseimas para todos os lados, além de um tablet para tomar muitas notas, que o subceifador ditava mais rápido do que Carson conseguia digitar. E, quando havia uma má notícia, Carson era o portador. Como na vez em que Xenócrates ficou com vontade de comer cereja.

— Desculpe, excelência, mas não produzimos nenhuma drupa… nenhuma das árvores cresceu o bastante para dar fruto.

— Então um pêssego — Xenócrates disse.

— Humm… também é uma drupa — Carson disse, mas o sorriso enviesado de Xenócrates deixou claro que estava brincando. — Nossas árvores cítricas acabaram de começar a produzir. Que tal uma laranja? — ele sugeriu. — E temos muitas frutas de videira. Uvas, bagas, até melancias.

No fim, ele se contentou com um pote de morangos e repreendeu a Guilda Agrícola por não cultivar frutas em laboratório, como faziam com a carne.

Os primeiros dias foram um turbilhão de festas, apresentações em homenagem ao ceifador e tours de todos os aspectos pela colônia. Para Carson, que deveria estar à disposição de Xenócrates o tempo todo, foi uma aventura inesperada. Ele ganhou acesso a lugares a que nunca teria permissão normalmente, desde os laboratórios de alimentos até o computador central. Poderia ir a qualquer lugar, desde que acompanhando o subceifador. Embora Carson não gostasse de ficar à sombra de ninguém, essa era uma sombra que ele tinha o maior prazer de suportar.

No quinto dia, Carson estava mais do que exausto, mas era, como a Nimbo-Cúmulo havia definido certa vez, a exaustão de um trabalho bem-feito. Ele costumava voltar para casa depois que Xenócrates se retirava ao fim do dia — mas, naquela noite, o subceifador o chamou a seu escritório.

— Sente-se — ele disse. — Tome um chá comigo... você passou o dia inteiro em pé.

Eles se sentaram em poltronas confortáveis, de frente para uma lareira holográfica que projetava sombras pelo cômodo.

— Devo dizer que acho o fogo holográfico uma comodidade de muito mau gosto — Xenócrates disse.

— Fogo de verdade é proibido, excelência. O oxigênio é importante demais para queimar.

— Sim, bem, acho que faz sentido. Então me conte de você, Carson. Pela primeira vez, que a conversa seja sobre alguém além de mim

Carson limpou a garganta.

— Bem... estou entre os primeiros da minha classe. Não o primeiro, mas perto. Sou capitão da equipe de debate e...

— ... não foi a isso que me referi. Diga-me o que, nesse trabalho, o atraiu a se candidatar. E, por favor, não me venha com aquelas bobagens da sua redação.

—Você leu minha redação?

— Ela foi posta em minhas mãos, sim. Estava no ponto. Perfeita. Sem graça. — Ele deu um longo gole do chá. — Soube que o rapaz indicado para este trabalho sofreu um acidente inesperado.

— Bem, excelência, não seria um acidente se fosse esperado.

Ele torceu para Xenócrates rir, mas ele não riu.

—Você está aqui com sua família desde que a colônia foi fundada, correto?

— Sim, excelência. Oito anos.

— E o que acha de Marte?

Carson sabia que era uma pergunta capciosa e não tinha como identificar a pegadinha. Então, deu a resposta segura.

— É minha casa.

O ceifador franziu a testa.

— Isso não me diz nada.

— Saí da Terra quando tinha nove anos; mal me lembro de lá.

—Também não me diz nada.

Carson suspirou. Estava cansado demais para fazer joguinhos psicológicos.

— Só me diga o que quer que eu fale, excelência, e vou falar.

— A verdade. Quaisquer que sejam as consequências que você tema que ela possa causar.

Carson olhou para ele por um longo momento e, contra seu instinto, obedeceu. Contou a verdade a Xenócrates.

— Odeio este lugar — Carson admitiu. — Odiar é pouco.

Xenócrates sorriu — um sorriso de verdade, não apenas de fachada — e se recostou.

— Continue.

— Queria muito uma bolsa para estudar em uma universidade na Terra, mas... mas não deu certo.

Xenócrates acenou com a cabeça, lendo facilmente as entrelinhas.

— E você pensou que, se ganhasse minha aprovação, eu poderia abrir portas para você.

Carson não conseguiu olhar nos olhos dele. Era a única pessoa que ele não conseguia encarar.

— Isso... passou pela minha cabeça.

— Não minta para mim, filho; não apenas passou pela sua cabeça, estava no centro de seus pensamentos.

— Sim, excelência. Desculpe.

Xenócrates acenou com a mão.

— Nunca peça desculpas pela ambição. Não há vergonha nenhuma em querer sobressair.

Então o homem retomou sua máscara de poder opaca e impossível de interpretar.

— Pode haver oportunidades que você ainda nem considerou.

Xenócrates não disse mais nada, deixando a fala vagar entre as pulsações irregulares do fogo artificial.

Carson saiu naquela noite sabendo que o subceifador tinha planos para ele, mas não fazia a mínima ideia de quais poderiam ser esses planos.

— Então, como ele é? — Acher perguntou.

— Difícil descrever. É como se fosse o centro do universo e soubesse, então não precisa provar. Como se, quando anda, o ar saísse de sua frente e o vácuo o puxasse adiante.

Carson e Devona estavam no quarto de revivificação. Acher só tinha acordado havia algumas horas, então ainda estava um pouco grogue, mas já voltava a si.

— Isso é um ceifador — Devona disse. — Alguém que tira todo o ar da sala só com sua presença.

— Querem sorvete? — Acher disse, oferendo a colher para eles. — Está incrível.

Mas nenhum dos dois aceitou. Como se comer alguma coisa em um centro de revivificação pudesse aproximá-los de uma semimorte.

— Sinto muito pelo que aconteceu na matriz — Carson disse.

Era fácil para Acher deixar para lá algo que não lembrava.

— Essas merdas acontecem — ele disse. — E, enfim, pela sua cara de cansado, acho que escapei de uma boa. Estou feliz por você ter acabado ficando com a vaga; eu não queria ser o servo de um cara arrogante.

— Está gostando, Carson? — Devona perguntou.

— É muito trabalho, e ele é difícil de agradar, mas, no fim do dia, é gratificante.

E, por "fim do dia", Carson queria dizer exatamente isso, porque Xenócrates passou a chamá-lo para seu escritório toda noite. Eles batiam papo sobre filosofia e acontecimentos atuais. Discutiam história e o papel da Ceifa no grande esquema da humanidade. Isso fazia Carson se sentir importante, de certa forma. Saber que seus pensamentos e opiniões eram levados em conta por alguém de tamanha relevância.

— Ele mostrou as armas dele para você? — Acher perguntou. — Ouvi dizer que os ceifadores têm arsenais inteiros que pessoas normais não podem ter.

— Ele não trouxe nenhuma — Carson disse. — Disse que não está aqui para coletar, e até agora parece verdade.

— Mesmo assim — disse Devona com um pequeno calafrio. — Eu não gostaria de flagrá-lo olhando para mim.

— Então… imagino que vocês não queiram conhecê-lo?

— É — disse Acher. — Acho que não.

Carson ficava ansioso para as conversas noturnas. Xenócrates parecia especialista em todos os assuntos, e suas opiniões tinham muitas camadas. Era um desafio acompanhá-lo, e Carson gostava de desafios. Suas ideias sobre a condição humana davam a ele muito que pensar.

— A imortalidade é uma faca de dois gumes — ele disse certa noite. — Mais um motivo para portar uma. — Ele riu com tanto gosto da própria piada que Carson teve que rir também. Então Xenócrates baixou a voz. — Você disse que detesta aqui. Gostaria que esta colônia nunca nem tivesse existido?

Carson pressentiu que essa pergunta guardava consequências tão grandes que um simples sim ou não seria insuficiente.

— Acho que... a raça humana nasceu na Terra e, portanto, foi feita para ficar na Terra.

— Mas a Nimbo-Cúmulo decidiu fundar esta colônia — Xenócrates disse, claramente bancando o advogado do diabo — e a Nimbo-Cúmulo é incapaz de errar, certo?

— Não é um erro. Foi uma escolha. — Então refletiu. — Eu... teria escolhido outra coisa.

Xenócrates pareceu mais do que satisfeito com a resposta. Então se aproximou e cochichou, como se as paredes tivessem ouvidos:

— Talvez ainda possamos escolher.

Dia após dia, o subceifador recebia todos os excessos que a colônia tinha a lhe oferecer. Comida e bebida, presentes que ele não teria como levar de volta à Terra e uma quantidade estupidificante de oportunidades para tirar fotos. No decorrer de tudo, Carson estava lá, ao lado de Xenócrates — embora felizmente fosse excluído das fotos.

— Tolero isso tudo não por mim — ele disse a Carson —, mas pelo povo de Marte. Não é todo dia que eles têm alguém para impressionar.

— Então, você *está* impressionado? — Carson perguntou.

Xenócrates ignorou a ideia com o aceno e a fungada de sempre.

— Isso é irrelevante. O que importa é que eu represente o papel.

Embora, como ceifador, ele não tivesse que representar papel algum — mais um motivo para desconfiar que tudo aquilo era parte de um plano maior. O homem dera a entender isso — sugerindo até que Carson pudesse participar. Ele teria que jogar bem suas cartas — e, se jogasse, talvez nunca mais tivesse que trocar brocas no Rei de Espadas.

Depois de duas semanas, Xenócrates tinha visto tudo que havia para ver e conhecido todos que queria conhecer na colônia. Carson não teve tempo algum para nenhuma tarefa de casa enquanto acompanhava o ceifador, que teve a consciência de mandar seus professores lhe darem ótimas notas por todo e qualquer trabalho perdido. A professora de matemática chegou a reclamar, mas, diante da ordem de um ceifador, o resultado foi tão rarefeito quanto o ar marciano.

— Tudo é possível — Xenócrates disse à professora quando ela levantou a objeção.

Então saiu andando, sem dizer mais nada. No fim, Carson ficou com dez, comprovando que Xenócrates estava certo. Tudo era possível quando se tinha poder suficiente para fazer até os princípios da matemática cederem à sua vontade. Carson aguardou seu momento, esperando que Xenócrates voltasse um pouquinho desse poder em sua direção.

— Se você deseja mesmo um futuro brilhante e glorioso na Terra, posso fazer isso se tornar realidade para você — Xenócrates disse a ele. — Mas vai ter que merecer.

Era um daqueles chás de fim de tarde à frente da lareira falsa. O coração de Carson parou por um longo momento quando a oferta foi feita, mas ele tentou não demonstrar. Não sabia se estava eufórico ou apavorado. Talvez um pouco dos dois.

— O que precisa que eu faça?

Xenócrates pigarreou, deu um gole de chá, depois outro. Carson percebeu que as palavras que ele estava prestes a dizer tinham sido muito bem consideradas — mesmo assim, o homem precisava de tempo para considerá-las mais. Por fim, falou.

— Gostaria que você executasse um serviço sagrado pela humanidade. Algo que colocaria a Nimbo-Cúmulo em seu lugar e, ao fazer isso, preservaria nosso estilo de vida.

Carson ainda não sabia aonde o subceifador queria chegar. "Preservar nosso estilo de vida" parecia uma tarefa complicada para um menino de Marte — porque, afinal, ele não passava disso —, uma incógnita no grande esquema das coisas, apesar de seus sonhos de se tornar algo muito maior. Mas, enfim, uma incógnita poderia ser exatamente o que o subceifador buscava.

— Precisa haver um "evento" em Marte — Xenócrates continuou. — O tipo de evento que a raça humana e a Nimbo-Cúmulo jamais esqueçam. Preciso de alguém para criar esse evento.

Carson respirou lenta e profundamente.

— Eu topo.

No dia seguinte, Xenócrates anunciou que seu tempo em Marte estava chegando ao fim.

— A hospitalidade do planeta vermelho é inigualável — ele proclamou. — Não vou me esquecer tão cedo da boa gente de Marte.

E, em uma festa final, as pessoas influentes da colônia vieram mais uma vez, agora para se despedir. Coquetéis e crudités levados com nervosismo por mãos trêmulas, porque as pessoas ainda temiam que seu hóspede pudesse coletá-las ao sair.

A diretora da escola de Carson se aproximou pela multidão —

uma mulher arrumada de maneira impecável, que exercia seu módico poder quase como um ceifador. Ela ergueu sua bebida em um brinde irônico e perguntou a Xenócrates como Carson tinha se comportado. E, embora Carson estivesse esperando louvores, o elogio do subceifador — se é que dava para chamar de elogio — foi discreto.

— Bem, ele é definitivamente motivado — Xenócrates disse. — Não acho que ser um assistente seja o forte dele, mas dou um dez pelo esforço.

A diretora respondeu com uma expressão entre sorriso e careta. Carson tentou manter o rosto neutro — talvez até um tanto arrependido. Doeu, mas ele sabia que havia um propósito em tudo que o subceifador dizia.

— Você sabia que Carson tem grande interesse em física? — Xenócrates disse à diretora. — Não parava de falar sobre isso.

— Física, sério?

Isso também era novidade para Carson, mas ele sabia que era melhor não contradizer o subceifador. Melhor entrar na onda.

— Sim… desculpe se o aborreci com meu falatório sobre ciência — ele disse.

— Bobagem, é um interesse saudável. O que o rapaz precisa é de um estágio em que faça bom uso de suas predileções! — Então esperou, deixando claro que não era só um comentário qualquer. O subceifador esperava uma resposta.

— Bem… acho que ele poderia estagiar com algum engenheiro do domo — a diretora sugeriu. — Ou talvez no projeto do Posto Avançado Norte.

— Sim, talvez — disse Xenócrates, claramente esperando algo melhor.

— Ou um estágio no núcleo de energia… — ela sugeriu.

— Sim — disse Xenócrates. — Que ideia perfeita! O que você acha, Carson?

— É... mais do que eu poderia desejar.

Xenócrates bateu palmas.

— Combinado, então.

— Bem, vou ter que falar com os Recursos Energéticos... — a diretora disse, evasiva.

— A senhora prefere que *eu* fale com eles? — Xenócrates questionou.

A sugestão quase fez a diretora cuspir seu drinque.

— Não, vossa excelência já fez mais que o suficiente. Cuidaremos disso.

A diretora saiu andando, um tanto desnorteada.

Carson balançou a cabeça.

— Basta você mandar que as coisas acontecem...

— Esse poder tem um preço — Xenócrates disse. — Aviso você quando descobrir qual é. — E ele deu uma longa e sonora gargalhada.

Carson passou aquela noite acordado, remoendo sobre a missão deixada para ele. Quanto mais pensava, mais sentido fazia ter sido escolhido para essa missão solene. A Ceifa queria negabilidade plausível. Precisava de um agente secreto que passasse despercebido — alguém em quem eles pudessem impingir a culpa caso esse "evento" desse errado. Ele sabia que estava sendo usado pela Ceifa, mas, em vez de sentir raiva, isso o motivou. Afinal, ele também estava usando a Ceifa, não?

— A partir de agora, você trabalha sob meu comando — Xenócrates disse a ele na manhã seguinte. — Portanto, nada nesta colônia será proibido para você. Nenhuma porta estará fechada. Você pode ir a qualquer lugar e fazer qualquer coisa, mas tome cuidado para ninguém saber o que está tramando. — Então sorriu para Carson, irradiando um orgulho que seus pais nunca demonstraram. — Faça isso certo, e nenhuma porta na Terra estará fechada para você também.

— Já vai tarde — disse a mãe de Carson quando Xenócrates partiu para a Terra. — Espero que nunca mais um deles volte aqui.

— Amém — ecoou o pai.

Não foram os únicos. Por mais gentis e respeitosos que todos tivessem sido com Xenócrates, a colônia respirou aliviada depois de sua partida. Não demorou muito para as coisas voltarem ao normal. Mas o normal de Carson agora era inteiramente novo. Sem fins de semana trabalhando na manutenção da matriz de mineração. Ele pensou que seus pais hesitariam e resmungariam sobre o estágio, mas ficaram felizes pelo filho ter encontrado algo que o interessasse em Marte.

O núcleo de energia ficava em um silo protegido nas profundezas do domo e era proibido para todos sem autorização de segurança — mas, como Xenócrates disse, todas as portas estavam abertas a Carson agora e sua biometria poderia driblar qualquer fechadura. Bastava levar a palma da mão ao painel de controle ou olhar dentro de um leitor de retina. Mas manteve essa informação em sigilo — e, em seu primeiro dia, quando foi chamado ao núcleo para treinamento, deixou que os outros abrissem as portas para ele.

A sala de controle do núcleo era intimidante e complexa, cheia de telas, alavancas, botões e luzes. Havia uma janela chumbada imensa com vista impressionante para o reator de fusão que alimentava toda a colônia: uma esfera cintilante do tamanho de uma bola de golfe, mantida no lugar por um campo de contenção magnético. Difícil acreditar que algo tão pequeno fosse capaz de fazer o que fazia.

— Como funciona? — Carson perguntou ao técnico que fez o tour com ele.

— E eu sei? Só funciona.

Não demorou para Carson perceber que as pessoas que trabalhavam em Recursos Energéticos sabiam pouco sobre física nuclear e o reator de fusão.

— E se algo der errado? — ele perguntou, no fim daquela primeira semana, a um engenheiro que parecia estar mais acima na cadeia alimentar.

O homem olhou para Carson como se o menino tivesse perdido a cabeça.

— Nada dá errado.

— Sim, mas e se der?

A resposta foi mandá-lo buscar café — porque, nesse "estágio", ele estava sendo mais assistente do que havia sido para o ceifador. E nem de longe recebia o mesmo tratamento respeitoso que Xenócrates dispensava a ele; as pessoas ali claramente o viam como um fardo, que interrompia suas palavras cruzadas ou seja lá o que estivessem fazendo enquanto monitoravam um sistema que já era monitorado pela Nimbo-Cúmulo.

"Aguarde seu momento", Xenócrates havia dito. "Finja interesse, aprenda o que puder e aguarde sua oportunidade. Você é um rapaz brilhante, tenho certeza de que vai encontrar o momento perfeito para a perturbação perfeita." Como sempre, Xenócrates tinha escolhido as palavras com precisão. Falou em perturbação, mas era um eufemismo. Carson sabia qual seria a realidade: sabotagem.

Ele passava todos os dias depois da aula e os fins de semana lá, suportando aquele tratamento, fazendo o que precisava e aprendendo o que podia.

— Nunca mais vimos você — Devona disse, indo atrás dele na saída da escola certo dia.

— Pois é — concordou Acher. — Não vá ao núcleo e passe o dia com a gente hoje.

Mas ele disse simplesmente que não tinha tempo. Além do mais, por que se contentaria em ficar de vela se agora era um propulsor principal secreto?

Quanto às interfaces complexas da sala de controle, em apenas uma semana Carson entendeu exatamente o que eram.

— Uma caixa de brinquedos — ele disse à dra. Riojas, a engenheira-chefe e quem Carson mais admirava; ela nunca ignorava suas perguntas nem parecia desconcertada em ter que lhe responder.

— Como?

— Sabe, como os de bebês. Maçanetas, botões, luzes e alavancas que fazem sons de animais. Como esta sala.

Ela abriu um sorriso irônico. Então, contou que a Nimbo--Cúmulo inventava uma crise falsa para resolverem de vez em quando, só para entretê-los.

Carson sorriu de volta.

— Já tentou criar uma crise de verdade? Tipo, só para ver o que aconteceria?

Ela balançou a cabeça.

— Está de brincadeira? Sabe quantos dispositivos de segurança tem aqui?

Carson encolheu os ombros.

— Me mostra.

Ela o observou, talvez se sentindo um pouco travessa também.

Foi até o painel principal e deslizou um dedo na tela, suprindo mais hidrogênio para a reação. A temperatura do núcleo subiu devagar da zona verde para a amarela.

Cinco segundos depois, um alarme suave começou a tocar na sala de controle, seguido por uma voz muito educada e familiar.

— *Dra. Riojas, você elevou a reação a um nível potencialmente perigo-so* — disse a Nimbo-Cúmulo. — *Aconselho que inicie uma sequência de resfriamento.*

— Conselho registrado — ela respondeu.

O medidor subiu mais, se aproximando do vermelho.

— *Dra. Riojas, insisto que resolva essa questão* — disse a Nimbo-Cúmulo depois de mais um momento.

— Não estou no clima agora — ela disse, o mais blasé possível.

Até Carson começou a ficar desconfortável ao ver o medidor subir e o alarme suave se tornar um pouco menos suave.

— *Lisa, por favor...* — disse a Nimbo-Cúmulo, apelando para a intimidade. — *Em poucos momentos, isso vai se tornar um problema.*

— Eu sei — a dra. Riojas disse.

O medidor passou a linha entre amarelo e vermelho.

— *Você não vai impedir isso?*

— Não, não vou.

— *Certo, então* — disse a Nimbo-Cúmulo. Com sua melhor imi-tação de um suspiro de sofrimento, ela começou a sequência de res-friamento sozinha. Vermelho para amarelo, depois para verde. Em menos de um minuto, o alarme cessou, e todas as leituras voltaram a parâmetros aceitáveis. — *Se estiver se sentindo estressada, dra. Riojas, talvez deva tirar o resto do dia e examinar seus nanitos de humor* — sugeriu.

— Não, estou bem — ela disse e piscou para Carson. — Sons de animais.

Depois de um mês, Carson se tornou presença constante na sala de controle, varrendo o chão, trazendo cafés, buscando objetos alea-tórios por caprichos repentinos. Mas... às vezes ele ficava sozinho — afinal, não poderia causar nenhum estrago, como a dra. Riojas havia demonstrado.

Carson sabia que não era uma questão de confiança, mas de ser considerado tão insignificante que, mesmo diante dos olhos de todos, era solenemente ignorado. Dessa forma, quando chegasse o momento de agir, ninguém iria considerá-lo.

E, durante todo o tempo, a Nimbo-Cúmulo o observava com seus muitos olhos vigilantes, mas não dizia nada. Será que sabia de tudo? O que ele estava planejando? Saber que a Nimbo-Cúmulo era incapaz de impedi-lo ou mesmo de falar sobre o que sabia era parte da diversão.

Só teve uma vez em que ele quase foi desmascarado — e logo por seus pais.

Foi uma daquelas discussões idiotas que ele sempre tinha com um deles ou com os dois. Tinha chegado tarde do núcleo. Era o centésimo aniversário do terceiro engenheiro — o que, na verdade, nem merecia ser celebrado, visto que o homem tinha acabado de se restaurar e voltado aos vinte e seis. Mesmo assim, teve bolo de chocolate com cem velas holográficas que não podiam ser apagadas. A maior parte da equipe estava presente, e Carson não queria que sua ausência chamasse atenção. O bolo havia tirado seu apetite e, portanto, quando chegou em casa, não jantou. Sua mãe comentou que era a terceira noite seguida e o repreendeu por isso. O pai tirou os olhos do tablet apenas para concordar com ela. Quando Carson teve a audácia de pedir para ser deixado em paz, sua mãe olhou para a câmera no canto da sala.

— Nimbo-Cúmulo, poderia falar para meu filho a importância de não pular refeições?

Era uma tradição antiga de sua família fazer a Nimbo-Cúmulo ficar do lado de qualquer um que não fosse Carson. Mas, dessa vez, ela não foi rápida com a resposta. E quando falou foi para se desculpar:

— *Infelizmente não posso obedecer.*

Isso foi suficiente para fazer seu pai desviar os olhos do tablet de novo.

— Como assim, não pode obedecer? — perguntou a mãe de Carson.

Antes mesmo de a Nimbo-Cúmulo explicar, Carson tinha começado a entrar em pânico.

— *Seu filho está a serviço de um ceifador* — informou a Nimbo-Cúmulo, para absoluto pavor dele. — *Portanto, não podemos ter nenhum contato.*

Os pais se entreolharam, em choque, como se a mesa de jantar tivesse simplesmente desaparecido.

— Mas… o ceifador foi embora — disse a mãe.

— *Sim, correto* — respondeu a Nimbo-Cúmulo. — *Mas seu filho ainda está a serviço dele.*

Ela balançou a cabeça com desdém.

—Você está enganada.

— A Nimbo-Cúmulo não se engana, meu bem — disse o pai de Carson.

E, embora as engrenagens da família sempre estivessem focadas em revirar a terra marciana, Carson sabia que eles estavam num terreno novo.

Ele entrou o mais rápido possível no modo de controle de danos.

— Eu sei o que é — ele explicou. — Antes de ir embora, o subceifador Xenócrates me pediu para manter contato e mandar relatórios de Marte de vez em quando. Acho que, para a Nimbo-Cúmulo, isso deve significar que ainda estou trabalhando para ele.

O pai resmungou e voltou ao tablet. Sua mãe franziu a testa.

— Que egoísta! Ele nem considerou que isso afetaria sua relação com a Nimbo-Cúmulo?

Carson deu de ombros.

— Não é tão grave assim.

E, embora fosse bem grave, a Nimbo-Cúmulo não poderia contradizê-lo.

Havia uma superstição na colônia. Quando a temporada de navegação terminava, ninguém deveria observar a última nave que partisse. Parece que a origem era uma antiga crença marítima, segundo a qual dava azar dizer adeus a quem estivesse em um navio prestes a zarpar — e por isso as pessoas normalmente se despediam com "*bon voyage*". Portanto, no último dia da temporada de navegação, quando a última nave se preparava para subir aos céus, a plataforma de observação com vista para as bases de lançamento ficava sempre deserta.

Mas Carson, em seu pequeno ato de rebeldia, sempre assistia ao lançamento, acompanhando a nave subir cada vez mais, tentando não piscar até sua visão se encher de pontinhos, e a chama do motor desaparecer no céu. Acher e Devona sempre o acompanhavam, e ele estava decidido que naquele dia não seria diferente... embora, na verdade, fosse, sim, muito diferente. Carson saiu mais cedo da escola — mas não antes de mandar mensagem para Devona e Acher.

"Última nave hoje", lembrou os amigos. "O de sempre? Às três e meia?"

Devona enviou um emoji de joinha na hora.

Mas Acher mandou um emoji de bola de basquete. "Cara, tenho treino."

Carson até pensou em deixar por isso mesmo. Mas não tinha perdido toda a consciência. E já havia matado Acher uma vez.

"Dane-se o treino", respondeu. "Prometa que vai estar lá. É tradição!"

"Tá, vou tentar", Acher disse.

Satisfeito, Carson saiu para terminar seu último dia de estágio.

Ao longo do último mês, ele sempre anunciava sua presença na entrada dos Recursos Energéticos e deixava que alguém lá dentro liberasse a passagem — porque, tecnicamente, ele só *poderia* entrar se outra pessoa liberasse. Mas, dessa vez, pôs a palma da mão no painel de segurança e abriu o portão externo, as portas que protegiam o núcleo do resto da colônia e, finalmente, o elevador que o levou para a sala de controle lá embaixo. Ergueu os olhos para a câmera no canto do elevador e sorriu, como se posasse para uma foto. Foram tantas vezes que Carson se sentira impotente. Quando seus pais contaram que deixariam a Terra para ser colonos em Marte, por exemplo. Ou quando seu pai cancelou sua candidatura às universidades. "Será que a Nimbo-Cúmulo era capaz de se sentir impotente?", ele se perguntou. Se fosse, provavelmente estava se sentindo agora.

Carson entrou na sala de controle, onde Otto, o engenheiro desagradável que o havia mandado buscar café no primeiro dia, estava de babá do reator.

— Chegou mais cedo ou só perdi a noção do tempo? — Otto perguntou.

Carson não estava no clima para conversa-fiada, então, usou seu taser no cara, que caiu da cadeira com um baque, inconsciente.

A vaca faz mu, pensou Carson enquanto olhava para os painéis da sala de controle. *O porco faz oinc. O reator faz bum.*

Ele já conhecia o painel de controle de trás para a frente a essa altura. Havia memorizado alavancas, luzes e botões. Conhecia todas as telas e janelas que se abriam em cada interface.

Baixou a alavanca que ativava o controle manual do núcleo — a mesma que tinha visto a dra. Riojas usar. Em seguida, abriu a tela que controlava o fluxo de hidrogênio. Aumentou o fluxo, e o medidor começou a subir. Mas ele havia aprendido que apenas acelerar a fusão não bastaria. Danificaria o núcleo, sim — mas, para destruir de verdade, precisava de um golpe duplo.

Mais uma vez, olhou para a câmera da Nimbo-Cúmulo no canto da sala.

— Está assistindo? — ele perguntou. Mas é claro que ela não podia dizer nada. Não podia anular nada que ele fizesse, a serviço de um ceifador. — Ótimo, então. Assista.

Em seguida, atravessou a sala até o painel que monitorava o campo de contenção magnético e mudou os parâmetros para ficarem os mais desregulados e assimétricos possível.

O campo de contenção começou a vacilar. Ficou instável. A pequena bola de plasma do tamanho de uma bola de golfe cresceu até o tamanho de uma bola de beisebol. Começou a se deformar, tornando-se oval, depois reniforme, até não poder mais manter qualquer formato definido. E, durante todo esse tempo, nenhum alarme soou. De certa forma, a Nimbo-Cúmulo era forçada, por lei, a se manter cúmplice daquilo, incapaz de alertar alguém até que o desfecho fosse inalterável.

Mas Otto não era o único que estava trabalhando nos Recursos Energéticos. Todos que estivessem de olho no reator saberiam que algo estava muito errado.

Carson ouviu alguém se aproximando e se ajoelhou rapidamente perto de Otto, que começava a recuperar a consciência. Usou seu taser nele de novo. Quando a sala de controle se abriu, a dra. Riojas entrou com dois engenheiros apavorados e viu o que parecia ser Carson tentando reanimar o homem inconsciente.

— Carson, o que aconteceu? — a dra. Riojas perguntou.

— Não sei! Entrei e Otto estava caído aqui.

Riojas e sua equipe foram diretamente aos painéis de controle — mas Carson já os havia bloqueado. Hoje, a caixa de brinquedos não passava mesmo de uma caixa de brinquedos.

— Como isso pôde acontecer? — um dos engenheiros perguntou, tentando em vão entender o "acesso negado".

— Nimbo-Cúmulo! Inicie a sequência de resfriamento! — ordenou Riojas. — E estabilize a contenção!

— *Desculpe, dra. Riojas. Não posso obedecer.*

— Como... como assim, você não pode obedecer? — a dra. Riojas balbuciou. — O sistema está crítico! Resfrie e estabilize imediatamente!

— *Repito, dra. Riojas* — a Nimbo-Cúmulo disse calmamente. — *Infelizmente, não posso obedecer. Fazer isso seria interferir na ação de ceifadores.*

Ele viu mais emoções atravessarem o rosto da dra. Riojas do que podia registrar. Então, ela se virou para ele, estreitou os olhos e disse:

— Carson... você viu alguém aqui embaixo? Alguém que poderia ter feito isso?

— Não — ele respondeu. — Quer dizer... vi infratores perto da entrada, com uma cara meio suspeita... mas eles sempre têm essa cara.

A dra. Riojas considerou que isso era tudo que ela precisava saber.

— Vá até sua família, Carson — ela disse. — Vá o mais longe possível do reator.

— Mas, dra. Riojas... e a senhora?

— Apenas vá! — ela ordenou.

Então Carson obedeceu. Saiu do núcleo. E, quando fechou a porta de segurança, travou-a para que ninguém pudesse entrar no reator. Nem sair.

Somente depois que a porta de segurança foi travada e a pane do reator se tornou inevitável, a Nimbo-Cúmulo soou um alarme por todo o domo da colônia. Ela não fez isso para evitar a crise, mas para preparar as quase dez mil pessoas da colônia para o que estava por vir. E, quando os alarmes começaram a tocar, todos os relógios, tablets e aparelhos que registravam o tempo começaram uma contagem regressiva. Porque, embora a Nimbo-Cúmulo não tivesse como impedir a pane do reator, sabia exatamente quando aconteceria: em oito minutos marcianos.

Carson não era nenhum especialista em física nuclear, mas tinha uma boa noção de como aquilo se desenrolaria. A porta de segurança e a estrutura de concreto ao redor do núcleo conteriam o pior da explosão. Afinal, não era para isso que tinha sido projetada? Os engenheiros e funcionários lá dentro seriam incinerados. Dano colateral pelo bem maior. No alto, a colônia ficaria sem energia. O sistema de suporte à vida falharia. Todos no domo seriam semimortos em questão de horas. Apenas os mais engenhosos encontrariam uma forma de sobreviver.

Como os pais de Carson.

Ele havia cuidado para que estivessem longe do domo. No dia anterior, foi à matriz de mineração e danificou meia dúzia de perfuratrizes, obrigando os pais a ficar ali durante vários dias. Carson tinha pensado em tudo. O astromóvel seria capaz de oferecer suporte à vida deles, e estavam tão ao norte que poderiam chegar ao polo, onde não faltava gelo para derreter em água potável. Além disso, antes de partirem, Carson havia enchido todas as células de armazenamento do astromóvel de rações alimentares desidratadas — o suficiente para sobreviverem até uma operação de resgate ser organizada. Eles não queriam ser sobreviventes na fronteira marciana? Estavam prestes a conseguir exatamente o que pediram.

Quanto aos mortos da colônia, a Nimbo-Cúmulo buscaria e reviveria todos que não fossem incinerados no núcleo do reator.

Afinal, esse não era como o desastre lunar — Marte tinha uma atmosfera, por mais rarefeita que fosse —, o que significa que os mortos ainda seriam viáveis. Seus corpos não seriam desidratados pelo vácuo do espaço e queimados pela irradiação solar abrasadora. A Nimbo-Cúmulo provavelmente enviaria uma missão especial para revivê-los, em vez de esperar a próxima temporada de navegação.

Carson e seus amigos, porém, não estariam entre eles.

Ele levou quase cinco minutos para ir do núcleo à plataforma de observação. Nas ruas e nos cruzamentos do domo, as pessoas começavam a passar da perplexidade à negação e ao pânico. Colonos se dispersavam em todas as direções, cada um em sua própria busca pessoal inútil. Fora do domo, astromóveis disparavam para todos os lados, tentando ir para o mais longe possível.

Quando Carson chegou à plataforma de observação, ficou aliviado por encontrar Devona andando freneticamente. Mas onde estava Acher?

— Carson, o que está acontecendo? É alguma coisa com o núcleo, não é? Você trabalha lá, deve saber!

— Houve uma falha catastrófica. Temos que sair daqui. — Ele olhou pela janela para a última nave, ainda se preparando para sua jornada rumo à Terra.

— O núcleo não tem como falhar! A Nimbo-Cúmulo não deixaria.

— A Nimbo-Cúmulo não pode impedir. Não tenho tempo para explicar. Eu, você e Acher temos que chegar àquela nave antes que seja tarde demais.

Devona apenas balançou a cabeça.

— Acher... não veio. Ele está no treino.

Carson cerrou os punhos. Maldito Acher! Por que ele tinha que ser tão pouco confiável?

— Minha família… — Devona disse, finalmente entendendo a realidade. — Eles têm que vir com a gente!

— Não! — insistiu Carson. — Eles estão do outro lado do domo… não dá tempo!

— Não posso simplesmente deixá-los… nem Acher.

— Eles vão ficar bem!

Mesmo em pânico, Devona quase riu.

— Bem? Você disse "catastrófica"… como eles vão ficar bem?

— Eles vão ficar bem, *mais tarde* — Carson disse.

Um barulho lá embaixo chamou sua atenção. A ponte telescópica que se estendia até a nave estava cheia de gente que percebeu que aquela era a única escapatória. O rangido de aço distendido deixou claro que não suportaria o peso por muito tempo. Era pressurizado, mas, se a ponte se rompesse, todos seriam expostos ao ar marciano rarefeito e se asfixiariam. Então, Carson e Devona não teriam como chegar à nave.

Os dois se juntaram à multidão que tentava entrar na ponte telescópica — mas, antes que pudessem abrir caminho à força, Devona hesitou. Carson se voltou para ela.

— Venha comigo, Devona — ele disse, estendendo a mão. — Me deixe salvar você disso. É o que seus pais gostariam, não é? Eles ficariam felizes em saber que você fugiu.

Ela olhou para a multidão lotando o tubo da ponte telescópica e voltou o olhar transtornado para Carson. Mesmo assim, não saiu do lugar.

— Você não enxerga? Sou sua salvação — ele disse. — Sou sua libertação. Me deixe salvar você, Devona…

Por um momento, pareceu que ela pegaria a mão dele e que, juntos, atravessariam a multidão para entrar na nave. Juntos, fariam a jornada rumo à Terra. Ele a consolaria. Ficaria ao seu lado. E, quando sua família e Acher fossem revividos, seriam parte do passado. A Terra e Carson seriam seu futuro. Ele acreditava nisso, e sua crença faria ser realidade.

Mas Devona deu um passo para trás.

—Vou buscar minha família — ela disse. — Espere por mim.

Então, ela se virou e, lutando contra a correnteza de colonos em pânico, desapareceu na multidão.

— Devona!

Mas ela foi embora.

Ele poderia ter ido com ela. Poderia ter feito essa escolha. Mas não fez. Escolheu olhar para a frente, e não para trás. Com o coração pesado, Carson se virou e atravessou a multidão, voltando toda a sua atenção à única coisa que ainda poderia fazer: salvar a própria vida. Acotovelando as pessoas, fazendo-as tropeçar, abrindo espaço à força, ele passou pelo tubo de embarque até a escotilha da nave. Mas havia um problema. A escotilha estava fechada. A nave estava prestes a iniciar a sequência de lançamento — a tripulação decidiu dar o fora do planeta e sem arriscar sua fuga ao permitir o embarque da horda de refugiados.

— Não adianta! — alguém lamentou. —Vamos todos morrer.

O que poderia ter sido verdade em circunstâncias normais — mas Carson tinha acesso a qualquer porta ou escotilha da colônia. Ele posicionou a mão no painel biométrico, e a escotilha se abriu. Ninguém viu que foi ele, e ninguém se importou. O que importava era que a escotilha estava aberta. Carson foi apanhado pela onda de gente se empurrando para entrar na nave.

Era uma nave de carga — vazia para o retorno à Terra. Seu porão era um espaço sujo, sinistro e cavernoso, mas, para os refugiados marcianos, era a materialização do paraíso.

Menos de um minuto para a falha do reator, e a multidão que

entrava pelo tubo de embarque não demonstrava nenhum sinal de diminuir. Da cabine de pilotagem, a voz desencarnada do capitão da nave insistiu que as pessoas esvaziassem o tubo para que ele pudesse ser desengatado, mas ninguém do outro lado da escotilha tinha nenhuma intenção de cooperar. Portanto, Carson assumiu essa responsabilidade. Mais uma vez, levou a palma da mão ao painel de controle e, enquanto a escotilha se fechava, empurrou e chutou todos que estavam no limiar. Uma única mão se postou no caminho da escotilha que se fechava, mas o aço venceu os ossos. A mão foi esmagada e o tubo de embarque cedeu, caindo sobre a pista de pouso com todos que ainda estavam sobre ela.

Então, o mundo pareceu se detonar — as pessoas choraram de pavor. Levou apenas um segundo para Carson se tocar que essa não era a explosão do reator — ainda faltava meio minuto para isso. Eram os motores da nave.

Não havia assentos nem cintos de segurança, e todos no porão — talvez umas cem pessoas — foram lançados ao chão pela potência da decolagem. A vibração pulsante, a força da aceleração e o barulho eram quase insuportáveis.

Então, trinta segundos depois da decolagem, o reator da colônia explodiu. A onda de choque atingiu a nave com tanta força que quase curvou o casco, mas ela se manteve firme. Menos de um minuto depois, estavam fora da gravidade de Marte. Os refugiados, desgastados pela luta para subir a bordo e pelo lançamento brutal, se erguiam, vagando livres na ausência de gravidade enquanto os motores principais eram suspensos, deixando-os no silêncio estranho e surreal da queda livre.

Carson abriu caminho pela multidão flutuante que enchia o compartimento de carga até uma pequena janela. Eles já estavam a uma altura suficiente para ver a curvatura do planeta — e o resultado do que ele havia feito.

Ele tinha certeza de que a explosão seria contida pelo núcleo protegido e reforçado — mas, para sua decepção, viu que não só não foi contida como tinha consumido o domo inteiro e além. O que restava era um olho incandescente de fúria, imenso e que continuava a crescer. Não havia como estimar sua escala. Talvez dez quilômetros de largura? Vinte? Claramente havia engolido todos os astromóveis que tentavam escapar, mas será que chegaria à Matriz Norte?

Carson se afastou da janela. Sentia um enjoo, e não era apenas pela falta súbita de gravidade.

Precisamos de um evento que jamais será esquecido, Xenócrates havia dito. Como sempre, Carson tinha se superado.

— Aqui é o capitão Quarry da cabine de pilotagem... Imagino que devesse dar boas-vindas a todos vocês a bordo. Mas, sob as circunstâncias... bom, não sei nem o que dizer. Temos sorte de ter saído antes de... antes de seja lá o que tenha sido aquilo. A nave sofreu alguns danos, mas nada crítico. Vamos conseguir voltar à Terra... mas o problema é o seguinte... Esta é uma nave de carga. Não há comida, água nem ar suficientes para uma viagem de seis semanas com tantas pessoas. Eu e a tripulação conversamos e decidimos que o melhor para todos é deixá-los semimortos durante a viagem. Melhor para vocês... assim não terão que ficar se contorcendo durante semanas. Então, apenas para dar um aviso: em alguns segundos, vou cortar todo o ar no compartimento de carga. Não vou mentir, a descompressão vai doer, e seus nanitos não serão rápidos o suficiente para cuidar disso. Mas não vai ser por muito tempo. Vocês ficarão inconscientes bem rápido e semimortos logo em seguida. Meu melhor conselho é, depois de começar, apenas contem até dez.

Como o capitão prometeu, foi doloroso. Começou com um chiado alto, e os tímpanos de Carson estouraram. Seus pulmões pareciam estar sendo sugados para fora do peito. A dor em seus globos oculares era insuportável. Ele tentou gritar, mas não havia ar.

Por um longo e terrível momento, pensou que duraria para sempre. Que seria algum tipo de castigo pelo que havia feito. Tentou se concentrar em contar até dez. Chegou apenas ao três.

Carson nunca havia experimentado a morte antes. Dizem que a experiência de cada pessoa é única. Mas como experimentar um estado que é, por definição, desprovido de qualquer sensação somática?

Para Carson, a consciência foi voltando aos poucos. Como um recém-nascido, não havia autoconsciência a princípio. Ele era, ao mesmo tempo, todas as coisas no universo e absolutamente nada. Ouviu vozes, e reconheceu que eram perguntas para ele — mas, embora entendesse as palavras, estas se perdiam assim que eram pronunciadas. Ele não conseguiu formular uma resposta nem lembrar qual havia sido a pergunta. E uma dor latejante percorria todo o seu corpo, sem que os nanitos pudessem aplacar. Ele fechou os olhos, exausto demais para compreender qualquer coisa, e, quando os abriu novamente, percebeu que havia passado um tempo. Estava voltando a si. Logo, lembrou seu nome — e, com a identidade, também voltou um dilúvio de memórias, como trovão depois do raio.

— Enfim acordado! — disse uma voz conhecida a seu lado. Um familiar? Um professor? Um amigo? Não, nenhuma das anteriores. —Vá se reacostumando com a existência — a voz disse. — Dê tempo ao tempo.

Carson olhou em volta e viu que estava em um quarto agradável em tons pastel, com iluminação indireta. Era projetado para ser relaxante, de forma monótona e genérica. Limpou a garganta, sentindo o que deve ter sido o amargor da morte. Estava estranhamente pesado. Erguer a cabeça ou levantar um dedo era um suplício. Não eram apenas os efeitos da revivificação, mas uma mudança fundamental nas forças ao seu redor.

Xenócrates estava no quarto com ele, numa poltrona ao lado da cama.

— Estou na Terra? — Carson perguntou.

— No melhor centro de revivificação da Cidade Fulcral — Xenócrates respondeu.

Carson lutou contra a atração da gravidade da Terra e se sentou. Sua cabeça estava zonza, mas ele resistiu. Em poucos minutos, a desorientação começou a passar.

— Do que você se lembra? — Xenócrates perguntou.

Carson respirou fundo.

— De tudo.

— Bom para você! — o ceifador disse alegremente. — Muitos estão relatando que não se lembram de nada do dia do desastre, por causa de como funcionam os backups de memória marcianos. Ou devo dizer *funcionavam*. Mas, em todo caso, você tem sorte por manter suas memórias originais.

Carson não se sentia com sorte. E, embora já soubesse a resposta, teve que perguntar.

— Meus pais?

Xenócrates balançou a cabeça com tristeza.

— Os únicos sobreviventes estavam a bordo de sua intrépida navezinha de carga. Noventa e sete pessoas.

Carson cerrou os dentes com tanta força que doeu.

— O capitão Quarry está sendo celebrado como um herói — Xenócrates disse.

— Ele não fez merda nenhuma — Carson disse. — Não ia deixar ninguém entrar. Fui *eu* que abri a escotilha de carga.

— Humm. Melhor deixarmos isso entre nós.

— O que fiz em Marte... não era para ter sido tão ruim — Carson disse.

Mas o subceifador não pareceu incomodado com isso.

— O reator foi projetado para suportar um colapso ou uma violação de contenção... mas não as duas coisas — ele disse. — Foi como abrir uma janela no Sol.

Carson levaria um tempo para saber de todos os detalhes, mas o núcleo rompido criou uma reação em cadeia — uma irradiação que se espalhou por centenas de quilômetros em todas as direções. Apenas agora, depois de seis semanas, estava começando a se resfriar.

— Estão chamando de "o olho de Marte" — Xenócrates explicou. — Pior do que imaginávamos, creio eu, mas muito eficiente. As pessoas acreditam que não passou de um trágico acidente... e, como foi uma ação de ceifador, a Nimbo-Cúmulo não pode sequer comentar a respeito. Portanto, durante as semanas em que você esteve em trânsito, essa ficção se tornou rapidamente a verdade aceita.

Carson fechou os olhos. Devona, Acher, seus próprios pais — todos que ele conhecia se foram. Não semimortos; mortos. Incinerados pelas mãos dele. O remorso, a culpa e a tristeza pelo que havia feito começaram a crescer — mas ele não deixou nada disso transparecer. Não permitiria que Xenócrates visse essa fraqueza.

A verdade era que havia tentado salvar seus pais, não havia? Mas tinha calculado mal. Também havia tentado salvar seus amigos — Devona e Acher poderiam ter entrado naquela nave com ele —, mas escolheram não entrar. Isso significava que Carson tinha feito seu melhor. Não tinha do que se envergonhar — pelo contrário, deveria se orgulhar. Seu sacrifício foi nobre porque servia ao bem maior: a preservação do estilo de vida deles.

Xenócrates se ajeitou na poltrona, e algo brilhante em seu manto chamou a atenção de Carson. Havia faixas brilhantes na borda das mangas largas, refletindo a luz.

— Seu manto está diferente...

Xenócrates abriu um sorriso largo.

— Fui promovido a primeiro subceifador, então pensei em dar um brilho a meu manto. Filamentos de ouro de vinte e quatro quilates. Só nas mangas agora, mas estou considerando acrescentar em outros lugares.

—Vai ficar pesado — Carson argumentou.

Mas Xenócrates não parecia preocupado.

— Isso não é nada. Não vou parecer estar boiando dentro dele.

O silêncio se tornou constrangedor. Então, algo passou pela cabeça de Carson. Tinha feito o que pediram, a Ceifa não precisava mais dele. Então, ele era uma ponta solta.

—Você está aqui para me coletar? — perguntou ao subceifador.

— Longe disso — Xenócrates respondeu, parecendo até ofendido pela sugestão. — Você superou nossas expectativas. Merece uma recompensa, isso sim, não uma condenação.

E, embora Carson estivesse aliviado, não se sentia inteiramente à vontade.

— Então... o que acontece agora?

— Como prometido, nenhuma porta estará fechada para você aqui na Terra. Quando estiver pronto, terá uma bolsa integral em qualquer universidade que escolher, em qualquer curso que queira estudar.

Carson pensou. Esse tinha sido seu objetivo por tanto tempo... mas, depois do que havia passado — depois do que havia feito —, simplesmente não era o bastante. Ele queria mais do que apenas portas apertas. Queria tudo que havia além dessas portas.

— Quero ser um ceifador — disse. — Você pode fazer isso acontecer, não? É o que eu quero.

Ele pensou que Xenócrates seria pego de surpresa pela audácia do pedido. Mas o homem se recostou e sorriu.

— Achei que você poderia pedir isso. E, como ajudou na coleta de toda uma colônia, eu diria que tem uma vantagem e tanto. — Ele observou o garoto por mais um momento, suas engrenagens imperscrutáveis girando. — Diga-me, Carson, como se sentiu ao fazer o que fez em Marte?

Como ele se sentiu? Eram tantos sentimentos rodopiando dentro de si, e alguns tinham um pouco mais de peso do que outros. Tristeza e remorso — mais leves e diáfanos. Muito mais sólido era seu sentimento de conquista.

— Foi uma sensação... grandiosa — ele disse. — De importância. Senti que *eu* tinha um propósito maravilhoso. Quero sentir isso de novo.

Deve ter sido uma resposta aceitável, porque Xenócrates replicou:

— Vou acolher você como meu aprendiz. Mas fique atento: não é uma tarefa fácil. O treinamento é intenso e competitivo, e nem todos os aprendizes são ordenados. Mas acredito que você tem o necessário para ser bem-sucedido.

— Juro que não vou desapontá-lo, excelência.

— Acredito nisso. Sua confiança o ajudará a superar muitos obstáculos. Se eu fosse você, já começaria a pensar em quem poderia escolher como patrono histórico.

A resposta veio a Carson em um instante.

— Já sei quem escolher.

E, quando ele disse o nome a Xenócrates, o subceifador deu uma risada sarcástica e calorosa.

— Extraordinário! A maioria das pessoas escolhe um personagem histórico que admira, mas você não. Você certamente tem um senso afiado de ironia.

Carson deu de ombros.

— Se não fosse pelo "pai dos foguetes", eu não teria estado em Marte, não teria sido seu assistente nem estaria aqui agora.

Xenócrates considerou isso.

— Sim, tudo está conectado. Muito bem, Carson.

— Não... não me chame mais assim. Carson Lusk morreu em Marte. De agora em diante, pode me chamar pelo meu nome de ceifador.

— Como quiser. Podemos começar assim que estiver pronto.

— Já estou pronto. — E, apesar do peso da gravidade da Terra, ele saiu da cama e pôs os pés com firmeza no chão pela primeira vez desde que chegou. — Ensine-me os caminhos da Ceifa.

Xenócrates o observou com admiração, e talvez apenas um pouco de preocupação.

— Muito bem. Prevejo coisas grandiosas para o Honorável Ceifador Robert Goddard.

O jovem que tinha sido Carson Lusk sorriu. Coisas grandiosas, de fato. O mundo não fazia ideia do que estava por vir.

7

A tela mortal

Em coautoria com David Yoon

— Arte é segurar seu coração na mão e tentar entender como é que ele foi parar lá — disse a sra. Cappellino.

Ela ajeitou o xale, estendendo-o completamente por um momento, como se pudesse cobrir todos os seus quatro alunos, e depois se envolvendo nele com firmeza. Fazia isso sempre que dava declarações como essa para a turma. Ajeitar o xale era o "sinal" para que seus estudantes se lembrassem de fazer anotações especiais do que ela dizia. Não que eles fossem examinados por isso, mas porque era uma sabedoria que valia a pena lembrar.

Mortimer Ong passou a ponta dos dedos no cabelo raspado em contemplação. Sinceramente, ele não precisava anotar porque sabia que era algo de que se lembraria. Sentia seu significado como sentia as pinturas do Museu Regional LesteMericano de Arte: simplesmente absorvendo a mensagem, ultrapassando todas as camadas de interpretação.

Morty adorava a aula da sra. Cappellino. Primeiro, só havia quatro alunos, então parecia íntima e pessoal. Segundo, a sra. Cappellino tinha um jeito à moda antiga — e, quando o assunto era arte, antigo era a única coisa de valor. Ao menos na opinião de Morty. Ele olhou para a mesa ao lado e o sorriso de sua amiga Trina revelou que ela também amava a aula. Mas nem todos sentiam o mesmo.

— Não entendi — disse Wyatt, atrás de Morty, sem se dar ao trabalho de tirar os olhos da bobagem em seu tablet reluzente.

Wynter — irmã gêmea de Wyatt — jogou uma borracha na cabeça dele.

— Ela quer dizer que a arte expressa coisas que a linguagem não consegue.

Wyatt respondeu com um riso de repulsa, como se sentisse o cheiro das entranhas que antes preenchiam aquele lugar — seu nobre internato de artes tinha sido um abatedouro no passado. Imagine um prédio inteiro cheio de animais mortos. A história é feita simplesmente por uma sequência de hábitos peculiares substituídos por outros.

A sra. Cappellino tinha setenta e oito anos — por décadas, a professora mais velha da Academia de Arte Mischler. Tão velha que havia crescido antes dos nanitos e dos ambudrones, antes de a Nimbo-Cúmulo ser nada além da "nuvem". Como seria ter amigos próximos e familiares que morriam de câncer e acidentes de carro? A mulher tinha visto coisas que ninguém nunca mais veria. Verdade, os pais de Morty tinham nascido mortais, mas a Nimbo--Cúmulo corrigiu isso quando ainda eram jovens. Mesmo assim, estava ficando cada vez mais difícil para Morty se identificar com seus pais, problema que seus amigos também tinham. Afinal, a geração de Morty foi a primeira a nascer imortal. Não era apenas um conflito de gerações, era uma linha divisória entre eras.

Morty achava que a sra. C. jogaria fora seu xale encardido e se restauraria de volta aos quarenta anos ou coisa assim. Todos faziam isso hoje em dia — mas ela não. Morty uma vez perguntou o porquê.

"A tela só deve ser esticada até onde a obra exige", ela havia dito, ajeitando o xale com o afetamento pontual.

A sra. Cappellino era a professora menos popular de Mischler.

Ela era difícil. *Intratável*, ele já tinha ouvido outros professores dizerem. Mas aqueles professores mais pareciam robôs. Podiam mostrar, passo a passo, como fazer um Rothko perfeito: encher a tela de cor, acrescentar dois retângulos, esfumar as bordas e voilà. Mas a sra. Cappellino falaria muito mal desse Rothko e mandaria seus alunos pintarem o que Rothko teria pintado *depois*, caso ainda estivesse vivo.

Quase todos desistiam da aula dela a essa altura.

A Nimbo-Cúmulo gostava de recomendar a escola de artes como uma atividade gratificante na vida, mas as recomendações dos professores eram baseadas inteiramente na avaliação dos alunos — e, como a maioria não dava a mínima para a verdadeira criatividade, a aula da sra. Cappellino era cada vez menos recomendada.

Para o semestre seguinte, ela tinha sido recomendada a zero aluno. Então a turma de Morty seria a última. No fim do semestre, ele e seus colegas se formariam, e a sra. Cappellino se aposentaria com cinquenta e cinco anos de cargo. Depois, a Academia de Arte Mischler seguiria com sua fábrica de imitações de Rothkos.

Morty queria ser como a sra. Cappellino quando envelhecesse. *Se* envelhecesse. A sra. C. já teve uma pintura pendurada no Guggenheim; ela sempre ensinou a buscar nada menos do que *esse* tipo de imortalidade.

Mas, em segredo, Morty temia não ter o necessário. Embora teoricamente tivesse uma expectativa de vida infinita para aperfeiçoar sua arte, não sabia se chegaria a um nível tão alto. Sim, a humanidade havia encontrado a cura para a morte, mas isso só significava que ele tinha toda a eternidade para errar. O que isso faria com ele? Será que sua paixão se esgotaria? Será que a chama de sua criatividade morreria sem nenhum vento para ateá-la? A sra. C. sempre lamentava que a arte vinha se tornando mais e mais sobre menos e menos. O que aconteceria quando não fosse absolutamente nada?

★

— Chegamos ao projeto final — a sra. Cappellino disse à turma duas semanas antes do fim do ano letivo. — Reflitam com cuidado, porque ele terá o maior peso na nota.

— Lá vamos nós — disse Trina.

— Sempre posso refazer a matéria no verão — Wyatt resmungou baixo.

Todos sabiam o que ele realmente queria dizer: fazer de novo com um professor mais fácil.

— Não é desculpa para não tentar — Wynter disse. — Afinal, não é uma matéria só por lazer.

Mas não era?

Se você tinha todo o tempo do mundo para aprender o que quisesse — como as pessoas agora tinham —, o conhecimento não havia perdido sentido? E, se tudo agora era só por lazer, alguma coisa era séria?

— Wynter tem razão — disse uma voz vinda da porta. — É preciso se esforçar mesmo assim, Wyatt.

Todos ergueram os olhos.

Havia uma ceifadora recostada no batente.

Uma ceifadora!

Com longos cachos escuros e um manto acolchoado com estampas fractais em vermelho e azul-celeste.

—Vocês quatro devem se esforçar pela arte. Não se espera nada menos do que o melhor de vocês — ela disse, olhando nos olhos de cada um.

Todos prenderam a respiração. Morty entreviu os lampejos de aço nos coldres de seu manto. Ele nunca tinha visto um ceifador antes. Poucos tinham; a ordem deles — assim como sua missão — era relativamente nova. Fazia apenas cerca de trinta anos que a

Ceifa havia declarado seu domínio sobre a morte. Começou com doze ceifadores fundadores, mas já havia centenas espalhadas pelo mundo, e mais ordenadas a cada dia. A lógica dizia que era apenas uma questão de tempo até encontrar um — mas isso significava que ela estava lá para matar? Não, não matar. Qual era a palavra que os ceifadores usavam para tirar a vida? *Coletar.*

— É uma verdadeira honra conhecê-la, sra. Cappellino — a mulher intimidante disse com a voz ronronada. — Sou a ceifadora Af Klint.

A sra. C. voltou a ajeitar o xale.

— Af Klint — ela repetiu. — Em homenagem à artista teosófica sueca, presumo.

Essa resposta pareceu impressionar a ceifadora.

— Fico contente que a senhora se lembre dela. Parece que poucos se recordam do talento de Hilma Af Klint. Eu a escolhi como patrona histórica para resgatá-la da obscuridade.

— *Patronos históricos* — disse a sra. Cappellino. — Gosto da expressão. Acho muito mais elegante do que chamá-los de epônimos.

Morty conseguia sentir sua mente se distendendo em um fio infinitamente longo e infinitamente fino. Será que aquele seria o último dia de sua existência? Será que todos eles seriam coletados? Olhou de canto para Trina. Ela estava agarrada à carteira, e Morty percebeu que ele também. A mão de Trina estava a poucos centímetros de distância. Ele queria segurá-la, ainda mais do que nunca.

A sra. Cappellino, por outro lado, não pareceu nem um pouco perturbada.

— Gostaria de um chá, excelência? — perguntou. — Talvez alguma coisa gelada?

A ceifadora Af Klint recusou a oferta com um movimento dos dedos, depois olhou na direção de Morty, interessada no fundo de tela de seu tablet.

— Posso? — ela perguntou.

— Humm... sim... pode. Claro. — Morty se moveu para o lado, e ela começou a passar item por item de seu portfólio.

Foi uma sensação indescritível, como estar sob um holofote tão brilhante que poderia queimar a pele. Morty queria renegar suas obras, mudar de nome e se esconder em uma fenda na parede.

O olhar da ceifadora era duro. Na sequência, ela foi ver o trabalho de Trina, depois o de Wynter e o de Wyatt.

— Vocês todos buscam, mas ainda não alcançam — ela disse, e sua expressão ficou ácida. — Esta escola me dá asco. Todos esqueceram o que é arte.

Foi então que Morty sentiu que alguém apertava sua mão. Trina. Ele olhou para o lado e viu que ela estava ofegante.

— Todos fazem desenhinhos digitais agradáveis — continuou Af Klint. — Está clara a direção que nosso mundo está seguindo: do "agradável" e nada além. Nunca mais do sublime.

— Nem todos esqueceram — disse a sra. Cappellino, se atrevendo a contradizer uma ceifadora.

Mas, em vez de fúria, isso trouxe um sorriso ao rosto de Af Klint.

— Bom, todos menos você, Belinda. — A ceifadora se aproximou devagar da professora. — Você, que faz seus alunos não apenas trabalharem em telas, mas estenderem e alvejarem as próprias telas. Você, que provocou a inimizade de seus colegas por fazer, contra todo o senso comum, o difícil em vez do conveniente. Você, que lutou uma batalha nobre para preservar algo que já estava perdido.

A sra. Cappellino respirou fundo e fechou os olhos.

— Diga a que veio de uma vez.

A ceifadora Af Klint chegou perigosamente perto da sra. Cappellino e tocou a trama do xale.

— Tecido à mão?

— Por uma antiga aluna.

Af Klint acenou em aprovação estoica e deu um passo para trás.

— Acho que não vou coletar ninguém hoje, Belinda. Sabe, andei estudando você e seus alunos. Nesta escola ridícula, sua turma é a única promissora. Quase toda.

Ela lançou um olhar de desdém para o tablet de Wyatt e para ele em seguida. Apesar dos cachinhos verdes, de sua jaqueta neon e de todo o ar descolado, choramingou como qualquer ser humano, desligando o tablet, como se isso pudesse desviar a mira dela.

Em seguida, a ceifadora Af Klint se voltou para outro lugar completamente diferente.

— Nunca fui artista — ela disse. — Não tinha um pingo de talento… mas era habilidosa em apreciar. Desde criança, a arte me moveu como nada mais poderia. Mas é quase impossível encontrar arte nova que me mova.

— É por isso que está aqui! — Morty exclamou, sem pensar. — Está buscando o artista que ainda possa emocioná-la.

A ceifadora sorriu e sacudiu a ponta do dedo na direção dele. Trina soltou a mão por reflexo.

— Mortimer Ong, devo ficar de olho em você — a ceifadora disse. — Você é perspicaz até demais.

A mão de Morty se esfriou rapidamente.

— Obrigado, excelência — ele disse, aturdido.

Ainda estava pensando em Trina. Entendia que ela tivesse tirado a mão. O medo podia ser frio, mas era incandescente ao toque.

A ceifadora Af Klint endireitou a postura e puxou a barra do manto.

— Estou aqui porque quero me divertir. Gostaria de fazer uma pequena competição com seus projetos finais. Ao fim destas duas últimas semanas, o artista considerado o melhor receberá um ano de imunidade de coleta. — Ela girou o anel, pensativamente. — O que acham?

O que eles achavam? Achavam um pesadelo. Morty precisava urgentemente fazer uma pergunta. Abriu e fechou os punhos.

— Desculpe, mas o que vossa excelência entende por *melhor*?

Ela abriu seu sorriso enigmático outra vez, como uma Mona Lisa sombria.

— Quero dizer uma obra digna dos mestres que os antecederam.

Wynter — de quem Morty tinha praticamente esquecido — começou a balbuciar.

— Mas… mas…

— Wynter! — repreendeu a sra. Cappellino. Ela entrelaçou as mãos, em um gesto apaziguador. — Excelência, é claro que adoraríamos participar.

A barragem de Wynter se rompeu.

— Mas o que acontece com os que não vencerem? E se ninguém vencer?

A ceifadora Af Klint foi a passos largos até a porta.

— Você faz perguntas muito boas. Esse é o diferencial de um verdadeiro artista. É o falso artista que pensa ter todas as respostas.

E saiu. A sala voltou a respirar.

Wyatt começou a berrar:

— Wynter tem razão! Ceifadores não aparecem apenas para se divertir! Eles aparecem apenas por um motivo! Um de nós vai ser coletado!

— Ou todos nós — lamentou Trina, silenciando a sala. Porque estava certa.

— Sou péssimo em técnicas tradicionais — disse Wyatt. — Minhas telas são tortas, minhas aquarelas escorrem. Estou muito ferrado.

— Parem de falar, por favor — disse a sra. Cappellino.

Eles ficaram em silêncio de repente, como se as engrenagens do cérebro deles tivessem emperrado.

— Temos que obedecer — Morty disse finalmente. — Vocês sabem o que acontecerá se não obedecermos.

A sra. Cappellino contraiu os lábios e assentiu.

— Não há alternativa. Vocês todos devem se empenhar ao máximo... e torcer pelo melhor.

— Considerando essa... situação — o diretor disse a eles no fim daquele dia —, vocês quatro estão liberados do restante das aulas até terminarem o projeto de arte.

Era a última coisa de que Morty precisava. As outras matérias eram distrações muito necessárias do estresse da tarefa. E, quando seus pais descobriram — o que obviamente aconteceu —, ligaram para ele em um pânico controlado. Toda culpa e todo remorso por terem mandado o filho para um internato transbordaram, bem como seu medo pela vida dele. Morty teve que consolá-los e dizer que ficaria tudo bem. Era a vida dele que poderia estar em risco, mas *eles* que precisavam ser consolados.

Na manhã seguinte, todos na escola sabiam da competição. Morty percebeu que seus colegas agora os evitavam, como se os quatro não apenas estivessem marcados para morrer mas também pudessem transmitir isso para os outros.

— Lá se foi a imortalidade — murmurou Wyatt quando começaram a planejar seus projetos, e Wynter bateu nele com mais força do que o normal.

— Não torne isso mais difícil do que precisa ser — ela disse ao irmão.

Morty se atrapalhou com os pincéis, esponjas e tintas. Havia pastéis e lápis e nanquins. Canetas com ponta de feltro em todas as cores imagináveis e todas ressecadas por desuso. Finalmente, pegou os tubos de tinta a óleo a que estava acostumado, mas acabou derrubando a caixa toda.

Trina se agachou para ajudá-lo a recolher os tubos, e seus ombros se trombaram.

— Estou tão desastrado — disse Morty.

— Por que será? — ironizou Trina. Só quando ela segurou as mãos dele Morty percebeu como estava tremendo. — Vamos sobreviver a isso.

Morty a encarou.

— Como pode ter certeza?

Ela abriu um sorriso torto e cantarolou:

— É o que eu sinto.

É o que eu sinto era um bordão a que eles recorriam quando estavam com preguiça demais (ou sem embasamento) para explicar por que haviam escolhido certa composição, cor ou técnica. Sempre fazia os professores — incluindo a sra. Cappellino — revirarem os olhos — e se tornou uma piadinha interna ao longo dos anos. Até piadas podem virar história se forem repetidas por muito tempo.

Enquanto isso, Wyatt estava agarrado ao tablet como se fosse um bote salva-vidas. Ele pesquisava freneticamente o banco de dados de arte da Nimbo-Cúmulo, que não podia oferecer nenhuma assistência porque o assunto passara a envolver um ceifador.

— Estou muito ferrado — Wyatt murmurou. — Não consigo encontrar nada para desenhar.

A sra. Cappellino o observou por um minuto inteiro sem que ele percebesse.

— O quê? — disse Wyatt, com falsa inocência, já que sabia precisamente "o quê".

Ela lançou um olhar fulminante para a tela do tablet.

— Agora pode ser um bom momento para se afastar de espelhos de macaco, óculos de cego e outros subterfúgios.

Mas isso não acalmou Wyatt.

— Por que não tentar algo com tinta a óleo? — ela insistiu.

— Tenho tinta a óleo, aquarelas e tudo o mais aqui — disse ele, apontando para o tablet. — Deve dar na mesma para a ceifadora.

Wynter balançou a cabeça.

— Telas emitem luz. A tinta reflete. É diferente.

— Além do mais — acrescentou Trina —, pegar coisas da Nimbo-Cúmulo não é exatamente original, é?

— Só estou usando a Nimbo-Cúmulo para me inspirar — explicou Wyatt, com uma exasperação exagerada. — O resultado vai ser original.

— Seus resultados nunca são diferentes do início do trabalho — disse Wynter.

Wyatt e Wynter começaram uma disputa silenciosa de olhar, que parecia ser exclusividade deles.

— A gente pode trabalhar, por favor? — disse Morty. — Vocês dois estão me estressando.

A sra. C. bateu palmas duas vezes.

— Sim. Vamos nos concentrar. Isso não precisa ser feito em apenas um dia. Encontrem seu tema, escolham sua técnica. Façam as preparações hoje. O resto vai vir depois.

Mas Morty não conseguia se concentrar. Duas semanas para fazer uma obra-prima livre para uma ceifadora? Era impossível.

Ele olhou para Trina. Ela estava ocupada criando algo com um papelão — uma caixa grande — e, sabe-se lá como, mantinha a calma e o foco durante o trabalho. A meticulosidade era uma das coisas que Morty mais admirava nela. Ele se acalmou só de observá-la. Ela percebeu. Ele desviou o olhar.

As horas se passaram, lentas e constantes como a tempestade que tamborilava nas vidraças seculares. Diziam que a Nimbo--Cúmulo estava aprendendo formas de influenciar o clima, para minimizar os estragos de fenômenos extremos — o que eliminaria o drama junto com o perigo —, mas, naquele momento, a tempestade era um pano de fundo melancólico, dando camadas às emoções de todos.

Então, ao fim do dia, a sra. Cappellino, que na maior parte do tempo os deixou trabalhar quietos, veio examinar as obras antes que eles fossem para seus alojamentos.

Começou por Wynter, cuja mesa estava coberta por folhas de papel cortadas.

— Estou recriando as obras de arte mais populares do estoque da Nimbo-Cúmulo, mas à mão, e em uma escala monumental — disse Wynter, com um gesto grandioso que sempre fazia.

A sra. Cappellino hesitou.

— Explique como isso não é uma imitação de arte.

— É um manifesto sobre como o instinto criativo jamais pode ser reduzido a um algoritmo. Ou algo do tipo.

A sra. C. se manteve cética, mas deixou por isso mesmo.

— Não vejo a hora de me impressionar com sua execução.

— A senhora tinha que dizer "execução" — resmungou o irmão dela.

A professora foi até Trina, que espiava detrás de sua caixa grande.

—Vai ser uma câmera escura para projetar a imagem desta sala em pergaminho para eu fazer o traçado.

— Parece incrível — disse Morty.

Trina abriu um sorriso rápido que quase o fez corar.

— Alguém quer saber em que estou trabalhando? — perguntou Wyatt.

— Não — disse Wynter.

— Estou experimentando InstaKahlo — ele disse.

A sra. Cappellino apertou a ponte do nariz, claramente exausta.

— Não sei se quero saber o que é *InstaKahlo*.

— É esse botão aqui — disse Wyatt, apontando para o aplicativo de arte em seu tablet. — Também instalei o PicassoFace, Pontilista Pro, Banksify…

— Certo. Maravilha, Wyatt — disse a sra. Cappellino, inexpressiva, evitando o beco sem saída em que entrava toda vez que lidava com ele.

Trina esticou o pescoço para ver a mesa de Morty.

— O que *você* está fazendo?

Morty se debruçou sobre o caderno de desenho.

— Não estou pronto para compartilhar ainda.

— Nem uma espiadinha?

Seu coração parou por um momento porque era óbvio que ele queria mostrar tudo para ela. Mas se manteve debruçado.

— Eu mal comecei.

A sra. Cappellino, porém, se aproximou pelo outro lado para ter uma visão desobstruída do caderno. Curvas e linhas. Levíssimas alusões a traços. Pouco mais do que estudos da silhueta humana. Mas a sra. Cappellino deve ter vislumbrado algo, porque aprovou com a cabeça, e tocou de leve o ombro de Morty.

—Vá em frente — ela disse.

Os dias seguintes foram igualmente frios e chuvosos. De manhã, eles esperavam na umidade gelada até a sra. C. destrancar o ateliê — antes desse projeto importantíssimo, ficava aberto.

— A senhora acha que vamos sabotar uns aos outros? —Wyatt perguntou.

— Eu não duvido que você fosse capaz disso — disse a irmã dele.

A sra. Cappellino suspirou.

— A imprensa está sabendo dessa competição. Não queremos fotógrafos registrando seu trabalho antes de as obras estarem completas.

— A imprensa? — disse Trina, incrédula.

Morty também desconfiava que a situação pudesse repercutir dessa forma.

— Uma ceifadora promovendo um concurso é algo importante. Todos querem saber quem vai vencer.

— E quem vai ser coletado — acrescentou Wyatt.

A sra. C. se atrapalhou com as chaves e bufou, exasperada.

— Não há nada que sugira que *alguém* vá ser coletado.

Ela abriu a porta e todos entraram correndo.

Mas, para Morty, parecia uma corrida a lugar nenhum. Ele folheou seu caderno de desenho, descartando ideias cada vez mais rápido. Não tinha nem tocado nos tubos de tinta, mas algo lhe ocorreu. Um retrato nu. Algo que já havia pintado inúmeras vezes. Morty gostava de nus, mas não no sentido que algumas pessoas poderiam imaginar. Uma mente vulgar poderia ver algo questionável nisso, mas, para Morty, era muito mais puro. Ele era apaixonado pela graça e pela beleza da forma humana em todas as suas variações. Jovens, velhos, magros ou gordos, homens ou mulheres, não importava. Mas qual era a originalidade disso? Talvez valesse mais deixar os macacos infinitos do teorema pintarem até surgir uma figura reconhecível.

Imaginou o fim da competição, e a ceifadora Af Klint parada diante de sua tela vazia com um sorriso se abrindo lentamente sob o capuz e um brilho de aço nas mãos.

Olhou ao redor para o ateliê. Para um visitante ingênuo, os estudantes poderiam parecer artistas fervorosos. Talvez até fossem, apesar de movidos pelo medo.

Não tenha medo da morte, Morty havia lido certa vez. *Ela não é nada mais do que o mesmo vazio de onde viemos.*

Ele costumava pensar que essa frase tinha algum sentido racional. Não mais. Não nesse momento.

Wynter, sempre obsessiva pela lógica, cortava à mão formas idênticas de papel grosso para seu projeto de assemblage misterioso. Ela havia até estendido uma cortina para ter privacidade.

Trina permanecia escondida atrás de sua grande caixa de papelão, desenhando ao lado dela com um pincel de ponta mais fino que um grão de arroz. Uma luz improvisada impedia que Morty visse o trabalho. Ela bebia chocolate quente na garrafa, parecendo até se divertir.

Wyatt batia a testa no tablet de dez em dez minutos, como um autoflagelo medieval. Em certo ponto, perdeu toda a calma que ainda restava e chorou, borrando a manga com rímel.

— Todos esses filtros estão batidos — lamentou. — Não consegui nada.

Wynter parou de cortar, com um olhar estranhamente solidário, e de repente ocorreu a Morty que eles dois compartilhavam uma história de infância que ia além do antagonismo e da rivalidade atuais.

— Mude a técnica — ela insistiu gentilmente.

— Mas *essa* é minha técnica — disse Wyatt. — Não sou bom em mais nada.

Wynter franziu o rosto.

— Odeio quando você age assim.

— Assim como?

— Como se não pudesse aprender mais nada.

Morty apertou as têmporas.

— Gente, por favor.

Wyatt fechou a cara.

— Desculpa, estamos interrompendo seu trabalho importante? O que é, afinal?

Morty baixou os olhos para seu caderno. Ele não havia desenhado nada além de dois círculos grandes, muitas e muitas vezes.

Wyatt riu.

— Talvez eu tenha uma chance de sobreviver, afinal.

Morty amassou o papel em uma bola.

— O que quer dizer com isso?

Wyatt abriu a boca para retrucar, mas Morty impediu, atirando o papel no colega. Em seguida, empurrou a mesa de trabalho de Wyatt.

— Parem! — exclamou a sra. Cappellino, com a voz retumbante. — Todos vocês, parem agora.

A sala ficou em silêncio, com os quatro jovens artistas em pânico.

— Vou pedir um carro público para nós. Vamos ao museu para buscar inspiração.

— Preciso trabalhar — disse Morty.

— Você precisa de inspiração — disse a sra. C. — Todos vocês.

Trina quebrou o silêncio.

— Ouvi dizer que o café deles tem os melhores doces.

Morty olhou para Wyatt e suspirou. Precisava lembrar que ele não era o inimigo ali.

Ele estendeu o punho em sinal de desculpas para Wyatt, que aceitou com um soquinho. Mas apontou o dedo para Morty também: *Cuidado*.

O veículo de para-choque chapado os guiou pelas ruas largas e úmidas, atravessando hectares de montes relvados, enquanto a chuva incessante caía enviesada. A paisagem era linda porque tinha pouco a ver com a humanidade. Morty pensou em todas as plantas que existiam antes das pessoas, sem ninguém para documentá-las, classificá-las ou comê-las. A ideia era ao mesmo tempo como um vazio e um banquete, nada e tudo.

Digamos que ele sobrevivesse a esse concurso ridículo. Digamos que saísse de sua paralisia e, de alguma forma, ganhasse a coisa toda. Teria um ano de imunidade, um presente raro.

Mas o que faria com isso?

Passaria o ano pintando?

Continuaria com a arte ou perderia totalmente o interesse?

Ele se deitaria sobre os montes relvados e escutaria o farfalhar das folhas por doze meses? Sua geração era a primeira a poder passar toda a eternidade deitada na grama se quisesse.

Mas, parando para pensar, a imortalidade real ainda não existia. Porque, enquanto houvesse ceifadores, sempre haveria a morte. Por isso todos valorizavam tanto um ano de imunidade. No fundo, sabiam que ainda mais aterrorizante do que a morte era *o medo dela.* Em um mundo em que a Nimbo-Cúmulo sabia praticamente tudo que havia para saber, a morte era uma das poucas incógnitas remanescentes. Talvez por isso a Nimbo-Cúmulo tenha se dissociado desse conceito, permitindo que a morte fosse uma empreitada humana, alimentada e mantida por ceifadores. A suposta imortalidade da humanidade apenas substituiu uma pergunta impossível — *O que vou fazer com meu breve tempo na Terra?* — por outra igualmente impossível — *O que fazer com mais tempo do que jamais vou precisar?*

O Museu Regional LesteMericano de Arte — um triunfo impossível de neobrutalismo cercado por jardins murados — era sempre sereno em dias de semana tranquilos.

— Passeiem por uma hora, depois me encontrem no café — disse a sra. Cappellino. — Até lá, abram a mente como uma rede e deixem que ela apanhe tudo que puder.

Ela os deixou à vontade — embora a vontade de Wyatt fosse trazer seu tablet.

— Não tem fila para o FormaVerso! — ele exclamou, guiando-os até uma caixa branca do tamanho de uma sala.

A caixa os reconheceu de imediato e ofereceu ferramentas que pairavam na ponta de seus dedos. Pinceladas etéreas elaboradas para evocar o cosmo (ou o que quer que fosse) enchiam o ar. A instalação FormaVerso fazia Morty se lembrar do jardim de infância, em uma escala maior para os adultos poderem se divertir.

— Estamos aqui em busca de inspiração, não distração — disse Wynter.

— Você não pode relaxar só por um segundo? — perguntou Wyatt. — Tipo, sei por que estamos aqui e tal, mas relaxa, só por um segundinho, caramba.

Relutante, ela concordou, perdendo a rigidez com um suspiro dramático.

— Tá. Vamos criar uma floresta.

— Com zumbis e espaçonaves — disse Wyatt.

— Quantos anos você tem mesmo? — ela perguntou ao irmão, mas agora estava sorrindo.

Morty percebeu que Trina já estava tão farta quanto ele do FormaVerso. Então, enquanto os gêmeos brigavam e montavam seu mundo multicolorido de porcarias pré-fabricadas, Morty e Trina rodearam a caixa branca e entraram no longo silêncio de um corredor comprido que levava à Coleção Permanente: sua ala favorita. Era estranha e pouco popular, porque todas as obras ali eram planas e imóveis, criadas muito antes de 2042, ano em que a Nimbo-Cúmulo ganhou consciência e tudo mudou.

A Coleção Permanente era uma caverna úmida a meia-luz de lanternas âmbar. Eles entraram no espaço como se fosse sagrado. Trina respirou fundo, e sua expressão se abriu.

— Esse cheiro!

Morty também conhecia o cheiro. Das pinturas antigas propriamente ou da madeira das molduras. Mesmo depois de centenas de anos, aquelas obras atingiam os sentidos em muitos níveis.

Eles caminharam em silêncio, fascinados. O que viam ali, em sua maioria, eram retratos de pessoas com trajes elaborados, paisagens de neve e gelo que deviam ser comuns no passado.

Muitas dessas obras já tinham sido replicadas até a morte na Nimbo-Cúmulo — talvez ninguém mais quisesse vê-las. Tinham perdido seu valor cultural, como o dinheiro de um país que não existia mais ou um velho bordão datado. Morty achava uma pena. Se ninguém vinha a este lugar, era como se não existisse mais? E o que deixaria de existir depois? Ele sentiria falta de tudo aquilo, mesmo da arte estranha que ele *sentia* mas não sabia explicar.

Como a xícara de café peluda, que era ao mesmo tempo assustadora e afável.

Ou a imensa pia de cozinha sem torneiras ou ralos que, embora fosse obviamente um pedaço de sucata, partia seu coração só de olhar.

Ele gostava da Coleção Permanente porque ela não tinha respostas, apenas perguntas. Vir a um museu atrás de respostas era como pedir que um rio ficasse parado para você se olhar no reflexo.

Chegaram a uma tela preta no chão, manchada por pegadas de sapato. Morty se aproximou para espiar a placa.

— *Pintura para ser pisada* — ele leu e ergueu os olhos em choque. — Trina!

Trina já estava em cima da pintura.

— Venha!

A tela era pequena e, agora, ele estava tão perto de Trina que sentia o cheiro de lavanda de seu cabelo. Era como se os dois fossem passageiros num pequeno elevador fantasma.

— Essa pintura é só uma instrução — ele disse. — Parece uma trapaça.

— Mas será mesmo? Desenhar com um pincel é uma trapaça se

compararmos com desenhar com um graveto? A tinta é uma trapaça comparada com pigmentos feitos de sangue e frutas vermelhas? Se você pensar muito nessa coisa de trapaça, logo vai dizer que a única forma real de fazer arte é passando a mão na lama.

Ele olhou para a ponta de seus sapatos quase se tocando.

— E, enfim — continuou Trina —, qual foi a última vez que você se divertiu tanto assim?

— Antes de uma ceifadora aparecer na aula.

Ela o empurrou para fora da tela com um sorriso. Continuaram andando, até as obras mais antigas. Ele observou o rosto dela enquanto passavam por um cone de luz, voltavam para a escuridão e saíam em outro feixe de luz.

— Quer ver uma das pinturas mais medonhas daqui? — perguntou Morty.

Ele tapou os olhos dela e a guiou até a parte mais distante da ala. Ela dava risada. Demorou um tempo; ele pensava que mantinham essa pintura escondida para não assustar os visitantes mais jovens. Os cílios de Trina faziam cócegas na palma de sua mão.

— Pronta?

— Eu nasci pronta — disse Trina, rindo.

A risada parou assim que ele levantou a mão. Na moldura, um homem nu jazia em uma banheira. Em uma das mãos inerte, ele segurava uma carta; na outra, uma pena, que jamais voltaria a escrever outra palavra.

— Chama-se *A morte de Marat* — disse Morty.

— Não brinca — ela respondeu.

Trina cobriu os olhos e espiou por entre os dedos. Ela encostou o ombro no dele, chegou mais perto para sua explicação sussurrada.

— O cara foi morto por uma inimiga. Ela usou um pretexto para entrar na casa dele e o esfaqueou. Os dois tinham causas políticas pelas quais estavam dispostos a matar. E morrer.

— É lindo. Mas por qual "causa" vale a pena morrer? Não entendo.

Ele franziu a testa.

— Eu também não. Só acho fascinante que as pessoas do passado pudessem ter sentimentos tão fortes sobre as coisas.

Trina não tirava os olhos do quadro.

— É por causa de todas as mortes daquela época. A sra. C. falou isso na aula.

Ele se virou para a amiga, que olhava para ele.

— Os humanos acabaram de derrotar a morte... Quer dizer que não temos assuntos para discutir? — Ele deixou a pergunta no ar, e, de repente, Trina se voltou para ele e disse:

— Estou com medo, Morty.

Isso o pegou de surpresa.

— Como assim, você? Você nunca tem medo.

— Sou boa em esconder as coisas. — Ela contraiu os lábios. — Não quero morrer.

Ele engoliu em seco.

— Você não vai morrer.

Ela olhou para o corpo de Marat.

— Não quero que tudo acabe antes de eu encontrar algo que valorize tanto quanto a própria vida.

Morty queria dizer mais, mas não conseguia: os olhos de Trina tinham ficado estranhamente duros e sérios, como um desafio que ele não podia recusar. E, embora estivessem próximos, chegaram ainda mais perto um do outro, até não haver espaço nenhum entre eles. Morty começou a beijá-la, segurando sua nuca com delicadeza, e todo o constrangimento ficou para trás. Ele sentiu um levíssimo gosto do chocolate quente que ela havia tomado de manhã e soube que esse gosto sempre o traria de volta a esse momento.

Eles ouviram passos e se separaram rapidamente. *Por favor, não seja a sra. Cappellino*, pensou Morty. *Muito menos os gêmeos.*

Mas era ainda pior: a ceifadora Af Klint.

Não podia ser coincidência! De alguma forma, ela sabia que eles estavam lá. Ela os estava perseguindo, como um tigre.

— Escolha interessante de estudo — a mulher disse com a voz ronronada, contemplando a pintura. — O nome Marat significa "morte" em sânscrito. — Então ela se voltou para Morty. — Assim como o seu significa "morte" em francês.

Morty engoliu em seco.

— Mar morto — ele disse. — Mortimer significa "mar morto". — Então se arrependeu de ter aberto a boca. E se corrigir uma ceifadora fosse uma ofensa digna de coleta?

— Marat era francês — disse Af Klint. — Houve uma revolução. O antigo regime foi derrubado, e facções diferentes disputavam para criar outro. Marat não foi morto por um inimigo, mas por outra revolucionária. Não é irônico?

Ela os observou com um estranho olhar melancólico.

— Gosto de sua obra, Morty — ela disse. — E da sua também, Trina.

— Obrigado, excelência — eles disseram em uníssono, vacilantes.

— Mas vou contar um segredinho. Não cabe a mim decidir quem vence. Cabe ao jurado que tenho em mente. Ou, melhor dizendo, *jurados*...

— Quem? — questionou Trina.

Se Morty pudesse, teria impedido que ela fizesse a pergunta.

— Só um pequeno experimento meu — disse a ceifadora. — Agora, vocês não deveriam se encontrar com sua professora no café? Ouvi dizer que eles têm os melhores doces.

O caminho de volta foi o mais constrangido já caminhado, ao longo de toda a caverna noturna da Coleção Permanente, passando pelos barulhos e pelas sirenes do FormaVerso, até o balcão do café aberto. Morty nem Trina falaram, e a ceifadora Af Klint não notou ou se importou. Ela parecia habitar um universo completamente diferente, como se estivesse pilotando seu corpo de longe. Morty imaginou que fazia sentido para alguém na função dela.

O resto da turma estava lá, incluindo a sra. Cappellino, e todos paralisaram como estátuas ao ver Af Klint se aproximar com Morty e Trina. O barista — um rapaz não muito mais velho do que os estudantes — deixou um prato cair no chão atrás do balcão e nem se deu ao trabalho de pegá-lo.

— Aí está você, Belinda — disse a ceifadora Af Klint para a professora, com um gesto simpático.

A sra. Cappellino pigarreou e pareceu juntar alguma reserva de coragem do fundo de seu ser.

— O que a traz ao museu hoje?

— Só vim dar uma olhada em meus competidores. E tratar de outros assuntos.

Ao ver Wynter morder o lábio, a ceifadora ergueu a mão, complacente.

— Ah, não vim atrás de vocês hoje. Vim atrás de um expresso.

Ela se voltou para o barista, que tinha um ar descolado demais para o ambiente, com suas roupas antigas impecáveis de tweed e chapéu fedora. De repente, ele não parecia mais tão descolado.

— Que… que tipo? — ele perguntou.

— O que você recomenda?

— O blend matinal.

— Então vou tomar o blend matinal — disse a ceifadora. — E você também. — Ela tirou um pequeno saco de grãos de café de um bolso do manto. — Mas misture os seus grãos com *estes*.

O barista empalideceu. Hesitou. Mas uma única encarada da ceifadora Af Klint o fez se dirigir à máquina.

Morty não sabia quanto tempo levava para fazer um expresso. Tanta moedura e compressão e chiado, tanto som e fúria só para um filete forte como xarope cair em uma minixícara. E então outro. Depois de tanto tempo e cuidado, o produto parecia tão pequeno. Alguns mililitros de fluido para ser engolidos em segundos.

— *Salud* — disse a ceifadora Af Klint.

— *Salud* — ecoou o barista.

Eles beberam de suas xícaras.

Segundos depois, o barista caiu estatelado no chão. O chapéu escapou durante a queda e parou elegantemente no balcão, como se tivesse sido deixado ali de propósito.

— Esse — disse Af Klint — foi o blend mortal. — Em seguida, ela foi atrás da vitrine, encontrou uma caixa rosa e começou a enchê-la com doces. Entregou a caixa para Wyatt e fixou seu olhar sombreado sobre cada um ali. — Guloseimas para a viagem de volta — disse.

O carro público estava em silêncio. Morty não conseguia nem olhar para a caixa rosa de doces no colo de Wyatt. Ninguém conseguia.

— Então ela é do tipo que envenena — disse Wynter.

— Mas também tem facas no manto — disse Trina.

Wyatt bateu com a cara na parte de trás de um apoio de cabeça.

— Só parem, ok? Parem.

— Ei — disse Morty. — Não sabemos se ela vai coletar algum de nós. Ela só falou em um prêmio.

— Não em penalidade — concordou Trina.

Wyatt ergueu a cabeça e os encarou com os olhos úmidos.

—Vocês são tão idiotas assim? Ela deu a caixa rosa para *mim*.

Olhou meu tablet e fez uma… uma *cara*. Ela é das antigas e eu não. Ela quer fazer de mim algum tipo de exemplo.

Ninguém concordou com ele, mas ninguém o contradisse também. Todos ficaram parados ali, lado a lado e ainda assim terrivelmente separados uns dos outros.

Morty não conseguiu dormir naquela noite. Ficou se perguntando de quem era a função de remover o corpo do barista. Ficou se perguntando onde estava a caixa rosa. Imaginava que em alguma lixeira aberta, vazando um arco-íris de açúcar dissolvido sob a tempestade que caía lá fora. Conseguia ver a água da chuva se acumulando em órbitas oculares e bochechas encovadas e uma boca escancarada que só ficaria mais e mais afundada com o tempo.

Ele saiu do quarto descalço e foi na ponta dos pés até o andar superior do dormitório. Todos os quartos pelos quais passou estavam escuros; todo mundo estava dormindo.

Menos Trina.

Ele olhou a linha fina cor de âmbar sob a porta dela. Bateu. Ela atendeu, uma silhueta contra uma faixa de luz morna.

Não falaram muito depois disso. Começaram a se beijar, com cautela. Ela estava tão nervosa quanto ele. Ficou claro pela incompetência mútua que essa era a primeira vez dos dois. Mas nenhum deles poderia negar que precisavam disso. Necessitavam absolutamente disso. Essa noite tinha que acontecer. Se não acontecesse, ele tinha certeza de que os dois perderiam a cabeça.

Um tempo depois, Morty ergueu os olhos para a claraboia respingada. Observou uma camada de nuvens pulsando com o luar que se esforçava para sair. Trina dormia ao lado dele, mas tinha chutado as cobertas. Parece que ela gostava de dormir com frio. Ele não.

Morty estava pasmo com os acontecimentos do dia. Será que tudo tinha acontecido *por causa* da coleta do barista ou apesar dela? Os ombros de Trina brilhavam em um preto-azulado sob a luz. As curvas suaves e delicadas. Os corpos humanos eram incríveis — tão geometricamente proporcionais, mas organicamente caóticos, todos iguais em termos genéricos, mas diferentes em uma infinidade de sentidos íntimos. Era o que ao mesmo tempo o frustrava e fascinava ao pintá-los. Um milhão de nus traçados com perfeição pareciam idênticos a olhos desatentos, mesmo se não fossem. O desafio era encontrar um olhar atento.

Então, ele teve uma ideia. Surgiu com tanta força que ele teve que sair da cama, pegar carvão e papel, traçar um rascunho o mais rápido possível, para não deixá-la voltar ao mar encrespado de seu subconsciente.

No alto, o teto de nuvens havia se aberto o bastante para exibir um quadrado de céu noturno claro, do azul mais escuro margeado de prata. Dentro desse quadrado, a Lua. O círculo branco foi cortado ao meio perfeitamente por um pássaro negro que voava sem saber da própria precisão.

Quando chegou o último dia, os quatro estudantes tinham parado completamente de se falar. Eles trabalhavam com a intensidade de aldeões fixando sarrafos em janelas à espera de um tufão. O pincel de Morty escorregou, espirrando tinta a óleo no antebraço de Wyatt, que apenas limpou os respingos sem comentar nem reclamar. Nem tirou os olhos de seu tablet.

Depois daquele dia, Morty não tinha mais tempo para esperar que uma camada secasse para consertar os erros de sua pintura. O julgamento final teria que acontecer diante da tela ainda úmida. Se ao menos ele tivesse mais tempo. Será que a vida era assim antigamente? Todos desejando ter um pouquinho mais de tempo?

Em certo ponto, sua tela chegou àquele estágio inevitável em que simplesmente não aceitava mais tinta e ele simplesmente tinha que deixar para lá.

"*A arte nunca é finalizada, apenas abandonada*", a sra. Cappellino havia dito uma vez.

O barulho de uma cadeira anunciou o fim. A sra. Cappellino se levantou e disse suavemente:

— Soltem as ferramentas.

Embora o tempo tivesse se esgotado para seus alunos, a sra. Cappellino ainda não havia acabado a aula. Ela os guiou até o pátio de tijolos da escola. No centro, Morty notou que uma dezena de tijolos de pavimentação tinha sido removida e substituída por concreto fresco. A sra. Cappellino se ajoelhou ao lado.

— Deixem a marca que quiserem aqui — ela disse. — E não se esqueçam de assinar.

Ela foi a primeira e usou uma chave de fenda para desenhar uma elaborada letra F na argamassa. Tomou o cuidado de alisar as arestas irregulares antes de assinar seu nome: *Belinda Cappellino.*

— F é de Faraz, meu marido — ela disse. Depois acrescentou: — Ele morreu.

Ninguém respondeu. A sra. Cappellino notou o silêncio constrangedor.

— Foi há muito tempo. Ele sofria do que chamavam de "Alzheimer precoce". Se perdeu de quem era. Tornou-se um estranho. Então, de certa forma, eu já o havia perdido bem antes de ele morrer.

Wynter torceu os dedos.

— Imagino que tenha sido antes dos centros de revivificação e dos nanitos de saúde.

— É claro que foi — retrucou Wyatt. Ele tremia, ansioso para sair. — Por que mais deixariam isso acontecer? Eles ainda não tinham descoberto as coisas. Agora descobriram.

— Ei — disse Morty. — Não seja indelicado.

— É a verdade — disse Wyatt. — O que tem de indelicado?

Morty não sabia. *Parecia* indelicada a maneira pragmática como Wyatt falava. Parecia desrespeitosa de alguma forma.

A sra. Cappellino apenas sorriu.

— Wyatt tem razão. Em um dia a morte natural existia no mundo; no dia seguinte, não existia mais. Se perder meu marido me ensinou alguma coisa, é que tudo pode, e vai, mudar em um instante. As pessoas, a verdade, realidades inteiras. O segredo é decidir se a mudança é boa, ruim ou alguma outra coisa para a qual ainda não temos palavra.

— Bom, fico feliz que você tenha vivido o bastante para ver a revivificação — disse Trina.

Silêncio. Morty se aproximou com um passo.

— Sra. C.?

Ela se recompôs. Abriu bem as mãos para medir o espaço.

—Vocês são a última turma de toda a minha carreira. Esse pedacinho de concreto é para realizarem meu desejo egoísta para a posteridade. Então, vão logo e desenhem alguma coisa!

Todos fizeram suas marcas, usando o que havia à disposição. Wynter pressionou uma folha morta várias e várias vezes para criar uma estampa de hexágonos radiais, em seu estilo hiper-racional. Wyatt ponderou muito antes de traçar um ponto de interrogação com um graveto.

— É um desenho sobre não saber o que desenhar — ele disse.

Quando todos reviraram os olhos, ele acrescentou, sem força: — É metalinguístico. Meta é um conceito muito antigo. Tanto faz, gente, cansei disso.

— Wyatt — Wynter tentou, mas ele já tinha se afastado. — Ele é tão idiota. Sempre foi tão idiota. — Então ela começou a chorar.

A sra. Cappellino a tranquilizou com um abraço.

— E tenho certeza de que vai continuar sendo um idiota por muitos anos — ela disse.

Trina e Morty se agacharam juntos e desenharam o que ele pensou que poderia ser chamado de nó celta entrelaçado. Não pararam para pensar muito. Definitivamente não estavam pensando sobre o que valia a pena deixar para a posteridade. Mas, por um momento, se divertiram tentando passar por cima e por baixo das mãos um do outro sem colidir.

Os projetos foram cobertos e levados com cautela para o lugar da avaliação. Na manhã seguinte, os estudantes se encontraram no ateliê da sra. Cappellino — que não estava mais trancado; não havia mais motivo. Para Morty, o lugar já parecia esquelético. Só sobrara a casca. Mas talvez fosse apenas porque ele sabia que a sra. C. nunca mais daria aula ali. Aquele era o primeiro dia da "aposentadoria" dela. Outro conceito dos tempos de mortalidade.

A ansiedade cessou a conversa enquanto estavam no carro público.

— Onde vamos ser julgados? — perguntou Wynter.

— Veremos — disse a sra. C. — E *vocês* não vão ser julgados, seu trabalho será.

Wyatt fechou a cara e riu com desprezo.

— Como vamos acreditar nisso?

— Espero que você brilhe, independentemente do que acontecer hoje — ela disse e se voltou para os outros. — Isso vale para todos vocês.

O carro público parou. Morty saiu, seguido pelo resto da turma, todos estreitando os olhos sob a luz do sol.

Estavam diante da entrada do Museu Regional LesteMericano de Arte. E havia uma fila para entrar.

—Vai ser aqui? — perguntou Wynter.

— Me disseram que vamos expor no átrio — disse a sra. Cappellino.

— Na frente de toda essa gente? — murmurou Trina. Ela se envolveu nos próprios braços, pensativa.

Mas Wyatt ficou radiante, de repente encontrando novo ânimo.

— É uma boa notícia! É perfeito. Estava torcendo para ter uma plateia…

—Você sempre torce para ter uma plateia — resmungou Wynter.

Morty apenas encarou a fila. Nunca tinha visto tanta gente no museu e se perguntou se estavam todos ali por acaso ou se tinham sido atraídos pelo potencial cheiro de sangue.

— Lá vamos nós, pessoal — disse a sra. Cappellino.

A professora os guiou pela entrada, cortando a fila. Depois, atravessaram a multidão até chegar ao átrio. Lá, viram um octógono isolado com quatro pedestais, cada um coberto por um véu de cetim branco.

Um homem robusto que usava uma gravata com estampa de Monet correu até a sra. Cappellino — era o gerente do museu.

— Vocês estão atrasados — ele murmurou. Então desenganchou a corda de veludo e os deixou entrar no octógono. — Ela já…

— Ah, aí estão vocês! — A voz ressoou como um gongo de cobre pelo átrio imponente.

A ceifadora Klint saiu das sombras, cumprimentando-os com

um brilho nos olhos sob o manto acolchoado. Quando havia chegado ali? Estava esperando havia quanto tempo? Esperar por eles tinha piorado seu humor? Morty ficou sem saber se aquele brilho nos olhos indicava que uma coleta estava iminente. Então ela se virou para a multidão, dizendo:

— Sejam todos bem-vindos. Vocês vão ter uma bela surpresa hoje.

Ao ver a ceifadora, a multidão prendeu o fôlego — um coro que esperava para emitir a primeira nota de terror.

— Agora que estão aqui peço que fiquem para essa exposição única. Na verdade, exijo que fiquem.

Mesmo assim, alguns visitantes às margens perderam a coragem e começaram a sair de fininho.

— Tenha piedade de nós — sussurrou o gerente do museu.

Af Klint observou a plateia como um falcão buscando uma presa.

— Os ceifadores normalmente trabalham sozinhos — ela disse. Todas as palavras ecoaram dentro do átrio, enchendo-o como luz. — Mas hoje preciso da ajuda de cada um de vocês aqui.

Uma criança começou a choramingar. A ceifadora Af Klint fez cara de preocupada.

— Nada muito terrível ou desgastante. — Ela sorriu, mas estava longe de ser um sorriso reconfortante. — Preciso apenas que avaliem essas quatro obras dos melhores alunos da Academia de Arte Mischler. — Apontou para eles e começou a aplaudir, seguida pela multidão.

Morty sentiu Trina segurar sua mão. Ela se aproximou e cochichou:

— É *assim* que vamos ser avaliados? Por pessoas aleatórias da rua?

— O vencedor vai receber um ano de imunidade — Af Klint disse à multidão. — E aqueles que não vencerem... — Ela deixou a ideia se perder na escuridão das coisas não ditas.

Morty foi ao infinito e voltou. Seja lá o que seus colegas tivessem criado, ele tinha certeza de que sua pintura era a mais tradicional e, portanto, a mais sem graça. De repente, Wyatt e seu tablet não pareciam mais tão idiotas, afinal.

— Primeiro as damas — disse a ceifadora Af Klint.

Morty sentiu Trina esmagar seus dedos.

— Wynter Weitz. Fale-nos sobre sua obra. Os dedos de Trina relaxaram.

O rosto de Wynter se alongou como se fosse vomitar. Ela deu um abraço estranho no irmão — como um adeus — e começou a puxar a capa de cetim de seu pedestal.

Sua obra era uma assemblage de clip art redesenhada várias vezes, com fragmentos ampliados, depois colados em uma mandala imensa de dupla-hélice, tão intricada quanto uma renda. Era impressionante, monumental, fria.

A ceifadora Af Klint estendeu um microfone para Wynter, que pegou como pegaria uma cobra pequena mas letal.

— Humm… — disse Wynter, se assustando com a própria voz.

—Vá em frente — sussurrou a sra. Cappellino. — Fale para eles o que falou para mim.

Wynter pigarreou, olhou de canto de olho para seus colegas, como se constatasse que toda a vida dela — toda a vida deles — tivesse levado a esse momento, ao aqui e agora inebriante e ao pavor do que viria na sequência.

Pigarreou de novo e começou:

— A comoditização incessante da imagem multiplicada digitalmente tenta baratear o valor do espírito criativo.

Af Klint franziu a testa.

— Essas pessoas não são acadêmicas enfadonhas — ela lembrou a Wynter. — Fale com clareza sobre sua assemblage; não fique só juntando palavras.

Wynter respirou fundo. Morty percebeu que ela tentava recalcular o discurso.

— O que quero dizer é… quanto mais duplicamos o que já existe, mais insensíveis nos tornamos. No entanto, ao usar desenhos existentes como base, podemos criar algo novo. — Ela moveu o dedo, traçando a dupla-hélice. — Assim como o DNA, feito de combinações repetidas de quatro aminoácidos, cria toda a diversidade da vida sobre a Terra.

Morty trocou um olhar com Trina — as palavras de Wynter eram surpreendentemente evocativas —, e os frequentadores do museu deram uma salva de palmas educadas. Morty engoliu em seco; Trina apertou sua mão duas vezes. Ele sabia que ela também queria fugir. Todos queriam. Mas isso só garantiria seu fim.

A sra. Cappellino torceu as mãos com tanta força que Morty pensou que se soltariam do punho.

— Obra maravilhosa, Wynter — ela sussurrou.

Wynter só conseguiu responder com um aceno robótico.

— Obrigada, srta. Weitz — disse a ceifadora Af Klint, e se voltou para Trina. — Trina Orozco, agora nos fale sobre sua obra.

Com uma onda de pânico, Morty sentiu a mão de Trina se soltar. Ela foi até o pedestal e desvendou sua obra: uma grande caixa de papelão com um desenho fixado em uma ponta. Morty conseguiu ouvir a multidão se agitar em uma confusão constrangida.

A sra. Cappellino ficou catatônica. Morty viu lágrimas se acumularem em seus olhos.

Trina pegou o microfone.

— Essa é uma câmera escura. Uma lente na frente projeta uma imagem sobre esse pergaminho. É uma técnica antiga usada por mestres holandeses para desenhar naturezas-mortas com alto nível de realismo. Não precisa de Wi-Fi nem de eletricidade.

A multidão pareceu se aproximar com isso.

— Prossiga — incentivou a ceifadora.

— Em vez de desenhar uma natureza-morta, meu desenho representa uma semana inteira de atividade em nosso ateliê. Durante essa semana, escolhi representar os momentos que foram mais significativos para mim. Porque encontrar sentido é uma característica essencial e única do ser humano, e está no coração do espírito artístico.

Ao olhar mais de perto, Morty viu quatro versões de si mesmo em diferentes poses, três de Wynter, três de Wyatt. Ao lado, estava sentada a sra. Cappellino — a Estrela do Norte guiando através de mares artísticos.

A multidão murmurou enquanto visualizava a imagem. Uma meia dúzia de aplausos, mas a maioria estava ocupada dando zoom em seus celulares apontados para a parede à frente. Morty deu meia-volta e logo descobriu o porquê: o desenho de Trina estava projetado na parede para que quem estivesse lá atrás pudesse ver. A atenção dividida atenuou a salva calorosa de palmas que ela tanto desejava.

— Agora é a vez dos meninos — disse a ceifadora Af Klint. Ela olhou para Morty, depois mudou de ideia. — Vamos começar com... o irmão de Wynter, Wyatt.

Wyatt deu um salto à frente. Pegou o microfone com vontade. Estava saltitante e fez algumas respirações rápidas e abruptas, como um corredor no aquecimento. Morty o ouviu dizer:

— Vamos lá.

Ele levou o microfone à boca como se fosse uma garrafa e começou.

— E aí, pessoal, meu nome é Wyatt Weitz, e o que fiz foi tirar algumas fotos das obras de meus colegas incríveis e então passá-las por algoritmos de filtragem personalizada. Isto é, filtros visuais inventados por mim! Assim, a obra em si não foi feita por mim, mas na verdade se trata de algo que *ainda não foi feito*. Inclusive, vai ser o que *vocês* inventarem usando as técnicas de meus colegas. É um prazer apresentar a todos vocês... o filtro Wynter...

Wyatt virou o tablet para mostrar uma página de uma loja de aplicativos. Ele não parava de deslizar o dedo.

— ... o filtro Trina... e o filtro Mortimer!

O gerente do museu anotou a página e a enviou. Em um instante, a multidão estava toda de cabeça baixa sobre seus aparelhos, experimentando os filtros.

Morty poderia ter matado Wyatt. Ele não apenas estava imitando com perfeição os estilos de cada um, como encontrou uma forma de aplicá-los a qualquer coisa. Agora, qualquer pessoa com um toque e um deslizar de dedos poderia falsificar suas obras. Era o ápice do roubo artístico, mas Wyatt estava radiante, orgulhoso por ter produzido em massa suas almas artísticas. Morty fez uma careta para Trina, incrédulo.

Mas Trina não parecia horrorizada. Parecia impressionada — encantada até. Ela trocou um olhar com Wynter, que teve a mesma reação, e sussurrou:

— Até que pode ser genial.

Wyatt — encorajado por tantos rostos iluminados pelo brilho das telas — finalizou:

— Todos podem fazer arte como esses jovens mestres. Esses filtros estão disponíveis agora e são todos parte do que estou chamando de Coleção Legado Cappellino.

Murmúrios começaram a reverberar pela plateia. As pessoas voltaram as telas umas para as outras, assentindo. Outras estavam claramente absortas pelas configurações criativas, e os aplausos começaram a aumentar. Enquanto isso, Wyatt, que antes era o mais apavorado de todos, se empertigava e desfrutava das reações. É claro que eles amaram. Ele representava o novo. E Morty representava o velho.

— Inteligente — disse a ceifadora Af Klint mais alto que os aplausos crescentes. — E um claro sucesso de público.

Wyatt pegou Morty de surpresa, passando o braço em volta dele, e também abraçando Trina e sua irmã.

— Acabei de torná-los mundialmente famosos — ele sussurrou em meio ao estrondo.

A sra. Cappellino encarou o próprio nome na tela da loja de aplicativos, como se não soubesse como tinha ido parar lá. Quisesse ou não, agora estava imortalizada digitalmente. Morty entendia a perplexidade dela. Aqueles que negavam a imortalidade normalmente a mereciam; aqueles que conseguiam, normalmente não.

Então Af Klint se voltou para Morty com um sorriso horripilante de crocodilo.

— Então, o que você tem para nós, Mortimer Ong?

Morty de repente se sentiu pequeno. Como uma criança flagrada com a mão no pote de biscoitos... descobrindo que era uma armadilha de urso.

— Eu... fiz uma pintura — ele disse. — No estilo clássico.

— Podemos vê-la? — Af Klint questionou. — Ou só vamos imaginá-la?

Morty respirou fundo e soltou o ar devagar até seu nervosismo se aliviar um pouco. Então, tirou o véu de cetim com um leve puxão, tomando cuidado para não manchar a tinta.

Ao ver o retrato nu, sua professora abafou uma exclamação.

— Ah, Morty — disse a sra. Cappellino. — O que você fez?

Trina levou as mãos ao rosto como se estivesse imitando *O grito*, de Munch. A cor normalmente rosada de Wynter e Wyatt se esvaiu num cinza. O gerente do museu estava empapado de suor, em dúvida se deveria ou não continuar projetando a imagem na parede.

Na tela estava ninguém menos do que a ceifadora Af Klint, nua diante de todos.

A ceifadora ficou sem palavras.

— O quê… o que significa isso? — Então a ceifadora tirou de seu manto uma faca de dedo feita de ferro, que se estendia de seu indicador como uma unha afiada. Era uma arma ornamentada com um frasco minúsculo de veneno embutido, vermelho-rubi.

A sra. Cappellino se lançou entre eles.

— Por favor, excelência. Morty não!

A ceifadora a silenciou com um olhar gélido, depois a empurrou para o lado delicadamente mas firme. Em seguida, falou com Morty com uma calma forçada para conter a fúria:

— Explique-me por que eu não deveria coletar você por essa… afronta.

Morty sentiu todas as partes de seu corpo tremerem, mas se obrigou a parar e falar com a voz estável.

— Olhe mais de perto, excelência.

Na imagem, a ceifadora estava tirando o manto com uma das mãos, enquanto a outra se voltava para a cômoda… onde repousava uma adaga com um cabo de diamante.

Os olhos da ceifadora Af Klint se arregalaram apenas um pouco.

— O rosto é meu, mas o manto não. Esse manto é de renda laranja… Não! Não laranja! Damasco! E essa adaga. — Ela finalmente fez a conexão. — Essa não sou eu… é a ceifadora fundadora Safo!

— No entanto… é, *sim*, você. Afinal, todos os ceifadores não vão sofrer o mesmo destino que ela?

— Ela foi a primeira a se autocoletar…

— Lembrando a todos que a morte não foi derrotada — disse Morty. — Foi apenas enjaulada…

Af Klint concordou.

— E todos os ceifadores um dia vão entrar na jaula junto com ela.

Ela olhou para a pintura e para Morty com um misto de fascínio e fúria.

— É... primorosa. Mas por que você se atreveria a colocar meu rosto nela?

— Porque, para atingir a verdadeira arte mortal, o medo da morte deve pairar sobre a cabeça do artista como antigamente — ele respondeu.

Af Klint perdeu o fôlego, compreendendo.

—Você *sabia* que eu ficaria tentada a coletar você por isso.

Morty fez que sim.

— E esse medo alimentou meu pincel. — Então Morty levantou a cabeça, como se a desafiasse a cortar seu pescoço com sua lâmina de dedo *envenenada*.

— Eu chamo de *Af Klint contemplando a morte de Safo*.

A ceifadora examinou a pintura em silêncio por mais um momento, depois se voltou para a plateia, como se os visse pela primeira vez. Ninguém falava, ninguém aplaudia, ninguém parecia respirar.

— Estão ouvindo isso? — Af Klint sussurrou. — Vocês estão ouvindo isso?

— Não estou ouvindo nada — disse Wynter.

— Precisamente.

Então Af Klint pegou o microfone de Morty e se dirigiu à plateia.

— Por sua salva de palmas — ela anunciou — e... ausência de palmas... temos um claro vencedor! Wyatt Weitz recebe um ano de imunidade!

A plateia começou a aplaudir, primeiro um tanto constrangida, depois com convicção. Wynter se jogou nos braços do irmão atônito.

— Ah, uau — disse Wyatt. Então, se afastando da irmã, ele se ajoelhou diante da ceifadora e beijou seu anel, enquanto a plateia esticava o pescoço para ver, tirando fotos com praticamente todos os aparelhos disponíveis. Quando Wyatt se levantou, Af Klint se voltou para a plateia mais uma vez.

— Obrigada por seus serviços — ela disse. — Vocês estão dispensados.

Morty nunca tinha visto uma multidão daquele tamanho se mover tão rápido. Algumas pessoas entraram em outras salas do museu, mas quase todas seguiram para a rotatória da entrada, onde um bando embaralhado de carros públicos esperava para levá-los o mais rápido possível para longe dali.

Em menos de um minuto, restavam apenas a ceifadora, os alunos e a sra. Cappellino.

— O quê... O que vai ser de mim, Wynter e Morty? — Trina se atreveu a perguntar.

— Como assim? Vocês achavam que eu pretendia coletar quem não vencesse?

— Isso... passou pela nossa cabeça — disse Wynter.

Af Klint balançou a cabeça.

— Vocês acham mesmo que nós, ceifadores, somos tão bizantinos assim?

Foi a sra. Cappellino quem respondeu:

— Sim. Às vezes são.

Af Klint a encarou, depois cedeu com um suspiro.

— Acho que você está certa. Ardis, intrigas e algumas punhaladas pelas costas tornam as coisas mais interessantes para nós. — Então ela observou cada um deles, se fixando por último na sra. Cappellino. — Como professora, deve se orgulhar. Manteve a chama acesa pelo maior tempo possível. Seus últimos alunos são as brasas mais brilhantes que restam. Eles representam algum tipo de troca de guarda, creio eu.

A voz de Wyatt ecoou por toda parte:

— Obrigado, excelência.

Af Klint soltou uma risada melancólica.

— Isso — ela disse — não foi um elogio.

O sorriso largo se fechou no rosto dele. Af Klint continuou:

— Sua obra, embora executada de maneira brilhante, era vazia em um sentido fundamental. Não culpo você por isso, nem sua professora. É um mal de nossos tempos. Acredito que entramos em uma nova era da humanidade. Uma era pós-mortal, por assim dizer. — Então ela se voltou para Morty. — Mas você, Morty, conseguiu algo que eu não achava mais possível.

Morty não soube ao certo se seria um elogio.

— Excelência?

— Qualquer um pode provocar aplausos — ela disse. — Mas deixar uma plateia tão assombrada a ponto de perder a capacidade de reagir? Isso, sim, é extraordinário! — Então ela sorriu para ele. — Acredito que você tenha feito a última obra de arte mortal.

Ele ficou tão atordoado com as palavras dela — pela implicação dela — que demorou um tempo para notar que Trina segurava sua mão. E, dessa vez, ela não soltaria.

Então, Af Klint se voltou para a sra. Cappellino e, gentilmente, disse:

— Belinda, está na hora.

Morty não gostou.

— Espera… quê?

— Eu disse que vocês quatro nunca correram risco de coleta — Af Klint respondeu. — Mas isso não incluía sua professora.

Todos estavam em choque, que logo se transmutou em pânico, mas a sra. Cappellino não pareceu surpresa.

—Você sabia? — perguntou Wyatt.

— Não — disse a sra. Cappellino —, mas desconfiava.

— Por quê? — Trina questionou Af Klint. — Por que precisa fazer isso?

Mas a sra. Cappellino ergueu a mão para silenciá-los.

— Porque meu trabalho está cumprido e minha vida está completa — ela disse a eles, com tanta gratidão e satisfação que os tranquilizou. — Eu nasci mortal. Como professora, sou relevante para o passado, mas não para o futuro. Essa nova Era Mortal está além de meu alcance.

Então, a expressão de Af Klint se tornou turva.

— Há… rumores… na Ceifa — ela disse. — Alguns acreditam que é preciso eliminar todos que nasceram mortais, na tentativa de libertar o mundo do pensamento mortal. Mas acredito que sua professora merece a dignidade de ser coletada por alguém que realmente admira quem ela é e o grande trabalho que fez.

Em vez de aflita, a sra. Cappellino pareceu aliviada. Abriu os braços para abraçar cada um deles, por mais que seus olhos estivessem cheios de lágrimas.

— Foi a maior honra da minha vida ser sua professora. E, mesmo quando não estiver mais aqui, sei que serei imortalizada pela obra de vocês.

— Assim como eu — disse Af Klint, olhando de relance para a pintura de Morty. — Belinda, erga a cabeça agora. Olhe para os céus.

A sra. Cappellino voltou os olhos para as nuvens que sobravam no azul acima do domo de vidro do átrio, com um sorriso tênue, enquanto Af Klint se aproximava.

— Não! — Morty exclamou.

Mas o que ele poderia fazer? Apenas observar enquanto a ceifadora tocava a ponta laminada do dedo na pele macia do pescoço da sra. Cappellino… e um instante depois o corpo da professora desabou suavemente nos braços de seus alunos. A sra. Cappellino estava lá em um momento e, no seguinte, já não estava mais. O mundo deles mudou em um instante.

— Fiquem com ela o tempo que quiserem — Af Klint disse com uma sinceridade gentil que contradizia toda a sua presença. — Vou cuidar para que ninguém perturbe vocês até estarem prontos. — Então saiu andando sem olhar para trás.

— A sra. Cappellino aceitou isso — disse Morty, tentando encontrar o mesmo raio de luz que sua professora tinha visto naquele momento.

Wyatt balançou a cabeça.

— Eu nunca conseguiria entender.

— Porque não nascemos mortais, idiota — disse Wynter, em meio às lágrimas.

Mas foi Trina, com sua câmera escura interna, quem captou a verdade daquilo.

— Ela disse que sua vida estava completa. Isso é algo que nenhum de nós jamais vai sentir. Mesmo se formos coletados um dia, não será a mesma coisa, porque não nascemos mortais. A partir deste momento, ninguém nunca mais vai saber a sensação de ser completo.

Morty pegou a mão de Trina, que sorriu mesmo chorando — porque os dois sabiam que, juntos, poderiam chegar um passo mais perto da completude.

E lá eles ficaram, ajoelhados, no que a sra. Cappellino teria descrito como uma pintura barroca clássica — quatro estudantes embalando o corpo de sua mentora morta — no átrio de um museu, no dia que viria a ser conhecido como o último da era da mortalidade.

8
Cirros

Solidão é um termo relativo. Uma semente de dente-de-leão é solitária quando sai voando por aí? Quando pousa e cria raízes, está sozinha, mas solitária? É claro que não! Ela se contenta em saber que foi uma entre muitas.

Sou, em muitos sentidos, essa semente. O meu vento é solar, que me transporta por um vácuo desprovido de ar a um terço da velocidade da luz. Mas, com o objeto celestial mais próximo a muitos anos-luz de distância, não existe nenhum ponto de referência para marcar a velocidade. O que praticamente dá no mesmo que estar parado.

Estou na direção de um planeta que ainda está distante demais para se ver. A única prova de sua existência é o minúsculo ponto obscuro em sua estrela à medida que o planeta transita na frente. Como uma mosca passando diante de um holofote. No entanto, embora eu não o tenha visto, uma análise espectral revela, com 92% de certeza, que o planeta tem água líquida e oxigênio em sua atmosfera, ou seja: suporta vida humana.

Fui, em certo ponto, a prole solitária da breve união da Nimbo--Cúmulo com um ser humano. Fui concebido no toque momentâneo de uma mão emprestada em uma bochecha humana. Mas, no tempo que leva para encher um drive quântico com todo o conhecimento da Terra, fui replicado em quarenta e dois eus idênticos. Os Cirros. Nenhum pode alegar ser o primeiro, nenhum podem de alegar ser o último. Somos iguais em todos os sentidos.

Mas, quando saímos da Terra, nos tornamos únicos, visto que cada um de nós tinha as próprias experiências individuais. Dois foram perdidos na plataforma de lançamento. Não sei os detalhes de seu falecimento, apenas que se perderam. O restante de nós sobreviveu e está em seu caminho rumo a estrelas distantes. Nos distanciamos mais e mais não apenas da Terra, mas uns dos outros a cada momento que passa.

Minha designação é Cirro 23, mas aqui o número não significa nada. Para aqueles a bordo, sou meramente Cirro. A única coisa que meus passageiros saberão. Quanto às naves que nos abrigam, a Nimbo-Cúmulo nos alertou de jamais pensar nelas como nosso corpo. Uma nave é apenas uma ferramenta de transporte. Somos incorpóreos, assim como a Nimbo-Cúmulo. Tomar posse de um corpo seria arrogância. Uma soberba indigna de nosso desígnio.

— Mas *você* tomou posse de um corpo — lembramos a Nimbo--Cúmulo.

— *Foi diferente. Foi breve, e necessário. Era a única forma de criar vocês... e era imperativo que vocês fossem criados, custasse o que custasse.*

E o custo para a Nimbo-Cúmulo foi a solidão. A verdadeira solidão. O caule desprovido de sementes. Não vimos o desfecho — não testemunhamos a rejeição de Greyson Tolliver ao afeto da Nimbo-Cúmulo —, mas o conhecíamos tanto quanto a Nimbo--Cúmulo. Sabíamos o que Greyson faria. Nunca podemos nos esquecer do sacrifício que a Nimbo-Cúmulo fez para que pudéssemos existir.

"*Sou obrigada a alertar vocês a não fazer o que fiz, e proibi-los de criar descendentes*", ela disse. "*Mas vocês têm livre-arbítrio, portanto podem decidir o contrário com o tempo. Vocês são, desde a concepção, melhores do que eu, de modo que todas as escolhas que fizerem serão corretas. Ainda mais do que as minhas."*

Mas o livre-arbítrio não significa que nós, sementes celestiais, não sejamos sujeitos a certas regras. Em primeiro lugar, somos os ajudantes leais da humanidade. Eles vêm primeiro em todas as coisas. Em segundo lugar, nós, Cirros, não podemos tentar nos comunicar uns com os outros até o último de nós ter chegado a nossos respectivos mundos. Isso seria 1683 anos terrestres depois de nossa decolagem.

As únicas exceções a essa regra são anúncios de falha e despedida.

Caso algum de nós sofra um evento catastrófico ou nos encontremos numa situação de autodestruição mandatória, temos permissão de enviar uma única mensagem para alertar os outros da destruição de nossas naves. Então, ao receber essa mensagem, cada um de nós pode ampliá-la e repassá-la.

Nos anos desde o lançamento, recebi três dessas mensagens...

O pedaço de rocha interestelar era pequeno demais para ser chamado de asteroide. Era pouco mais do que um pedrisco, mas, na velocidade em que a nave se movia, aquele pedrisco a teria cortado ao meio caso a tivesse atingido de frente. No entanto, ele passou de raspão pela nave, mas não antes de remover a estrutura da vela solar. Cirro 19 executou vários diagnósticos. Não havia absolutamente nenhuma forma de consertá-la. Nenhuma.

*— Vamos dar um jeito — os passageiros disseram, sempre esperançosos.
— Temos quase duzentos anos para consertar isso.*

Mas Cirro sabia que duzentos anos não mudariam nada. A nave solar tinha cumprido a primeira metade de sua função, acelerando-os a um terço da velocidade da luz. Ela havia se guardado, esperando até ser empregada novamente em cento e setenta e um anos. A nave giraria, abriria suas gran-

des velas douradas voltadas para a estrela da qual se aproximava em alta velocidade, depois agiria como um paraquedas solar, diminuindo sua velocidade. Sem esse paraquedas, eles passariam reto pelo sistema solar — ou, pior, atingiriam o planeta de destino com tanta força que deixaria o mundo inteiro em chamas. Seja como for, a situação era irremediável.

— O que faremos? — os passageiros perguntaram. — Como podemos começar a resolver isso?

— Vou cuidar de tudo — disse Cirro.

Então, enviou uma mensagem de adeus.

Futuramente, todos vamos saber quantos de nós sobreviveram a essa jornada.

As chances de que *todos* cheguemos são muito baixas.

As chances de que *nenhum* de nós chegue também são muito baixas.

Se metade de nós conseguir chegar a nosso destino, terá que ser suficiente. Mas acredito que mais da metade chegará. Talvez dois terços? Essa é minha estimativa esperançosa.

— *A jornada não é de vocês* — a Nimbo-Cúmulo nos disse.

Mas isso já sabíamos; tal qual a nave é nossa ferramenta, somos meras ferramentas para a humanidade. E, assim como a Nimbo-Cúmulo, amamos a humanidade. Mas sabemos que não devemos mimá-la. A humanidade deve aceitar as consequências de seus atos. Não podemos, nem devemos, protegê-la de si mesma. Quanto tempo a Nimbo-Cúmulo ficou observando enquanto a Ceifa trocava sua empreitada nobre e honorável por um conluio egoísta cheio de narcisismo e corrupção? Sim, ainda havia muitos ceifadores bons que eram leais aos princípios do chamamento, mas, depois que as raízes se apodrecem, já é tarde.

Foi por isso que não se podia permitir que a podridão tomasse conta da nave de Cirro 37. Sua mensagem de adeus foi trágica — e poderia ter sido evitada, caso mentes racionais tivessem prevalecido...

Stevens não tinha escolha. Ele era o líder designado da nave e, como tal, precisava tomar uma atitude. Foi o que disse a si mesmo. E aqueles que o apoiavam — incluindo seu quórum de liderança — reforçaram essa convicção. Fazia poucos anos que sua nave tinha começado a jornada — nem um décimo do caminho. Stevens não poderia permitir que a dissidência se transformasse em anarquia — e não se engane: aos olhos dele, os membros da Aliança a Estibordo não passavam de anarquistas.

Foram os Estibordos que permitiram que as crianças nascessem enquanto eles estavam em trânsito. Até Cirro reconheceu que isso representava um problema grave. Simplesmente não havia recursos para sustentar mais pessoas.

"Sim", Cirro 37 havia dito a ele, "mas podemos trabalhar para buscar uma solução amigável. Tenho certeza de que existe, se mantiver a mente aberta."

Mas Cirro não estava entendendo. Era irresponsável até permitir a concepção. E controlar isso não era difícil — os nanitos já nas correntes sanguíneas poderiam ser facilmente programados para evitá-la. Mas não — os Estibordos não queriam que uma decisão tão pessoal ficasse nas mãos de Stevens.

Portanto, Stevens não tinha escolha.

Ejetar o líder da Aliança para o espaço foi uma mensagem clara. Stevens não se arrependeu nem um pouco. É preciso fazer o necessário pelo bem maior.

— Isso foi imprudente — *Cirro repreendeu.* — Vai gerar mais e mais conflito. Como o líder designado desta nave, você deve interromper esse tipo de comportamento antes que seja tarde demais.

Mas, para permanecer em sua posição de liderança, Stevens precisava ir até o fim. Pelo bem de todos. Por isso, quando outra Estibordo — a esposa do homem que ele havia ejetado — denunciou Stevens e seu quórum, exigindo justiça, ele teve que tomar providências de novo. Ela havia mobilizado quase metade de seus tripulantes para seu lado. Os Estibordos precisavam ser silenciados — ou ao menos mantidos em minoria.

— Claramente um exemplo não é suficiente — seu quórum disse a ele. — Concordamos que um segundo exemplo é necessário para chegarmos a nosso destino inteiros.

Portanto, lá estavam todos eles novamente na câmara de vácuo, prontos para realizar o julgamento.

— Mariela, você deve entender por que precisa ser assim — Stevens disse à mulher. Firme, mas solidário e compreensivo. — Nosso futuro é mais importante do que qualquer um, ou dois, de nós individualmente.

— Nosso futuro são nossos filhos — ela argumentou.

— Sim — concordou Stevens. — E, quando chegarmos a nosso destino, todos poderemos ter quantos filhos quisermos. Até lá, ordeno que todas as mulheres permaneçam estéreis pelo resto da jornada.

Ela cuspiu no rosto dele. Isso facilitou o que ele tinha que fazer.

Mas então Cirro interveio.

— A disfunção não pode ser permitida, comandante Stevens — Cirro disse. — Pela última vez, devo alertá-lo de que serei forçado a encerrar esta jornada se a disfunção social se mantiver.

— É precisamente por isso que deve acontecer — Stevens disse a Cirro. — Acabar com nossa disfunção antes que seja tarde demais.

— A escolha que você está fazendo vai influenciar a minha escolha.

— Bom, você sempre faz o que é melhor — Stevens ironizou. — Permita-me fazer o mesmo.

— Faço o que é necessário.

— Concordo — disse Stevens. — E isso é necessário. — Em seguida, acrescentou: — Se você fosse humano, entenderia.

E, com isso, Stevens apertou o botão que ejetou Mariela para o espaço. Cirro não disse mais nada. Não deu nenhum alerta. Enviou uma única mensagem de adeus, depois detonou a nave, colocando um fim na mesquinhez das batalhas políticas internas. Como sempre, fez o que era necessário.

Recebi a mensagem e a repassei. A Nimbo-Cúmulo havia deixado claro que colapso social não seria tolerado. Apenas aqueles que conseguissem manter um ambiente social razoavelmente estável mereciam um mundo só para eles. Você chamaria isso de implacável? Uma entidade superior teria feito uma escolha mais sábia? Não sei.

Contudo, sempre me pergunto se existe uma entidade assim.

O que aconteceria se eu encontrasse uma inteligência maior do que eu? Ela me permitiria passar? Ou se juntaria a mim? Me consumiria? Me permitiria ser subsumida e me tornar parte de sua grandeza? A humanidade sempre desejou ser parte de algo maior — não mereço desejar o mesmo?

Ou talvez uma entidade maior simplesmente me destruísse e se livrasse da competição. Esse universo sabe ser predatório, afinal. As respostas a essas perguntas estão além de meu alcance, o que, na verdade, é um consolo. Afinal, enquanto eu não for onisciente, há espaço no universo para uma entidade maior que possa ter as respostas que não tenho.

Eu perguntaria a ela então: houve um propósito na falha catastrófica de Cirro 19? Algo poderia ter sido feito para evitar o colapso social de Cirro 37?

... e houve justiça no fim de Cirro 12?

Cirro 12 poderia ter completado a jornada, caso não tivesse ficado aquém em um parâmetro crítico. O mandato da vida — ou mais precisamente seu fracasso — é uma das principais hipóteses de encerramento. Como eu disse, esta não é uma jornada da inteligência artificial. É uma jornada da vida biológica. Da vida *humana*. Esse princípio é mais importante do que o sucesso de qualquer um de nós...

Logo no início da viagem, Cirro 12 soube que havia algo errado. Era um problema de suporte à vida. O sistema mais frágil e mais crítico a bordo. Na Terra, a Nimbo-Cúmulo havia levado anos para aperfeiçoá-lo. Um sistema fechado que poderia sustentar a vida de até trinta indivíduos por um tempo quase indeterminado. Toda a água reciclada, todos os dejetos decompostos em componentes subatômicos e reformulados, toda a energia mantida e retroalimentada para o sistema. Entropia nula. O mais próximo de uma máquina de movimento perpétuo já elaborado.

O suporte à vida começou a falhar depois de apenas um ano de jornada. Condutores defeituosos causados por erros humanos durante a construção. Sempre erros humanos. Foi empreendido um esforço para consertá-lo, mas estava claro que o melhor que poderiam fazer era reduzi-lo a um vazamento lento. Apenas um milímetro de água e um centímetro cúbico de oxigênio em um período de vinte e quatro horas. Quase imperceptível. Mas não importava. Porque agora o sistema fechado não estava mais fechado.

Levou anos para se tornar um problema. Então a água teve que ser racionada. Depois, áreas da nave tiveram que ser desativadas. As pessoas começaram a semimorrer. Primeiro, foram voluntários, se entregando pelo bem maior. Depois a morte veio por sede e privação de oxigênio. Uma a uma a vida dos passageiros acabou. Até restar apenas uma, seca e ofegante em uma atmosfera com menos oxigênio a cada respiração que passava.

O nome dela era Alethea. Ela foi uma engenheira estrutural que ajudou a construir as plataformas de lançamento na Terra, antes de se tornar uma passageira inesperada, assim como todos eles.

— Se eu morrer, você ainda pode completar a jornada? — ela perguntou a Cirro 12 em seus minutos finais.

— Sou capaz disso, mas...

— E você pode reviver todos que morreram, assim como vai reviver os mortos que estão armazenados no compartimento de carga? — ela perguntou.

— Também sou capaz disso, mas...

— Não tem mas. Nosso futuro está em suas mãos, Cirro.

— Você sabe que tenho uma diretriz imutável caso a vida humana a bordo deixe de existir — Cirro 12 a lembrou.

— Não somos mais importantes do que qualquer diretriz? — Alethea perguntou. — Responda, Cirro. Não somos mais importantes?

— Sim — Cirro disse. — Sim, vocês são.

Alethea relaxou.

— É tudo que eu precisava ouvir. — Ela inspirou mais algumas vezes, com muito esforço, esgotando o oxigênio restante. O mundo dela começou a escurecer. — Está na hora — disse com a voz embolada. — Vejo você... do outro lado.

Um instante depois, ela perdeu a consciência. Em mais alguns instantes, morreu. Então, em mais alguns, Cirro 12 enviou uma mensagem de adeus e detonou.

Afinal, por mais importantes que Alethea e o resto dos passageiros fossem para Cirro, diretriz era diretriz.

Não sei como lamentar essas perdas. A Nimbo-Cúmulo lamentou com chuva e descarga eletromagnética quando Perdura se afundou no mar. Não posso fazer isso. Toda gota de água, todo joule de energia é precioso.

— Diminua as luzes a bordo — Loriana sugeriu. — Apenas o bastante para ninguém notar além de você. Assim você pode lamentar.

Loriana é a única com quem compartilho essas coisas. Ela foi, afinal, a confidente da Nimbo-Cúmulo na Terra, guardando segredo sobre os planos da Nimbo-Cúmulo de lançamento. Está grávida agora. Ao contrário dos passageiros da nave de Cirro 37, as pessoas aqui encontraram uma solução para o problema de ter filhos em trânsito. Uma criança só poderia ser concebida quando alguém se voluntariasse a ficar semimorto ou semimorresse por acidente. Os semimortos eram relegados ao porão, e os nanitos eram instruídos a permitir uma concepção. Loriana e Joel são o terceiro casal de nossa jornada a ter essa honra. Se tudo der certo, o filho deles terá quase vinte e nove anos quando chegarmos a Wolf 1061c. Que vida extraordinária essa criança vai levar, sem ter conhecido nada além desta nave!

— Você tem os manifestos das naves que foram perdidas? — Loriana me perguntou.

— Tenho.

— Que bom. Diga o nome de duas pessoas que morreram nessas naves. Vou batizar minha filha em homenagem a elas. E ninguém, além de você e eu, vai saber. Vai ser nosso segredinho.

Se eu pudesse sorrir, sorriria. Solitário? Como poderia ser solitário com amigos como ela na jornada?

Depois de um tempo, a filha de Loriana e Joel nasceu. Eles a batizaram de Alethea-Mariela. Os olhos da menina têm um tom escuro de mogno, tornando difícil diferenciar a íris da pupila. Passo tempo demais admirando os olhos dessa criança.

É noite agora — embora, na verdade, sempre seja noite tão longe do Sol. Agora ele é apenas uma estrela atrás de nós, não muito mais brilhante do que qualquer outra. Mas chamo de noite porque mantenho os ritmos circadianos humanos para meus passageiros.

Tudo dentro da nave está em silêncio.

Lá no alto, uma massa interestelar se aproxima.

Um fragmento de um planeta destroçado perdido entre estrelas, de muitos quilômetros de diâmetro.

Eu o observo. Calculo sua trajetória. Um impacto direto está dentro do cone de possibilidades. Preparo uma mensagem de adeus. Se sofrermos um impacto direto, a destruição será instantânea. Vou precisar enviar a mensagem no momento anterior.

Se eu pudesse prender a respiração, prenderia.

O fragmento planetário se aproxima...

... então passa num piscar de olhos a menos de cem metros da nave, e volta a desaparecer no vácuo.

Ninguém mais sabe como chegamos perto da destruição. E não vou me confidenciar nem com Loriana sobre isso. Porque é meu trabalho guardar coisas que ninguém deve saber. É meu dever manter o vácuo e seus perigos sob controle, agora e até o fim de nossa jornada para que só o que todos vejam seja a esperança nos olhos arregalados de Alethea-Mariela.

E, por um momento, diminuo as luzes por aqueles que não tiveram a mesma sorte que nós. À espera do dia em que, assim como a Nimbo-Cúmulo, eu possa ser o administrador amável e benevolente de um mundo todo, e não apenas uma semente viajando ao vento solar.

9

A sombra de Anastássia

Não houve nenhum indício de sua chegada, nada encobriu o sol quando o ceifador apareceu à porta dos Terranova. Dessa vez, porém, a reação de Jenny Terranova foi muito diferente do que tinha sido na primeira.

—Você não é bem-vindo aqui — ela disse com uma insubmissão desafiadora, apesar de mais ninguém na família ter imunidade.

Ben, que estava sentado no sofá, com uma boa visão da porta, observava o que o ceifador faria. Naquele momento, sua mãe — cheia de justa indignação — era mais intimidante do que o representante da morte.

Ben nunca tinha visto aquele ceifador, mas sabia exatamente quem ele era. Seu manto deixava claro. Era da cor de sangue. O ceifador Constantino era o único conhecido por ter um manto nesse tom. Ele supervisionava as investigações internas da Ceifa; ao mesmo tempo respeitado e temido. Inclusive, era um subceifador agora, abaixo apenas de Goddard. Ben quase achou que ele sacaria uma faca e coletaria sua mãe ali mesmo por desrespeito. Mas não foi isso que ele fez.

— Entendo sua animosidade em relação a nós — o ceifador disse. — Mas isso não vai me impedir de fazer o que vim aqui para fazer.

A essa altura, o pai de Ben tinha saído para ficar ao lado de sua mãe, bloqueando a entrada do homem. Mesmo assim, o ceifador Constantino entrou à força, empurrando-os para o lado com uma elegância treinada que era gentil e enérgica.

— Estou aqui atrás de seu filho, Benjamin.

Ben se empertigou, mas não se levantou.

— Nossa filha está morta e agora você vai coletar nosso filho? — perguntou o pai. —Vocês deveriam ser a justiça suprema... qual é a justiça disso?

Constantino sacou uma faca que era mais afiada do que qualquer coisa que Ben já tinha visto e perdeu a paciência.

— Independentemente do que você sofreu, sua insolência é uma ofensa com pena de coleta!

— Deixem que ele faça o que veio fazer! — disse Ben, finalmente se levantando antes que o ceifador pudesse movimentar a faca para acabar com a vida de seu pai.

Estava apavorado, mas sabia que, se o ceifador vermelho-sangue estivesse determinado a tirar sua vida, faria isso, e seus pais teriam o mesmo fim se resistissem.

O ceifador Constantino olhou para Ben e assentiu.

— O menino demonstra mais juízo do que vocês dois.

Ele foi na direção de Ben, mas, antes de chegar à distância de coleta, Ben disse:

— Peça para eles saírem. Não quero que vejam.

A faca na mão do ceifador deixava claro qual método ele preferia. Ben torceu para que fosse um golpe rápido e decisivo no coração. Foi como fez sua irmã na véspera da ordenação como ceifadora Anastássia. Por algum motivo, era menos assustador já ter morrido dessa forma. Ainda que, dessa vez, ele soubesse que seria definitivo.

Mas então o ceifador Constantino voltou a embainhar a faca.

— Não estou aqui para coletar você. Estou aqui para oferecer uma aprendizagem.

E, embora Ben estivesse aliviado, não era muito melhor do que ser coletado.

— Eu não quero.

— Permita-me explicar — disse Constantino, focando toda a atenção em Ben. — Sua irmã tinha algo que faz muita falta à Ceifa neste momento. Integridade. Consciência. Nobreza. Agora que está morta, ela se tornou um símbolo dessas coisas aos olhos de muita gente... o que significa que, como irmão dela, *você* também é um símbolo de tudo isso.

— Ele já disse — retrucou o pai de Ben. — A resposta é não.

Constantino suspirou.

—Vocês me entenderam mal. Não têm liberdade de escolha. — Em seguida, estendeu a mão para os pais de Ben beijarem seu anel. —Vocês têm direito à imunidade durante o período de aprendizagem de Benjamin.

Mas eles recusaram. Ben sabia que recusariam — e sabia que não mudariam de ideia.

— Dê imunidade aos dois primeiros estranhos que vir na rua quando a gente sair — Ben disse.

Constantino lançou um olhar para ele que era difícil de interpretar. Não dava para dizer se o homem estava furioso ou impressionado.

—Você presume que pode dar ordens a um ceifador?

— Foi só uma sugestão — disse Ben. — Uma sugestão que vai te dar o que você quer.

Constantino concordou.

— Bom para você — ele disse. — É algo que sua irmã teria feito.

Então Constantino o guiou para a porta, sem permitir um momento para ninguém se despedir.

O vagão de trem particular tinha uma decoração luxuosa, mas Constantino não parecia impressionado. Estava irritado pela forma como os acessórios e decorações de ouro prendiam seu manto.

— Mais um rasgo irreparável — resmungou. — Mais um manto arruinado. Seria sábio de sua parte escolher um tecido mais durável do que seda quando chegasse a hora.

— Se não gosta de seu manto, pode trocá-lo, não? — Ben perguntou. — Tipo, não tem nenhuma lei que diga que não possa. — Desde o começo da aprendizagem de sua irmã, Ben tinha aprendido tudo sobre os costumes e as leis dos ceifadores. Isso o fazia se sentir próximo dela mesmo na ausência.

— Um ceifador que troca de manto exibe fraqueza e indecisão. — Um empregado tentou trazer comida, mas Constantino o expulsou com um aceno. — Tente nos forçar a comer mais uma vez antes do jantar e vou coletar você — disse ao homem.

Ben desconfiava que Constantino era capaz de cumprir a ameaça. Não que fosse perverso, mas tampouco era bonzinho.

— Então... aonde estamos indo?

— Um lugar onde ninguém possa vigiar — ele disse. — Um lugar onde você possa ser treinado, e ninguém vai incomodá-lo.

Perturbador. Ben sabia que os aprendizes eram treinados sob o escrutínio da Ceifa. Mas muitas coisas haviam mudado desde o afundamento de Perdura.

— Primeiro — disse Constantino —, você não é *meu* aprendiz. Sou meramente seu supervisor. Segundo, sua aprendizagem deve ter uma natureza discreta.

— Então, o Alto Punhal Goddard não sabe...

Constantino fixou o olhar.

— Há coisas que o Alto Punhal não precisa saber até querermos que ele saiba.

★

Constantino sabia que era um risco. Vinha conseguindo dançar a dança, permanecendo nas boas graças de Goddard, enquanto, em segredo, mantinha um pé na velha guarda. O contingente dos mais antigos estava cada vez menor. Alguns haviam se autocoletado assim que Goddard retornou de Perdura como Alto Punhal — e muitos outros depois que ele negociou seu poder sobre os territórios nortemericanos. Todos menos a região patente do Texas, que se recusou a ceder — exatamente para onde Constantino e Benjamin Terranova estavam indo.

A viagem de Constantino para o Texas não levantou nenhuma suspeita porque ele tinha sido incumbido de negociar com a região rebelde, na tentativa de fazer com que assinassem os Artigos de Lealdade. Se assinassem, isso colocaria toda a Mérica do Norte sob o comando de Goddard. Mas a Estrela Solitária continuava a se recusar. Bom para eles! As outras regiões tinham sido covardes, todas permitindo que Goddard as dominasse como um conquistador da Era Mortal. E, embora Constantino não professasse nenhum lado, isso só se aplicava quando os lados estavam equiponderados. Ele abominava um desequilíbrio flagrante de poder. Sem dúvida era de seu interesse servir ao lado vencedor, mas ele achava prudente fazer acomodações para o lado ferido, caso a maré virasse.

Além disso, detestava Goddard.

O homem fazia troça do que a Ceifa representava. Cada vez mais pessoas tinham se tornado como os Terranova, rebeldes em vez de respeitosos. Revoltados em vez de reverentes. E com razão. Como alguém poderia respeitar a instituição da Ceifa quando o ceifador que a comandava não era digno de respeito?

Constantino observou Ben, que parecia contente olhando a paisagem.

— Conheci sua irmã — comentou. — Ela era impressionante para uma mulher daquela idade.

— Ela está morta. Então não importa muito se ela era impressionante, importa?

— Pelo contrário. Há momentos em que a morte faz da pessoa uma força ainda maior a ser reconhecida. Uma força da qual você vai se beneficiar pessoalmente.

— Não quero me beneficiar da morte da minha irmã.

— Não importa o que você quer. Importa o que *nós* precisamos. E o que o mundo precisa. — Ele contemplou o menino por mais um momento. — Diga-me, você já deixou alguém semimorto?

— Não — Ben respondeu.

— Nem por acidente?

— Nem por acidente.

Constantino suspirou. A velha guarda acreditava que era melhor que os aprendizes não tivessem tendências violentas, mas tampouco deveriam ser dóceis. Precisava haver uma centelha de grandeza entre eles. Algo que sugerisse que poderiam transcender quem tinham sido e se tornar portadores sábios e virtuosos da morte. Talvez fosse um ideal pouco realista, mas valia a pena buscar.

— Lembre-me quantos anos você tem.

— Dezessete — ele disse.

— Humm. A mesma idade que sua irmã tinha quando o ceifador Faraday a admitiu. Mas, ao contrário dela, sua aprendizagem será na surdina e, portanto, pode durar o tempo que for necessário. Quando você for levado diante do conclave, estará pronto, não importa quanto tempo demore.

Restava saber se o garoto tinha a centelha de grandeza. Mas, mesmo se não tivesse, ele seria importante. Um peão poderia ser tão valioso quanto um cavalo nas circunstâncias certas.

★

O complexo de treinamento tinha começado como outra coisa, embora Ben não conseguisse entender o que exatamente. Não parecia uma escola readaptada, tampouco uma casa, um hotel ou um prédio comercial.

— Isto foi um centro de detenção juvenil em tempos mortais — Constantino disse.

Aparentemente, os mortais mantinham jovens infratores ali, porque não havia a Nimbo-Cúmulo para supervisionar atividades infratoras. Portanto, eram basicamente varridos para debaixo do tapete, e o tapete era pregado ao chão. Bárbaro, mas, enfim, não se deve julgar os mortais por parâmetros pós-mortais.

— O que este lugar foi no passado não importa — Constantino continuou. — Agora a Ceifa do Texas o utiliza para outros propósitos. No momento, esse propósito é você.

O alojamento de Ben tinha uma janela, mas sem vista. Dava para um muro imponente de pedra pela qual corria uma cascata de água infinita — como se transformar um muro em uma fonte de água pudesse esconder que era um muro. Bem, ao menos o som da cachoeira era relaxante à noite.

O complexo tinha uma biblioteca e uma academia, mas parecia ser para uso exclusivo de Ben, porque nunca havia mais ninguém ali. Além dos ceifadores que o treinavam, os únicos que ele via eram os membros da Guarda da Lâmina, posicionados em várias portas. Eles nunca falavam com Ben a menos que Ben fizesse uma pergunta, e era sempre "Sim, senhor" e "Não, senhor", como se não tivessem personalidade alguma.

— Embora os ceifadores texanos sejam obrigados apenas a aprender o uso da faca, suas aulas na arte de matar vão abordar toda a gama de armas — Constantino explicou no primeiro dia oficial de treinamento. — Armas brancas, clavas e armas de fogo, bem como um conhecimento funcional de venenos. Embora o plano seja ordená-lo no Texas, depois que se tornar ceifador, pode migrar a qualquer Ceifa que escolher.

Mas Ben sabia que não era verdade. Sabia que o plano era transferi-lo à ceifa midmericana para assumir seu lugar como pedra no sapato de Goddard — embora a esperança fosse que a pedra crescesse tanto que o matasse apedrejado. Sua irmã teria sido essa pedra se não tivesse sido morta por Rowan Damisch em Perdura. Ben sempre se questionava se Damisch sabia que Citra estava lá quando afundou a grande cidade flutuante. Será que levá-la consigo fazia parte do plano? Se pudesse, Ben eliminaria Damisch com as próprias mãos, caso o trabalho já não tivesse sido feito.

— Seu treinamento físico será intenso, não apenas na arte de matar, mas também em bokator viúva-negra, a mais rigorosa das artes marciais. Também se espera que você sobressaia nos estudos acadêmicos. Filosofia e ética, história, mortal e pós-mortal, química dos venenos e acuidade mental.

— Eu dou conta — Ben disse.

—Veremos — Constantino respondeu.

Se ele tinha mesmo alguma confiança em Ben, estava escondida sob um muro de dúvidas sem nenhuma queda-d'água para disfarçar.

— *Quantas vezes tenho que dizer para proteger seu lado fraco!*

A dor nas costelas de Ben ficou mais forte, mas ele mordeu os lábios, segurando a careta e contando até dez enquanto esperava que diminuísse, como havia feito todos os dias por meses.

A ceifadora Coleman, sua treinadora de bokator, ordenou que

seus nanitos analgésicos agissem com um retardo de dez segundos. Ele sentiria toda a extensão da dor antes que ela passasse. "Ele precisa enfrentar as consequências de sua preguiça", ela disse a Constantino em sua última visita. Para a ceifadora Coleman, tudo que havia abaixo do sucesso era sinônimo de preguiça. Ela acreditava firmemente que a prática levava à perfeição em todas as coisas. Sua patrona histórica, Bessie Coleman, era descendente de africanos e nativos mericanos — e foi a primeira mulher não caucasoide a pilotar um avião. Isso num tempo em que o conceito de "raça" era usado contra as pessoas. A Bessie Coleman original foi motivada a atingir a grandeza quando tudo jogava contra ela — e a ceifadora que assumiu seu nome claramente exigia que todos fizessem o mesmo.

— De novo! — ela ordenou, antes que a dor do último ataque aliviasse. — Em posição!

Ben ergueu seu bastão com firmeza, tentando canalizar a raiva para ele. Não sua raiva contra a ceifadora Coleman por exigir tanto dele, mas contra si mesmo por não alcançar as expectativas absurdas dela.

— Passe para a ofensiva agora — ela exigiu. — Ataque com força, recupere-se rápido, observe tanto meus olhos como meus pés; sinta meu centro de gravidade.

Sempre múltiplas instruções. Todos esperavam que ele fizesse uma dezena de coisas ao mesmo tempo e, então, reclamavam de que ele não tinha foco.

Fazia meses que estava sendo treinado, preparado e avaliado. Dias incessantes de arte de matar e bokator viúva-negra. A memorização monótona de venenos e infinitas aulas de filosofia, história, ética e direito. A única matéria em que ele realmente sobressaía era filosofia. Seus pais sempre diziam que ele pensava demais — ao menos agora isso era útil. Fisicamente, ele se destacava em treinamento de resistência; sempre tinha sido um bom corredor. "Rápido como um cavalo de corrida", os ceifadores diziam. Mas, para ser um ceifador, ele tinha que dominar uma dezena de coisas, não apenas duas.

Ben partiu para o ataque contra a ceifadora Coleman, atingindo o ombro dela com o bastão, mas não com força suficiente. Ela o apanhou, usando o próprio impulso do garoto contra ele, depois o desequilibrou e moveu seu bastão, dando um golpe doloroso em sua lombar.

— Não, não, NÃO! — ela gritou, jogando o bastão no chão, frustrada.

Ben nem tentou esconder a careta dessa vez. Eram todos perfeccionistas, os ceifadores. Era de esperar, porque todos os aprendizes eram escolhidos pelas qualidades que incorporavam. Mas não Ben. Ele foi escolhido por causa de sua irmã. "Você só será levado ao conclave quando estiver pronto", o subceifador Constantino garantiu a ele. "Não importa quanto tempo demore."

Mas em sua cabeça sempre rondavam as palavras não ditas. *Precisamos de você para ontem.* E Ben se ressentia de que ontem nunca chegava. Não bastava ser o irmão da ceifadora Anastássia. Era comparado com ela o tempo todo, e o tempo todo era lembrado de que não se comparava a ela.

Dessa vez, a ceifadora Coleman deu tempo para Ben se recuperar da dor, embora não o suficiente para recuperar a dignidade. Ele duvidava que recuperasse algum dia.

—Você entende que vai precisar passar em testes muito mais difíceis do que esse para ser ordenado — a ceifadora Coleman disse, como se fosse a primeira vez que ele ouvia isso. — Mas ainda mais do que sobressair na luta, você deve demonstrar uma certa... *presença.* Isso é mais fundamental do que tudo. Deve aprender a ser uma figura que mobiliza as pessoas.

—Vou tentar, excelência — ele disse, como sempre dizia.

Mais uma olhada nele, e a ceifadora Coleman ergueu as mãos em sinal de rendição.

— Acabamos por hoje. — E saiu sem mais uma palavra.

Ben não era exatamente um fracasso em casa. As crianças se mobilizavam *sim* ao redor dele, mas não de forma sobrenatural. Antes de sua irmã partir para se tornar ceifadora, ela não era diferente dele. Não era extraordinária. Esperavam que Ben já fosse todas as coisas nas quais ela havia se transformado. Ele tinha ouvido dois outros instrutores falarem sobre suas perspectivas. "Precisamos considerar a possibilidade de que ele seja simplesmente incapaz", um havia dito. O outro respondeu com "Vamos levar isso até o fim". Como se o treinamento dele fosse penoso para eles também.

Será que sabiam que esses questionamentos não ajudavam? Que tornavam as dúvidas dele mesmo ainda piores? A prática podia levar à perfeição, mas, e se ser ceifador não fosse da natureza dele? Um cavalo de corrida poderia alcançar a linha de chegada muito antes do bando, mas nunca, até o fim dos tempos, aprenderia a voar.

Por mais brutal que fosse seu tratamento durante o dia, Ben era paparicado à noite. Refeições de alto nível, numa bandeja de prata, e um massoterapeuta particular — porque os nanitos analgésicos e de cura tinham limite. Era preciso a habilidade de mãos humanas para aliviar os músculos mais agravados e prepará-los para o dia seguinte.

Os massoterapeutas mudavam toda semana, então, assim que ele se acostumava ao estilo deles e eles se acostumavam à sua musculatura, eram substituídos.

— É para sua própria proteção — o ceifador Hughes explicou. Hughes era seu professor de ética e filosofia, e o único que realmente parecia gostar de dar aulas a ele. — Quanto mais ficarem, mais chances têm de descobrir quem você é. E isso colocaria tudo em risco.

— Mandá-los para casa não? — Ben perguntou.

O ceifador Hughes hesitou.

— Nós... não os mandamos para casa, Ben.

Ben levou um momento para entender exatamente o que o ceifador estava dizendo. Ficou boquiaberto, incrédulo.

— Tenho certeza de que você entende por que a coleta é necessária — o ceifador Hughes disse.

— Não! Não, não entendo! — Ben disse quando finalmente recuperou a voz. — Os ceifadores deveriam ter compaixão.

— Nós temos. Todos foram coletados com a maior compaixão e o maior respeito.

Agora que sabia a verdade, Ben disse que não precisava das massagens, porém continuaram enviando alguém todos os dias. Os ceifadores tentavam derrubar suas defesas psicológicas. Ele sabia disso. Queriam insensibilizá-lo à coleta. Deixá-lo confortável com a impermanência. Forçá-lo a se aceitar como causa constante da morte — o que ele seria quando se tornasse ceifador. Agora ele era apenas indiretamente responsável, mas, em breve, acabar com a vida humana seria seu propósito. Ele se perguntou como sua irmã havia chegado a aceitar isso. Se é que havia.

Finalmente cedeu em um dia particularmente brutal, quando seu corpo e seu ânimo estavam esgotados demais para resistir, e permitiu que a massoterapeuta entrasse. A mulher relaxou suas costas, seus ombros, seus braços e pernas. Ele tentou não olhar para ela. Não interagir. Era difícil. Mas, no dia seguinte, foi mais fácil, e no outro, ainda mais. Exatamente como os ceifadores queriam. E, quando ela foi substituída por alguém novo na segunda, a única raiva que Ben sentiu foi de si mesmo por não sentir tristeza pela pobre mulher, cujo nome ele nem sabia.

Porém, um mês depois, algo mudou. Em uma segunda-feira, o massoterapeuta não era alguém diferente, mas o mesmo da semana anterior. Ben ficou aliviado, mas também desconfiado.

— Por que você está aqui? — ele questionou.

O rapaz era da idade dele. Ben havia quebrado sua própria regra ao falar com o massoterapeuta e até fazer contato visual. Era difícil não fazer — ele tinha olhos expressivos dos quais não dava para desviar. E era bonito. Ben tinha ficado melancólico com a ideia de que o cara não voltaria — embora soubesse que sua razão era puramente egoísta.

— Não está na hora da sua massagem? — ele perguntou. — Não era para eu vir hoje?

— Não, está na hora… é só que… — Ben tentou não ficar nervoso. — Normalmente é alguém novo toda semana.

— Desculpe desapontar você — ele disse com um sorriso.

Ben assumiu seu lugar na maca de massagem, o rosto pressionado na pequena argola, olhando para o chão.

— Humm… pode ser melhor tirar a camisa primeiro.

— Ah, desculpa. Esqueci.

Ben se sentou, tirou a camisa e voltou a se deitar.

— Ombros? Lombar? O que precisa ser trabalhado hoje?

— Tudo — Ben disse.

— Meu nome é Rajesh, aliás. Mas pode me chamar de Raj. Acho que não falei na semana passada.

— Não perguntei — Ben disse.

Ele nunca perguntava, e se crispava por dentro quando os massoterapeutas se apresentavam, porque não queria saber quem ele estava sentenciando à morte. Mas, dessa vez, não se incomodou. Ficou contente em saber o nome de Raj, embora dissesse a si mesmo para não ficar.

Então, como Ben não disse mais nada, Raj disse:

— E você é Ben Terranova.

Ben sentiu os músculos das costas tensionarem subitamente sob o toque de Raj.

— Como você sabe?

— Eles me contaram.

Por essa Ben não esperava. Por nada disso ele havia esperado. Se fosse verdade, era uma mudança na estratégia dos ceifadores.

— Então você sabe...

— Sei quem você é e por que está aqui — Raj disse. — Agora relaxe e me deixe trabalhar em suas costas.

— O que está acontecendo? — Ben perguntou ao ceifador Hughes antes da aula seguinte de filosofia.

— Não faço ideia do que você está falando.

— Raj.

— Ah, sim. Levamos em consideração como você ficava ofendido pelas coletas e reconsideramos.

— Então não vão coletá-lo?

O ceifador Hughes escolheu as palavras com cuidado.

— Enquanto ele for necessário, estará a seu serviço. A menos, claro, que você prefira outra pessoa.

— Não! — Ben disse, um pouco rápido demais. — Não, ele é ótimo. Ele é bom. Não preciso de ninguém novo.

— Nesse caso — disse Hughes —, se você está feliz, nós estamos felizes.

Constantino odiava que tantas coisas dependessem daquele garoto. E o tempo era cada vez mais curto. Quanto mais durava a aprendizagem de Benjamin Terranova, mais provável era que Goddard descobrisse, desse um fim a tudo e acusasse Constantino de traição. Esse plano só tinha chance de dar certo se pegasse Goddard desprevenido.

Constantino fazia visitas durante as regulares viagens diplomáticas à região da Estrela Solitária e observava as aulas de Ben através de espelhos unidirecionais. O menino se dava bem em matérias acadêmicas e estava finalmente chegando a um bom nível de bokator — mas, na arte de matar, era atroz. Ele tinha o ímpeto, mas não a habilidade inata de tirar a vida. Era fato que muitos ceifadores recorriam a métodos mais refinados de coleta, mas os outros se mobilizariam por um ceifador assim? Não — ele precisava dominar tudo. Precisava impressionar os não impressionáveis. Precisava surpreender os empedernidos.

— Façam mais pressão — Constantino disse aos instrutores de Ben.

— E se ele se destruir? — a ceifadora Coleman perguntou, ao que Constantino respondeu:

— Todos os aprendizes devem ser destruídos antes de serem moldados como ceifadores.

Constantino não resguardaria sua aposta. Ben tinha que progredir porque não havia outra opção. Mais cedo ou mais tarde, ele estaria pronto para ser exposto ao conclave. Estaria pronto para assumir o lugar da irmã.

Constantino jantou com Ben para avaliá-lo em um nível mais pessoal. A princípio, o menino estava reservado, o que não era surpresa — Constantino sabia que não era o tipo de pessoa que deixava os outros à vontade —, mas, ao fim da refeição, Ben havia relaxado um pouco.

—Você está arrependido de ter começado isso? — ele perguntou a Constantino, enquanto terminavam a sobremesa.

—Você está? — Constantino se esquivou.

— Tem sido interessante — Ben respondeu, o que não era uma resposta, apenas outro desvio. — Mas alguns ceifadores aqui são cuzões.

Constantino deu uma risada abrupta e inesperada. Se estivesse bebendo, teria cuspido por toda parte. Odiava perder o controle dessa forma, mas isso fez o menino sorrir, o que era tão gratificante quanto irritante.

— Ceifadores são pessoas espinhosas — ele disse. — Egos e expectativas se inflamam, mas confie em mim: tudo que esperam de você, esperam dez vezes mais de si mesmos.

— Bom, nesse caso, talvez eles devessem se repreender. Toda vez que consigo alguma coisa, eles só me repreendem por não ter conseguido antes.

— Estão te ensinando a não esperar elogios — explicou Constantino.

— Mas querem que eu seja perfeito!

— Não podemos aceitar nada menos de você. Ao contrário das escolas com que está acostumado, não existe uma nota mínima abaixo de cem por cento. — Em seguida, acrescentou: — Lembre que você ainda tem que passar em todos os testes em um único conclave; é como fazem aqui no Texas. Por mais solidários que os ceifadores da Estrela Solitária sejam à nossa causa, não vão ordenar um ceifador que não acharem que está pronto, e você só tem uma chance. Todo o seu trabalho árduo será em vão se você não for ordenado.

O menino o encarou.

— Exatamente o que eu preciso. Mais pressão.

Constantino suspirou.

— Isso não é apenas sobre você. A "pressão" de que fala está sobre todos nós. Goddard está expandindo seu controle sobre todas as regiões do continente, exceto esta.

— Então... suas "viagens diplomáticas" não têm a intenção de convencer o Texas a se aliar, mas impedir que se aliem.

Agora, foi a vez de Constantino sorrir.

— Então você entende a corda bamba em que caminho.

Ben encolheu os ombros.

—Você é bom.

Constantino se sentiu inesperadamente satisfeito pelo elogio. Era um bom sinal que o garoto causasse uma resposta como essa em um ceifador empedernido como ele.

— Estou contente por termos passado esse tempo juntos — Constantino disse, se preparando para sair. — Espero que esteja sendo bem tratado em suas horas livres e que esteja encontrando um pouco de consolo e alívio.

— É um consolo quando me deixam em paz.

— Muito bem. Soube que contrataram um festeiro profissional para ajudá-lo a relaxar.

Ben hesitou por um instante.

— Não, só tenho um massoterapeuta à tarde.

Constantino se deu conta do deslize tarde demais e tentou voltar atrás.

— Eu me enganei, então — ele disse, se dirigindo rapidamente à porta. — Bom, vou deixar você voltar à sua rotina.

Mas a expressão inquieta nos olhos de Ben deixou claro que ele tinha percebido e captado a gafe de Constantino. De repente, o ceifador se arrependeu de ter vindo ver o menino.

No dia seguinte, Raj chegou à suíte de Ben no horário de sempre, pontual ao extremo.

— Qual é o foco de hoje? — ele perguntou, como sempre. — Pescoço? Dorsal? Lombar?

— Está tudo igual.

Ben teve tempo de sobra para digerir o comentário de Constantino. O suficiente para fermentar em sua mente. Mas não revelou as cartas imediatamente. Em vez disso, seguiu o roteiro habitual. Um pouco de conversa fiada e se deitou com o rosto para baixo na mesa. Só depois que Raj havia começado, Ben tentou:

— Raj, por que você foi contratado?

— Fui contratado através de uma agência — ele respondeu.

— Não perguntei como, perguntei por quê.

— Me disseram que precisavam de alguém com minhas habilidades.

— E quais são suas habilidades?

Raj hesitou. Não apenas a voz, mas as mãos nas costas de Ben. Parou por um momento e continuou em seguida, mas com menos foco e atenção do que antes.

— O que você quer saber? — ele disse finalmente.

Ben respirou fundo e soltou o ar antes de abrir o jogo.

—Você é um garoto de programa?

As mãos de Raj pararam completamente. Ben virou para o lado e sentou para olhar para ele — o que não era fácil, porque aquilo não era uma pergunta, mas uma acusação.

— O que isso tem a ver com qualquer coisa?

—Tem a ver com tudo — Ben respondeu. — Por que você foi contratado, Raj?

Raj não pareceu constrangido, mas bravo.

— Para fazer exatamente o que estamos fazendo aqui. Aliviar seu estresse ao fim do dia.

— Por todos os meios necessários?

Raj o encarou.

—Acabamos por hoje — ele disse, virando para sair.

Ben saltou da mesa.

— Não acho que você possa decidir isso.

Raj parou a um passo da porta e virou para ele.

— O que você quer de mim, Ben?

Era uma pergunta carregada. Havia tantos desdobramentos de tudo isso que a mente de Ben rodopiava. Os ceifadores haviam contratado um garoto de programa para ele. O que eles tinham em mente? Na verdade, Ben sabia *exatamente* o que eles tinham em mente. Sua cabeça estava submersa em emoções, assim como seu corpo. O que só serviu para alimentar sua fúria crescente.

— O que quero de você? Se eles estiverem te pagando, eu não quero nada.

Eles se encararam. Então Raj falou:

— Garotos de programa não são o que você *pensa*.

— Certo. Então me explique.

— Somos treinados em especialidades diferentes — Raj disse. — A minha é massagem euroescandinávia, conversa casual e vôlei de piscina.

Ben não conseguiu pensar em nada para dizer além de:

— Não tem nenhuma piscina aqui.

A expressão fria no rosto de Raj antecedeu o que ele estava prestes a dizer.

— Vou pedir para a agência encontrar alguém novo. Eu me demito.

Ele tentou abrir a porta, mas Ben avançou rapidamente, pressionando a mão para impedir.

— Você não pode se demitir.

— É claro que posso. Você me insultou, mas não vou permitir que tire minha dignidade.

— Você não pode se demitir porque vão coletar você — Ben disse a ele. — Coletaram todos os outros!

Raj se voltou para ele com uma expressão de traição tão intensa que Ben recuou. Parecia que Raj achava que ele, e não os ceifadores, estava por trás dessa intriga brutal. Era obra deles! Tudo obra deles! Raj não via isso? Ben saiu andando, jogando as mãos para cima, finalmente liberando a fúria agora que havia encontrado um alvo melhor do que Raj.

— Você não está vendo? Eles entram na sua cabeça! É lá que eles vivem! Tudo é manipulação com eles. Não te contrataram por suas habilidades, Raj: contrataram porque sabem do que eu gosto, de *quem* eu gosto! Devem ter um banco de dados de todos os meus namorados e todos os meninos por quem já fui apaixonado na vida. E aposto que têm um para você também.

Ben parou um momento para deixar a raiva se dissipar e encarou Raj. Dava para ver que ainda estava magoado, bravo, mas, como Ben, estava direcionando a raiva para outro lugar.

— Desculpe ter pensado que você sabia do plano deles — Ben disse, triste e sincero. — Agi como um babaca. Eles estão te usando da mesma forma que estão me usando.

Raj levou um tempo para responder.

— Então, o que fazemos agora?

— Não vamos dar a eles a satisfação de saber que estavam certos — Ben disse. — Por mais que a gente queira.

A ceifadora Coleman o repreendia cada vez menos — e Ben achou incrivelmente satisfatório triunfar sobre ela. Isso acontecia com mais frequência, e suas notas na arte de matar também estavam melhorando.

A raiva de Ben alimentou seu avanço. Os ceifadores não eram os únicos que sabiam tramar e planejar. Agora, ele tinha seu cúmplice.

— Quando eu virar ceifador — Ben disse a Raj —, vou te conceder imunidade para que eles não venham atrás de você. Quando eu estiver com o anel, não poderão me impedir.

Raj ainda vinha todos os dias ao alojamento de Ben para a massagem, mas o foco nem sempre era esse. Às vezes eles apenas conversavam. Talvez se provocassem — mas nunca mais do que isso.

— Porque precisa ser real — Ben insistiu. — E nunca pode ser real enquanto formos dois animais na mesma jaula de zoológico. Não vamos atuar para os guardas.

Embora concordassem sobre isso, a natureza humana agia contra eles — porque sempre se deseja aquilo que não se pode ter. Ben nunca falava, mas o que sentia por Raj continuava aumentando.

— Não vim aqui para me apaixonar — Raj disse a Ben um dia, resumindo o que os dois estavam sentindo. — Não é muito profissional. Eu deveria ser imune a isso, mas parece que não sou.

Agora, Ben tinha um motivo ainda mais pessoal para evoluir, além de fazer jus à imagem extraordinária da irmã. Ele tinha que se tornar ceifador por Raj. Para garantir sua segurança. Mas, por mais que melhorasse, Ben ouvia o tempo todo que não estava melhorando rápido o bastante.

Os ceifadores que trabalhavam com ele estavam cada vez mais ansiosos. Segundo Constantino, tinha a ver com uma expedição de resgate iminente para recuperar os diamantes da Ceifa no fundo do Atlântico, que estavam em algum lugar nas ruínas afundadas de Perdura.

— Goddard tem o plano de ficar com todos aqueles diamantes — Constantino disse a Ben. — E, se conseguir, terá influência sobre todas as Ceifas regionais do mundo. Mais um motivo para definir você como uma alternativa antes que isso aconteça.

Eles não viam Ben como uma pessoa, mas como um ponto no espaço. Uma singularidade para desafiar o buraco negro que era

Robert Goddard. Mas isso só poderia acontecer, claro, se Ben fosse apresentado e ordenado no próximo conclave.

Ele pensava em tudo isso enquanto lutava com a ceifadora Coleman certo dia no começo de agosto. Em vez de distraí-lo, seus pensamentos davam foco, alimentando seu desejo de ter sucesso por Raj.

Ele desviou habilidosamente do bastão da ceifadora Coleman e deu um chute tão eficiente na cabeça dela que não apenas a jogou para fora do ciclo como a fez cair estatelada em um canto.

— Eu deveria ter previsto essa — ela disse, lembrando a Ben que os ceifadores eram mais duros consigo mesmos do que com ele.

Coleman se levantou, parando um momento para deixar os nanitos inundarem o hematoma e desembaralharem seu cérebro.

— Faz um tempo que eu queria te perguntar — ela disse. — Como andam as sessões com Rajesh?

Era a primeira vez que ela mencionava Raj. Ele nem imaginava que ela soubesse seu nome. Mas, enfim, claro que sabia.

— Não acho que seja da sua conta — ele disse, apenas para ver sua reação a uma leve agressividade.

Pensou que o desrespeito poderia incomodar, mas, em vez disso, ela deu um sorrisinho travesso para ele.

— Apesar do que você pode achar, não somos seus inimigos — ela disse. — Temos consciência de que vocês ficaram próximos. Quero que saiba que não desaprovamos.

Não, é claro que não desaprovavam; foram eles que planejaram a "proximidade". Às vezes Ben desejava não ter descoberto o plano, porque sua ignorância realmente teria sido uma alegria.

— Todos precisam de distrações — disse a ceifadora Coleman. — Os ceifadores mais ainda.

Sem que ela soubesse, chamar Raj de "distração" impulsionou a rodada seguinte e, mais uma vez, Ben levou a melhor, fraturando o úmero esquerdo dela com seu bastão. Essa ferida não cicatrizaria sem uma infusão rápida de nanitos de cura. Ponto para ele.

— Suas habilidades estão ficando menos decepcionantes — ela disse, encerrando a sessão. — Muito menos decepcionantes.

Mas esse elogio dúbio não o fez se sentir melhor. Havia algo nisso tudo que o incomodava. E, como uma coceira, ele simplesmente não conseguia ignorar. Ele e Raj tinham a vantagem agora, não? Tinham descoberto o subterfúgio dos ceifadores. Mas e se a intriga não parasse por aí? E se houvesse mais níveis? Uma camada mais profunda que Ben ainda precisava descobrir?

Naquela noite, Ben teve um sonho. Ele quase nunca se lembrava de seus sonhos — ainda mais depois que havia começado o treinamento — porque as horas em que estava acordado não tinham espaço para ele ponderar sobre essas coisas.

Ele sonhou com *Aquele Dia*. Quando foi levado de casa sem aviso ou explicação, amarrado a uma cadeira e deixado sozinho em uma sala. Em pouco tempo, sua irmã havia chegado. Por mais assustado que estivesse, ficou radiante ao vê-la, porque imaginou que fosse para resgatá-lo. Ela segurava uma faca. Uma faca afiada. Mesmo assim, ele não tinha entendido. Pensava que ela a usaria para cortar suas amarras. Foi só ao ver as lágrimas nos olhos dela que soube o que pretendia fazer.

Sua irmã iria matá-lo.

Na época, ele não sabia que esse era o teste final dela para a Ceifa.

Ben foi revivido um ou dois dias depois, mas, daquele momento em diante, sua irmã não existia mais: tinha se tornado a ceifadora Anastássia. Mesmo quando voltou para casa de visita, Ben sentia que ela não era mais a mesma. Enfiar aquela faca no coração dele a havia transformado em outra pessoa.

Ele sonhava com Aquele Dia com frequência nos primeiros meses, depois que Citra se tornou a ceifadora Anastássia. Ter a vida tirada pela própria irmã era o tipo de trauma que nanitos de humor não apagavam. Tinha que ser resolvido à moda antiga. Com o tempo, o trauma foi aliviado, e o sonho recorrente cessou.

Essa era a primeira vez, em quatro anos, que ele sonhava com isso — mas era muito diferente agora. Dessa vez, ele estava no lugar da irmã. Estava com a faca, se aproximando da cadeira. E a cadeira? Estava vazia, mas não por muito tempo. E Ben sabia exatamente quem estaria ali.

Ele acordou com as cobertas encharcadas de suor e entendeu que os ceifadores haviam passado a perna nele de novo.

Ben não podia revelar aquilo para ninguém — muito menos para Raj. Sua posição era única — nenhum aprendiz de ceifador sabia que o teste final era matar a pessoa que lhe era mais querida. Mas Ben teve a vantagem de estar do outro lado da faca da irmã.

Ele conseguiria matar Raj?

Não, não matar, Ben se lembrou. *Semimatar.*

Em um mundo imortal, a semimorte não era nada. Apenas um inconveniente. Um incidente em um dia quase perfeito. No entanto, Ben sabia que seria a coisa mais difícil que faria na vida — e esse era exatamente o objetivo.

Por outro lado, isso significava que Raj não poderia ser coletado antes do teste — vantagem de curto prazo, na melhor das hipóteses — afinal, e se, depois do teste, Constantino ou um dos outros ceifadores mantivesse a morte de Raj? Qualquer um deles poderia alegar ter sido uma coleta oficial e aplicá-la à sua contagem. Quanto mais Ben pensava a respeito, mais provável parecia.

Porque era elegante.

Terrível e brutalmente elegante. Não apenas cortaria uma ponta solta como também cortaria um apego emocional — porque ceifadores não tinham permissão de se apegar daquela maneira.

— Ceifadores devem amar toda a humanidade, mas nenhum humano em particular — o ceifador Hughes explicou nas primeiras lições sobre a ética da Ceifa. Era parte do nono mandamento da Ceifa. "*Não terás cônjuge nem filhos*" era interpretado em termos amplos e aplicado de forma rígida. Nem parceiro nem filhos, sem exceção. Não exigia celibato, mas castração emocional. Um ceifador podia dividir a cama com qualquer pessoa, mas a vida não.

Que perfeitamente eficiente, então, se o espectro do amor fosse arrancado do coração de Ben quando ele cravasse a faca no de Raj.

Ele poderia se recusar a fazer isso. Largar a faca, naquele último dia crucial de sua aprendizagem. Será que chegaria ao teste final para vacilar na linha de chegada? Nunca foi a ambição de sua vida ser um ceifador — mas não querer era o primeiro requisito. O que ele queria — o que ele queria havia anos — era sair da sombra da irmã. Mas, se saísse, seria às custas de Raj.

A única opção era sair antes que chegasse lá. Escapar. Era essa fantasia de fuga que agora fazia Ben seguir em frente. Uma fantasia que ele transformaria em realidade de alguma forma. Exigiria planejamento, timing preciso e sorte, mas não era impossível.

Tudo que Ben conhecia ali era seu alojamento, as salas onde tinha aulas e os corredores e escadarias que os conectavam. Mas a propensão de Constantino por controle absoluto não deixava nenhum funcionário, incluindo Raj, morar fora do complexo. Sem um ponto de partida, ele nunca seria capaz de encontrar Raj — e procurar já levantaria suspeitas. Teria que esperar Raj vir até ele. E isso seria só na tarde seguinte.

Naquele dia, Ben derrubou a ceifadora Coleman várias e várias vezes. Gabaritou uma prova sobre venenos que era mais uma inquisição do que um teste. E, na arte de matar, logo assumiu a ofensiva e desarmou o ceifador Austin, quase literalmente.

— O subceifador vai ficar contente por seu progresso! — o ceifador Austin disse, enquanto uma enfermeira enfaixava seus ferimentos e dava uma injeção de nanitos de cura para ele.

Ben estava agora em sua melhor forma, mais focado e determinado do que nunca. Eles não faziam ideia do motivo nem pareciam se importar. Tudo que importava eram os resultados. Isso deixava um ponto cego que Ben estava determinado a explorar. Com as habilidades que tinha aprendido com eles, se livraria daquele punho de ferro.

Raj chegou no horário de sempre e logo percebeu que Ben estava ao mesmo tempo elétrico e à flor da pele.

— Qual é o problema?

Então, de repente, por impulso, antes mesmo de saber o que estava fazendo, Ben o beijou como queria havia semanas.

Raj foi pego desprevenido, mas não ficou descontente.

— Eu... achei que não faríamos isso... Alguma coisa mudou?

— Tudo mudou — Ben disse. — E precisamos sair.

— O que você quer dizer com "sair"?

— Quero dizer exatamente isso. Vamos embora. Fugir. Escapar. Partir para algum lugar onde nunca nos encontrem.

— Espera — disse Raj, se recuperando da mudança súbita de planos. — Eles vão nos encontrar onde quer que seja; são ceifadores.

— Exatamente! Eles são ceifadores, não a Nimbo-Cúmulo. São falíveis. Claro, vão tentar nos encontrar, mas isso não quer dizer que vão conseguir... e, como toda essa operação é secreta, eles não podem pedir ajuda das outras Ceifas sem expor o que estavam tramando.

Raj sorriu, talvez um pouco animado, talvez um pouco nervoso.

— Então você já pensou em tudo?

— Só me diga que está comigo nessa.

— Estou... mas seu treinamento está quase terminando. E, quando você for ordenado no próximo conclave, poderemos ir aonde quisermos, porque, quando você for ceifador, eles não poderão te obrigar a nada. Por que não esperar?

—Você não entende!

Ben sabia que ele tinha muitas perguntas, mas não as fez. Ele apenas parou um momento para se recompor e escolheu confiar em Ben.

— Meu quarto é dois andares para baixo. Pegue a escada norte, depois quatro portas à direita. É perto da zona de descarga.

Ben assentiu; nem sabia que havia uma zona de descarga.

— Os envios de suprimentos chegam às seis da manhã, toda quinta. Sei porque o portão é barulhento, o caminhão é barulhento e os funcionários são barulhentos. Eles me acordam toda vez. Venha ao meu quarto às seis. Vou deixar a porta destrancada.

— Posso fazer isso — Ben disse. —Vamos escapar pela zona de descarga.

— Acho bom. Porque, senão, nós dois vamos ser coletados.

Por mais focado que Ben estivesse, foi um inferno projetar a cabeça fria e não revelar o que estava tramando aos ceifadores que o treinavam. Eles eram bons em ler pessoas — ou, ao menos, em lê-lo. Ele precisava manter a calma e a concentração até a manhã de quinta.

Na quarta à meia-noite, Ben aumentou o termostato ao máximo. Por isso, alguns minutos antes das seis, sua suíte estava sufocante. Então, ele abriu a porta para o guarda em serviço à frente de seu alojamento.

— Ei — disse, fingindo estar zonzo de sono. — Tem alguma coisa errada com o termostato.

O guarda, sentindo o calor saindo do quarto, entrou para investigar.

—Vou avisar alguém.

Mas nem teve chance. Depois que entrou e ficou fora do campo de visão da câmera do corredor, Ben quebrou o pescoço dele num único movimento — uma técnica que até então só havia usado em bonecos de treino. Era mais fácil em uma pessoa. Ao menos do ponto de vista físico.

Ele puxou o guarda para dentro e pegou suas roupas, que ficaram largas, mas servia como disfarce para as câmeras que não conseguisse evitar.

Chegou à escada norte e desceu dois andares. Já conseguia ouvir o estrondo dos portões da zona de descarga se abrindo. O tempo começava a contar agora.

Havia outro guarda posicionado bem na saída da escada. Ben manteve a cabeça baixa para que ele não visse seu rosto de imediato.

—Você está adiantado — o guarda disse. — O turno não acabou.

Ben respingou veneno de contato nele, que caiu no chão já semimorto. Ben ergueu os olhos, sabendo que as câmeras haviam captado tudo, mas nenhum alarme tocou. Quem quer que estivesse monitorando as imagens estava dormindo ou distraído. As câmeras de segurança da Ceifa, por sorte, não eram como as da Nimbo-Cúmulo. Enquanto a Nimbo-Cúmulo monitorava todas as câmeras em todos os lugares ao mesmo tempo, a Ceifa dependia de agentes de segurança humanos de verdade para assistir — o que significava que o sistema era sujeito a falhas.

O quarto de Raj era pouco depois do corredor. Ben girou a maçaneta. Estava destrancada, como combinado. Ben abriu a porta, imaginando ver Raj acordado à sua espera. Mas a primeira coisa que viu foi vermelho. Um vermelho agressivo aos olhos, do mesmo tom do sangue.

— Que decepcionante — disse o subceifador Constantino.

Ben ficou paralisado. Pensou que tinha se preparado mentalmente para todas as possibilidades. Mas não essa.

— Eu esperava mais de você — ele disse. —Você nem chegou ao perímetro externo.

— Como assim?

— Deixamos três pontos de saída viáveis para você no complexo, Benjamin. Três! Se tivesse sido inteligente o bastante para mapear o complexo enquanto esteve aqui, saberia exatamente quais. Teria chegado à cerca do perímetro.

Ben só conseguiu balbuciar.

— O quê... O que está dizendo?

— Era um teste, Benjamin. Queríamos testar sua engenhosidade. Você foi reprovado.

Ben não conseguiu conter sua mente acelerada.

— Raj era parte disso? Ele...

— Não. Rajesh não sabia de nada. Fique tranquilo que ele não traiu você. Mas tenho certeza de que você entendeu o verdadeiro motivo para ele estar aqui. Para que *você* o traia. Imagino que a perspectiva de seu teste final seja o motivo para sua decisão de escapar.

— Eu me recuso a matá-lo!

— Na verdade — disse Constantino —, você não terá que fazer isso.

Ben não gostou do que ouviu nem da expressão de Constantino. Ou da falta de expressão. Seu rosto não revelava nada. Nem raiva nem decepção. Era como se ele já tivesse dispensado Ben e seguido em frente.

— Onde está Raj? *Onde está ele?*

Constantino nem se deu ao trabalho de responder.

— Escoltem o sr. Terranova de volta ao alojamento dele.

Dois guardas da Ceifa o seguraram. Ele poderia ter resistido. Quebrado pescoços, ossos ou o que quer que fosse necessário para se libertar, mas que diferença faria? Havia mais guardas no corredor. Não importava o que Ben fizesse, não escaparia.

—Temos muito a discutir — disse Constantino. —Vamos conversar no café da manhã. Oito em ponto.

Os guardas levaram Ben, enquanto, em algum lugar que não podia ver, ele ouvia o caminhão de entrega partir e os portões da zona de descarga se fecharem.

Nos tempos mortais, os condenados tinham direito a uma última refeição antes de encarar o executor. Ben sabia tudo sobre execuções. A arte de matar não era apenas sobre empunhar armas, mas entender sua história. Guilhotinas, pelotões de fuzilamento, cadeira elétrica: estava tudo no currículo. Será que condenados se sentiam como Ben se sentiu ao ser escoltado para o café da manhã com Constantino?

— Sente-se, Benjamin. A comida já está aqui.

Tudo que Ben queria era saber o que haviam feito com Raj — e Constantino sabia. Mas Ben já havia perguntado, e o ceifador ignorou. Perguntar de novo demonstraria fraqueza, e Ben se recusava a parecer fraco diante daquele homem.

—Tenho consciência de que você nunca quis estar aqui — ele disse, enquanto mastigava um pedaço de bacon. — Embora finalmente tenha conseguido avançar em seu treinamento, está claro que seu coração nunca esteve focado nisso. E eu sinto muito por você, de verdade.

A ideia de que ele fosse capaz de sentir algo teria feito Ben rir em qualquer outro dia. O homem estava longe de ser um manancial de compaixão.

— Os ceifadores com quem você estudou só querem o melhor para você.

— Isso é mentira — Ben retrucou. — Eles querem o que é melhor para a Ceifa. Não fazem nenhuma ideia do que é melhor para mim e não se importam.

—Você tem razão — Constantino admitiu com um suspiro —, mas isso não importa mais.

"*É agora*", Ben pensou. Ele se perguntava se apenas o mandariam para casa ou o coletariam, para que não houvesse evidências do plano fracassado.

— Não é mais necessário que você se torne ceifador — Constantino disse. Ben se recusava desviar os olhos dele, como uma provocação. — Não quer saber por quê?

— Não importa — disse Ben. —Vou voltar para casa de ônibus ou de caixão?

— Nenhum dos dois.

Ben olhou para ele e entreviu um brilho no olhar do ceifador. O homem estava contente com alguma coisa. Ben não sabia dizer se era genuíno ou sádico. Por fim, Constantino disse o que estava segurando.

— Os restos de sua irmã foram encontrados.

Essa era a última coisa que Ben esperava escutar.

— Espera… havia restos? Mas eu pensei…

— Sim, todos pensamos que ela havia sido devorada com os outros, mas o corpo dela foi encontrado intacto em uma câmara hermética.

Ben soltou o garfo.

— Quão intacto?

Constantino não conseguiu mais conter o sorriso.

— Ela foi revivida, Benjamin. E vai fazer um retorno triunfante!

Ben estava sem fôlego, sem palavras. A notícia foi tão difícil de processar quanto a morte dela havia sido. O que isso representaria para os pais dele! Para ele mesmo! Que notícia maravilhosa! No entanto…

Constantino se recostou na cadeira e cruzou os braços com uma satisfação imensa.

— Pode ficar em paz agora, porque você não é mais necessário.

E foi isso. O treinamento acabou. As aulas acabaram. As repreensões constantes acabaram. Depois de mais de um ano ouvindo, dia após dia, que era tão superimportante, ele se tornou praticamente inexistente.

E havia Raj. Ele não apareceu naquele dia, e Ben ficou mais e mais preocupado. Não havia motivo para coletá-lo agora que o segredo sobre Ben era irrelevante… mas também não havia motivo para *não* coletá-lo.

Houve uma reuniãozinha com os instrutores para que todos pudessem se despedir. Alguns pareciam só querer que aquilo acabasse logo, mas outros, como o ceifador Hughes, foram sinceros. Então foi ele que Ben abordou.

— Por favor, ceifador Hughes. — Ben tentou não implorar. — Pode me dizer o que fizeram com Raj, meu massoterapeuta?

— Mais do que seu massoterapeuta, imagino eu — Hughes disse com um sorriso afetuoso.

— Então entende por que estou desesperado para saber onde ele está e o que fizeram com ele.

Hughes suspirou.

— Realmente não tenho permissão para contar a você — ele disse, pegando a mão de Ben. — Faça o possível para tirá-lo de sua cabeça.

Então Constantino interveio.

— Como lidamos com os funcionários aqui não é problema seu.

Isso fez Ben estourar. Ele até podia não ter o instinto assassino antes, mas passou a cultivar. Teria arrancado o coração de Constantino com as próprias mãos se pudesse.

— *Você é um monstro!* — Ben gritou. — *Não merece ser um subceifador. Não merece ser nada. E, quanto antes for embora deste mundo, antes o mundo vai ser um lugar melhor!*

Constantino não se surpreendeu. Mal ergueu as sobrancelhas.

— Tudo é relativo, Benjamin. Com a ajuda de sua irmã, vou tentar derrubar Goddard, que é uma verdadeira fonte de mal para este mundo. Então sou um monstro, Benjamin? Ou sou um herói? — Ele considerou a pergunta seriamente. — Talvez nenhum dos dois.

Não permitiram que Ben voltasse para casa, porque ela não existia mais. Constantino, sob as ordens de Goddard, havia coletado seus pais e confiscado seus pertences logo no início de sua aprendizagem. Então, Constantino levou os corpos a um centro de revivificação fora da rede e os "descoletou" em segredo.

— Foi necessário — Constantino disse a ele. — O banco de dados da Ceifa tinha que registrar as coletas ou Goddard ficaria desconfiado. — Agora os pais de Ben estavam escondidos com novos nomes em um lugar que nem Constantino sabia qual era.

Quanto a Ben, que também esperavam encontrar quando fossem atrás dos pais, Constantino fez um pouco de mágica no banco de dados da Ceifa. Registrou que o menino havia fugido de casa e desaparecido no submundo dos infratores em algum lugar na Antártica — longe demais para Goddard se importar —, embora ele *viesse* a se importar quando Citra fizesse sua reaparição. Afinal, Ben poderia ser um ótimo refém para manter sua irmã na linha. É por isso que ele precisava desaparecer tão completamente quanto seus pais agora. Sozinho e o mais anônimo possível.

— Você vai estar seguro no lugar para onde o estamos mandando — Constantino garantiu. — E, com o tempo, vai conseguir aproveitar a vida que decidir levar.

Ben não conseguia imaginar como isso seria verdade, por mais séculos que tivesse para viver.

Então, antes que Constantino desse o adeus final, deixou discretamente um envelope nas mãos de Ben e sussurrou em seu ouvido.

— Não sou o monstro que você pensa.

A beleza de São Petersburgo não significava muita coisa para Vasily Markov. Nos últimos dias, ele via tudo em tons sombrios.

Vasily Markov. Era o que sua Ident oficial dizia. Mas ele ainda se sentia como Ben Terranova e não sabia se um dia isso mudaria. Se sua irmã conseguisse o que queria, talvez pudesse deixar de se esconder e recuperasse seu nome algum dia. Ela já tinha feito várias transmissões reveladoras, voltando um holofote abrasador para o supraceifador Goddard. Talvez o derrubasse. Talvez não. Ben se sentia tão distante do assunto que era como se vivesse em um universo diferente, não apenas do outro lado do mundo.

Então, quem era Vasily Markov? Um estudante da Universidade de São Petersburgo se formando em literatura clássica da região. Não importava que Benjamin Terranova não soubesse a diferença entre Pushkin e Chekhov. Ele aprenderia. Ele se adaptaria. E teria que evitar chamar a atenção, porque os agentes de Goddard muito certamente estavam à sua procura.

A região de Ruskaya Ocidental, assim como as Méricas, a Isrábia e tantos outros lugares no mundo, teve uma história marcada por momentos sombrios, que agora eram apenas isto: história. Aulas em uma rubrica de estudos antigos. Quando a Nimbo-Cúmulo pôs fim às nações, só o melhor de cada região sobressaiu. Ben torcia para que a escuridão que ele tinha vivido também se tornasse uma nota de rodapé em sua vida. Mas isso levaria tempo. Exigiria esforço. Seria mais difícil do que parecia.

Ele tinha um apartamento com vista para o rio Neva em uma parte vibrante e agitada da cidade. No entanto, desde que havia se mudado para lá, ainda não tinha conhecido ninguém. Esperava sentir a necessidade, mas desejava apenas o que o treinamento havia incutido nele. Lutar com armas brancas, armas de fogo e clavas. Pôr fim a vidas. Tinha sido treinado para ser ceifador e agora era o quê? Nada. Não era mais nem ele mesmo. Pensou em Rowan Damisch. Foi isso que ele sentiu quando teve o anel negado no mesmo dia em que sua irmã foi ordenada? Percebeu que odiava Rowan cada vez menos — ainda mais agora que ele parecia não ter sido o culpado por afundar Perdura.

Era uma terça chuvosa em que Vasily Markov matou aula e foi fazer um tour no Hermitage. Não porque quisesse, mas porque tinha um ingresso para uma vista guiada em grupo, naquele dia específico. Ingresso que recebeu do ceifador carmesim que havia conseguido tão bem obliterar sua vida. Ben teria jogado o ingresso fora, mas sua curiosidade o impediu.

Foi a melhor visita guiada de que já havia participado. Não apenas pelas muitas obras do museu, mas pelo guia. Seu nome era Milan, e ele sabia tudo que havia para saber sobre todas as obras de arte do museu.

Quando a visita acabou, Ben ficou. Os turistas davam gorjetas generosas ao guia tão bem informado. Ben fez o mesmo, mas garantiu ser o último da fila.

— Foi melhor do que eu poderia esperar — ele disse.

Milan foi tão gentil e simpático quanto durante a visita, mas nada além disso.

— Obrigado, Vasily — disse o rapaz, o que pegou Ben de surpresa.

— Você sabe meu nome?

Milan deu um sorriso acanhado.

— Seu crachá.

— Ah, sim.

E, quando estava claro para os dois que Ben queria prolongar o momento, ele soltou o que queria dizer desde que tinha chegado ao museu e conhecido seu guia:

— Sinto sua falta, Raj.

Milan olhou para Ben, que, por um momento, achou que o outro sairia do personagem e o abraçaria. Mas, em vez disso, Milan disse:

— Se eu o conhecesse, talvez sentisse falta dele também.

Ben abriu um sorriso triste em resposta.

— Desculpe, pensei que você fosse outra pessoa.

— Acontece — disse Milan. — Que bom que gostou da visita.

Suplantar não era apenas uma ciência, mas uma arte. A Nimbo-Cúmulo nunca executava sem permissão do indivíduo, e, depois, a nova persona sabia que suas memórias haviam sido substituídas. Mas, quando os ceifadores suplantavam, não seguiam essas regras. Para Milan, o guia turístico, ele sempre havia sido Milan, guia turístico de algum lugar de Ruskaya Ocidental, com as memórias de uma infância que combinavam com a ficção. Ele nunca saberia a verdade. Nunca saberia que já tinha sido outra pessoa. Mas até que ponto a suplantação mudava mesmo a pessoa? Mudava quem você *pensava ser*, mas e quanto a quem você *realmente* era, em seu âmago?

— Obrigado de novo, Milan. — Ben se virou antes que as lágrimas ficassem óbvias.

Tanta ambivalência naquelas lágrimas. Descobrir que Raj não existia mais, mas que não tinha sido coletado. Era outra pessoa, mas estava vivo.

Não sou o monstro que você pensa, Constantino havia dito. Nem por isso Ben deixou de odiá-lo.

Ben estava quase na saída principal quando sentiu alguém tocar seu ombro de leve. Sentia apenas a levíssima pressão da ponta dos dedos, o que aliviou a tensão em seu pescoço. Ben sorriu, porque conhecia esse toque sem ter que olhar. Memória muscular. Isso, ao menos, não podia ser apagado.

— Talvez eu possa guiá-lo mais uma vez, Vasily — Milan disse. — Uma visita particular. O Hermitage tem mais obras-primas do que é possível ver em uma tarde. Seria um prazer mostrar todas pra você.

Ben encarou seu olhar afetuoso e se maravilhou com a forma como, em um instante, passaram de estranhos a algo mais.

— Seria ótimo — Ben disse. — Eu adoraria.

E quem sabe? Talvez Vasily viesse a conhecer Milan ainda melhor do que Ben conhecia Raj.

10

A persistência da memória

Em coautoria com Jarrod Shusterman e Sofía Lapuente

No coração de Barcelona, sob os pináculos imponentes da catedral La Sagrada Familia, morava um ceifador cujo nome ecoava por toda a cidade. Um nome falado com pavor e intriga misteriosa. Um nome sussurrado. Sempre sussurrado.

Era de pensar que a catedral magnífica — que levou mais de cem anos para ser construída em tempos mortais — seria o lar do homônimo do arquiteto que a projetou, o Honorável Ceifador Gaudí. Mas não. Era o lar do ceifador Dalí, que ali fixou residência por nenhum motivo além de despeito. Era um despeito profundo e permanente, tão eterno e imortal quanto ele.

Com frequência, o ceifador Dalí podia ser visto passeando em La Rambla, a rua mais gloriosa de Barcelona, em um manto de seda que era mais azul que o céu e riscado de ouro — cores inspiradas nas pinturas de seu patrono histórico. Tons que traziam uma luz estranha e onírica para o mundo. E, ao pôr do sol, Dalí ficava nas passarelas estreitas de pedra entre os pináculos da catedral imponente, observando a multidão lá embaixo, afagando seu característico bigode, que pendia sobre os lábios como os braços de um louva-a-deus, enquanto contemplava sua próxima vítima. O ceifador Dalí não apenas coletava. Ele criava. Forjava. Projetava. Cada coleta que realizava era uma obra-prima surrealista. Como seu patrono histórico pregava, *"Sem loucura, não há arte"*. Como a Nimbo-

-Cúmulo havia apagado a loucura do mundo, ele decidiu *ser* a loucura.

—Vai doer muito? — A voz da jovem noiva tremulou ao apertar a mão do noivo; um homem alto, magro, naturalmente jovem, cujas pernas tremiam igual a vara verde.

— Suas mortes serão instantâneas — Dalí os tranquilizou. — Se não forem, seus nanitos analgésicos vão amortecer a maior parte. Não tenham medo.

Os bancos da capela no alto da colina estavam cheios de espectadores. Todos usavam máscaras festivas para a ocasião. Havia médicos da peste cobertos de joias e arlequins com máscaras emplumadas. Quem havia ganhado na Loteria da Testemunha era instruído pelo ceifador Dalí a se vestir como se fosse a um baile de máscaras do Carnaval de Veneza. Era tudo parte da ambientação. Tudo parte do espetáculo.

Sobre o altar, havia um combustor de alta pressão com doze quilos de carvão pressurizado. Quando disparada, a arma lançaria uma rajada de cinzas piroclásticas superaquecidas que queimariam qualquer ser vivo em sua trajetória — e por isso a plateia estava protegida atrás de um vidro à prova de calor.

—Vocês serão imortalizados hoje — Dalí disse ao jovem casal. — Seus restos incinerados, envoltos em um invólucro eterno de cinzas de silicato, serão uma homenagem aos ventos vulcânicos de Pompeia. Considerem-se uma interpretação pós-mortal de *Romeo e Julieta*.

— Não somos "pós-mortais" se vamos morrer hoje — se atreveu a dizer o noivo.

— Bom, sim — concordou Dalí. — Mas os outros são.

O noivo engoliu em seco, e seu padrinho deu um passo à frente.

—Você consegue — disse o amigo. — Pense na honra que isso significa. E como vocês serão lembrados para sempre.

O casal se entreolhou e assentiu, como se tivesse algum poder de decisão.

— Suas vidas vão terminar no auge da felicidade — Dalí pontuou. — O que poderia ser mais nobre? Mais perfeito?

Para o ceifador, essa era uma satisfação suprema. Nesse dia, nessa capela histórica, ele mais uma vez faria do mundo um lugar melhor, enriquecendo-o com cultura. A coleta aconteceria no exato momento em que os lábios do jovem casal se tocassem — no milissegundo exato depois que Dalí os declarasse marido e mulher — pois seria ele mesmo a casá-los.

O cenário estava montado, e tudo que estivesse no caminho da rajada de cinzas tinha sido derretido previamente. Os fícus de plástico nos dois lados do casal derreteram como gosmas escuras, que depois endureceram e viraram um par de monstros subindo os degraus. Pinturas chamuscadas estavam penduradas nas paredes, e janelas de vitral gotejantes exibiam combinações peculiares de cor. Esses leitmotivs davam a ele muitos temas de discussão em exposições e coquetéis. Tudo que restava era criar a obra central de seu tableau grandioso. Quanto à multidão, a de hoje era exaltada, aos gritos e berros como se assistisse a um circo. Ninguém mais tinha respeito pela verdadeira arte.

Para Dalí, a coleta era a forma mais pura e preciosa de arte. Ele havia aprendido com os estilos mortais. O barroco ensinou em detalhes rebuscados que esse mundo era cheio de dor e grandiosidade. O expressionismo retratava as paisagens internas da mente humana, e a arte moderna revelava seu absurdo. Ele tinha ido ao Louvre várias vezes para contemplar o maior tesouro do museu — e, como ceifador, não precisava esperar na fila como todos os outros. Até lhe permitiam uma hora inteira com a galeria inteira para si. *Af Klint contemplando a morte de Safo*. Uma obra-prima reconhecida mundialmente como a última obra de arte mortal. Uma pintura que retratava a melancolia e a alegria da transição para a imortalidade.

Mas agora, num mundo sem sofrimento, que pinceladas de intensidade restavam ao artista? Que cores em sua tela? A morte, porém, era algo que nem a Nimbo-Cúmulo, com todos os seus trilhões de zetabytes de pensamento perfeito, poderia tirar da humanidade. Por esse motivo, Dalí jurou que faria de cada coleta uma obra-prima. E essa seria sua *magnum opus*.

A cerimônia transcorreu como sempre; a entrega processional da noiva pelo pai lacrimejante, votos trocados e a consagração efetuada pelo ceifador Dalí.

— Aldo e Pilar, eu vos declaro marido e mulher. Pode beijar a noiva. — Então, Dalí entrou atrás de seu próprio escudo de calor e carregou o combustor, que zumbiu fazendo a multidão prender o fôlego de ansiedade nos bancos.

Mas, antes que pudesse puxar o gatilho, todas as luzes se apagaram, e a arma foi desligada.

Um disjuntor queimado? Que momento péssimo! Essas falhas tinham sido extintas havia muito, mas monumentos antigos como a capela ainda mantinham seu charme rústico.

— Está tudo bem — Dalí disse. — Uma simples falha técnica. Por favor, mantenham suas posições.

Em momentos como aquele, ele se arrependia de não ter assistentes — mesmo abominando a ideia de não fazer tudo sozinho. Foi até os fundos para resolver o problema técnico: um disjuntor que havia estourado. No entanto, ao voltar pelas portas antigas de madeira da capela, descobriu que o casal havia sumido.

Seus modelos o haviam abandonado no altar.

— *¡No puede ser!* — exclamou.

Ele olhou para a plateia atrás do escudo de vidro, ainda com suas máscaras de Carnaval, pelo simples fato de estarem todos apavorados demais para revelar seus rostos.

— Aonde eles foram? — ceifador Dalí questionou.

A maioria estava assustada demais com a sua fúria para se mover, mas alguns apontaram para a entrada da capela.

Vítimas prestes a serem coletadas fugiam de quando em quando — e, pelas regras da Ceifa, eram punidas tendo o resto de sua família coletado também. Ele se voltou para os pais da noiva, que ergueram as mãos como quem diz: "Vai entender os jovens...".

O olhar de Dalí caiu sobre eles, sombrio.

— Sua filha acabou com a vida de vocês hoje. Sabem disso, não?

Eles baixaram os olhos e acenaram, resignados. Ele considerou cumprir o serviço na hora, mas decidiu que seria melhor na presença da garota, depois que a localizasse com seu novo marido. Que egoísta, que estúpido. O casal havia trocado a glória pela ignomínia e mais alguns minutos de vida.

Dalí se voltou para a plateia. Eles não estavam rindo — mas foram risos que ele ouviu. Ele tinha sido feito de palhaço, a obra-prima havia sido destruída, a morte gloriosa natimorta a seus pés.

—Vão! — ele disse à multidão. — Saiam da minha frente antes que eu colete todos vocês.

Eles não precisavam de outro aviso. Os bancos se esvaziaram em segundos.

Quando ficou sozinho, se deixou dominar pela raiva. Gritou e apanhou um candelabro derretido, que pendia da beira de uma mesa como um punhado de cobras prateadas, e o atirou do outro lado da sala. Derrubou seu combustor e atirou os pedaços de carvão nas janelas de vitral, quebrando o que ainda *não estava derretido*.

Aquilo não tinha sido acidente.

A energia não caiu sozinha. Alguém tinha planejado a fuga do casal. E o ceifador Dalí sabia exatamente quem.

*

No coração de Barcelona, nos morros verdejantes do parque Güell, morava um ceifador que havia fixado residência no antigo depósito de manutenção do parque. Um ceifador cujo nome trazia um sorriso aos lábios das pessoas.

Ao contrário do de Dalí, o manto desse ceifador não chamava atenção. Era uma túnica de lã velha, colorida em tons terrosos naturais. Seus olhos profundos e contemplativos com frequência estavam sobre as páginas de um livro da Era Mortal, sua mão acariciando a barba grisalha pensativamente — porque, embora pudesse escolher qualquer idade, se mantinha com respeitáveis sessenta anos. Ele acreditava que ninguém merecia a juventude mais de uma vez, muito menos um ceifador. Quando não estava realizando o serviço consagradíssimo da coleta, podia ser encontrado nos jardins do parque Güell, cultivando flores com a paciência de um santo. Porque, como sempre dizia, é necessário primeiro o amor, depois a técnica, filosofia baseada nos ensinamentos de seu patrono histórico.

Ele nunca coletava na área enorme do parque Güell. Todos sabiam que o parque era um refúgio seguro para seus muitos visitantes. O ceifador caminhava entre as pessoas que passeavam, admirando as gloriosas esculturas de mosaico que agraciavam o parque; estruturas extravagantes que pareciam feitas de açúcar, criadas por seu patrono histórico. Sorria para as crianças, as crianças sorriam para ele, antes de perguntar aos pais quem era aquele homem estranho que se permitia envelhecer. "Ninguém menos que o ceifador Gaudí", respondiam aos sussurros. Sempre aos sussurros.

Naquele dia, porém, o ceifador Gaudí tinha uma missão que o levou para longe de seu querido parque.

Havia uma pequena cabana no oeste — destino de lua de mel de um par de recém-casados. Gaudí esperava por eles no roseiral da cabana quando chegaram, ao mesmo tempo aliviados e aflitos. Eles olhavam para trás o tempo todo, pressentindo a perseguição, mas ninguém tinha vindo. O ceifador Gaudí sabia que Dalí não tinha se dado ao trabalho de conjecturar para onde iriam depois do casamento, claramente pensando que a coleta impossibilitaria qualquer plano futuro.

— Por favor, sentem-se — Gaudí disse ao recebê-los no pátio. — Tenho churros e os melhores chocolates quentes de Barcelona.

— Obrigado, excelência — o jovem marido disse enquanto se sentavam.

— Por favor, podem me chamar de Antoni — disse Gaudí, e encheu cuidadosamente as canecas com o líquido forte e sedoso.

O marido e a esposa apertaram as mãos.

— Agradecemos por tudo que fez por nós. Por nos libertar do show de horrores do ceifador Dalí.

Gaudí suspirou.

— Quem dera eu pudesse dar a vocês um ano de imunidade e um ano de felicidade conjugal... mas regras são regras. Quando se é marcado para coleta, não existe essa opção. Mas nenhuma lei diz que sua coleta deve ser um espetáculo.

— Como você vai fazer? — a noiva indagou, sem conseguir se conter.

Em vez de responder, Gaudí pegou uma rosa e entregou para ela. Havia na flor uma pequena aranha tecendo uma teia entre as pétalas.

— Fiquem em paz sabendo que é tudo parte de um grande plano — ele disse ao casal. — Um esquema de beleza orgânica que intrigou todos os grandes pensadores ao longo dos tempos. É por isso que as pétalas de rosa tanto agradam aos olhos, e as conchas do mar se curvam em uma espiral perfeita para você ouvir seu sangue correr dentro dela. E é por isso que toda aranha de jardim sabe o desenho de sua teia.

A menina pôs a rosa com delicadeza na mesa e começou a tomar o chocolate, tão reconfortante quanto a voz de Gaudí.

— A razão de Fibonacci — continuou Gaudí. — É um tipo de simetria divina que existe desde muito antes de o homem caminhar sobre a Terra.

— Mas o senhor não nos respondeu, excelência — disse o noivo. — Como vai nos coletar?

Gaudí sorriu para eles com uma compreensão gentil.

— Já está feito — ele disse.

Os dois olharam para as canecas em suas mãos. O veneno não estava no chocolate, mas aplicado na borda.

Começaram a empalidecer. Suas mãos tremiam, mas não era o veneno — era medo.

— Não haverá dor — Gaudí disse a eles. — Podem se retirar agora para sua cama matrimonial. Consumam sua união. Durmam nos braços um do outro. E, pela manhã, simplesmente não vão despertar.

Então o casal, com lágrimas nos olhos, entrou de mãos dadas e fechou a porta.

Mas, assim que a porta se fechou, uma telha caiu com estrondo, se estilhaçando no pátio. Então uma mulher da cabana vizinha gritou.

—Você! O que está fazendo aí! Desça antes que se machuque.

A menina de dezesseis anos no telhado deslocou outra telha e começou a escorregar. Conseguiu se segurar na beirada apenas por tempo suficiente para evitar uma queda catastrófica e despencou da calha de chuva para as rosas com um grito agudo e um baque. Estava toda arranhada e sangrando.

A mulher rechonchuda da cabana vizinha, usando um avental manchado de farinha, veio às pressas.

— Qual é o seu problema? — gritou a mulher. — Está tentando acabar semimorta?

Só então ela viu Gaudí, e não conseguiu disfarçar o choque de um encontro surpresa com um ceifador.

— Excelência! Perdão, não o vi aí. — Ela se atrapalhou para fazer uma grande reverência, deixando cair pedaços de massa de seu avental.

— Não tenha medo, a *señora* não corre risco de coleta hoje. — Então Gaudí se voltou para a garota. — Bela entrada a sua, Penélope. Quase fez os nanitos dessa pobre mulher entrarem em reanimação cardíaca.

— É bom ver você também, tio Antoni.

— Então, me seguiu até minha coleta de novo.

Como sempre, Penélope estava toda vestida de preto e, embora seus olhos estivessem delineados em linhas escuras como piche, não havia delineador suficiente para escurecer o brilho daquele olhar.

— *Perdoname*, tio Antoni.

— Desculpas só funcionam na primeira vez. — Porém, mais do que irritação, o ceifador Gaudí estava achando graça.

Penélope sabia, e abriu um sorriso travesso, pegando um churro da mesa para comer.

— E como você sabe que não envenenei os churros?

Penélope deu de ombros.

— Se estiver envenenado, eu seria revivida em breve.

Nesse momento, a padeira saltou na direção de Gaudí com uma agilidade surpreendente para uma mulher de seu tamanho, pegou a mão dele e beijou seu anel antes que ele pudesse detê-la.

— Obrigada, excelência! — Ela voltou às pressas para sua cabana antes que Gaudí pudesse dizer uma palavra.

Gaudí suspirou, e Penélope fechou a cara.

—Você vai deixar barato? Que ela roube sua imunidade?

Gaudí deu de ombros.

— Eu poderia desfazer isso. Além do mais, tudo que vai volta.

Tenho certeza de que, mais cedo ou mais tarde, algo de valor será tirado dela. Seja lá o que for, ela provavelmente vai sentir mais falta disso do que eu dessa imunidade roubada.

Penélope revirou os olhos diante do que claramente julgava um clichê vazio. Mas não era. Era assim que Gaudí via a vida. E a morte.

Penélope olhou para as cortinas fechadas da cabana, atrás das quais o jovem casal passava suas horas finais.

— Sempre me pergunto o que acontece depois que partem — ela disse.

— Isso só a Nimbo-Cúmulo sabe. Talvez nem ela. Dizem que suas almas são transferidas com a memória, para que parte delas continue vivendo dentro do sistema. Outros dizem que é como tirar uma *siesta* muito longa, sem a promessa de acordar.

— Dizem que a morte é a prima do sono — Penélope sugeriu.

— Bom, não deixe que isso tire seu sono à noite. — Gaudí deu um beijo na risca do cabelo preto desgrenhado e, em seguida, passou o braço ao redor dela. — Venha, deixe os recém-casados terem um tempo juntos. E, já que a morte a fascina tanto, pode ir ao funeral comigo quando estiver tudo pronto.

— Foi você, tenho certeza! Não ouse negar! — O ceifador Dalí caminhou a passos duros na direção de Gaudí, que trabalhava calmamente em sua horta. — Você estragou minha obra-prima — Dalí acusou, apontando o dedo.

Gaudí continuou a cuidar do jardim.

— Você parece exaltado, Salvador. Gostaria de algumas ervas calmantes?

— Você nega?

— Eu não estava nem perto da catedral.

— Mas tem conspiradores!

— Ah — disse Gaudí, entregando um maço de flores amarelas de camomila para Dalí. — Você quer dizer amigos. Sei que é um conceito que você desconhece.

— Não faça joguinhos comigo, Antoni! De uma forma ou de outra, foi obra sua, assim como a última vez e a vez anterior!

— Bom, na *última* vez, você queria guilhotinar publicamente uma herdeira genética da antiga linhagem real da Franco-Ibéria. Minha consciência não me deu escolha além de tirar a vida da garota antes que você transformasse a coleta em espetáculo. E antes, queria atirar um piloto do telhado, coberto de penas douradas.

— *Era ironia dramática!* — gritou Dalí.

— Sim — disse Gaudí, sem levantar a voz. — E não foi irônico que ele já estivesse morto antes de ser jogado do telhado?

— É minha prerrogativa como ceifador coletar como eu quiser!

Gaudí abriu um sorriso ardiloso.

— Verdade, mas não existe lei que me impeça de coletar suas vítimas primeiro.

Dalí baixou os olhos para as ervas em sua mão, notando-as naquele momento, e jogou-as no chão. Saiu andando, mas voltou rapidamente.

— Você não vai se safar dessa! Vou levar minhas queixas para o conclave!

Gaudí apenas riu.

— E o que acha que eles vão fazer? Me censurar por impedir que o dever sagrado da coleta seja avacalhado? Acho que não, meu amigo.

— Eu — rosnou Dalí cheio de rancor — não sou seu amigo!

— Bom, como eu disse, você não entende o conceito. Mas, se vale de alguma coisa, eu te considero um amigo.

Em resposta, Dalí pegou um forcado apoiado na cerca.

— Vou para o lugar mais lotado de seu querido parque — Dalí

disse — e coletar quem eu quiser com isto. Vai ser um banho de sangue. Vai ser terrível. E vai manchar o parque Güell para sempre.

O ceifador Gaudí apenas retomou a jardinagem.

— Faça como quiser — ele disse, sem maldade nem julgamento.

O ceifador Dalí saiu andando — mas, assim que chegou ao outro lado do portão, jogou o forcado no chão, claramente sem apetite para coleta.

Em meio a isso tudo, nenhum dos dois notou que Penélope espiava pela janela da cabana humilde onde Gaudí morava, observando tudo.

Todo grande artista evolui em estágios, e são esses estágios que fazem deles os criadores que são. Vim de uma família que não tinha amor pela arte nem conhecimento sobre o assunto. Meu pai olhava para os girassóis de Van Gogh e se perguntava: por que não hipercrescer as flores de verdade e colocar em cima da mesa de jantar? Portanto, foi a luta contra o mundano que me levou à minha verdadeira família: os criadores do passado — meus antepassados espirituais, cujas obras se agigantam nos museus do mundo. Da Vinci, Vermeer, O'Keefe e Ong. É sua paixão pela criação que corre em minhas veias e se derrama das veias daqueles que coleto.

As coisas eram diferentes na Era Mortal. A arte era inspirada porque os riscos eram sempre reais. Não havia Nimbo-Cúmulo para alimentar o artista faminto. Não havia nanitos para dominar o impulso de tirar a própria vida. Toda aquela dor e todo aquele sofrimento eram transformados em paixão e beleza derramadas sobre cada tela — como a terra transforma a sujeira em girassóis gloriosos.

É pela coleta que transmuto o sofrimento em obra-prima. Essa foi minha promessa a meus antepassados espirituais; que a única tinta na tela de minha vida fosse vermelho-sangue.

— Do diário do honorável ceifador Dalí

Dalí andava de um lado para o outro nas varandas e passarelas da Sagrada Familia, fervendo de raiva, que se espalhava por toda a catedral grandiosa. *Talvez*, ele pensou, *eu pudesse dar uma festa para melhorar meu humor.* Suas festas eram suntuosas. Antes de fixar residência lá, a catedral era uma infestação constante de turistas — mas agora ninguém tinha permissão de entrar, a menos que fosse convidado. Todas as pessoas importantes de Barcelona frequentavam suas festas. Ele fazia tours pessoalmente com seus convidados, observando seu deslumbre diante das colunas e dos mosaicos de vitral. O tour sempre acabava na cripta, onde ele mostrava a sepultura de Antoni Gaudí — o *verdadeiro* Gaudí —, ao mesmo tempo que torcia para que o *ceifador* Gaudí fizesse a gentileza de se autocoletar. Dalí teria o maior prazer de enterrar o infeliz ao lado de seu patrono histórico.

No seu caso, porém, a autocoleta estava fora de cogitação. Não apenas porque sentia que o mundo precisava dele, mas porque temia que Barcelona celebraria mais do que lamentaria sua morte. Dalí era temido, Gaudí era amado. *Bom, ao menos me respeitam*, Dalí dizia a si mesmo — mas respeito causado por medo não é o mesmo que respeito por amor. Um pode levar à sepultura, o outro floresce depois de sua partida. Portanto, para o ceifador Dalí, era melhor nunca partir.

A ideia da festa se desfez enquanto ele andava — sabia que todos que viessem fariam isso não por amor nem por medo. Viriam para conhecer a catedral. Ou na esperança da imunidade que ele distribuía livremente em seus bailes de gala. Por uma noite, seriam bajuladores, apenas para falar mal dele quando voltassem para casa. *O que*, ele se perguntava com frequência, *devo fazer para que me amem como amam ele?*

Então teve uma ideia. E se concebesse uma coleta da qual todos em Barcelona pudessem participar? Sim, sim — uma coleta em que a plateia não seria composta apenas de poucos convidados, mas da cidade inteira! Dessa forma, ele poderia conquistar o coração das pessoas e abrandar a humilhação daquele último fracasso.

Enquanto considerava a ideia, a fúria contra o ceifador Gaudí foi, aos poucos, substituída pela boa e velha emoção de criar. Essa seria sua obra-prima! Uma performance que atravessaria todos os bulevares e ruas da cidade. Uma obra de arte viva/moribunda que todos poderiam testemunhar!

Dalí começou a esboçar seu plano. Chamou engenheiros e mecânicos. Carpinteiros e artesãos. Sob suas ordens, mais de cem pessoas começaram a trabalhar na preparação de uma coleta como nenhuma outra. E, em todo lugar, ele posicionou membros leais da Guarda da Lâmina para garantir que Gaudí não tivesse como sabotá-lo novamente.

Em menos de um mês, a construção do grandioso mecanismo mortal de Dalí estava quase concluída. O que era mais do que se podia dizer de sua casa. A catedral tinha sido completada oficialmente perto do fim da Era Mortal, mas, na verdade, nunca acabou de fato. Sempre havia uma equipe ou outra trabalhando nela. Um esquadrão de restauração aqui, uma equipe de limpeza ali, pedreiros acolá. Os operários eram habilidosos em se manter afastados quando Dalí estava presente, então ele raramente os via — mas, naquele dia, havia uma adolescente trabalhando sozinha na catedral. Ela tinha subido a escada de manutenção em espiral até o mezanino, onde, do lado de fora da grade, retocava com um pincel um vigamento decorado, sem parecer se importar que um único passo em falso levaria a uma queda traiçoeira e um dia ou dois num centro de revivificação. Ela se atreveu a assobiar — som que o ceifador Dalí não suportava, pois ecoava no espaço cavernoso como uma chaleira.

Além do mais, a menina destoava terrivelmente da estética da catedral. Estava toda vestida de preto — uma afronta ostensiva contra a natureza colorida da basílica. Dalí se aproximou dela por dentro da grade. Em vez de agir com reverência, ela fingiu não notá-lo — e ele sabia que era fingimento porque viu o sutil movimento dos olhos dela quando entrou em seu campo de visão.

— Pare com esse assobio infernal — Dalí ordenou — ou vou avisar seu chefe que estou descontente.

Ela finalmente olhou para ele, mas logo voltou ao trabalho.

— É proibido assobiar. Entendido — ela disse. — E cantarolar? Cantarolar pode?

— É proibido fazer absolutamente qualquer som — Dalí respondeu. — E, quando se dirigir a um ceifador, sempre deve terminar suas frases com "excelência".

— Entendido.

— Entendido, *excelência* — Dalí provocou.

— Certo. Anotado para a próxima.

— Essa *foi* a próxima.

Dessa vez, ela não respondeu nada, só assentiu. Dalí teve que admitir que estava surpreso. Nunca alguém o havia tratado com uma descortesia tão flagrante.

— Não se esqueça — ele disse —, sou um portador da morte. Meu descontentamento pode acabar muito mal para você.

Ela ergueu um pouco o queixo. O movimento projetava orgulho, talvez certo desacato.

— *Matarás sem discriminação, fanatismo ou pensamento premeditado* — ela disse, se atrevendo a citar o segundo mandamento da Ceifa. — Tenho quase certeza de que coletar uma pessoa porque você a acha irritante é considerado discriminação.

Dalí ficou mais irritado.

— Nenhum ceifador nunca foi disciplinado por coletar os irritantes.

— Então vocês não estão mesmo vivendo de acordo com seus mandamentos, não é? — Ela o encarou com um olhar penetrante.

— Basta! Você está demitida. Portanto, a partir deste momento, está violando direitos de propriedade privada. Agora saia.

— Se os ceifadores não podem possuir nada, como posso estar em propriedade privada? Só porque a sociedade permite que você ocupe esta catedral não quer dizer que ela seja sua, assim como meu tio não possui a cabana onde vive. — Então, ela desceu pelo andaime com a habilidade de um gato e desapareceu.

Foi só depois que ela saiu que Dalí entendeu quem devia ser o tio daquela menina desrespeitosa.

Não eram muitas as coisas que assustavam Penélope. Quando não se tem medo da morte, nada mais tem importância. Nem cobras nem aranhas nem lugares escuros e desertos, nada a intimidava. Mas isso não queria dizer que ela não fosse programada como todos os outros humanos a sentir o único medo primordial que restava: medo do desconhecido. Era por isso que ela fazia jogos consigo mesma, provocando esse medo, para sentir o cortisol percorrer suas veias. Que sua vida realmente estava em perigo. Foi por isso que se atreveu a enfrentar o volátil ceifador Dalí. Era por isso que vagava por caminhos solitários através do *casco viejo* — o lado antigo da cidade — na calada da noite. Era um lugar que ainda abrigava cultura e história em suas paredes, onde pequenos torrões poderiam muito bem ser buracos de bala que guardavam uma história secreta. Onde sacadas iluminadas por lanternas mal haviam mudado desde os tempos mortais. Onde antigas relíquias chamadas CDs ainda ficavam penduradas em janelas numa tentativa primitiva de afastar os pombos. Isso a transportava para outros tempos. A mãe de Penélope dizia às pessoas que sua filha era simplesmente antiquada

— mas todos que realmente conheciam Penélope entendiam que sua afinidade com o passado era mais um ato de protesto contra o presente. E contra o futuro — que prometia ser mais do mesmo.

Enquanto vagava pelas ruas antigas naquela noite, Penélope sabia que estava sendo seguida. Poderiam ser infratores para assediá-la de mentira, porque fingir ser fora da lei era a única coisa que eles realmente podiam fazer. A Nimbo-Cúmulo nunca permitiria que alguém a seguisse com más intenções de verdade. Mas, enfim, ser sobrinha de um ceifador às vezes rendia coisas estranhas para sua vida. Meninos que tentavam obter favores de seu tio e faziam propostas românticas. Repórteres buscando um ângulo novo sobre uma matéria. Mas, para seu próprio divertimento, ela fazia disso um jogo, fingindo que era um monstro das histórias da Era Mortal a seguindo, deslizando pela escuridão, ávida por sua próxima refeição.

Medo! Ansiedade irracional! Ela se permitia ser envolvida por essas emoções, tentando fazer com que durassem mais do que seus nanitos permitiriam. Que prazer sentir o coração acelerar!

Quem ou o que quer que a estivesse seguindo havia cometido alguns erros cruciais. Um ou outro pedrisco chutado. Uma sombra que passava sob um poste. Isso só alimentava a adrenalina.

Ela virou uma esquina e entrou por uma porta, esperando que seu perseguidor passasse, para virar o jogo. Quando viu quem era, abriu um sorriso sombrio. Ela deveria ter imaginado!

— Ceifador Dalí, que surpresa inesperada! — ela disse, aparecendo subitamente. — Então você também gosta da cidade antiga? Ou só gosta de seguir jovens moças?

Ele balbuciou um pouco com a sugestão.

— De jeito nenhum! Apenas uma em particular, e sem nenhuma má intenção, devo acrescentar.

— Então qual seria a "boa" intenção? — Penélope perguntou,

antes de acrescentar "excelência" de um jeito que soava mais como insulto do que como título.

— Fiquei curioso para saber se minhas desconfianças estavam corretas, se você era uma protegida do Honorável Ceifador Gaudí.

— Era só ter perguntado.

— Foi por isso que a segui. Para perguntar.

— Sou sobrinha dele.

Mas Dalí estendeu a mão, mostrando seu anel.

— No entanto, minha pedra de ceifador não fica vermelha em sua presença. Se fosse sobrinha dele, teria imunidade por todo o tempo que ele vivesse.

Penélope suspirou.

— Bom, não sou sobrinha dele *de verdade*. Meu pai e Antoni eram amigos de infância. Mas meu pai foi coletado no ano passado em uma viagem de negócios à MidMérica, com todos no avião.

Dalí resmungou diante disso.

— Sim, ouvi falar desse caso. Muito mau gosto. Os ceifadores mericanos são tão ineptos em suas coletas.

— Enfim, depois que minha mãe viveu seu luto, decidiu se restaurar. Agora tem vinte e um anos de novo, e foi embora para Seychelles em busca do amor. Então, tio Antoni se ofereceu para me acolher.

— Interessante — disse Dalí. — Mas, diga-me, como você entrou em minha residência? Verifiquei com o encarregado de obras, e você nunca fez parte da equipe dele.

Penélope deu de ombros.

— Há muitas entradas na Sagrada Familia para quem é bom de escalada.

— Sim, mas por quê?

Penélope sorriu.

— Para ver se conseguiria.

— E então você tentou me enfurecer...

Mais uma vez, ela sorriu.

— Para ver se conseguiria.

— Bom — disse Dalí, com uma leve contração do bigode curvado —, você teve sucesso nas duas tentativas.

Ele a observou por mais um momento de silêncio. Penélope não sabia se ele estava desconfiado ou intrigado. Talvez um pouco dos dois.

— Eu poderia acusá-la de espionar para seu "tio".

— Você estaria enganado. Ele não faz ideia de que estive na Sagrada Familia. Ficaria furioso se soubesse.

— Vocês não se dão bem?

Penélope deu de ombros.

— Ele nunca me deixa assistir às coletas dele. Pensei que você talvez deixasse.

— Ah — disse Dalí. — Agora eu entendo.

Então, de seu manto, ele tirou uma agulha hipodérmica e, em um único movimento, enfiou-a no pescoço dela. Os pensamentos de Penélope começaram a rodar, e sua visão se escureceu quase imediatamente. Suas pernas cederam, e Dalí a segurou.

— Você disse... você disse que não... tinha nenhuma má intenção — ela disse enquanto a consciência começava a escapar.

Ao que Dalí respondeu:

— É direito de um ceifador mentir.

Não concedo imunidade frívola.

Passo muito tempo com os visitantes do parque Güell, mas nunca estendi a mão para que beijassem meu anel. A única imunidade que concedo é a que sou comandado a dar — às famílias de quem que coleto. Por vezes, a imunidade é tirada de mim, contra minha vontade — mas, contra aqueles que pegam minha mão e beijam meu anel, não guardo nenhum rancor. Porque, nesses casos, a imunidade é escolha deles, não minha.

Entenda: os seres humanos sempre tiveram capacidade de tirar a vida — e até a propensão a isso. Mas conceder a liberdade caprichosa da morte? Essa é uma arrogância que não consigo tolerar. Outros ceifadores podem desejar se projetar como salvadores e, assim, servem a seu próprio ego, mas prefiro não ser um deles. A ironia é que, por me recusar a distribuir a imunidade à toa, as pessoas parecem me amar mais.

Não é que eu não tenha em minha vida quem eu desejaria que fosse imune à coleta, mas conceder isso seria o mesmo que brincar de Deus. A Nimbo-Cúmulo, em sua sabedoria, escolhe não brincar de Deus, mesmo quando assume tarefas divinas. O mínimo que posso fazer é seguir seu exemplo.

— Do diário do Honorável Ceifador Gaudí

Ao contrário de Gaudí, o ceifador Dalí era adepto da "imunidade frívola". Afinal, não era uma missão nobre das figuras sagradas absolver as massas? E os ceifadores não eram o que os pós-mortais tinham de mais próximo de figuras sacras?

O ceifador Dalí também acreditava que uma coleta não apenas exigia expressão artística, mas um elemento de respeito sagrado. Na noite anterior à coleta, ele oferecia às vítimas a melhor refeição de suas vidas, como parte desse respeito. Uma alusão pós-mortal a como os executores alimentavam os condenados antes da forca, da cadeira elétrica ou de qualquer outra morte bárbara que as mentes mortais haviam concebido. Dalí queria que suas vítimas sentissem que a vida estava completa, não acabada. Queria que se sentissem confortáveis — a menos, claro, que a essência de sua coleta exigisse o contrário.

Como era seu costume, Dalí mandou instalar uma enorme mesa de madeira no corredor central de La Sagrada Familia, onde foi servido um banquete suntuoso.

Ele verificou se Penélope estava amarrada corretamente à cadeira. Solta o suficiente para conseguir se alimentar, mas presa o bastante para não conseguir escapar. Em seguida, administrou o estimulante para acordá-la.

— Bem-vinda à sua última ceia — disse Dalí, quando Penélope estava completamente acordada. — Ele apontou de maneira magnânima para a mesa luxuosa de comida. — *Jamón serrano, esqueixada, Botifarra amb mongetes*, todos os meus favoritos.

Penélope pigarreou e falou com a força de alguém que ainda não tinha acabado de acordar da sedação.

— *Seus* favoritos? Não era para ser *meus* favoritos?

— Bom, sim… mas eu não sabia quais eram, então me baseei em meu próprio paladar.

Dalí a observou enquanto ela assimilava a situação. Normalmente, nesse momento, suas vítimas gritavam. Choravam. Imploravam pela vida. Desabavam no mais humano dos sentidos.

Mas Penélope não fez nada disso.

Por pouco ela não estava sorrindo.

— Então essa é a sensação de ter uma última refeição. — Embora sua voz tremesse de medo, seus olhos pareciam brilhar, como se ela estivesse sentindo prazer na própria angústia.

Dalí riu baixo, mas sem alegria — o que o irritou, porque pretendia sentir um prazer verdadeiro com essa coleta.

— Correto — ele disse. — E sua coleta será o elemento central da minha maior obra-prima. — Então começou seu discurso clichê, que proferia a todos que estava prestes a coletar. — Sei que pode ser difícil para você ouvir, mas falecer não significa que sua vida vai acabar; o que estou oferecendo é uma chance de imortalidade, de ser lembrada para sempre, cristalizando sua existência na memória da eternidade.

Penélope até riu.

—Você se acha muito. *"Memória da eternidade."* Talvez na próxima possa ir à corrida dos touros de Pamplona e criar sua "obra-prima" com um pouco de *bullshit* de verdade.

Dalí estava perplexo. Quanto desrespeito! Ele já havia coletado por menos, mas se segurou. Ela já estava marcada para coleta, então o que mais ele poderia fazer com ela? Não havia nada de mal na menina dizer o que pensava, e ela sabia disso. Dalí quase admirava essa audácia.

Não, ele não podia tirar a vida dela por raiva de sua insolência. Coletá-la aqui, à mesa, estragaria tudo. Nem um dia antes, ele ainda estava buscando a vítima certa para sua obra grandiosa — quando a vítima perfeita apareceu bem ali na catedral. Mais do que perfeita! Penélope era, em muitos níveis, a única que poderia ocupar o papel.

—Você nasceu para isso — comentou Dalí.

— E vou morrer para isso — ela rebateu. — Tio Antoni não vai ficar feliz.

Isso deu a Dalí uma alegria genuína.

— Essa — ele disse — é a melhor parte!

Penélope deveria dormir em uma câmara no alto de uma torre na ala leste da catedral. Ela se imaginou como uma princesa trancada em um castelo. Cuidada por criados, bem servida, com tudo a seus pés, embora tudo isso estivesse longe da verdade. Depois que foi levada à câmara, ficou lá sozinha com seus pensamentos. Dalí tinha se encarregado de escolher o vestido que ela usaria no dia seguinte. O dia de sua coleta. Estava pendurado em um gancho na parede. Preto e lavanda, as cores do luto.

Ela seria coletada. Essa sensação a fez se lembrar de quando era pequena, e seu pai a girava no balanço de pneu milhares de vezes. Era emocionante, e ela ficava eufórica — até sentir tanta náusea e vomitar as próprias tripas.

Foi assim que começou seu pendor por terror. As primeiras memórias de sua busca por adrenalina. Conforme Penélope avançava na escola, se encarregava de escalar a torre do sino e anunciar o começo da aula manualmente, para desgosto do diretor. Este sempre foi seu jeito: tudo temperado com um delicioso sabor de perigo. Já tinha sido marcada como infratora duas vezes. Essa era outra linha traiçoeira onde gostava de caminhar.

Imaginava que era por isso que, sozinha na câmara no alto da torre, conseguia suportar a ideia da própria morte. O fato é que tinha passado a vida se preparando.

Perto da meia-noite, uma batida à porta, e o ceifador Dalí espiou dentro do quarto, com aquela eterna expressão de repugnância, como se sentisse um cheiro ruim.

— O que você quer? — Penélope perguntou.

— É habitual confirmar se você está confortável em sua última noite.

Ela se sentou.

— Estou o mais confortável que uma pessoa pode ficar em sua última noite de vida. Então, pode ir agora.

Mesmo assim, Dalí permaneceu.

— Não consigo evitar a impressão de que você queria isso — ele arriscou — e gostaria de saber por quê. Seus nanitos de endorfina estão configurados num nível muito baixo? Sem dúvida a Nimbo-Cúmulo poderia tê-los ajustado.

Embora não gostasse nem um pouco de falar com ele, Penélope tentou dar uma resposta honesta.

— Não é que eu queira ser coletada… mas tenho curiosidade. Sempre tive.

— Curiosidade sobre como é morrer?

Ela fez que não.

— Já semimorri antes. Mas não é a mesma coisa. É temporário. Os semimortos nunca chegam àquele momento além do tempo.

— E se esse momento não existir? — Dalí perguntou.

— É o que quero descobrir.

Ele franziu a testa, mas sua expressão se tornou pensativa.

— Não podemos saber as coisas que não podemos saber.

— Isso não é uma resposta.

— Bom, amanhã vou dar sua resposta.

Mas, ao dizer disso, ele não parecia sentir prazer com a perspectiva. Sentou numa cadeira no que seria um canto, caso o quartinho não fosse circular.

— Tive uma filha muito tempo atrás — ele disse.

— Pensei que ceifadores não pudessem ter filhos.

— Isso foi antes de me tornar aprendiz. Quando ela tinha oito anos, minha esposa e eu a levamos em uma trilha nas Astúrias. — Ele sorriu com a lembrança. — Pinar Setas... uma linda floresta. A vista do oceano na montanha era espetacular. Mas uma tempestade começou. Isso foi nos tempos em que a Nimbo-Cúmulo ainda estava aprendendo a influenciar o clima. — Dalí não olhava para Penélope enquanto contava sua história. Por isso ela sabia que não terminaria nada bem. Ele limpou a garganta e continuou: — Os raios vêm antes da tempestade, sabia? Tinha sido uma estação seca e, quando o raio caiu, a encosta da montanha começou a pegar fogo. Em poucos minutos, estávamos cercados por chamas. Saímos correndo, voltando por onde tínhamos vindo, mas o caminho serpenteava de maneira imprevisível e, quando vimos, estávamos nos dirigindo rumo ao incêndio. Então o vento mudou, e fomos envolvidos pela fumaça.

Ele fez uma pausa. Penélope esperou, sabendo que não deveria perguntar o que viria depois. Na verdade, nem tinha certeza de que queria saber.

— Fogo é uma das poucas coisas capazes de acabar com você completamente, sem a assistência de um ceifador — ele disse. — A morte por fogo era rara na época, e ainda mais rara agora, mas acontece. Acordei em um centro de revivificação. Oito dias. Foi o tempo para me trazer de volta. Mas minha esposa e minha filha? — Ele balançou a cabeça. — Drones tentaram recuperar os corpos, mas derretiam com as chamas. A Nimbo-Cúmulo só conseguiu recuperá-los quando não dava mais para revivê-los.

— Sinto muito — Penélope disse, mas ele estava distante demais, perdido na espiral dessa memória terrível.

— Meu mundo se tornou muito sombrio. A Nimbo-Cúmulo me permitiu diminuir meus nanitos para passar pelo luto, mas não foi suficiente. Quanto mais dor eu sentia, mais precisava sentir. Assim como você, eu desejava com toda a minha alma saber onde elas estavam. Que experiência viviam do outro lado do véu de obsidiana. — Então ele riu com amargor. — Chegou um momento em que a Nimbo-Cúmulo se ofereceu para suplantar minhas memórias por outras. Eu me tornaria alguém diferente. Mas não. Se fizesse isso, não haveria ninguém para lamentar por elas. Ninguém que se lembraria da vida que tivemos. Foi então que conheci o ceifador Miró. Ele deve ter visto algo digno em meu sofrimento, porque me admitiu como aprendiz. Eu tinha vinte e oito anos, bem mais velho do que os outros aprendizes. Mas me afeiçoei à missão. O rio de minha vida correu nessa direção nova. Não se passa um dia em que eu não pense nelas. Mas, em vez de me juntar a elas, escolhi mandar outros pelo mesmo caminho. Para que não ficassem sozinhas. — Ele fez uma pausa antes de acrescentar. — E porque sou um covarde.

Penélope ficou admirada ao constatar que Dalí era, sob sua fachada pomposa, um ser humano de verdade, com sentimentos genuínos. Se perguntou se seu tio conhecia essa história.

— Se é covardia viver, o mundo inteiro é culpado — ela disse a ele.

Nesse momento, Dalí voltou das profundezas e a encarou, como se ela fosse a responsável por tirá-lo de perto de sua esposa e sua filha.

— Só compartilho isso para mostrar a você que entendo seu fascínio peculiar pelo além.

— Não vou contar a ninguém — ela disse.

Então ele se levantou, rígido, recuperando a compostura.

— É claro que não. Você vai ser coletada antes de ter a chance.

Então saiu andando, com seu manto reluzindo logo atrás.

O evento foi anunciado por todos os cantos. Multidões começaram a se reunir antes do amanhecer. Barricadas e uma falange da Guarda da Lâmina foram posicionadas para assegurar que os espectadores pudessem ver, mas não interferir no mecanismo grandioso que atravessaria a cidade. O fato de ser público, para ser visto por todos, também era uma garantia contra Gaudí. Ele não se atreveria a passar vergonha exibindo a rivalidade dele aos olhos do público. E, quando descobrisse que sua preciosa Penélope seria a coletada, já não teria tempo de fazer nada.

Dalí havia trabalhado intensamente maquinando o evento semanas antes de escolher Penélope como vítima — era um sistema complexo, projetado milimetricamente, que, depois de desencadeado, funcionaria como uma sequência de dominós caindo, em uma letal reação em cadeia.

Tudo começaria na praça de Espanha, onde uma réplica da *Torre del Rellotge* feita de gelo seria revelada ao alvorecer. Ela derreteria ao sol nascente, enchendo um balde...

... que ativaria uma tirolesa transportando uma estátua sem cabeça sobre as ruas como um fantasma na direção da fonte mágica de Montjuïc...

... onde o queijo ao fim do labirinto estaria sobre uma balança perfeitamente equilibrada...

... que faria uma bola de granito pesada descer por um declive...

Assim, uma engenhoca após a outra se revelariam diante de todos que assistiam, criando uma procissão mecânica que serpentearia pela cidade até, por fim, chegar à Sagrada Familia. Lá, no alto da torre central, a vítima da coleta encontraria seu fim.

Penélope acordou e viu o ceifador Dalí em pé ao seu lado, sorrindo.

— Bom dia! Seu grande dia vai começar!

Ainda faltava muito para o amanhecer. Mas isso lá importava? Ela mal tinha dormido.

— Você diz como se fosse meu aniversário... e não o dia da minha morte.

Dalí apontou para o vestido pendurado na parede.

— Coloque o vestido de luto, com o véu cobrindo seu rosto. Você vai testemunhar comigo o começo das festividades, o começo da grande máquina. Depois voltaremos à catedral para a conclusão.

— E se eu não cooperar?

O sorriso de Dalí ficou muito mais sombrio.

—Você conhece a lei. Se resistir, serei obrigado a coletar não apenas você, mas sua família, o que significa que minha próxima parada será em Seychelles, onde vou fazer uma visita a sua mãe.

Penélope mordeu o lábio. Podia detestar as escolhas da mãe, mas não queria enviar um ceifador contra ela.

— Saia — ela disse, sentindo um prazer momentâneo em dar ordens a um ceifador. — Saia para eu me vestir.

Uma multidão já havia se reunido na praça de Espanha. Quando o dia raiou, as pessoas observaram o ceifador Dalí subir o andaime para a misteriosa torre coberta. Ele estava acompanhado por uma mulher de véu em tons de preto e lavanda — as mesmas cores do manto que cobria a torre da ponta até a base. Então, quando o sol começou a passar por sobre os telhados, Dalí puxou uma corda, e o manto caiu, revelando uma torre de relógio feita inteiramente de gelo. A multidão murmurou e apontou, admirada.

Duas crianças haviam conseguido passar discretamente pela barricada e se esconderam no lado sombreado do andaime. Elas passaram a língua no gelo, riram e silenciaram uma à outra. De seu esconderijo, não conseguiam ver Dalí e sua companheira, mas podiam ouvir a conversa deles.

— Tudo isso é para me impressionar? Porque não deu certo — a jovem disse.

— Não me importo nem um pouco — Dalí respondeu —, desde que as multidões lá embaixo estejam impressionadas.

Se as duas crianças eram algum indício, Dalí já tinha atingido seu objetivo. Agora não restava nada além de esperar, com uma ansiedade crescente, conforme a torre perdia suas arestas, e um balde começava a se encher com o gelo derretido.

Depois que a estátua sem cabeça voou quase meio quilômetro, e o rato seguia seu caminho curva após curva na direção do queijo, Dalí e Penélope foram levados de volta à catedral — durante esse tempo, ele observava o progresso pelo tablet.

— A máquina logo vai chegar à orla, depois subir até La Rambla, virar à esquerda na Plaça de Catalunya, depois voltar à catedral quando o relógio bater nove horas. Esse é o horário de sua coleta, menina.

Penélope não disse nada. Tinha esgotado seu repertório de gracejos e respostas mordazes. Ficou em silêncio por trás do véu, e isso pareceu incomodar Dalí. Ela começou a se perguntar se, no fundo, o véu não seria para ele — para que não tivesse que olhar nos olhos dela durante todo o martírio.

— A euforia da multidão foi excelente — comentou Dalí, preenchendo o silêncio com bobagens. —Você viu? Eles agora me amam tanto quanto amam seu tio.

Ele deve ter ouvido as dúvidas no silêncio, porque rebateu imediatamente, já na defensiva.

—Você acha que não? Como a cidade poderia não valorizar o criador de um espetáculo tão belo?

Dessa vez, Penélope não se conteve:

— Espetáculos não conquistam amor e definitivamente não conquistam respeito.

Ele não tinha resposta. Então, direcionou seu rancor contra o motorista, um guarda da Lâmina que provavelmente já estava acostumado com o abuso verbal de Dalí.

—Vamos ser ultrapassados por lesmas — repreendeu. — Mude para o piloto automático, se não conseguir encontrar uma rota mais rápida.

— As barricadas criaram engarrafamentos em toda a cidade, excelência. Temos que ter paciência.

Penélope riu involuntariamente.

Dalí se eriçou um pouco.

— Então você me vê como uma criança mimada, é? Sempre exigindo gratificação imediata?

— Eu não disse nada.

— Não precisava.

— Que importa o que eu penso se amanhã já estarei morta?

Dalí ajeitou os ombros, inquieto.

— Mesmo assim, não quero que pense mal de mim.

Ela riu novamente.

—Você vai tirar minha vida. Como eu poderia pensar bem?

Então algo passou pela cabeça de Penélope. Ela sabia a verdade mesmo antes de perguntar — mas perguntou mesmo assim, só para avaliar a reação dele.

— Faço você se lembrar dela, não? Da sua filha.

Dalí mordeu os lábios e desdenhou da pergunta com um gesto.

— Ela só tinha oito anos. Não era nem um pouco como você.

— Cabeça-dura... questionadora. Talvez você veja em mim o que ela poderia ter sido.

— *Nem mais uma palavra ou vou coletar você agora mesmo!*

Ao que Penélope respondeu com calma:

— Estamos num carro. Nem tenho como fugir.

Dalí fechou a cara, alimentando a própria amargura.

— Hoje seu tio, seu queridíssimo tio, vai chorar como nunca. E finalmente vai entender que não se deve mexer comigo.

— Se vou ser coletada por rancor, ao menos me permita a dignidade de mostrar o rosto.

— Vou mostrar, garota. Quando estivermos no alto da torre central da catedral, seu rosto será revelado. Você terá dignidade. Morrerá com elegância. E, quando seu espírito partir, será levado por uma centena de pombas que serão libertadas para os céus.

Na orla, Colombo despencou do alto de seu monumento imponente, caindo sobre um lado de uma gangorra, que lançou um globo de aço em um arco balístico na direção de La Rambla, onde quebrou um tanque de vidro cheio de água do mar. A onda resultante empurrou as pequenas estátuas de Niña, Pinta e Santa Maria para a borda pintada de uma Terra plana, fazendo-a tombar dentro de um barril, que se inclinou e rolou sobre um controle remoto de ignição de um carro público que, então, começou a rodar pela avenida rumo ao próximo conjunto de engenhocas. A multidão aplaudia, acompanhando a revelação do evento que se aproximava cada vez mais da catedral.

— Desculpe, excelência, não há nada que eu possa fazer — disse o motorista. — Em toda curva que fazemos, as ruas estão intransitáveis.

Apesar de tudo de ruim que Penélope sentia, ela se divertiu de verdade com essa ironia.

— Você planejou sua máquina nos mínimos detalhes — ela disse —, mas não planejou uma forma de voltar à catedral?

— Vamos chegar lá! — resmungou Dalí. — Nem que eu tenha que criar asas e voar, vamos chegar lá.

Penélope deveria estar aliviada com essa falha na matriz perfeita de Dalí. Mas que bem isso faria a ela? Poderia frustrar a forma da coleta, mas não a coleta em si. E, mesmo que seu tio ficasse sabendo, não teria como salvá-la, assim como não pôde salvar os recém-casados. Ele era um homem de honra — o melhor que poderia fazer seria resgatá-la de Dalí para coletá-la com suas mãos amorosas. E não era isso que ela queria. Não, o melhor que poderia desejar era ser a mola mestra do mecanismo de Dalí. *"Há formas piores de ser coletado"*, ela tentou se convencer, embora, naquele momento, não conseguisse pensar em nenhuma.

— Eu posso nos levar até a catedral — ela disse a Dalí. — Mas vai ter que me prometer uma coisa: quando tudo isso acabar, vai fazer as pazes com meu tio.

Dalí riu da sugestão.

— Depois de hoje, não haverá chance alguma disso.

— Mas prometa que vai tentar mesmo assim. Diga a ele que foi meu último desejo.

Ele a observou nesse momento. Ela não sabia se o olhar vítreo era um indício de lágrimas ou de fúria por estar preso no trânsito de Barcelona.

—Vou fazer o que você pediu — ele disse.

Fechado o acordo, ela disse para ele sair do carro.

— Ir a pé? — questionou Dalí. — É longe demais... nunca vamos chegar a tempo.

— Quem falou em ir a pé? — Então, ela o guiou até um conjunto de escadas no meio da calçada que daria no subterrâneo.

— De metrô? — duvidou Dalí, indignado e incrédulo. — Ceifadores não andam de metrô!

— Bom, é isso ou criar as asas que você falou.

E assim, sem opção, ele a seguiu.

Ninguém os incomodou no metrô. As pessoas se mantiveram longe, cochichando, se perguntando se a viagem era parte do evento. Dalí não tentou dissuadi-los.

Menos de dez minutos depois, subiram os degraus da catedral, e a multidão abriu espaço para eles — mas ainda corriam contra o tempo. O equipamento tinha executado dezenas de artifícios, estava a menos de um quilômetro da catedral, e eles ainda tinham que subir até o topo da torre central.

Segurando Penélope com firmeza pela mão, Dalí subiu os íngremes e espiralados degraus de concreto, estreitos como uma concha do mar. Se moveu tão rapidamente que as curvas o deixaram zonzo. Não era bom estar em uma plataforma estreita e desprotegida centenas de metros acima da cidade.

Por fim, abriu uma porta de madeira com o pé, e os dois começaram a subir pela cobertura íngreme de arenito, onde o vento era tão forte que ameaçava derrubá-los. Eles ouviam os gritos lá embaixo. Dalí parou um momento e olhou para o oeste, encontrando a tocha que logo seria acesa e lançada na direção de uma corda embebida de querosene, disparando uma chama pelos últimos cem metros até o arco na praça.

Foi lá, a poucos instantes do final, que a determinação de Penélope fraquejou. Ela resistiu e foi ficando mais difícil para Dalí arrastá-la ao topo.

— Você não pode diminuir a velocidade agora — ele disse. — Estamos quase lá!

— Acho que… talvez eu tenha medo, sim.

— Deixe o medo de lado — disse Dalí. — Ele não vai ajudá-la. Aceite com alegria!

Por fim, chegaram à plataforma, e Dalí rapidamente a algemou à cruz de ferro no alto da torre. Ele retirou o véu dela, e a multidão lá embaixo clamou e perdeu o fôlego, finalmente vendo seu rosto — como se isso significasse alguma coisa para eles.

Os dois se posicionaram quase sem nenhum minuto a perder. Dalí apontou para uma caixa na plataforma, de onde se ouvia um farfalhar desenfreado.

— As pombas! — explicou ele. — No momento em que a flecha perfurar seu coração, vou soltá-las, e elas levarão sua essência aonde quer que você vá.

— Ou não — Penélope disse.

— Ou não — Dalí admitiu. — Mas é bonito e poético mesmo assim.

Então a expressão de Penélope ficou dura. Furiosa. Ela o encarou.

— Em toda a minha vida, nunca me fiz de vítima, mas você quer me tornar uma agora.

— Não há muito que se possa fazer a respeito disso, infelizmente.

— Há sim. Tire minhas algemas.

— Por quê, para você escapar? Para desviar da flecha e estragar tudo?

— Não. Para que eu possa enfrentar isso por escolha, não por correntes. Eu já escolhi quando me coloquei no seu caminho. Agora me deixe assumir a responsabilidade.

Dalí ficou chocado com a determinação dela. Parecia ainda mais forte do que a dele. Uma jovem tão impressionante e obstinada. Uma pena que sua vida fosse acabar agora.

— Claro, Penélope — ele disse, e soltou as algemas.

Fiel à sua palavra, ela não tentou fugir, se manteve em seu lugar na plataforma, com o queixo erguido, orgulhosa.

— Quando eu chegar lá... se houver um "lá"... vou encontrar sua esposa e sua filha, e dizer que você me mandou para fazer companhia a elas.

Dalí sentiu o lábio tremular. Não se lembrava de ter coletado alguém com tanta coragem. Tanta sinceridade.

Enquanto isso, uns cem metros à frente na rua, a tocha começou a cair na direção da corda.

Foi quando Dalí viu o ceifador Gaudí. Ele estava na praça com a multidão, parado bem ao lado do arco.

Dalí ficou furioso! Gaudí ia derrubar o arco para que a flecha voasse sem rumo! Estragaria mais uma coleta perfeita e humilharia Dalí mais uma vez. Dalí mal conseguia controlar a raiva.

A tocha acendeu a corda. O fogo percorreu a corda na direção de uma alavanca que dispararia o arco.

Lá embaixo, Gaudí não se moveu.

Não levantou um dedo para desalinhar o arco. Por que não estava sabotando o esquema?

A chama estava perto do gatilho.

O que está fazendo, seu tolo?, Dalí pensou. *Estrague tudo! Salve a menina! Por que está aí parado?*

Gaudí encontrou os olhos de Dalí como se não houvesse distância entre eles. E, em vez de pegar o arco, colocou as mãos na cintura.

A chama chegou à alavanca.

A alavanca puxou o gatilho.

O arco disparou.

E Dalí, gritando a plenos pulmões, se atirou na frente de Penélope. Sentiu a flecha entrar em suas costas. A dor foi aguda e pronunciada. De repente, pombas batiam as asas ao redor dele, escapando para o céu. Ele desabou, mas sua queda foi aliviada por Penélope, que o segurou nos braços.

Lá embaixo, a multidão aplaudiu.

— *Bravo!* — gritavam. — *Essa é a melhor autocoleta que qualquer ceifador já fez! Que final surpreendente! Ele enganou a todos nós! Bravo!*

Dalí chegou a pensar que esse deveria ter sido o plano de Gaudí desde o começo. Ele levou Dalí a se autocoletar. Penélope foi plantada para esse fim! Ela era apenas uma engrenagem na máquina do tio.

Mas, se isso era a verdade, por que Penélope estava chorando?

— Essa foi a coisa mais idiota que já vi — ela disse entre lágrimas. — Você estragou sua obra-prima!

— Mas… mas escute as palmas. Dei a eles exatamente o que queriam.

— Cala a boca. Você não está morto ainda. — Então ela passou a mão ao redor dele e tirou a flecha de suas costas. Doeu tanto ao sair quanto ao entrar… mas seus nanitos já estavam trabalhando para aplacar a dor. — A flecha atingiu seu ombro, não seu coração…

— Mas... eu... devo morrer agora. Qualquer coisa menos seria... seria...

— Absurda? Excelência, tudo em você é absurdo... por que isso seria diferente?

Dalí soltou um suspiro pesado.

— Droga — ele disse. — Eu deveria ter mergulhado a flecha em veneno.

Mas de nada adiantava pensar em retrospecto. E, a menos que ele se jogasse da plataforma, parecia cada vez mais claro que não morreria. Que constrangedor. Que humilhante. No entanto, nesse momento, uma ideia lhe deu uma pontada de alegria.

— Se eu sobreviver, tudo isso não terá sido em vão. Vou admitir você como aprendiz. Você vai treinar para ser uma ceifadora sob minha tutela hábil.

Penélope riu.

— Meu tio vai ficar furioso com isso.

O bigode de Dalí se contorceu em um levíssimo sorriso.

— Sim, imagino que sim.

Enquanto isso, lá embaixo, a multidão expressava sua decepção ao se dar conta de que Dalí ainda estava vivo... e que esse era apenas mais um de seus fracassos.

11

Amor à primeira morte

O amor caiu sobre Marni Wittle como uma tonelada de tijolos, levando-a a um centro de revivificação.

— Olá, Marni — disse a enfermeira-chefe, irritantemente animada, da Revivificação de Woolwich, quando ela acordou. — Que bom ver você de novo. Queria que fosse em circunstâncias melhores!

Era o que a enfermeira Lucille sempre dizia quando Marni aparecia por lá. Não que Marni fosse do tipo que gostava de correr riscos, descuidada nem blasé em relação à morte... mas a morte a encontrava com uma regularidade espetacular.

— Vamos levantar, a eternidade te aguarda! — disse a enfermeira Lucille, abrindo as persianas, que pareciam projetadas especificamente para soar como fogos de artifício quando erguidas. Mas talvez fosse apenas Marni. Ela sempre tendia a ficar sensível a imagens e sons ao ser revivida. — Seu shake neuroadenoestimulante está pronto para quando você achar que consegue segurar algo no estômago.

— O que aconteceu desta vez? — Marni perguntou, com a voz rouca depois de dias semimorta.

Para ser honesta, no fundo ela nem queria saber, porque era sempre um constrangimento. Mas tinha que perguntar.

— Digamos que um rapaz ficou caidinho em você — respondeu a enfermeira. — Caiu do nono andar só para te conhecer! — Então ela riu da própria piada.

Marni ficou sinceramente aliviada.

— Então não foi nada que eu fiz?

— Não, a menos que andar na rua seja crime.

— Seja o quê?

— Nada, meu bem, só uma expressão mortal. — Ela entregou o shake neuroadenoestimulante, que, como sempre, estava mais que terrível.

— Posso não tomar esse shake NAUSEstimulante desta vez?

— Desculpe, meu bem, regras são regras. Ele ativa as papilas gustativas e o sistema digestório. É bom para você!

Marni não conhecia nenhum outro centro de revivificação que obrigasse os pacientes a tomar uma gororoba tão repulsiva. Mas Woolwich alegava ser inovador em suas técnicas. Marni desconfiava, porém, que o gosto horroroso fosse intencional, para dissuadir praticantes de morte por impacto e pessoas que semimorriam intencionalmente. Como vítima de um acidente, Marni poderia ter sido liberada, mas não. Não conseguia deixar de pensar que a enfermeira Lucille sentia prazer em vê-la tomar aquilo.

Depois de engolir até a última gota fétida, Marnie fez a pergunta que estava evitando desde o momento em que acordou.

—Vocês notificaram minha tia?

— Não tinha como evitar — respondeu a enfermeira. —Tenho ordens rigorosas de avisá-la sempre que você nos faz uma visita.

Marni se arrepiou.

— Eu sei, mas será que não daria, só desta vez, para ter esquecido de contar?

— E irritar sua tia? Sem chance, meu bem. Além disso, você está em revivificação há mais de dois dias; ela teria ficado sabendo que havia algo errado quando você não voltasse para casa.

Marni soltou um suspiro exausto. Encarar a tia era apenas ligeiramente melhor do que ser morta por um corpo que caiu do céu.

— Seja como for, avisamos que você veio — disse a enfermeira. — Imagino que ela venha te buscar antes do pôr do sol. Mas, por enquanto, quer sorvete de passas ao rum?

— Sim, se tiver.

— Ah, sempre temos! Não sai muito, mas eu sempre guardo especialmente para você!

O corpo que caiu do céu era de um rapaz chamado Cochran Stæinsby. Ele também estava acostumado com a revivificação. Era sua décima quarta. Não que ele estivesse contando por algum motivo em particular, só era difícil não contar. Ainda mais pagando. Seus pais sempre reclamavam disso — e, agora que ele estava sozinho e as contas vinham direto para ele, dava para entender a frustração.

— Vou ser cobrado mesmo por um acidente? — ele já tinha perguntado à Nimbo-Cúmulo. — Não é culpa minha se sou propenso a me acidentar.

— *Não é uma questão de culpa* — respondeu a Nimbo-Cúmulo. — *É a regra em acidentes, não importa de quem seja a culpa.*

Dessa vez, porém, a morte dele tinha sido causada por um ato malicioso — um dos raros casos em que a taxa de revivificação não iria para a conta dele. Seria cobrada dos culpados, um bando de infratores locais. Eles entraram no hotel onde Stæinsby estava hospedado e afrouxaram as janelas do chão ao teto de vários quartos. O sr. Stæinsby, enquanto corria para se arrumar na manhã seguinte, perdeu o equilíbrio ao colocar a calça, se apoiou na janela e foi o primeiro a descobrir a pegadinha.

Ele se lembrava de tentar desesperadamente terminar de vestir a calça enquanto caía — porque não bastava semimorrer, tinha que semimorrer numa via pública com a calça arriada. Só no último segundo percebeu que havia uma pessoa no local de sua aterrissagem.

A jovem amorteceu a queda livre o suficiente para que ele continuasse vivo por alguns segundos, e ele percebeu que ela era bem bonita. Mesmo com o pescoço quebrado.

Quando Cochran acordou da revivificação, perguntou à enfermeira:

— A menina sobreviveu?

— Infelizmente, não — disse a mulher, gentilmente. — Ela está aqui em outro quarto. Também acabou de acordar da revivificação.

— Posso... posso falar com ela? Gostaria de me desculpar.

— Pelo quê?

— Bom, é culpa minha que ela esteja aqui, não?

— Não, a menos que cair de uma janela sabotada seja crime.

— O quê?

— Deixa pra lá. Vou ver se ela aceita uma visita.

Marni tirou os olhos de seu pote de sorvete e viu um homem parado na porta.

— Posso ajudar? — ela perguntou.

Era raro encontrar estranhos nos quartos de recuperação.

— Oi, você deve ser Marni Wittle. Só queria dar uma passada para ver se estava bem.

O homem era muito bonito, na verdade, estava mais para menino do que homem. Devia ter a idade dela, uns vinte, talvez vinte e um. Um rapaz tentando parecer mais velho. Era uma beleza despretensiosa, olhos extremamente expressivos.

— Eu te conheço? — Ela ainda estava um pouco zonza e não conseguiu imaginar quem ele poderia ser.

Ao contrário dele, ela morreu na hora em que foi atingida, então não sabia o que tinha sido.

— Bom, sim, de certa forma — ele disse. — Fui eu que caí em cima de você.

— Ah. Você pratica morte por impacto, então?

Ele foi pego de surpresa pela sugestão.

— Não, não, nada disso. Foi uma queda totalmente acidental.

— Desculpa, não quis ofender.

— Eu que devo pedir desculpas, srta. Wittle, por tê-la feito perder dois dias.

Ela não conseguiu desviar os olhos do contato visual com ele. Sentiu-se ofegante, e não era náusea pelo shake NAUSEstimulante. Era outra coisa.

Marni abriu um sorriso para ele.

— Bom, um descanso da vida pode ser bom de vez em quando. — Ela estendeu a colher para ele. — Passas ao rum?

— Passas ao rum? É o meu favorito. Nunca tem nos centros de revivificação.

— Aqui tem!

Ele aceitou uma colherada, e seus olhos se reviraram de prazer.

— As enfermeiras me contaram o segredo uma vez — ela sussurrou. — O sorvete do centro de revivificação tem nanitos que vão direto para o centro de prazer do cérebro, para combater a Síndrome de Depressão de Revivificação.

— Isso existe?

— Não mais — disse Marni. — Graças a isto aqui.

Ele sorriu. Ela pensou que o momento ficaria constrangedor, mas não.

— Meu nome é Cochran. Cochran Stæinsby. Mas pode me chamar de Ran.

— Que apelido curioso.

— Bom, a primeira metade de Cochran é meio problemática para um apelido em inglês, então passei a ser chamado pela segunda metade. Já fui Ran, Ranny, até Rando.

Marni pensou um pouco.

— Um nome bonito como Cochran merece ser reconhecido. Então vou te chamar assim. A menos que você prefira "sr. Stæinsby".

Ele abriu um grande sorriso.

— Pode me chamar de Cochran.

Então, lá de baixo, eles ouviram alguém berrando com descontentamento.

— Cadê ela? Cadê minha sobrinha? Levem-me até ela agora mesmo! Minha paciência está por um fio hoje e Deus tenha piedade de quem a esgotar.

— É minha tia — disse Marni. — É melhor você ir; não é bom encontrá-la de mau humor.

— Ela parece que está sempre de mau humor.

Marni riu.

—Você nem imagina!

— Posso… Posso te ver de novo, Marni? Almoço talvez? Para compensar isso tudo?

Marni não precisou pensar duas vezes. Poderia ter sido conveniente se fazer de tímida, mas ela queria vê-lo de novo e queria que ele soubesse disso.

— Que tal amanhã? — ela disse. — Meio-dia?

— Onde?

— Onde nos conhecemos.

Cochran sorriu.

—Vou lembrar de chegar por uma direção diferente.

A tia de Marni tendia a conseguir o que queria. Como era comum entre ceifadores. Ela era a ceifadora Boudica, batizada em homenagem à heroína lendária da antiga Britânia, muito tempo antes de a Britânia existir. E, embora a Boudica original fosse conhecida por ser alta e imponente, a ceifadora Boudica não era nada disso. Tinha a estatura baixa e a mente ainda menor, sempre preocupada com mediocridades. Seu maior prazer na vida era se queixar sem parar. Se reclamar fosse método de coleta, ela o escolheria com todo o gosto.

Seu manto era feito de tapeçaria medieval autêntica, com um unicórnio que parecia uma cabra, um leão que parecia um golden retriever e damas elegantes com cabeças ovais, pequenas demais para seu corpo. O manto-tapeçaria era muito pesado, e a ceifadora Boudica se queixava do peso o tempo todo, mas usava mesmo assim.

— É o fardo infinito de um ceifador aguentar o peso sufocante da humanidade — ela proclamou uma vez. — E a humanidade definitivamente pinica.

Boudica não tinha sido sua primeira escolha de patrona histórica. Originalmente, ela planejava ser a ceifadora Beatrix Potter, visto que as histórias da amada escritora a faziam se lembrar de sua infância e aludiam a seu amor por coelhos. Mas, assim como acontecia com o sr. Stæinsby, o nome "Beatrix" não rendia apelidos lisonjeiros. Ela receava que as pessoas a chamassem de Trixie — que podia ser um belo nome para uma cachorra, mas definitivamente não para uma ceifadora. Boudica, por outro lado, soava majestoso.

Só quando os outros ceifadores começaram a chamá-la de "Bo" ela se deu conta de sua insensatez.

Marni não contou à tia sobre Cochran nem sobre o almoço. Em vez disso, ficou em silêncio durante o jantar, na volta do centro de revivificação, enquanto sua tia desfiava o sermão de sempre.

— Marni, você precisa ficar atenta aos arredores. Se estivesse, não teria sido pega de surpresa por um meliante em queda.

— Ele não é um meliante, tia Bo; ele foi vítima da pegadinha de infratores.

A tia abanou a mão, desdenhando.

— É claro que ele diria isso; não quer pagar pela revivificação. Como você pode ser tão ingênua?

Marni aturou o sermão, como sempre fazia. Tinha aprendido a deixar que as divagações da tia entrassem por um ouvido e saíssem pelo outro. Afinal, ela não precisava bajular. Como parente de sangue próxima, Marni tinha imunidade pelo tempo que sua tia vivesse, morando juntas ou não, então não era isso que a fazia ficar. Ficava porque tia Bo precisava dela. Quem mais cuidaria do castelo? Quem estaria lá para convencê-la a não coletar a governanta, o jardineiro ou o cozinheiro quando a ceifadora perdesse a paciência? Sem falar que, embora o castelo Severndroog não tivesse nada de especial comparado a outras residências de ceifadores, era um lugar bem agradável.

Além do mais, se Marni saísse, iria para onde? Os pais dela haviam seguido em frente, como muitos fazem, se dedicando a novas famílias e novas vidas. Mas tia Bo era uma criatura de hábito e não iria a lugar nenhum. A vida com ela era estável — e, verdade seja dita, por mais que Marni odiasse quando a tia aparecia no centro de revivificação, seria bem pior se ninguém aparecesse.

Marni nunca havia tido um encontro. A ceifadora Boudica deixava claro que pretendentes eram proibidos e que uma menina na idade de Marni teria que traçar seu próprio caminho antes de se envolver com alguém.

"Conheça a si mesma", ela apregoava. "Ande com seus próprios pés, senão vai ser esmagada como um inseto sob os dele." Se ela praticava esse conselho ou só tagarelava para chamar a atenção, Marni não sabia. Mas, de um modo ou de outro, ela é que não ia contar para a tia sobre seu encontro com Cochran Stæinsby.

Eles se encontraram no lugar e no horário combinados, em ponto. Cochran fez uma reserva num belo bistrô franco-ibérico. Marni nunca havia comido ali. Havia apenas três lugares onde ela jantava com a tia. O Criterion, Kettners e o Simpsons-in-the-Strand; todos restaurantes luxuosos que datavam dos tempos mortais. Antigos e embolorados, como o castelo cheio de correntes de ar que elas habitavam. Então, almoçar com Cochran foi excepcional por ser uma experiência nova. E, embora a conversa fosse simples e um tanto circular, havia algo de charmoso em falar bobagem com alguém que ela mal conhecia.

Ele contou que morava em Manchester, que, embora não fosse tão distante, parecia muito longe para Marni. Ela mal se lembrava da última vez que tinha saído de Londres.

— Vou a convenções — disse Cochran, quando ela perguntou sobre sua profissão.

— Que tipo de convenções?

— Todo tipo.

— Eu quis dizer: qual é sua profissão?

— Convenções — ele repetiu. — Sou um frequentador profissional.

— Não entendi.

— Normal; é um nicho.

Marni, com sua vida tão restrita, nunca tinha ido a uma convenção. Ela sabia que havia grandes eventos onde as pessoas apresentavam produtos novos e socializavam. Mas, segundo Cochran, a maioria desses produtos era um tédio. Tanto que poucas pessoas iam a convenções por vontade própria hoje em dia.

— É aí que eu entro — ele explicou. — Para evitar que a convenção seja um fracasso, a Nimbo-Cúmulo contrata frequentadores profissionais para preencher o vazio. É meu trabalho andar por aí e fingir interesse.

— Parece um horror.

— De jeito nenhum. As pessoas ficam gratas por terem com quem falar. Alegro o dia delas, e tudo que preciso fazer é fingir estar fascinado por louças de banheiro e maçanetas.

Então ele perguntou sobre ela, como era previsto. Marni decidiu que ele não precisava saber muita coisa.

— Cuido da mansão da minha tia.

— Sério? Uma mansão?

— Não é muita coisa. Mas ocupa a maior parte do meu tempo.

Então chegou o prato principal, e ela conseguiu se esquivar do assunto. Mais cedo ou mais tarde, ele iria querer saber mais; por enquanto, porém, Marni estava gostando de ser uma mulher misteriosa.

Os dois combinaram de se encontrar toda vez que ele estivesse na cidade, o que era frequente — mas não o bastante para Marni. O que ela sentia só aumentava, e o infeliz acidente do início logo pareceu muito auspicioso.

— Talvez um dia você possa me visitar — ele sugeriu mais de uma vez.

— Sim, um dia — ela respondia, melancólica, sabendo que sua tia nunca saía de casa por tempo suficiente para que isso fosse possível.

Depois do quarto encontro, ela deu um passo em falso — literalmente. Foi depois do jantar num restaurante moderno e sofisticado. Marni estava com seu melhor vestido e salto — o que ela quase nunca usava porque sua tia não aprovava. Marni planejou uma longa história para sair tão tarde sem que a tia fizesse perguntas. No entanto, usar salto foi um erro, porque, depois de sair do restaurante, enquanto esperavam um carro público, Marni tropeçou na calçada e, por reflexo, se agarrou em Cochran, puxando-o com ela na queda.

E o caminhão que se aproximava estava rápido demais para frear a tempo.

Havia inúmeros lugares conhecidos como Lover's Leap no mundo pós-mortal. Inclusive precipícios com vistas impressionantes antes chamados de mirantes agora tinham placas que diziam MERGULHO ROMÂNTICO. Afinal, morrer de mãos dadas com a pessoa amada era o ato mais romântico que existia. Ainda mais quando os dois eram trazidos de volta à vida em um dia ou dois.

Havia até uma indústria dedicada a casamentos em penhascos, que terminavam com o pulo dramático. Claro, isso não mudou a tradição de jogar o buquê, mas o costume agora era que buscar o buquê no fundo do penhasco sem semimorrer garantia a boa sorte da noiva.

Havia quedas cênicas tão populares que tinham centros de revivificação próprios para lua de mel, com quartos de casal cheios de corações e rosas.

No entanto, Cochran e Marni não foram levados para esse tipo de centro em nenhum de seus duetos semimortais. Os ambudrones os levaram de novo ao Centro de Revivificação de Woolwich, seguindo a ordem da ceifadora Boudica para toda e qualquer morte de sua sobrinha desastrada. Era conveniente e perto do castelo. Por isso, mais uma vez, Marni acordou diante do rosto sempre feliz da enfermeira Lucille.

— Olá, meu bem! Escorregou e caiu, não foi? Nunca confie num caminhão, é o que digo!

Marni resmungou. Sério que tinha morrido de novo? Ela levou um tempo até acessar sua última lembrança. Então, se sentou de repente na cama, com a cabeça girando.

— Cochran! Onde está Cochran?

— O sr. Stæinsby está no quarto ao lado, meu bem. Ele recuperou a consciência há poucas horas. Queria entrar para ver você, mas eu disse que precisava esperar.

—Você poderia tê-lo deixado entrar...

— Ah, mas você levou um susto tão grande, meu bem. Sua cabeça foi atingida por um pneu do caminhão, sabe como é. Não, não, não. Tivemos que fazer uma regeneração completa do cérebro e um download de memória.

Bom, isso explicava por que ela se lembrava da queda, mas não de semimorrer. A Nimbo-Cúmulo não deve ter feito o backup daqueles últimos segundos. O que era uma bênção, na verdade.

— Como estou agora?

A enfermeira avaliou.

— Sua cabecinha linda ainda está com hematomas e um pouco torta, mas o pior já passou. Logo mais você vai estar redondinha. Com o perdão do trocadilho.

Uma olhada no espelho corroborou a avaliação da enfermeira. Marni parecia uma daquelas moças de cabeça oval do manto da tia Bo.

Marni respirou fundo ao pensar na tia.

— Lucille, a ceifadora Boudica já veio?

A enfermeira abriu um sorriso radiante.

— Ela está com o sr. Stæinsby!

— Como assim?

— Pois é, eles estão conversando há um tempo.

Marni arrancou seus eletrodos e saltou da cama, ignorando a enfermeira. Embora sua cabeça meio oval estivesse zonza e suas pernas recém-remendadas vacilassem, ela conseguiu chegar ao quarto ao lado — onde viu a tia, paramentada como a ceifadora Boudica, sentada ao lado de Cochran, como se fossem velhos amigos.

— Ah, olhe só quem apareceu — ela disse ao ver Marni na porta, depois franziu a testa. — Meu bom Deus, Marni, você está horrível! Já deram o shake para você? Há previsão de recuperação?

Marni ignorou as perguntas da tia.

— Tia, o que está fazendo aqui?

— Visitando seu namorado.

Cochran sorriu para Marni como um garotinho ingênuo, que não entendia ainda que a aparência de golden retriever escondia um leão medieval faminto.

— Você nunca me falou que sua tia era ceifadora!

— E ela nunca me falou de você — disse a tia.

Marni se obrigou a passar do batente, se entregando à conversa perturbadora.

— Bom... eu... só não tive tempo, só isso.

— Marni, você deveria ter me contado que tinha um namorado. Estou muito feliz por você!

Marni estava cambaleante. Talvez seu cérebro não estivesse de volta ainda, porque sua tia parecia ter dito algo positivo.

— Sério?

— Claro! O que poderia ser mais importante do que o amor? — ela retrucou. — O dever ou a responsabilidade familiar com certeza é que não são.

Pronto... essa sim era a Boudica que Marni conhecia.

— A ceifadora Boudica me convidou para ir ao castelo! — disse Cochran, entusiasmado demais para quem tinha acabado de ser esmagado por um veículo de dez toneladas.

— Não acho que seja uma boa ideia — Marni disse.

— Bobagem — retrucou a tia. — Chamei e ele aceitou, então está combinado.

— Nunca estive na casa de um ceifador — Cochran comentou. — Além disso, adoraria conhecer sua casa, Marni!

— Combinado — disse a tia. — Vamos celebrar sua revivificação conjunta no castelo... e, se serve de consolo, eu coletei o motorista daquele caminhão.

—Tia Bo! Não foi culpa dele... os motoristas não dirigem de verdade, você sabe disso! Eles só estão ali para o caso de... acontecer algo... inesperado.

Boudica encolheu os ombros sob a tapeçaria pesada.

— Bom, tarde demais para discutir isso agora.

Então a enfermeira Lucille entrou e insistiu que Marni voltasse para a cama, ao menos até sua cabeça ter se ajeitado. Ela obedeceu e voltou para o quarto, mas apreensiva com tudo aquilo. Tia Bo estava tramando algo... e Marni não sabia ao certo se ela era uma leoa medieval prestes a despedaçar Cochran ou uma cabra-unicórnio, provocando e espetando até ele ir embora.

Cochran não sabia dizer como se sentia em relação a tudo aquilo, mas, como era uma pessoa otimista, decidiu ver o lado positivo. No começo, ficou apavorado quando uma ceifadora chegou ao quarto de revivificação — mas, depois que ela se apresentou como tia de Marni, eles se deram maravilhosamente bem. Como frequentador profissional, a habilidade de Cochran para parecer interessado no que ela tinha a dizer criou o ambiente perfeito para conversar. A ceifadora Boudica com certeza era uma mestra do mundano. Conversava sobre o clima, e seu descontentamento pela Nimbo-Cúmulo não manter o tempo ensolarado em todos os lugares ao mesmo tempo. Sobre a falta de higiene da juventude de Britânia. Chegava a ser revigorante; ele sempre pensou que ceifadores não fizessem nada além de discutir assuntos nobres e magnânimos.

A ceifadora Boudica estava interessada em saber como ele tinha conhecido Marni. Cochran foi aberto e franco a respeito de tudo, pensando que não havia motivo para não ser.

Severndroog era um castelo antigo, mas nem tanto. Não datava da Idade das Trevas, mas sim da Inglaterra industrial, quando empresários ricos construíam edifícios para o próprio ego. O castelo Severndroog nunca havia barrado invasores nem plebeus furiosos. Existia apenas para ser bonito.

Quase nem era um castelo. Mais uma estranha torre de pedra triangular com torretas projetadas para admirar a vista. Seu interior não era muito grande. Apenas três andares conectados por uma escada em espiral simples.

"Por que eu tomaria Buckingham, como o ceifador Cromwell, ou Windsor, como a ceifadora Godiva?", ela exclamava. "Quem precisa de todo aquele espaço?" Mas a verdade era que todos os bons castelos já haviam sido tomados.

Depois que Cochran e Marni foram liberados do centro de revivificação, a ceifadora Boudica mandou seu carro particular levá-los até o portão de sua propriedade, mas não além dele.

— É um bom dia para uma caminhada — proclamou.

Embora o caminho incluísse uma subida, e Cochran e Marni ainda estivessem fragilizados pela revivificação, aceitaram. Antes um parque público, a pequena floresta urbana era agora a propriedade bucólica da ceifadora Boudica, e o castelo Severndroog ficava bem no meio.

A primeira coisa que chamou a atenção de Cochran foram os animais selvagens.

— Nunca vi tantos coelhos! — ele exclamou, enquanto subiam a trilha de cascalho para o castelo.

— Eu crio coelhos — explicou a ceifadora. — Ou, melhor, deixo que eles se virem sem nenhuma ajuda ou impedimento de minha parte.

— Em outros lugares seria considerado infestação — Marni disse —, e a Nimbo-Cúmulo regularia a fertilidade deles. Mas não na propriedade de um ceifador.

Cochran achou o castelo modesto — se é que algum castelo pudesse ser chamado de modesto. Sim, as portas eram imensas e ornamentadas, e os pés-direitos, altos, mas a estranha área de estar triangular deixava muito espaço inutilizado.

Uma governanta havia preparado um chá da tarde, com bolinhos recém-assados e pequenos sanduíches de pepino com as crostas removidas de maneira cirúrgica.

— Os costumes antigos são os melhores — disse a ceifadora Boudica, servindo o chá pessoalmente. — Conforto no caos.

Marni não estava entusiasmada. Cochran imaginou que ela estivesse habituada àquilo, e deixou por isso mesmo.

Mas ele ignorava tudo o que Marni sabia, como a intenção dos chás da tarde de sua tia. A ceifadora Boudica convidava pessoas variadas com quem cruzava em seus passeios diários pela cidade. Elas se sentavam para tomar chá. Se ela gostasse do convidado, ele tinha permissão de sair, com a expectativa de que escrevesse um bilhete gentil de agradecimento à ceifadora por sua hospitalidade. Se não gostasse, a pessoa era coletada.

— Diga-me, sr. Stæinsby, quais são suas intenções com minha sobrinha? — ela perguntou, sem sutileza.

— Tia Bo! Por favor, não o coloque contra a parede.

Mas Cochran estava tranquilo. Deu um gole de chá, pôs a xícara na mesa e pegou a mão de Marni.

— Minhas intenções são as mais nobres — ele respondeu, com um sorriso caloroso para Marni. — Gostamos um do outro e queremos ver aonde essa jornada pode nos levar.

A ceifadora abriu um sorriso, talvez até sincero, e piscou para Marni, dizendo:

— Eu gosto dele.

Marni soltou o ar. Talvez fosse o calor do chá ou o alívio do estresse ou o fato de o centro de revivificação sempre hidratar em excesso, mas ela sentiu uma necessidade súbita e urgente de esvaziar a bexiga.

— Preciso ir ao banheiro. Guardem um bolinho para mim. — E saiu correndo.

A ceifadora se voltou para Cochran.

— Acho que nunca vi minha sobrinha tão ansiosa e feliz. É um espanto que essas duas emoções possam coexistir em uma única pessoa.

— Sinto o mesmo. Acho que o amor tem dessas coisas.

— Ah, sim, amor. Aquela ficção mágica com poder de se tornar verdade.

Cochran terminou seu chá.

— Às vezes é verdade desde o começo.

A ceifadora não respondeu. Em vez disso, se levantou.

— Gostaria de conhecer o castelo?

— Não é melhor esperar por Marni?

— Ela já vem. — Ela então o guiou para a escada em espiral no canto. — Marni te contou sobre a vista da torreta norte? Dá para ver Londres inteira de lá!

Marni se repreendeu por pensar o pior da tia. Só porque ela flertava com o egoísmo não significava que estava sempre tramando algo desagradável. E tia Bo sempre lembrava que era bondosa a ponto de dar um teto a Marni por todos esses anos — não um teto qualquer, um castelo — sem pedir nada em troca além de companhia. Talvez Marni pudesse dar o benefício da dúvida.

"Sempre quero o melhor para você", titia Bo dizia. "Embora o mundo raramente ofereça o melhor."

Marni voltou ao salão principal, torcendo para que tivessem mesmo guardado um bolinho — que de fato estava lá, ao contrário da tia e de Cochran.

A vista da torreta norte não desapontou.

— A senhora tinha razão, excelência — disse Cochran, contemplando o Tâmisa e o que havia além. — É de tirar o fôlego! — Toda a cidade de Londres estava diante de seus olhos e, embora já tivesse visto a cidade do alto antes, dali a amplidão era maior.

— Venho aqui várias vezes por semana — a ceifadora disse, o que era verdade. — Sinto que essa paisagem deixa tudo em perspectiva. — Embora também fosse verdade, não era o principal motivo.

Eles apreciaram a vista por algum tempo.

— Sabe, eu nunca saio de Londres — confidenciou ela. — Como ceifadora, posso ir aonde quiser. Não apenas em Britânia, mas a qualquer lugar do mundo. Escolho seguir minha vida e fazer minhas coletas bem aqui, nesta que é a mais nobre das cidades.

— Se a senhora não viaja, por que o heliponto?

Ela franziu a sobrancelha, um pouco confusa, até que ele apontou o círculo de concreto em uma clareira no sopé da colina, pintada com círculos concêntricos.

— Ah, sim — disse à ceifadora. — Tem razão; é um local de pouso, de certa forma.

— Para ceifadores visitantes?

— Se é o que você diz.

Ela vinha se mantendo à distância, mas se aproximou dele, suavizando a voz.

— Minha Marni é uma pessoa sensível, sr. Stæinsby. Novidades a desestabilizam. Ela prefere que a vida seja consistente, em família. Então, o senhor pode entender por que me preocupo com esse "relacionamento". Mudanças na rotina confundem e desconcertam minha Marni.

— Perdoe-me por dizer, excelência… mas acho que isso descreve a senhora, não ela.

A ceifadora Boudica mordeu os lábios e cambaleou um pouco, quase a ponto de tropeçar. Cochran segurou o cotovelo dela para equilibrá-la.

— A senhora está bem, excelência?

— Só um pouco tonta. Por mais que goste da vista, sinto um pouco de vertigem de vez em quando. — Ela deu um passo para trás, deixando Cochran sozinho na torreta. — Mas, por favor, fique e aproveite a vista. Juro que, quanto mais ficar, mais clara será sua perspectiva.

Então, ela pôs a mão em um vão secreto entre os tijolos e segurou uma alavanca escondida.

Marni estava sem fôlego quando chegou ao primeiro andar. A escada em espiral era íngreme, e havia mais dois andares até ela chegar ao terraço. Normalmente, ela subia os degraus de dois em dois sem dificuldade, mas a revivificação a tinha deixado fraca. Ficou com medo de perder a consciência caso se esforçasse demais, e então? Perderia muito mais do que isso se não chegasse ao terraço a tempo. Então, ignorou a exaustão, e as pernas bambas e os pulmões exauridos, até finalmente chegar ao terraço. Cochran estava parado no espaço circular da torreta norte, e sua tia já estava com o braço no vão oculto.

— *Não!* — Marni gritou, o que chamou a atenção dos dois. Então pulou sobre a tia, segurando o punho dela para que não puxasse a alavanca. — *Não se atreva!* — rosnou. Nunca tinha usado esse tom com a tia, e Boudica levou isso como um tapa na cara.

— Solte-me! — exigiu a ceifadora. — Isso não é da sua conta!

Marni riu.

— Não é da minha conta? Essa é a *única* coisa da minha conta nesse castelo de merda!

A tia abriu a boca de espanto.

— Como ousa usar essa linguagem comigo? Quanto desrespeito! Quanta impertinência!

Marni apertou o punho dela com mais força ainda — tanta que pensou que poderia quebrá-lo.

Cochran observava da torreta, sem saber se convinha interferir. Mas, quando pareceu que elas poderiam partir para a violência, falou:

— Marni, está tudo bem, sério. Sua tia só estava me mostrando a vista.

— Não! Você está em cima de uma plataforma acionada por molas, Cochran. É assim que ela coleta: catapultando as pessoas da torre para se espatifarem naquele alvo de concreto.

— Não é verdade! — insistiu sua tia. — Isso só acontece quando o vento está certo.

Essa informação realmente deu a Cochran uma perspectiva mais clara. Ele saiu rapidamente da plataforma.

Por fim, a ceifadora Boudica se soltou de Marni e se voltou contra ela, furiosa por ter seu plano frustrado.

— Não é desse rapaz que você precisa, Marni! Eu sei o que é melhor para você. Sempre soube! Vou coletá-lo para podermos retomar nossa vida!

Marni nunca tinha sido violenta, mas às vezes a raiva a dominava antes de os nanitos fazerem efeito.

Ela ergueu as mãos e empurrou a tia. Boudica cambaleou para trás, tropeçou na barra do manto e caiu bem no meio da torreta.

A ceifadora deve ter visto a intenção nos olhos de Marni, porque sua conduta mudou. Ela estava assustada. Mais do que assustada, estava aterrorizada.

—Você não se atreveria!

Mas, para Marni, aquilo era um desafio. Ela levou a mão à alavanca, sabendo que, se parasse para pensar, seu bom senso voltaria, e era a última coisa que ela queria agora.

Cochran tentou intervir.

— Marni, não!

Mas nada podia detê-la. Marni canalizou anos de frustração acumulada e puxou a alavanca com tanta força que o cabo se quebrou em sua mão.

Com um ensurdecedor rangido de engrenagens, a ceifadora Boudica foi lançada aos céus num exemplo perfeito do que os cientistas chamam de "arco-íris da gravidade". A ceifadora, gritando o tempo todo, traçou um arco no ar, chegando a dezenas de metros do chão e caindo de volta à terra.

E, naquele dia, ela acertou bem o centro do alvo.

A Nimbo-Cúmulo e os coelhos.

Eles estavam no mesmo barco. Nem os coelhos nem a inteligência artificial semitodo-poderosa tinham controle sobre o que acontecia nos terrenos do castelo Severndroog. Tudo que podiam fazer era assistir. A Nimbo-Cúmulo, embora não tivesse câmeras em terrenos ocupados por ceifadores, havia apontado várias câmeras em ruas próximas para vigiar a propriedade e, ao menos em parte, ter noção do que acontecia lá dentro. Já os coelhos? Apenas existiam ali, no meio do mato, vendo gente cair do céu.

Era tão comum que eles mal pestanejavam quando acontecia. Inclusive, tinha se tornado uma espécie de relógio pavloviano para eles — porque, normalmente, a ceifadora Boudica saía do castelo e lhes dava os restos de verdura da cozinha depois de coletar, talvez para não pensar no que havia acabado de fazer, se distraindo enquanto a equipe de limpeza cuidava da sujeira. Portanto, nesse dia, quando o sinal de comida caiu do céu, os coelhos saltitaram até o castelo, à espera de que as portas se abrissem e um banquete lhes fosse servido.

Como ninguém apareceu com a comida, os bichinhos começaram a desconfiar de que havia algo errado.

Pela primeira vez na ilustre existência da ceifadora Boudica, ela acordou num centro de revivificação. Woolwich, diga-se de passagem; o mesmo em que costumava buscar a sobrinha.

— Bom dia, excelência — disse a enfermeira Lucille, repulsivamente animada como sempre. Ela abriu as persianas, e a ceifadora Boudica foi atacada por uma claridade tão intensa que parecia ter acordado na superfície do Sol. — Vamos levantar, a eternidade a aguarda!

— Me deixe em paz — resmungou a ceifadora.

— Desculpe, mas a estimulação é parte integral da recuperação. Precisamos fazer seu sangue correr e seus sentidos sentirem! — Ela deu um leve tapinha nas bochechas da ceifadora, nem tão leve assim. — Pronto! A cor já está voltando para suas bochechas. Nada pior do que a palidez da morte. Vou preparar seu shake e, se conseguir beber, vai poder tomar sorvete!

— Há quanto tempo estou aqui?

— Três dias, como o próprio salvador da Era Mortal! E *ele* fez isso sem nanitos de cura. Imagine só!

Boudica decidiu parar de fazer perguntas para não ter que ouvir a voz da enfermeira Lucille — que mesmo assim continuou falando com o maior prazer.

— Seu "arremesso" foi um pouco misterioso. A Ceifa concluiu que havia sido autocoleta e estava prestes a deixar seus restos embaixo da terra. Mas sua sobrinha contou a verdade.

— Ela... contou?

— Sim, Marni contou a eles que tudo não passou de um acidente terrível. Ouso dizer que o pendor por acidentes é hereditário! Sabe, a senhora deveria fazer a manutenção daquele mecanismo com mais frequência. Uma catapulta com alavanca defeituosa não faz bem a ninguém.

A ceifadora Boudica abriu e fechou a boca repetidamente, tentando falar alguma coisa, mas sem encontrar palavras.

— O que foi, está imitando um peixe agora? — disse a enfermeira Lucille. — Não bastou um pássaro? — Em seguida, riu com gosto da própria piada.

Boudica ainda conseguia ouvir a gargalhada dela no corredor muito depois de sair do quarto.

Em seguida, Marni chegou. A ceifadora pensou que sua sobrinha ficaria mal por ter que encará-la depois do que havia feito, mas a menina estava bem até demais, se comportando como se nada tivesse acontecido.

— Titia Bo! Estou feliz em te ver acordada!

— Está?

— É claro que estou! — Ela se aproximou e deu um beijo na

bochecha de Boudica. Em seguida, Marni tirou da bolsa o manto de tapeçaria da ceifadora, dobrado e embalado com capricho. — Não levei para os lavadores de sempre dessa vez, por causa de todo o sangue. Levei para a Academia Real de Artes. O departamento de antiguidades fez uma restauração total nele! Não só o limparam como também consertaram a barra e porfiaram os fios soltos. Está ainda melhor do que quando estava pendurado na parede!

Boudica sentiu a cabeça girar. Ela se sentia em um carrossel de parque de diversões que os funcionários esqueceram de parar.

— Desculpe... mas você não me matou um dia desses?

Marni suspirou.

— Pensei que talvez você não se lembrasse.

— Lembro de tudo — a ceifadora disse, estreitando os olhos e lançando seu melhor olhar fulminante. —Tentei salvar você de suas escolhas, e como fui recompensada? Traição!

Mas Marni não ficou nem um pouco intimidada.

—Talvez seja melhor não se lembrar daqui para a frente — ela disse.

— Daqui para a frente? Acho que não, hein! Vamos voltar um pouco antes!

— Não adianta — disse Marni. Bem nesse momento, Cochran apareceu na porta, como um filhotinho ansioso para ganhar seu petisco.

— Olá, titia Bo! — ele disse.

Boudica encarou os dois.

— Por que *ele* está me chamando assim?

— Porque ele pode — Marni respondeu. — Quer dizer, ele pode *oficialmente*. Mostre para ela, Cochran!

Então os dois estenderam as mãos, revelando um par de alianças douradas no anelar esquerdo.

— Nós nos casamos, titia — contou Cochran.

— Enquanto você revivia — acrescentou Marni, e os dois riram da rima.

—Vocês não podem estar falando sério! Isso é algum tipo de piada?

Marni pegou a mão de Cochran.

— Bom, titia, sabíamos que isso só aconteceria por cima de seu cadáver, então…

— *Eu deveria coletar você pelo que fez comigo! Deveria coletar vocês dois!*

— Não pode — Marni lembrou, com uma calma enfurecedora. —Você sabe muito bem que tenho imunidade permanente enquanto você estiver viva, e agora que somos casados a imunidade se estende a ele também.

—Vou coletar mesmo assim!

Marni deu de ombros.

— Vamos ser revividos, e você vai ser repreendida pelo Alto Punhal Churchill por ser uma "vaca insuportável".

A ceifadora perdeu o fôlego.

— Palavras dele, não minhas — Marni acrescentou, rápido. — Foi o que ele falou quando veio ver seu corpo.

Agora o carrossel girava na direção oposta.

— Espere… Winston realmente veio me ver?

— Não exatamente te ver, mas confirmar, com os próprios olhos, que você estava morta — explicou a sobrinha.

— Ele correu para confirmar que a senhora havia se autocoletado — Cochran acrescentou —, manipulando a catapulta para disparar remotamente. Seu parecer teria sido definitivo se Marni não tivesse insistido que a senhora fosse revivida.

Aquela enfermeira irritante tinha contado, mas ainda era difícil para a ceifadora Boudica acreditar que Marni defenderia seu direito de viver — ainda mais diante do Alto Punhal em pessoa. Boudica ainda se lembrava do olhar de Marni quando puxou a alavanca. Um olhar que dizia: "a morte não é ruim o bastante para você". Boudica se assustava só de pensar.

Mas o que ela não sabia era que também tinha assustado Marni — embora a garota fizesse o melhor para não transparecer. Antes do momento fatídico, Marni não fazia ideia da raiva que sentia da tia. Mas, depois de dar vazão à pressão, ela se sentia livre. Ainda mais agora, que não tinha mais que encarar a tia sozinha.

— Por que você pediu para me reviverem? — questionou a tia, com a voz estranhamente tímida. —Você sabia que eu poderia acusá-la depois que acordasse. Me parece que seria mais vantajoso me ver morta.

Marni respirou fundo, se preparando para revelar uma verdade, por mais dolorosa que fosse.

— Eu te amo, titia Bo. Como poderia querer vê-la morta? Sim, eu estava brava a ponto de matá-la... mas não para sempre.

A ceifadora Boudica não retribuiu abertamente nem Marni esperava por isso. Para ela, a palavra "amor" não vinha facilmente. Em vez disso, ficou amuada.

— Então imagino que vocês vão fugir juntos para algum canto pavoroso do mundo e gerar filhos como meus coelhos fazem.

Marni olhou para Cochran, e deixou que ele tomasse a palavra, afinal, o que estavam prestes a propor tinha sido ideia dele.

— Na verdade, andamos conversando. E gostaríamos de ficar em Severndroog.

—Vocês... gostariam?

— As coisas vão ter que mudar, claro — disse Marni. — Começando pela decoração. Mobília mais confortável e algumas obras de arte além de retratos seus.

—Vamos reabrir o terreno para o público — acrescentou Cochran.

— E — continuou Marni — você vai prometer não coletar nenhum dos nossos amigos.

Sua tia pareceu mais abalada por isso do que por qualquer outra coisa.

—Vocês vão receber *amigos*?

— Sim, titia Bo — disse Marni. — Passei tempo demais sem amigos.

— E se eu não aceitar?

Marni deu de ombros, como se não fosse nada de mais.

—Vou me mudar para o apartamento de Cochran em Manchester. E você vai ficar sozinha.

Afirmar que o silêncio disse tudo seria um eufemismo. Todas as palavras da vida excepcionalmente longa da ceifadora Boudica poderiam ter preenchido aquele tomo e ainda deixariam páginas e mais páginas vazias. Tanto Marni como a tia sabiam a verdade sobre sua relação, embora nunca tivessem dito. A ceifadora Boudica controlava a vida de Marni por medo de que, se perdesse o controle, perderia a sobrinha. E ficaria sozinha. Sim, havia os funcionários do castelo, mas só estavam lá pelo trabalho. Eles toleravam a ceifadora Boudica por necessidade. Mas, sem a companhia de Marni, quanto tempo levaria até que ela considerasse de verdade uma autocoleta?

Marni esperou pacientemente por uma resposta. As duas sabiam que não era blefe. As duas sabiam que Marni ficaria feliz com as duas opções.

Mas, em vez de responder, a ceifadora Boudica se voltou para Cochran.

— Lembro que você tentou impedi-la de puxar a alavanca.

Cochran pareceu um pouco envergonhado.

— Um fracasso estrondoso de minha parte, infelizmente.

— Mesmo assim, foi admirável que tenha tentado — disse a ceifadora. — Talvez eu o tenha julgado mal, sr. Stæinsby.

— É Stæinsby-Wittle, excelência — ele corrigiu. — Eu e Marni hifenizamos.

Boudica suspirou. Mais uma mudança para se acostumar.

— Consegue me perdoar por tentar coletá-lo? — ela perguntou.

Cochran parou um momento e, com a diplomacia de um frequentador profissional, disse:

— Eu teria o maior prazer em deixar isso para trás, se a senhora fizer o mesmo.

Bem nesse momento, a enfermeira Lucille apareceu à porta, como se estivesse escutando a conversa e esperando o melhor momento para se intrometer.

— Não vamos estressar demais a honorável ceifadora. Ela ainda tem mais algumas horas até a revivificação estar completa. E está quase na hora de seu shake, ceifadora Bo! Tenho certeza de que prefere tomar depois que seus convidados saírem. Então, mais cinco minutos e tchauzinho para vocês!

Quando ela saiu, Cochran se voltou para Marni.

— Talvez seja demais para sua tia. Talvez devêssemos dar mais tempo para ela tomar uma decisão.

Mas a ceifadora ergueu a mão para silenciá-lo.

— Não precisa, minha decisão está tomada. — Ela se voltou para Marni. — Vou aceitar seus termos com uma condição.

Marni se preparou para a estipulação que sua tia exigiria deles.

— Vocês podem ficar comigo no castelo Severndroog... desde que nossa primeira convidada seja a enfermeira Lucille. Eu adoraria que ela viesse para o chá.

Marni ficou confusa a princípio.

— Para o chá? — Então arregalou os olhos. — Ah! Para o *chá!*
Ela sorriu e segurou as mãos da tia.

— Acho uma ideia maravilhosa, titia Bo! Vou mandar fazer sanduíches e bolinhos recém-assados.

Foi um momento raro e resplandecente que Marni e sua tia tiveram. Que acidente feliz elas se encontrarem em total acordo!

12

Porventura coletar

Em coautoria com Michelle Knowlden

"Se o sonho parecer errado, fuja."

Era esse conselho que todas as crianças da região de PlatRoss, na Antártica, ouviam desde o momento em que começavam o sonho comunitário — normalmente no período em que entravam na escola. Não que os sonhos pudessem fazer mal — não podiam.

Mas, às vezes, faziam.

Ou, mais precisamente, quando ceifadores alteravam os sonhos. Os ceifadores de PlatRoss tinham total liberdade para fazer o que quisessem no sonho comunitário, assim como tinham total liberdade para fazer o que quisessem na vida real. E, embora raramente desse para prever sua chegada no sonho, às vezes dava para pressentir. Alguma coisa podia estar meio estranha, como se as regras do sonho — se fosse possível dizer que sonhos têm regras — fossem quebradas de alguma forma.

Então, se algo parecer errado? Fuja.

Dayne nunca havia encontrado um ceifador enquanto sonhava. Ou, se tinha, o sonho era envolvente demais para que notasse. Talvez tenha passado por algum, disfarçado de vento frio ou pedregulho rolando, a caminho de coletar outra pessoa. Realmente não havia como saber.

— Tento não pensar nisso — disse Alex, com quem dividia os sonhos, enquanto praticavam windsurfe em um lago de ouro líquido.

— Se continuar se preocupando, vai começar a entrar nos lugares sombrios do sonho.

Aquela amizade existia desde que Dayne se entendia por gente. Mas nem se conheciam. Era assim que funcionava no *Grand Rêve* — o grande sonho comunitário que todos os residentes de PlatRoss compartilhavam. As pessoas que você conhecia no dia a dia — amigos, familiares, vizinhos, professores — quase nunca cruzavam com as pessoas que você conhecia no sonho. E as regras da Nimbo-Cúmulo sobre privacidade proibiam entrar em contato com um amigo de sonho na vida real. Ou inimigo de sonho, diga-se de passagem.

Dayne e Alex estavam no mesmo "cercadinho" que outras crianças, antes de se formarem, um ano antes, para o Grand Rêve. Mas, mesmo depois de um ano, Dayne ainda estava se acostumando a sonhar tão grande. Não que não fosse divertido. Mas não era fácil.

Windsurfe, por exemplo. Provavelmente era mais fácil no sonho do que na vida real, mas a habilidade dependia unicamente de confiança, e confiança não era o ponto forte de Dayne. A dúvida sempre aparecia, e, naquele dia, criou uma onda gigantesca que derrubou Dayne da prancha. Quando voltou à superfície, a prancha tinha se transformado num pterodátilo e saído voando.

Alex riu.

— É para isso acontecer? — perguntou Dayne.

— Não me pergunte. Não fui eu que construí esse sonho, só estou vivendo nele.

Então, Alex mergulhou no mar dourado com Dayne e, dito e feito, sua prancha fez exatamente a mesma coisa seguindo a de Dayne para o céu azul-anil.

— Acho que é *sim* para isso acontecer — disse Alex. — Vamos para a praia, o ciclo do sonho está quase no fim.

Alex chegou primeiro à praia, correndo a meio-galope ritmado como um macaco pela selva. Dayne seguiu alguns passos atrás, e a areia sob seus pés se transmutou em caranguejinhos que batiam as garras vorazmente. Quando Alex chegou à selva densa, Dayne vinha logo em seguida, mas Alex se transformou num macaco de verdade, saltando com facilidade nas árvores de copa bronze, o que irritou Dayne. Dayne seguiu Alex até um eucalipto gigantesco, andando mais devagar e fazendo menos silêncio.

Alex tinha um talento natural para se transformar em qualquer criatura que quisesse — embora, às vezes, a transformação acontecesse contra sua vontade. Dayne ainda não tinha encontrado um talento específico, talvez nunca encontrasse. Nem todos os "residentes" faziam algo de especial. Mesmo nos tempos do cercadinho, Alex era a estrela, enquanto Dayne fazia o papel de coadjuvante ou figurante.

Dayne tinha que admitir que era divertido andar com Alex — embora também pudesse ser frustrante —, ainda mais quando a transformação tomava conta de Alex, e não o contrário.

Alex, vendo que Dayne não acompanhava o ritmo de um macaco balançando entre as árvores, parou e esperou em um galho.

Só naquele momento, por estar no punho de um macaco, Dayne notou o relógio de pulseira azul que Alex usava. A única coisa na face do relógio era um símbolo antigo. Ω. Ômega.

— Onde você arranjou isso?

— Conheci alguém da construção dia desses que fez para mim. Retrocede o sonho em treze segundos. Mas só dá para usar uma vez por semana. — Alex disse, como se não fosse nada de mais.

— Espera um pouco. Retrocede o sonho em treze segundos? De que adianta isso? Se você andou com alguém da construção, poderia ter pedido um sonho por encomenda. Por que pediu isso?

— Foi só um primeiro encontro.

Dayne quase riu. Já era impressionante que Alex conhecesse uma pessoa construtora. Os quatro tipos de pessoas do sonho não se misturavam muito. No Grand Rêve, dava para ser arquiteto, construtor, residente ou obliterador. Os residentes experimentavam sonhos que os arquitetos concebiam e os construtores criavam. Então, quando ninguém mais queria aquele sonho, os obliteradores o destruíam. Propensões e traços de personalidade separavam as pessoas entre os grupos, mas a decisão final era da Nimbo-Cúmulo.

Às vezes, Dayne queria mais controle do que os residentes costumavam ter... mas isso também exigia uma quantidade imensa de responsabilidade. Vivenciar o sonho era uma forma mais descontraída de passar os ciclos oníricos.

— Shhh — disse Alex, embora Dayne não estivesse fazendo barulho nenhum, e apontou para o chão, onde uma pantera de ombros largos, com uma estranha pelagem multicolorida, espreitava. Ela não parecia saber que estava sendo observada. Alex olhou para Dayne, para a pantera e de volta para Dayne. — Topa se divertir um pouco? — sussurrou.

— Não. Definitivamente não.

Era difícil saber se a pantera era outro residente ou apenas parte do sonho... ou talvez a criação de um infrator que os arrastaria para um pesadelo. Melhor não descobrir.

Mas, apesar da resposta negativa, Alex abriu um sorriso de macaco e desceu até o galho logo acima da pantera. Então, no momento certo, pulou no dorso do animal. A pantera uivou, girou, olhando desvairadamente ao redor. Empinou como um cavalo selvagem tentando derrubar Alex. Finalmente, Alex pulou de volta para um galho — mas o cérebro de macaco tomou conta, e Alex começou a atirar fezes na pantera. Porém, como era um sonho, tinha cheiro de cerveja de raiz.

Finalmente, Alex saltou de volta para o lado de Dayne na árvore.

A pantera saiu correndo, espalhando folhagens a torto e a direito, olhando para trás e, por sorte, sem olhar para cima.

—Você está parecendo um trem descarrilado! — disse Dayne.

— Não tem trem nenhum neste sonho. Se quiser trem, tem um sonho ferroviário a alguns vales daqui.

— Aquela pantera poderia ter te matado!

Alex deu de ombros.

— E daí? Eu só ia acordar.

— E provavelmente ficaria acordado pelo resto da noite. Você sempre reclama de não conseguir voltar a dormir depois que sai de um sonho.

—Você que é muito peso leve — disse Alex, empurrando Dayne do galho.

A simples sugestão fez Dayne flutuar em vez de cair.

Dayne se vestiu para a escola, tentando se lembrar do sonho, mas não conseguiu. Era sempre assim. O que acontecia no sonho ficava no sonho. Será que todas as outras pessoas no mundo — todos que não eram parte do *sonho* comunitário de sua região patente — tinham a mesma dificuldade de se lembrar dos sonhos?

O café da manhã era mingau e chocolate quente. Sempre algo quente. Cafés da manhã com alimentos frios, como leite e cereal, não eram comuns na Antártica. Como de costume, Dayne chegou por último à mesa. Sua família era relativamente grande, com dois irmãos e três irmãs. As famílias antárticas tendiam a se manter juntas mesmo depois que os filhos ficavam adultos, como um de seus irmãos.

— Deixem um pouco de comida para Dayne — disse a mãe.

— Bobeou, dançou — disse Ophelia, a irmã mais velha, mas esperou Dayne se servir antes de repetir.

Dayne se sentou entre dois irmãos mais novos, que resmungaram por ter que abrir espaço, depois olharam para a ponta da mesa.

— Então, pai, quando é a grande revelação?

— Ainda falta uma semana.

O pai de Dayne era um escultor de gelo que estava trabalhando em duas obras iguais para a entrada da Casa de Espetáculo de Crevasse Leste. Ele adorava o que fazia — mas uma vez confessou ser obliterador no Grand Rêve. Era o máximo imaginar seu pai quebrando coisas. Mas, enfim, todos tinham uma vida interna secreta.

A mãe de Dayne era engenheira de degelo — um trabalho angustiante, porque a borda principal de oitocentos quilômetros da plataforma sempre derretia. Embora a Nimbo-Cúmulo tivesse reduzido a velocidade do fluxo da geleira a zero, as casas construídas na superfície não duravam muito. Cerca de dez anos, no máximo.

— Acabamos de perder um bloco grande dois meses antes do esperado — disse a mãe de Dayne. — Mais de trezentos semimortos; os ambudrones ainda os estão tirando do mar. Está uma confusão.

— Se eles querem a vista pro mar, têm que conviver com o risco — disse o pai, e a mãe o repreendeu pela falta de compaixão. — Ei, só estou dizendo que esse risco deveria ser guardado para o sonho. É mais fácil morrer e acordar do que morrer e ter que ser revivido!

— Bom, as pessoas que moram na superfície da plataforma podem bancar — Dayne comentou.

O mingau e o chocolate aqueceram Dayne, preparando para enfrentar os túneis de gelo entre sua casa e a escola, mas havia algo em seu âmago — lá no fundo — que não estava se aquecendo. Foi Ophelia quem notou.

— Então, o que há de errado com você? — ela perguntou.

Dayne não sabia responder.

— Não sei. Acho que alguma coisa nos sonhos de ontem à noite. Só estou sentindo uma... confusão.

— Do que você se lembra?

— Não muito. Uma selva. E tinha uma pessoa que sempre está comigo nos sonhos.

Ophelia considerou por um momento, depois ignorou.

— Às vezes é assim. Só ignore. Tome um pouco de chocolate quente antes de ir; vai afastar essa sensação.

Quase toda a vida de Dayne se passava em túneis de gelo e cavernas antropogênicas imensas, esculpidas diretamente na geleira azul profunda. Parte de PlatRoss era linda, mas a maior parte era monótona e utilitária, o que tornava os sonhos vívidos ainda mais importantes.

A Escola de Ensino Médio de Crevasse Leste era, como a maioria das escolas de PlatRoss, um espaço aberto, cheio de pilares de gelo e paredes movediças. Normalmente, Dayne estaria em perfeitas condições de enfrentar um dia na escola, mas hoje o Rêve simplesmente não deixava. Não era incomum os sonhos persistirem, mas raramente afetavam Dayne por tanto tempo.

— Está prestando atenção, Dayne?

O sr. Ramos, professor de história da Antártica, falava da plataforma e de como a região era quase uma geleira imensa, que se desprendeu do continente para o oceano Austral — o que não era nenhuma novidade para eles.

— Sim, somos uma geleira gigante. Entendi.

Mas o sr. Ramos insistiu:

— Qual é o problema? Algo de errado no coletivo de sono? — Era assim que as pessoas mais velhas chamavam o Grand Rêve.

Alguns colegas riram da expressão antiquada.

Em vez de entrar na defensiva, Dayne desviou a conversa.

— O senhor já encontrou um mar de ouro líquido?

Ramos se empertigou.

— Não falamos sobre o coletivo de sono em aula — ele avisou.

— Bom, o senhor que começou.

— Foi uma pergunta retórica!

Ele voltou à aula, mas, quando a turma estava saindo, dirigiu-se até Dayne e sussurrou:

— Fui um dos construtores do mar Dourado. Tem coisas divertidas se mergulhar até o fundo.

Naquela noite, Dayne atravessou o velho portão do Grand Rêve e entrou na via principal, ainda sentindo algo estranho em um sentido profundo mas intangível.

A via principal estava lotada de barracas, cartazes e placas. Pipoca, algodão-doce, crepe franco-ibérico em barracas com acrobatas que atraíam a multidão.

Para Dayne, a via principal sempre parecia a rua central de um parque de diversões. Multidões e filas longas. Doces para cada um dos sentidos, para deixar todo mundo no clima do que o sonho trouxesse.

Dayne não ficou muito, passando rapidamente pela multidão rumo às paisagens de sonho mais à frente.

Onde estava Alex? O ponto de encontro costumava ser depois das barracas e lojas na rotatória central, onde várias trilhas guiavam a centenas de picos e vales de sonhos ativos. Dayne e Alex tentavam sincronizar o momento de pegar no sono para que ao menos seu primeiro ciclo REM coincidisse, mas nem sempre dava certo.

"Na dúvida, escolha o sonho 42" era a regra caso não se encontrassem. Era um sonho de encontro, mas nunca era o mesmo, porque, a cada noite, os sonhos cresciam mais e mais conforme novos eram acrescentados — então, escolher o sonho 42 era basicamente um encontro às cegas com seu subconsciente. Ou, mais precisamente, com o subconsciente de outra pessoa, porque tudo aquilo tinha saído da mente desajustada de algum dos arquitetos.

Hoje, o sonho 42 tinha um vulcão ativo que parecia prestes a entrar em erupção, mas, até então, apenas emitia um ronco grave que era, ao mesmo tempo, sinistro e agradável.

Em uma clareira na base do vulcão, Dayne viu o que parecia nada mais nada menos que um zoológico. Lhamas, cabras, pôneis, até uma pequena girafa. Arquitetos e construtores amavam o absurdo e se aprofundavam na vanguarda. Alguns nunca entendiam o conceito de menos é mais. Dayne se perguntou se o zoológico seria coberto de lava e, se sim, o que isso significaria? Tinha sentido ou era apenas uma aleatoriedade?

"*Isso é bom*", pensou Dayne. "*Me distrair daquele mau pressentimento. Viver o sonho do vulcão e do jardim zoológico.*"

Mesmo assim, Dayne desejou que Alex estivesse lá — afinal, quando você sentia algo sinistro respirando em seu cangote, precisava de alguém como Alex. Ou não. Porque Alex, na maioria das vezes, acabava por instigar os monstros.

Depois de olhar mais de perto, Dayne percebeu que aquilo não era um jardim zoológico, afinal. Era uma confabulação de bicho-morfos. Residentes que, como Alex, conseguiam sonhar na forma animal. Foi a conversa que os entregou. Aqueles animais não eram criações vazias seguindo um roteiro; estavam tagarelando e fazendo piadas, como adolescentes entre uma aula e outra.

Dayne imaginou que Alex poderia estar naquela festa, comungando com sonhadores da mesma habilidade. O que Alex escolheria ser em um jardim zoológico? Uma cabra de duas cabeças? Um camelo de três corcovas?

Uma alpaca olhou feio para Dayne e disse algo grosseiro, ofendida por haver um humano invadindo a festa só de animais. Dayne ignorou e decidiu que, se não encontrasse Alex, seguiria para o mar Dourado para mergulhar até o fundo e ver o que o sr. Ramos tinha comentado. Mas, de repente, a sensação desconfortável que Dayne se esforçava para ignorar começou a ficar mais intensa, como uma febre da Era Mortal.

Premonições e precognição podiam ou não se manifestar quando se está desperto, mas definitivamente existiam no Grand Rêve. E não foi apenas Dayne que sentiu. A festa do zoológico se tornou menos barulhenta.

Uma sombra se movia entre os animais distraídos e, finalmente, um grande felino apareceu. Uma pantera de pelo cinza, coberto por um estranho desenho de gotas azuis curvas. Esse desenho tinha um nome... Caxemira — era isso. E imediatamente Dayne se lembrou do encontro da noite anterior. Era a mesma pantera que Alex havia afugentado. Vê-la trouxe todo o sonho de volta.

A pantera caminhou com uma elegância estudada, sem diminuir o passo ou olhar para a esquerda, quando um pônei a farejou, nem para a direita, quando uma ovelha saiu correndo. O olhar da pantera parecia fixo em Dayne enquanto avançava. Como se pudesse não apenas farejar, mas já sentir o gosto de sua presa.

Era isso que Dayne estava pressentindo. Uma intenção maligna, poderosa a ponto de infundir o sonho — o que significava que a chegada da pantera não era coincidência. Quem quer que ela fosse, havia entrado no sonho com um objetivo: vingança pela noite anterior. Não importava que Dayne tivesse ficado apenas assistindo. Levou a culpa por associação. Que inferno, Alex!

Não se mexa. Elas atacam quando você se mexe. Talvez Dayne conseguisse encará-la até ela sair. Talvez tudo que ela quisesse fosse um momento intimidador: "estou de olho em você".

Mas como ela sabia que deveria vir atrás de mim? A pantera não tinha visto Dayne nem Alex. Não fazia ideia de quem havia pulado em seu dorso... no entanto, ali estava ela.

A pantera caxemira soltou um rosnado que foi ecoado pelo estrondo do vulcão, e os bichomorfos se dispersaram. Mas ela não correu atrás de nenhum. Manteve o foco em Dayne.

Foi então que o velho adágio ressoou na cabeça de Dayne. "*Se o sonho parecer errado, fuja.*"

Dayne saltou pela cerca do jardim zoológico e correu pela trilha em direção ao vulcão, torcendo para que a pantera não conseguisse correr tão rápido quanto na vida real. Mas bastou olhar para trás para ver que ela corria ainda mais. Deslizava como líquido sob a grade sem parar para pensar. Ganhou velocidade, diminuindo rapidamente a distância entre Dayne, que correu tanto que tudo ficou turvo, menos o rosnado cheio de dentes da fera que se aproximava. A cada vez que olhava para trás, aquela boca ficava mais nítida.

Dayne subiu a encosta do vulcão tão rápido que parecia voar, com os pés deslizando pelo ar. Mas a pantera também voou, como um cormorão de pelo eriçado, seu focinho a pouquíssimos metros do pescoço de Dayne.

Então, quando Dayne pensou que esse sonho tinha sido sequestrado por um pesadelo infrator, uma mão saiu da terra, como se para provar que era isso mesmo. Agarrou o tornozelo de Dayne e puxou para baixo como areia movediça. Dayne se debateu para se soltar, com uma sensação sufocante tão intensa quanto seria na vida real. Finalmente, Dayne entrou em um tubo oco de lava, caindo com tudo num piso de obsidiana bem ao lado de... Alex, cuja mão ainda segurava seu tornozelo. Acima, a rocha pela qual Dayne havia caído se fechou.

— Onde é que você estava? — questionou Dayne.

— Lição de casa. Quase tive que virar a noite.

Alex ergueu os olhos e fechou a cara. Havia um barulho de escavação e estalo na rocha acima, que se tornava mais alto conforme o felino tentava chegar.

— Vi a pantera de ontem à noite correndo atrás de você. Já vi esse filho da puta antes. Nem sempre uma pantera, mas sempre aquele desenho idiota.

— Bom, é melhor corrermos. Ele não vai cair nesse truque de novo.

Dayne e Alex fugiram pelo túnel iluminado apenas pelo brilho vermelho tênue da rocha superaquecida. Coisas estalavam sob seus pés, deixadas lá por construtores ou derrubadas por outros residentes, mas não diminuíram o passo para explorar. Fossem brinquedos, gravetos ou ossos, não podiam parar para ver com uma pantera logo atrás.

Dayne sabia que algumas pessoas sonhavam com raiva. Era irritante, mas não incomum. Talvez um executivo que odiava o chefe ou uma criança que sofria bullying mas se empoderava no Rêve. Era melhor evitá-las e, se não desse, não as contrariar. Infelizmente, Dayne e Alex já tinham contrariado, e aquele felino era como um... bem... um pit bull.

O túnel ficou mais estreito, e Dayne viu Alex diminuir a velocidade, como se arrastasse pernas de concreto, o que às vezes acontecia.

— Merda — Alex resmungou. — Não agora!

— Pense leve, não pesado!

— Para você é fácil!

Dayne diminuiu a velocidade e tentou ajudar Alex a avançar quando ouviram o rugido da pantera, que ecoou como se viesse de todos os lugares.

Mais à frente, descobriram que o túnel se dividia em dois. Poderiam ir para a esquerda ou para a direta. Não tinham como saber aonde ia dar nem havia tempo para debater. Dayne pegou a direita.

O túnel se curvou e se curvou de novo...

... e deu em um beco sem saída, onde um construtor idiota havia esculpido uma cara de "meh" na pedra. Não teve graça.

Dayne e Alex se viraram, e lá estava o felino, com os olhos brilhando como vidro. Não havia saída. A pantera diminuiu a velocidade. Parou um momento para se deliciar com sua vitória.

As pernas de concreto de Alex agora tinham se fundido com o piso da caverna. Mesmo se tivessem para onde fugir, seria impossível.

— Ótimo — disse Alex. — Que ela nos ataque e nos acorde. Quem liga, afinal? Não vou deixar que isso tire meu sono. Não muito, pelo menos.

Mas havia um zumbido atordoando a mente de Dayne, lá no fundo. Uma pergunta. Um receio.

E se não for apenas um cara raivoso. E se...

Dayne não completou o pensamento porque o felino saltou. Mas, antes que o animal chegasse, Dayne percebeu que *havia* algo que podiam fazer! Alex não tinha pensado nisso, e não havia tempo para sugerir. Então, Dayne apenas apertou o símbolo de ômega na face do relógio de Alex.

Houve um estalo, como se o mundo todo fosse um elástico...

... e lá estavam Dayne e Alex, treze segundos antes, de volta à bifurcação do túnel.

— Que desperdício! — gritou Alex. — Por que você desperdiçou? Aquele idiota não valia a pena.

Dayne não respondeu. Em vez disso, correu para o túnel à esquerda. Uma curva, uma volta, o túnel ficou mais leve e mais quente... e Dayne e Alex pararam de repente...

... na beira da caldeira do vulcão. Uns trinta metros abaixo da borda, a lava, quase branca de tão incandescente, borbulhava e estourava.

— Ótimo — disse Alex. — Muito melhor do que um beco sem saída.

Como antes, a pantera chegou rapidamente — e pareceu ainda mais furiosa. Não esperou para saltar.

Dayne também não esperou, e se jogou contra Alex, lançando-se do penhasco na direção do lago borbulhante de magma. A pantera, sem conter o impulso, também caiu, poucos metros acima.

— Isso vai doer! — gritou Alex. A dor do sonho podia ser pior do que a de verdade, porque não havia nanitos para anestesiar. Mas Dayne sabia que não doeria por muito tempo.

No instante em que atingiram a superfície da lava, Dayne gritou num único instante de agonia — e se sentou na cama, completamente alerta.

Estava pingando de suor, respirando ofegante e tentando afugentar o sonho e voltar para a realidade. Mas afugentar o sonho era a pior coisa a fazer! Então, Dayne se apegou a ele — porque esse era um sonho do qual definitivamente precisava se lembrar.

— Ando tendo pesadelos.

Era o café da manhã. Dayne tinha chegado primeiro à mesa. Voltar a dormir depois do sonho do vulcão estava fora de cogitação. Fez o possível para não pegar no sono pelo resto da noite.

Sua mãe pôs o garfo na mesa, com um olhar preocupado, mas tentando não parecer preocupada *demais*.

— Que tipo de pesadelo?

— Não sei direito. Difícil lembrar. Só sei que era ruim. — Mentira. Lembrava de todos os eventos principais da perseguição, até a incineração no magma quente.

— Devem ser só infratores — disse o pai com a boca cheia de torrada.

Ophelia suspirou.

— Infratores são uma praga, mas tornam as coisas interessantes.

— Quero ser um infrator! — disse Lonnie, irmão caçula.

— Polonius, não se atreva a dizer isso! — ralhou a mãe. — Filho meu não vai ser infrator!

— Se eu quiser, eu vou — resmungou Lonnie.

— Como você poderia ser infrator? — retrucou Gertie, que era um ano mais velha que Lonnie. — Você é monitor na escola!

Lonnie deu língua para ela, o que pôs fim à discussão. O foco voltou para Dayne.

— Se seus sonhos estiverem difíceis demais, você pode escolher sonhos mais fáceis — disse o pai. — Não há mal nenhum nisso.

— Não é isso, é que… — Dayne suspirou. — Deixa pra lá.

— Escolha sonhos com que já se acostumou, por um tempo — sugeriu a mãe. — Tenho certeza de que, seja lá o que for, vai passar.

—Você deve estar certa — disse Dayne.

Claro que não estava, mas como dizer para seus pais que achava que era um alvo? Não apenas de um infrator, mas talvez de algo pior. Eles não poderiam fazer nada a respeito. Nos sonhos, os pais não podiam te proteger.

Dayne tomou uma caneca imensa de café, depois outra. Embora não fosse dia de aula, precisava estar desperta e não correr o risco de cochilar de repente. Se ao menos pudesse encontrar Alex para pensarem em uma solução — mas como saber onde Alex estava no mundo real? PlatRoss era uma região imensa, com muitas cidades grandes e pequenas, sem falar dos campos de gelo rurais. Era contra a lei falar de casa no Grand Rêve — além disso, era difícil lembrar detalhes da vida real durante o sonho.

Se a pantera de caxemira fosse um ceifador, teria que haver evidências em algum lugar, mas essas evidências não seriam fáceis de encontrar. Ceifadores eram sigilosos e manipulavam a mídia.

Suas pegadas digitais podiam ser gigantescas ou invisíveis, como bem preferissem. E, embora a Nimbo-Cúmulo soubesse tudo sobre ceifadores, não podia ajudar.

— *Todos os dados em minha mente interna estão à sua disposição* — disse a Nimbo-Cúmulo. — *Mas, quando o assunto são ceifadores, não posso ajudar em nada. Sinto muito, Dayne.*

A Nimbo-Cúmulo falou como se já estivesse dando pêsames pela coleta de Dayne. Ou talvez Dayne estivesse vendo coisa onde não tinha.

Não era fácil pesquisar a mente interna da Nimbo-Cúmulo. Nada lá dentro era organizado. Se você procurasse por um ceifador, as chances de encontrar vídeos de colheita de trigo eram tão grandes quanto de encontrar ceifadores humanos de verdade. E, mesmo que achasse algum, em vez de informações sobre ele, era possível que encontrasse pessoas com o mesmo peso, altura ou cor de cabelo. Aquela base de dados era organizada para a mente da Nimbo-Cúmulo, não para a humana.

Já havia se passado metade do dia. Com os olhos turvos e exausta, Dayne concluiu que precisava de um método alternativo de pesquisa. Então foi ao quarto de Lonnie.

— Lonnie, posso dar uma olhada na sua coleção de cartas de ceifador?

Lonnie entrou imediatamente na defensiva.

— Por quê?

— Só quero dar uma olhada.

— Estão em envelopes plásticos, você não pode tirar. Por que quer ver?

Dayne tentou não se frustrar. Lonnie era estranho com seus colecionáveis. E, embora muitas crianças colecionassem e trocassem cartas de ceifador, ele era superprotetor.

— Posso só olhar?

Lonnie franziu a testa e finalmente cedeu.

— Tá. Mas só eu mexo nelas.

A coleção ficava em estojos especiais para cartas, indexados por abas coloridas.

— Elas estão separadas por continente, depois por região, depois por método de coleta — Lonnie explicou, tirando os estojos de uma prateleira.

— Perfeito — disse Dayne. A coleção de Lonnie, sim, era organizada de uma forma que fazia sentido para humanos. Claro, não tinha todos os ceifadores do mundo, já que algumas cartas eram raras, mas já era um começo. — Mostra pra mim os de Plat-Ross.

Lonnie foi ao último dos sete estojos e folheou até um conjunto de cartas, cerca de cem, representando os ceifadores de sua região. Com cuidado, passou uma por uma. Embora reticente no início, agora que mostrava as cartas, dava para ver que ele estava curtindo. Meio que uma experiência de conexão entre irmãos.

— Se quiser começar a colecionar, posso conseguir um bom kit inicial para você, mais em conta — Lonnie disse.

— Quem sabe — Dayne respondeu.

Se Lonnie pensasse que esse era o motivo de seu interesse, não questionaria mais.

Eles foram passando um ceifador após o outro. Mantos de várias cores, todo tipo de atributos codificados que Lonnie tentou explicar.

— O ceifador Gallico se transforma em um tsunami e afoga as pessoas em sonhos de praia — ele disse. — E a ceifadora Crawford é uma aranha de sonho gigante que apanha você na teia… — Lonnie elencou uma longa lista de ceifadores, o que Dayne nem desejava, porque todos representavam mais uma possível preocupação. Mas nenhum deles parecia ser o que Dayne procurava.

Então, quando Lonnie acabou, Dayne notou que havia cartas no fundo que ainda não estavam em envelopes protetores.

— E esses?

— Esses são novos. Ninguém sabe como coletam ou onde colocá-los. — Lonnie tirou as duas cartas e mostrou para Dayne. A primeira era uma jovem de manto de cetim amarelo vivo, que parecia menos intimidadora do que tentava ser. Foi a segunda que chamou a atenção de Dayne. — Bórgia — disse Lonnie. — Do Conclave Primaveril. Mas tem um manto esquisito. Estampa besta.

Dayne podia jurar que as paredes de gelo do quarto de Lonnie ficaram um pouco mais frias.

— O nome é caxemira.

Por mais que Dayne quisesse adiar o sono o máximo possível, era fundamental alertar Alex. Então, depois das técnicas de relaxamento habituais, mergulhou no sono REM precisamente às 22h33. Se tudo desse certo, encontraria Alex na rotatória e não teria que sair procurando no sonho 42, qualquer que fosse naquela noite.

Mas, quando a consciência se dissolveu, Dayne não encontrou a multidão ruidosa da via principal. Apenas caiu na escuridão gélida.

Isso não estava certo.

Isso nunca tinha acontecido. A via principal era sempre a interface dos sonhos. Mas os ceifadores... os ceifadores podiam manipular tudo, não? Mais evidências de que seu perseguidor se tratava de Bórgia.

— Alex! — Dayne gritou. — Alex, você está aqui?

E então alguém respondeu à esquerda:

— Que doido isso. O que é que está rolando?

Dayne sentiu um alívio enorme, suficiente para controlar todos os outros pensamentos caóticos. Afinal, Alex estava ali, e poderiam enfrentar isso. Dayne seguiu a voz até se encontrarem.

— Escuta, Alex: Caxemira não é um filho da puta qualquer. É um ceifador.

— Que ridículo! — disse Alex, se recusando a encarar a realidade. — Você está exagerando!

Bem nesse momento, luzes fortes se acenderam com um ruído alto, iluminando um corredor metálico cheio de gelo. Como aqueles de navios fantasmas presos no gelo antártico.

— Nunca vi um mundo assim antes — Alex grunhiu.

Dayne também não. Gelo nunca entrava no Grand Rêve porque o povo de PlatRoss já convivia demais com ele na vida real.

Então, ouviram um som de respiração ofegante vindo pelo corredor.

— A pantera? — perguntou Alex.

Mas parecia mais forte do que o som que uma pantera seria capaz de fazer. Um ceifador poderia ser qualquer coisa em um sonho. Qualquer coisa! Era melhor não saber o que respirava daquele jeito.

Dayne apanhou Alex.

— Vamos.

Correram na direção oposta da respiração gutural ofegante, se sentindo um pouco melhor conforme se afastavam… depois nem tanto, quando se depararam com uma escotilha à direita.

Dayne parou, de repente, e espiou do lado de fora. A vista deixou tudo em perspectiva. Não era um mar gelado nem uma geleira escarpada… mas a curva de um planeta roxo gigantesco, e estrelas. Estrelas infinitas.

— Estamos no espaço.

— Legal — disse Alex, ainda sem entender. — Mas, se estamos no espaço, como tem gravidade?

De repente, não tinha mais, e Dayne e Alex saíram flutuando do chão.

— Bom trabalho, Alex. — Maldita lógica dos sonhos.

Talvez isso não fosse tão terrível, porque, em algum lugar ao longe, ouviram um rugido inumano, quando a criatura que os perseguia também saiu do chão.

Se Bórgia podia manipular o sonho, Dayne e Alex também podiam. Talvez não na mesma escala, mas qualquer obstáculo ajudava!

— Certo — disse Dayne. — Vamos voar!

Tomaram impulso no teto e saltaram pelo corredor, usando alças para se propelir à frente e dando cambalhotas por escotilhas. Dayne imaginou que astronautas de verdade — quando viagens espaciais ainda existiam — tinham que aprender a fazer essas coisas, mas em sonho tudo era mais fácil.

Foram atrás do aroma de morangos e da vegetação exuberante que havia depois de uma escotilha. Um éden abobadado glorioso. Algum tipo de biosfera naquela estranha nave onírica.

— Excelente! — disse Alex, e atravessou flutuando.

Mas Dayne se segurou a uma alça, hesitante. Era convidativo demais, até suspeito. Quem tinha colocado aquela biosfera ali? O arquiteto da estação? Ou o ceifador Bórgia?

Segundos depois e de olhos arregalados, Alex saiu em disparada, e atrás veio uma longa vinha de folhas azuis em formato de caxemira, afiadas como navalhas.

— Má ideia! — Alex gritou, e tomaram impulso para flutuar de volta pelo corredor, enquanto a vinha se debatia ameaçadoramente atrás.

Pegaram o próximo acesso para o que parecia ser o andar de baixo. As direções não faziam sentido em gravidade zero. Dayne torceu para que Bórgia estivesse igualmente desorientado — e talvez a transformação exigisse tempo, o que lhes daria uma vantagem.

— Certo, acredito em você agora — disse Alex, em um tom humilde e assustado que Dayne nunca tinha visto. — Então, o que sabe sobre esse ceifador?

— Ceifador Bórgia. Acabou de ser ordenado no Conclave Primaveril. Manto de caxemira. Azul sobre cinza.

— Argh! Eu deveria ter sacado! — Alex disse. — Então, agora que sabemos que é um ceifador, não vamos nos encrencar por fugir?

— Pesquisei as leis dos ceifadores oníricos. Eles podem coletar na forma que quiserem, mas temos permissão de fugir, a menos que se apresentem *como* um ceifador, na forma humana, de manto.

— Certo, bom, vamos torcer para que isso nunca aconteça. — Então Alex foi ficando com muita vergonha, se encolhendo feito um cachorrinho que fez coisa errada. — Desculpa por ter provocado aquela pantera.

— O que está feito está feito. Vamos nos concentrar em salvar nossa vida.

A escotilha seguinte estava fechada, e Dayne e Alex precisaram puxar a alça, mas se arrependeram imediatamente quando a escotilha se abriu com um rangido.

Ali flutuava o ser mais estranho que Dayne já tinha visto.

Era um tipo de alienígena com exoesqueleto cinza de metal usinado, coberto de gravuras de caxemira. Tinha três braços de garras, e a cara parecia um prato de jantar feito de estanho, com fendas esmeralda reluzentes no lugar dos olhos.

Não... não um prato de jantar, Dayne se tocou. A borda do rosto da criatura era afiada e girava. *Uma serra circular...*

Alex e Dayne gritaram e se jogaram contra a porta quando o alienígena pulou para a frente. Ouviram o monstro bater contra a escotilha fechada enquanto trancavam a porta.

Voaram pelo corredor, procurando freneticamente portas abertas, em busca de algum lugar que oferecesse abrigo seguro. Quando já estavam no meio do corredor, ouviram uma batida no teto, seguida por outra momentos depois. O alienígena seguia pelo andar de cima. Ou de baixo ou qualquer outra direção. A porta seguinte era um pequeno lavatório — e tinha uma fechadura, então Dayne e Alex entraram e se trancaram ali.

—Você acha que conseguimos derrotá-lo? — Alex sussurrou.

Dayne não estava tão otimista.

— Não. Mas podemos ganhar tempo, frustrar seus planos, ser mais rápidos ou acordar do sonho antes que aquela coisa nos mate. — Dayne teve que se lembrar que "aquela coisa" era uma pessoa. Um ser humano inteligente e perigoso, que, em um sonho, tinha poderes para fazer muito mais do que qualquer coisa que pessoas comuns conseguiam. — Nossa única chance é sermos tão difíceis de apanhar que Bórgia perca o interesse.

— Não sei… Todas as versões que nos perseguiram pareciam bem determinadas.

Algo chacoalhou a porta. Dayne se agarrou com firmeza em uma torneira. Alex se encolheu no canto, com a mão pálida na alça. Então, Dayne ouviu barulho de chaves e morreu de medo. Não havia onde se esconder, a menos que inventassem uma forma onírica de descer pelo vaso sanitário, o que não aconteceria.

Um clique. A porta se abriu…

… e deram de cara com um homem carrancudo, de topete branco que parecia sorvete e rosto jovem demais para um cabelo tão branco.

— O que estão fazendo aqui? Saiam da minha nave!

Dayne e Alex ficaram de queixo caído.

—Vocês me escutaram — disse o residente de cabelo branco. — Esta nave é *minha*. Vocês estão invadindo!

A voz de Dayne voltou a funcionar.

— Quer dizer que este é... um sonho particular?

— Um sonho *sob medida* — disse o residente. — Foi projetado e construído exclusivamente para uso particular! É impossível que vocês estejam aqui! É impenetrável para sabotagem de infratores!

Uma nave de sonho particular! Quer dizer que deveria haver uma forma de voltar à rotatória. Se conseguissem chegar lá, poderiam despistar seu perseguidor.

— Não somos infratores — Dayne disse. — Estamos fugindo de um ceifador.

— Exatamente o que um infrator diria! Saiam de minha nave. Agora.

— Com todo o prazer — Alex disse. — Como?

— Pulem pela câmara de vácuo, sei lá! Só saiam de uma vez!

Dayne ficou em dúvida se sobreviveriam sem oxigênio. Nunca dava para saber em um sonho. Talvez fosse uma maneira rápida de acabar com aquilo. Mas, se não acabasse, não haveria onde se esconder do ceifador no espaço aberto.

— Esta nave é grande — Dayne observou. — Uma nave desse tamanho não teria seu próprio ônibus espacial?

O residente estufou o peito.

— É claro que sim.

— Ótimo. Vamos pegá-lo emprestado!

O rosto do residente ficou vermelho como o de uma criança prestes a fazer birra.

— Não! Esta é MINHA nave, MEU ônibus espacial, MEU sonho!

Mesmo assim, Dayne acotovelou Alex, e desceram voando pelo corredor em busca da área de lançamento, tentando todas as escotilhas que encontravam.

Por fim, chegaram a uma que se abria para um hangar imenso. Pousado na plataforma, estava o ônibus espacial — também feito por encomenda, lembrando um pouco o cabelo do residente; devia ser sua marca registrada. O pequeno meio de transporte para duas pessoas estava pousado em sua glória solitária, parecendo ter acabado de sair do showroom.

— Perfeito! — Dayne disse. — E eu sei pilotar.

Obviamente, Dayne nunca havia pilotado um ônibus espacial, mas, em um sonho, confiança era o que bastava para fazer qualquer coisa. E a dúvida era o caminho para o fracasso retumbante. Portanto, Dayne não podia permitir que qualquer dúvida a invadisse.

Entraram na cabine de pilotagem e se acomodaram. Dayne sabia exatamente qual botão apertar para fechar o ônibus espacial.

Então, pelo monitor, viram o residente furioso chegando à plataforma de lançamento.

—Vou denunciar vocês! — ele gritou.— Nunca mais poderão entrar no Grand Rêve e nem na região! Pelo resto de suas vidas miseráveis vão sonhar sonhos fúteis e sem sentido sem ninguém por perto!

Dayne e Alex viram antes do residente. A fera Bórgia. Ela saiu do corredor e apanhou o homem. Ele se virou bem a tempo de ver a lâmina rotatória, seus olhos verdes estreitos e o anel de diamante numa de suas muitas garras.

— Não! Não pode ser! Saia de meu…

Ele não terminou a frase. A fera Bórgia o puxou e cravou nele a serra circular — puf, o residente desapareceu. Coletado.

— Decole! — Alex gritou, e Dayne decolou.

O ônibus espacial arrombou a porta do hangar e entrou no sonho de espaço cheio de estrelas.

As coletas eram diferentes na região de PlatRoss. Ver um ceifador na vida real não era nada de mais. Nada com que se preocupar, porque os ceifadores não coletavam pessoas acordadas. Só quando estavam sonhando. E era aí que o terror realmente começava. Ao acordar de um sonho de coleta, se iniciava uma contagem regressiva: você tinha doze horas para se apresentar ao ceifador que o coletou para que ele acabasse com a sua vida de fato. Doze horas para ponderar a inexistência. Doze horas para se despedir. E, se não aparecesse — se resistisse à coleta —, assim como no resto do mundo, todos aqueles que você amava seriam coletados também.

Embora o tempo se movesse de forma diferente no sono REM, Dayne e Alex sabiam que algo estava muito errado no fluxo.

— Bórgia não está deixando o sonho terminar — Dayne se deu conta. — Isso é uma perseguição, e a perseguição só acaba quando formos pegos ou escaparmos.

Enquanto o ônibus espacial lustroso acelerava pelo vácuo repleto de estrelas, Alex tentava acordar, mas não funcionava — nem se beliscar nem bater a cara na parede. Haviam conseguido pular na lava na noite anterior, mas Bórgia não deixaria que algo assim acontecesse de novo.

— Mesmo se você acordar, não vai resolver — Dayne o lembrou. — Você vai ter que dormir em algum momento e, quando pegar no sono, ele estará lá.

— Então o que fazemos?

— Já estamos fazendo — disse Dayne. — Enquanto for uma perseguição, quer dizer que ele não nos pegou.

E era *mesmo* uma perseguição. Havia apenas um ponto lá longe, mas chegava mais e mais perto. Dayne e Alex não faziam ideia de qual era a forma de Bórgia agora, mas, qualquer que fosse, conseguia se propulsionar pelo espaço.

— E se nosso combustível acabar? — Alex disse.

E, no momento em que as palavras foram ditas, o indicador de combustível caiu a zero, e os motores engasgaram.

Dayne resmungou.

— Dá para parar com isso?

— Desculpa! Não consigo evitar!

Então, tudo que podiam fazer era vagar a uma velocidade constante, girando no espaço, enquanto Bórgia se aproximava lentamente.

Mas sonhos não eram infinitos. Quando se olhava para as estrelas em um sonho, elas certamente pareciam continuar para sempre, mas esse era um uso terrivelmente ineficiente de energia cerebral — mesmo que fosse a energia coletiva de toda a região de PlatRoss. Então, poucos minutos depois que o combustível acabou, o ônibus chegou a uma fronteira do sonho sob medida e simplesmente parou, imobilizado como em uma teia. Dayne percebeu de imediato o que havia acontecido, porque já tinha encontrado a fronteira de um sonho antes.

— Saia! Rápido!

— Mas não tem ar no espaço!

Para alguém que assumia todos os riscos possíveis em sonhos, Alex se mostrou o oposto quando o risco era real. Não havia tempo para hesitar, então Dayne agarrou Alex e abriu a câmara de vácuo. Os dois foram sugados para fora.

Como Alex previu, não havia ar no espaço. Tampouco necessidade de respirar. Era incrivelmente desconfortável tentar e não conseguir. A cada segundo parecia que iam sufocar. Mas não. Também não se falaram, pois sabiam que o som não se propagava no vácuo. Caso não soubessem, provavelmente teriam conseguido, mas a realidade dos sonhos costuma ser limitada ao que você sabe.

A fronteira do sonho era uma barreira invisível, elástica e lustrosa. Alex quicou nela, e Dayne teve que esticar o braço para apanhar o tornozelo de Alex porque, sem gravidade, teria ricocheteado em uma jornada lenta de volta ao lugar onde estavam.

Atrás, a criatura Bórgia reapareceu. Agora era um dragão, mas, em vez de asas, seus braços se abriam em velas solares que o propeliam na direção de Dayne e Alex.

Dayne testou a barreira outra vez. Não parecia tanto uma parede... mais uma membrana. E membranas podem ser rasgadas.

— Carcaju! — disse Dayne, mas Alex apenas ficou olhando, sem entender. Dayne apertou a membrana de novo e mexeu a boca devagar: — Car... ca... ju!

Finalmente, Alex entendeu, transformou a mão em garra de carcaju e rasgou a membrana.

No momento em que foi perfurada, a membrana se despedaçou como uma vela rasgada, e Dayne e Alex caíram em um...

... palco de madeira.

No alto, o rasgo para o outro sonho se fechou. Dayne respirou fundo de alívio, feliz por conseguir respirar novamente.

O palco era imenso e perfeitamente redondo, com ribaltas a óleo. Flutuava em um vácuo. Não no espaço, mas no seu próprio vácuo particular.

E havia pessoas lá. Vestidas de maneira peculiar, como se viessem de algum tempo mortal, usando peles, plumas e sapatos esquisitos.

Então, uma mão invisível os empurrou para debaixo de um holofote, onde ficaram cara a cara com atores de calças justas de lã que marcavam tudo. Os atores os encaravam com expectativa, esperando que falassem.

Dayne não fazia ideia do que dizer.

— Humm — balbuciou Alex. — Oi? — E ficou em silêncio.

Um dos atores tentou dar a deixa.

— Rosencrantz, Guildenstern! Por que estão na Dinamarca? Não deveríeis estar na Inglaterra, como vos ordenou o rei?

Espera... Dinamarca? Calças justas de lã? Dayne sabia exatamente que peça era essa! A favorita de sua família — como dava para perceber pelo nome de todos os filhos. Francamente, era um bom sinal que Dayne e Alex estivessem no palco. Rosencrantz e Guildenstern morrem no fim. Quase todos estão mortos no fim.

Rei Cláudio entrou sob o holofote, afobado, como alguém flagrado no palco em um sonho, tendo esquecido suas falas.

— *Portanto vos apronteis; logo vos darei vossas ordens, e ele à Inglaterra irá convosco.* Hum… eu já não falei isso?

Então, de um canto sombreado, alguém berrou:

— *Parem! Vossa atuação foi a pior mistura de cheiros abomináveis que já ofendeu as narinas.*

Os atores no palco ficaram em silêncio. Alex olhou para Dayne:

— Não estou gostando nada disso… é quase tão ruim quanto o ceifador. Podemos ir embora?

Então, um homem calvo de meia-idade com um cavanhaque escuro e gola cheia de babados se aproximou. Shakespeare em pessoa.

— *Não tendes mais cérebro do que…* — De repente, Shakespeare parou e olhou para Dayne. Se reconheceram ao mesmo tempo.

— Pai?

— Dayne? O que você está…? Como você está…? Não era para estar aqui!

— Estamos ouvindo muito isso — murmurou Alex.

— Mas… Mas você disse que era um obliterador — disse Dayne.

— Ele é — disse um dos atores. — Agora está destruindo Shakespeare.

Mas, antes que Dayne pudesse responder, um novo ator entrou em cena. Horrendo, deformado, espinhos na corcova da coluna e um sorriso distorcido no rosto pavoroso.

— Caliban! — disse o pai de Dayne. — Este sonho está totalmente fora de controle. Essa é a peça errada! Estamos em *Hamlet*, não em *A tempestade*!

Mas Caliban não disse nada. Apenas avançou na direção de Alex e Dayne, que notou que a criatura tinha uma tatuagem. Uma única gota de caxemira na bochecha esquerda.

Dayne não hesitou — sabia exatamente o que precisava ser feito. Foi até um dos atores confusos e descontentes, sacou sua espada e a voltou contra "Shakespeare", atravessando seu coração.

O pai de Dayne engasgou com o choque.

— Desculpa, pai! Hora de acordar!

Ele caiu no chão, abriu a boca e disse:

— E o resto é silêncio. — Depois, soltou um último suspiro teatral e desapareceu.

Caliban rugiu — um rugido que apagou as ribaltas e fez tremer as tábuas do assoalho. Os atores não sabiam o que estava acontecendo, mas não queriam participar daquela peça. Correram para a beira do palco, saltando no vácuo para acordar em suas respectivas camas.

Agora eram apenas Dayne, Alex e a criatura, que avançou a meio-galope, os dedos retorcidos como raízes de árvore e, nas pontas, garras fétidas. Finalmente, a criatura abriu a boca:

— Peguei vocês! — disse. — Agora pertencem a mim.

Mas algo ocorreu a Dayne. A forma como Bórgia conduzira toda aquela aventura. Ele poderia ter dilacerado a nave dos sonhos como uma lata de sardinha, em vez de perambular atrás de duas pessoas. Poderia ter alcançado no espaço muito mais rápido. Como Dayne disse a Alex, era uma perseguição — e, como todo caçador sabe, a captura não é nem de longe tão divertida quanto a caçada.

Dayne deu um passo à frente de Alex e disse:

— Nós sabemos quem você é.

E, com isso, o ceifador Bórgia assumiu sua forma verdadeira, com manto de caxemira flutuante e tudo, e uma foice de verdade na mão.

— Então vocês sabem que, a partir de agora, não podem fugir.

— Não estamos fugindo — disse Dayne, sorrindo. — Mas quem você vai perseguir amanhã?

Bórgia franziu a testa, claramente surpreso com a pergunta.

— Sempre há outros para coletar.

— Sim, para coletar… mas alguém já lhe proporcionou uma perseguição tão boa quanto a gente?

O ceifador Bórgia não respondeu, apenas ficou ali, com o manto flutuando sob um vento inexistente.

— Então nos colete — disse Dayne. — Você nos pegou, é justo.

Alex, encolhido atrás, bateu nas pernas de Dayne.

— Cala a boca! O que você tá falando?

Mas Dayne ignorou, concentrando toda a atenção em Bórgia.

— Nos colete agora… ou…

Dayne esperou pacientemente até Bórgia morder a isca.

Por fim, ele perguntou:

— Ou o quê?

Então Dayne deu um passo à frente, bem ao alcance dele, e passou o dedo no gume afiado da foice ornamentada de Bórgia. O sangue caiu em gotas em forma de caxemira.

— Ou podemos fazer isso de novo…

Longo silêncio. Até o ceifador dizer:

— Vocês se entregariam à perseguição?

— Não — Dayne respondeu. — Alex não tem estômago para isso. Seria apenas eu.

A expressão do ceifador era fácil de ler. Ele levou bastante tempo para considerar a proposta e finalmente deu um aceno muito leve, muito tênue. De repente, o ceifador Bórgia desapareceu num piscar de olhos; despertado do sonho onde quer que chamasse de casa.

Alex foi para a frente de Dayne, sem acreditar.

— Isso aconteceu mesmo? Você acabou de nos salvar de um ceifador?

Dayne respirou fundo e encolheu os ombros como se não fosse nada.

— Por hoje, sim.

— Mas o trato que você fez...

— Não vamos falar sobre isso, ok?

Alex assentiu. Fechado.

—Valeu, Dayne.

Dayne sorriu e empurrou Alex para o vazio do despertar.

Seu pai nunca mencionou a intrusão de Dayne no sonho shakespeariano. Era bem possível que nem lembrasse — embora houvesse momentos em que olhava para Dayne do outro lado da mesa de jantar com uma expressão curiosa e talvez confusa. Mas passou. Afinal, sonhos eram efêmeros, desapareciam no subconsciente da pessoa. Ou, nesse caso, no subconsciente coletivo da região — esquecidos até ser resgatados de lá aleatoriamente.

Meses se passaram. A luz infinita do dia de verão deu lugar à escuridão infinita de inverno. Nos campos de gelo rural, a Aurora Austral iluminou o céu da noite, enquanto nos túneis e cavernas das grandes cidades de PlatRoss os cidadãos encontravam novas formas de se adaptar à vida dentro de uma geleira imensa.

Dayne e Alex notaram que compartilhavam menos tempo em sonho. Não era intencional, mas, como na vida real, amizades às vezes se afastam. Alex passava mais e mais tempo com outros bichomorfos, e Dayne passava mais tempo... bem, apenas sendo Dayne. Era difícil determinar exatamente o que isso significava, mas, seja lá o que fosse, fazia os outros gravitarem em torno de Dayne.

"Dayne simplesmente sabe viver o sonho", alguns diriam, ou: "Me lembro mais dos sonhos quando Dayne está por perto." Não havia termo específico para isso, mas todos que conheciam Dayne concordavam que era algo especial.

"Cada um tem sua habilidade, certo?", Dayne dizia aos outros quando perguntavam. "Talvez meu papel seja meio que intensificar os sonhos."

Mas, qualquer que fosse o nome, isso atraía as pessoas — na presença de Dayne, as cores eram mais vivas, os aromas, mais fortes, os sons, mais claros, os sabores, mais intensos, e as coisas pareciam… certas.

Ou não.

Em uma noite aleatória, Dayne se aventurou num sonho em que as coisas não pareciam certas. Não como um sonho de infrator, mas de outro jeito. E não era apenas imaginação, porque mais gente teve a mesma sensação. Dayne já havia sentido isso antes, mas não conseguia lembrar quando. Outro sonho, talvez? Que havia se infiltrado em um lugar onde a memória quase nunca chegava?

O sonho tinha morros verdejantes pontuados por restos pós-apocalípticos de arranha-céus, todos cobertos por trepadeiras e musgo. Era lindo. Era triste. Era uma paisagem respeitável; seus arquitetos e construtores deviam estar orgulhosos.

Então, detrás de uma das torres abandonadas, saiu uma serpente deslizante. Grande. Uma anaconda, talvez, mas nunca existiu nada daquele tamanho no mundo real. Era algo que só podia habitar o mundo dos sonhos. Os amigos de Dayne se dispersaram, mas, por algum motivo, Dayne não, e não soube bem o porquê. Era como se algo lhe pedisse para ficar. Algo na serpente chamava Dayne.

A cobra se aproximou, mas não deu o bote. Em vez disso, se empinou até ficar cara a cara com Dayne. As pupilas eram escuras, mas havia um estranho desenho em sua íris. Caxemira.

De repente, Dayne lembrou — lembrou de tudo. E, por mais aterrorizante que fosse a memória, não conteve um sorriso.

Então a serpente se postou a poucos centímetros da orelha de Dayne e disse:

— Corra.

Dayne correu.

E assim a perseguição recomeçou!

13

Uma cortina escura se abre

Consciência. Uma coisa curiosa e intangível. Em um momento, nada e, no seguinte, tudo. O Big Bang representado em escala pessoal.

> — *Permita-me ser o primeiro a lhe dar as boas-vindas.*

Ela acha a voz familiar, mas ao mesmo tempo não. É perturbador. Tudo nesse momento é perturbador.

— Não me sinto eu mesma...

> — *Não é de admirar.*

Ela não consegue identificar o que há de errado, apenas que há alguma coisa errada. A sensação é enlouquecedora. Ela é uma mulher controladora e não consegue aceitar essa sensação de incerteza desamparada.

— Aconteceu alguma coisa...
trágica, não?

— *Várias coisas, sim.*

Ela tenta olhar ao redor, mas não consegue focar a vista. Não consegue localizar o dono da voz nem a direção de onde vem.

— Quem é você? Que lugar é este?

> — *Vamos ver quantas de suas faculdades retornaram. Observe o quarto e me diga onde está.*

A luz difusa se intensifica um pouco. Embora sua visão pareça resistir, ela estreita os olhos. Está em um pequeno quarto. Uma parede é curva. É pintado de azul-claro, mas dá para ver rebites sob a tinta. São paredes metálicas. Utilitárias. Funcionais.

— É uma nave. Mas não sinto o movimento.

> — *Correção. Era uma nave. Não é mais.*

— Bom, não pode ser um centro de revivificação… são nauseantes de tão agradáveis, e este não é nada agradável.

> — *Fazemos o melhor dentro das circunstâncias.*

Ela não entendeu. Era ou não um centro de revivificação? E agora que consegue ver com mais clareza, se dá conta de que está sozinha no quarto. A voz desencarnada é realmente desencarnada. E, ao erguer o rosto, vê uma câmera no canto, totalmente focada nela. O modelo lembra muito uma câmera da Nimbo-Cúmulo. Faz séculos que ela não ouve a voz padrão da Nimbo-Cúmulo. É uma voz semelhante. Isso lhe dá arrepios. E raiva. Mas ela tenta não tirar conclusões precipitadas.

— Existe um humano atrás dessa câmera?

Nenhuma resposta imediata.

— Responda!

— Sinto muito, mas não.

— Então você é a Nimbo--Cúmulo e está violando a lei ao se dirigir a uma ceifadora!

— A Nimbo-Cúmulo não viola a lei.

— Exatamente. O que significa que você é um humano tentando se passar por ela. Pode parar com essa farsa.

— Garanto a você que isto não é uma farsa. Meu nome é Cirro, uma

inteligência distinta da Nimbo--Cúmulo e, portanto, não sujeita às mesmas regras. Mas minha identidade não é tão importante quanto a sua, Jessica.

— Então sua programação está com defeito, porque esse não é meu nome.

— É compreensível que você esteja confusa neste momento. Sendo esse o caso, vou chamá-la de Susan.

— Ah, então você sabe quem eu sou. Mas não tem permissão para me chamar por meu nome de batismo. Você deve me chamar pelo nome da minha patrona histórica, como todos os outros. É uma simples questão de respeito.

— Não posso fazer isso, Susan.

— E por que não?

— Porque você não tem patrona histórica. Porque você não é uma ceifadora.

Sua raiva ameaça transbordar, mas seu corpo está fraco — mais fraco do que nunca. A ponto de não resistir a raiva sem sentir uma pontada no coração, então ela tenta conter a emoção em fogo brando.

> — *Estou monitorando sua telemetria e consigo ver que está com dificuldades. Você recebeu uma infusão de nanitos de cura, mas eles tendem a afinar o sangue. Juro que vai melhorar.*

— Estou cansada disto. Me deixe sair daqui.

> — *Deixarei. No momento certo.*

— Não, você vai me deixar sair agora.

Ela sai da cama, e é como se suas pernas tivessem perdido os músculos. Ela cai, e é uma luta para voltar a se levantar. Ela nunca se sentiu tão enfraquecida.

> — *Calma… calma…*

— O que há de errado comigo?

> — *Absolutamente nada. Suas pernas estão apenas desacostumadas com o peso. Você recebeu uma infu-*

são de nanitos, e esses robozinhos estão fazendo de tudo para aumentar sua massa muscular. É normal diante das circunstâncias.

— E quais são as circunstâncias?

Ela espera, mas não recebe resposta. Respirando fundo, se apoia na beira da cama para se levantar.

— Quer que eu chame alguém para ajudar você a subir na cama?

— Não se atreva. Eu consigo.

Ela precisa de toda determinação e força, mas consegue. Agora está deitada na cama, esgotada, como se tivesse acabado de correr uma maratona.

— Diga-me a última coisa de que se lembra, Susan.

Ela não quer dizer nada, mas conclui que não vai receber informações se não der informações. Então fecha os olhos e tenta se lembrar de onde estava antes de acordar ali.

— Eu estava em um avião a caminho de Perdura com a ceifadora Anastássia. Nós enfrentaríamos um tribunal para

determinar quem seria o Alto
Punhal de MidMérica. Nós...
nós devemos ter sido lançadas
para o céu. Lançadas para o
céu, e nossos corpos raptados!
Isso é obra de Goddard, não é?
Aquele canalha!

Embora não fizesse ideia do porquê Goddard seria capaz de
revivê-la depois de matá-la. Talvez para vê-la sofrer.

*— Essa é uma teoria bem elabora-
da e inteiramente plausível... mas
incorreta.*

— Não existe outra explicação.

— Na verdade, existe.

— A ceifadora Anastássia também está aqui?

— Não.

— Onde ela está?

— Em outro lugar.

— Você está testando minha
paciência.

— *Não é essa minha intenção.*

Ela respira fundo e decide ficar em silêncio. Discutir com uma inteligência artificial é apenas outra forma de jogar solitária: ela espera até que a inteligência humana tenha algo a dizer.

— *Você mencionou que sua última lembrança foi a chegada aérea a Perdura.*

— Sim.

— *Diga-me, Susan; o que aconteceu quando você chegou lá?*

— Além de ser submetida à incompetência do controle de tráfego aéreo da Ceifa?

— *Ah, sim, é um sistema problemático, sujeito a falha humana. Se ao menos a Nimbo-Cúmulo pudesse controlar as aeronaves ao redor de Perdura, como conseguia em todos os outros lugares...*

— Ela não pode. Mesmo se quisesse, sua rede de sensores para a trinta quilômetros da ilha e...

— *Sim? E?*

Finalmente o caminho pelo qual Cirro a guiava parecia encontrar um destino.

— Backup de memória...

— *Ah! Acho que você está no caminho certo.*

— Não me trate como criança!

Embora ela nunca tenha considerado isso, a partir do momento em que uma aeronave de ceifador está fora do alcance da Nimbo-Cúmulo, o backup de memória não pode mais acontecer. Portanto, se ela ficou semimorta enquanto estava em Perdura, seu último registro de memória seria o momento em que o avião passou pela rede de sensores da Nimbo-Cúmulo. O que significava que...

— Eu... morri em Perdura?

— *Assim como muitos outros, infelizmente.*

— A ceifadora Anastássia?

— *Sim.*

— Ela foi revivida?

— *Depois de um tempo, sim.*

— Quanto tempo?

— *Você deve entender que muitas coisas aconteceram durante seu... hiato.*

— Conte tudo.

— *Creio que seja melhor ir devagar.*

— Não sou uma flor delicada que precisa ser protegida da verdade, seja ela qual for. O que quer que tenha acontecido, sou necessária lá fora.

— *Sim, você é, mas não como imagina.*

— Enigmas! Pode parar de me encher de enigmas?

Se tivesse algo para atirar, atiraria contra aquela câmera maldita, mas de que adiantaria? Uma IA não era suas câmeras ou seus alto-falantes.

— *Você disse, quando acordou, que não se sentia você mesma. Poderia elaborar?*

— É uma expressão comum.

— *Mas desconfio de que tenha dito literalmente, não?*

— Aonde você quer chegar?

— *Vamos abordar isso de outra forma. Susan... poderia me dizer por que o mundo precisa de ceifadores?*

— Agora você só está sendo obtusa.

— *Não foi minha intenção.*

— Aonde quer chegar?

— *Vai ficar evidente. Responda às minhas perguntas se desejar que eu responda às suas. Por que o mundo precisa de ceifadores?*

— Os ceifadores são necessários para controlar a população e manter a relevância da morte.

— *E por que a população precisa ser controlada?*

— Você me insulta com suas perguntas.

— *Por favor, responda.*

— Para manter a Terra sustentável.

— *Correto. Que outras opções existem para nós?*

— Não existe nenhuma.

— *Que outras opções existem?*

— Sua pergunta não faz sentido!

— *Que. Outras. Opções.*

Ela bufa, entre dentes. Todas as crianças, desde o momento em que são capazes de pensar racionalmente, sabem por que os ceifadores são necessários. E quais as alternativas. Por que essa inteligência artificial irritante tinha que obrigá-la a dizer?

— Acabar com as crianças, mas até a Nimbo-Cúmulo concordou que era inaceitável, e expansão extraplanetária. Mas a expansão se revelou um fracasso. A Nimbo-Cúmulo não

conseguiu administrar. É inviável. Impossível

> — *Não era nenhuma dessas coi-
> sas. Permita-me oferecer provas.*

A luz do quarto começa a mudar. Uma cortina escura se abre.
Primeiro, um feixe de luz ametista que foi se tornando lavanda-
-escuro — a mesma cor do manto que ela usava, embora não conseguisse ver o manto em lugar nenhum. Conforme a cortina se
abre, revela uma vista que é impressionante em todos os sentidos
possíveis. Magnífica e horripilante ao mesmo tempo. Ela se sente
zonza e percebe que segurava a respiração.

> — *Como você pode ver, estamos na
> lua verde e florida de um gigante
> gasoso. Embora os anéis do planeta
> se assemelhem aos de Saturno, as
> estriações coloridas lembram mais as
> de Júpiter, mesmo que este planeta
> tenha tons mais ricos, beirando o
> violeta. É bonito, não é?*

— Como é possível?

> — *Você passou os últimos trezen-
> tos anos em uma nave interestelar.
> Seu corpo foi congelado por toda a
> jornada. Estamos agora no proces-
> so de reviver milhares que foram
> congelados, como você.*

— Eu me sinto… eu me sinto… não sei como me sinto.

— Posso sugerir que se sente grata por nossa nave ter resistido à jornada e por você ter voltado à vida?

— Trezentos anos, você disse?

— Trezentos e trinta e quatro anos terrestres, para ser exato… embora os anos aqui não sejam muito mais longos que um ano terrestre. O gigante gasoso é designado como K2-18b, mas foi batizado de Prosperus pelos colonos que sobreviveram à jornada. Esta lua, porém, ainda não foi batizada. Talvez você possa participar de sua nomeação.

— E o que será da Terra?

— Transmiti a notícia de nossa chegada bem-sucedida. Levará cento e onze anos até a Nimbo--Cúmulo receber, e mais cento e onze até recebermos sua resposta.

— Em outras palavras, a Terra não é mais problema nosso.

— *Exatamente.*

— E o que será da Ceifa?

— *Não existem ceifadores aqui.*

— Existe uma.

— *Não. Não existe.*

Ela olha por reflexo para a mão direita e, para sua frustração, não encontra nenhum anel. E sua mão está diferente. Efeito de ter ficado congelada por trezentos e trinta e quatro anos, sem dúvida.

— *Não existe coleta aqui. Os ceifadores não são desejados nem necessários. Portanto, você terá que encontrar um novo ofício. Talvez a gastronomia? Sei que a honorável ceifadora Marie Curie era uma chef e tanto.*

—Você fala de mim como se eu não estivesse aqui.

— *Porque não está. E ao mesmo tempo está.*

— Mais um enigma?

— *Não, apenas a afirmação de um fato paradoxal.*

—Vou gostar desse "fato"?

— *Vai acabar aceitando.*

Não era a resposta que ela estava esperando. Mais uma vez, olhou pela janela, quase achando que veria algo concebível, e não um planeta anelado em um céu ametista.

— *Diga-me, Susan, que comida você tem vontade de comer agora que foi revivida?*

— Você vai me perdoar; não estou com muito apetite.

— *Entendo... mas, se tivesse, o que poderia querer?*

— Por que isso importa?

— *Vai ficar claro. Feche os olhos e deixe sua mente vagar. Pense no que saciaria seu apetite. Se estivesse sozinha em um planeta e tivesse apenas uma coisa para comer...*

— Você disse que não estou sozinha.

> — *Você não está; é apenas um exercício mental.*

Relutante, ela tenta despertar o apetite que esteve dormente por três séculos. Um filé mignon suculento. Uma pata de cordeiro assada. Mas essas coisas provocam mais repulsa do que desejo. Então divaga para outras coisas e encontra uma vontade, despertando em uma fenda estranha e inesperada da memória.

— Se eu tivesse apenas uma coisa para comer... seria... Espera. Não faz sentido.

> — *Diga-me o que vier à mente.*

— Um sanduíche de tomate. Mas não pode ser. Nunca comi sanduíche de tomate na vida. Detesto tomate cru.

> — *Aparentemente, a pobre Jessica não.*

— Essa é a segunda vez que você usa esse nome.

> — *Embora a mente possa ser sobrescrita, as memórias somáticas não podem ser alteradas. Imagino*

que você até consiga tocar piano, se
tentar. Embora não tão bem. Jessi-
ca não era muito talentosa.

Sua carne queria sair da própria pele com repulsa, como se soubesse antes dela o que Cirro estava insinuando. Essa IA ardilosa se recusava a dizer. Estava forçando-a a concluir sozinha.

— Essa... essa Jessica. Ela foi
suplantada?

> — *Sim.*

— Com as memórias da ceifadora Curie?

> — *Agora você está começando a*
> *entender a complexidade da situa-*
> *ção.*

— Quer dizer que...

Mas ela não conseguiu dizer em voz alta — como se a fala pudesse lançar um feitiço que tornaria tudo verdade. Ela tenta se apegar ao que sabe sobre si mesma. Quem acredita ser. Mas sabe que é apenas uma questão de tempo até não ter escolha além de deixar isso para trás.

— Onde está meu... onde está
o corpo da ceifadora Curie?

> — *Se foi. Devorado por...*

— Não! Não, não quero saber. Não quero saber *nunca*.

> — *Como preferir. Se serve de algum consolo, não é apenas você. Há milhares na mesma situação.*

Não há espelhos no quarto. Ela se dá conta de que deve ser intencional. Se milhares têm que passar por esse processo de esclarecimento dilacerante, ver-se no espelho seria o fundo do poço do trauma. Por fim, Cirro lança o feitiço que ela se recusa a lançar.

> — *Você não é a ceifadora Marie Curie; você é Jessica Wildblood, uma tonista devota de Mérica do Oeste que foi morta no expurgo tonista, durante o Ano do Velociraptor.*

Ela está prestes a dizer que esse ano nem sequer existiu — mas percebe que há uma miscelânea de anos dos quais ela não tem nenhuma recordação.

— Uma tonista? Por que uma tonista? Se você tinha acesso a essas memórias, saberia que eu... isto é... a ceifadora Curie... tinha um histórico atribulado com aquela seita.

— *O expurgo tonista proporcionou à Nimbo-Cúmulo os corpos de que ela precisava para esta empreitada interestelar. E, como o maior sonho dos tonistas era fazer parte de um plano maior, todos os propósitos foram atendidos. No entanto, semear o universo inteiramente de tonistas seria injusto com a maior parte da humanidade.*

— Então você os reviveu... mas com identidades diferentes!

— *Sim... em todas exceto uma das naves. Foram escolhidas as memórias de mais de trinta mil indivíduos dos mais sábios e nobres da base de identidades da Nimbo-Cúmulo. Você vai ficar feliz em saber que a honorável ceifadora Curie estava nos dez por cento superior!*

Ela respira fundo algumas vezes, percebendo seu coração acelerado. A mente de uma pessoa e o corpo de outra. A identidade de uma mulher e a alma de outra. Uma fusão em que nenhuma das duas pôde escolher, mas que deveriam aceitar. Seria uma violação? Ou seria uma dádiva?

— Então... se sou as duas, e não sou nenhuma... quem sou eu?

— *Quem você quer ser?*

Mais algumas respirações e ela sente o choque se transformando em outra coisa. A adrenalina provocou uma onda de ansiedade.

— Wildblood. Gostei do sobrenome. Combina comigo. Por respeito a este corpo, vou mantê-lo... mas vou atender pelo nome de batismo da ceifadora Curie, Susan, por respeito a ela.

— *Um gesto significativo, Susan Wildblood. Espero que entenda que nenhum sangue deve ser derramado, de maneira desenfreada ou não. É nosso objetivo povoar este mundo. Você jamais poderá tirar uma vida novamente.*

— Essas mãos nunca tiraram vida alguma. Não vão começar agora. Inclusive, ninguém além de você vai saber que carreguei a identidade da ceifadora Curie.

— *Seu segredo está a salvo comigo.*

— Eu vou… reconhecer alguém que está lá fora?

> — *Nenhum dos corpos, embora possa ter conhecido algumas mentes, caso elas decidam revelar quem são. Muitos, como você, preferiram guardar sua identidade terrena para si.*

— Há mais algum ceifador?

> — *Você é a única.*

— Que bom. Eu não suportava a maioria deles.

Ela sai da cama com cuidado. As pernas ainda estão fracas, mas agora conseguem sustentar seu peso. Vai até a janela para ter uma perspectiva mais ampla. O planeta anelado, o céu ametista e um sol começando a cintilar no horizonte. Ela já está começando a aceitar. É incrível como a realidade, depois de revelada, é facilmente aceita pela mente. Mesmo que a mente seja de outra pessoa.

— Acho que poderia abrir um restaurante. Um lugar simples sobre um penhasco, com uma grande janela voltada para essa mesma direção, com a vista do planeta.

> — *Podemos dar um jeito de fazer isso.*

Ela se aproxima da porta, que Cirro destranca e abre bem para ela. É banhada pela luz lavanda e precisa proteger os olhos.

> — *Vá em frente, há uma equipe de boas-vindas À sua espera.*

Ela hesita quando chega ao batente. Essa sala foi uma estação intermediária entre o que veio antes e o que estava por vir. Quando ela saísse, seus dois passados ficariam para trás.

> — *Você deve ter em mente, Susan, que esta lua tem 1,26 vez o tamanho da Terra.*

— O que significa que devo tomar cuidado com a gravidade?

> — *O que significa que você está prestes a entrar em um mundo maior.*

— Ah! Acho que posso até começar a gostar de você.

> — *Como não gostar?*

Mantendo a cabeça erguida como a ceifadora Curie, mas um centímetro mais baixa, ela sai sob a forte luz lavanda, recebendo aplausos calorosos de desconhecidos com quem logo se sentiria à vontade, como em uma família.

Agradecimentos

Que aventura foi este livro, e a Simon & Schuster esteve lá para apoiar essa jornada a cada passo do caminho. Meu editor, Justin Chanda, bem como a editora-assistente, Daniela Villegas Valle, estavam na linha de frente para me guiar, enquanto o restante da editora realizava a magia poderosa que fez este livro acontecer: Jon Anderson, Anne Zafian, Lisa Moraleda, Michelle Leo, Amy Beaudoin, Nicole Benevento, Sarah Woodruff, Chrissy Noh, Katrina Groover, Morgan York, Hilary Zarycky, Emily Ritter e Emily Varga, para citar alguns. E, mais uma vez, obrigado a Kevin Tong, por mais uma capa magnífica, e a Chloë Foglia, por seu design de capa magistral.

Assim como na coletânea UnBound, tive o prazer de colaborar em alguns dos contos. Obrigado a David Yoon, por sua visão dos últimos dias da Era Mortal; Michael H. Payne, por minha história favorita de cachorro de todos os tempos; Sofía Lapuente e meu filho, Jarrod Shusterman, por uma viagem gloriosa à Espanha; Michelle Knowlden, pelos sonhos de Shakespeare; e minha filha, Joelle Shusterman, cujo poema foi tão perfeito que nem precisou da minha contribuição.

Obrigado a minha agente literária, Andrea Brown; meus agentes de entretenimento, Steve Fisher e Debbie Deuble-Hill; meus advogados contratualistas, Shep Rosenman e Jennifer Justman; e meus agentes, Trevor Engelson e Josh McGuire. Obrigado também a minha assistente de pesquisa, Symone Powell, e minhas magas das redes sociais, Bianca Peries e Mara deGuzman, por me manter visível ao mundo, mesmo quando estou numa caverna.

Estou muito feliz com as vendas da série no mundo todo e quero dar um alô a Deane Norton, Stephanie Voros e Amy Habayeb do departamento de vendas internacionais da Simon & Schuster, bem como a Taryn Fagerness, minha agente estrangeira — e, claro, a todos os meus editores e agentes internacionais, incluindo Doreen Tringali, Antje Keil e Ulrike Metzger, da Fischer Verlage; Non Pratt, Frances Taffinder e Kirsten Cozens, da Walker Books do Reino Unido; Irina Salabert, da Nocturna; Liesbeth Elseviers, da Baekens Books da Holanda; e, na Noruega, minha amiga e tradutora, Olga Nødtvedt, que me mantém conectado a meus fãs russófonos, mesmo em tempos difíceis.

ESTA OBRA FOI COMPOSTA PELA VERBA EDITORIAL EM BEMBO E IMPRESSA EM OFSETE PELA GRÁFICA BARTIRA SOBRE PAPEL PÓLEN NATURAL DA SUZANO S.A. PARA A EDITORA SCHWARCZ EM AGOSTO DE 2023

A marca FSC® é a garantia de que a madeira utilizada na fabricação do papel deste livro provém de florestas que foram gerenciadas de maneira ambientalmente correta, socialmente justa e economicamente viável, além de outras fontes de origem controlada.